벚꽃 동산

벚꽃 동산

Вишневый сад

안똔 체호프 희곡선집 오종우 옮김

VISHNYOVYI SAD
by ANTON CHEKHOV (1903)

이 책은 실로 꿰매어 제본하는 정통적인 사철 방식으로 만들어졌습니다.
사철 방식으로 제본된 책은 오랫동안 보관해도 손상되지 않습니다.

청혼   7

어쩔 수 없이 비극 배우   31

기념일   41

갈매기   63

바냐 아저씨   147

벚꽃 동산   223

역자 해설 체호프 극을 이해하는 열쇠   307

안똔 빠블로비치 체호프 연보   323

청혼

단막 웃음극

등장인물

스쩨빤 스쩨빠노비치 추부꼬프 지주

나딸리야 스쩨빠노브나 딸, 25세

이반 바실예비치 로모프 추부꼬프의 이웃, 건강하고 살쪘지만 아주 소
 심한 지주

추부꼬프의 저택에서 벌어진 일.

추부꼬프 저택의 응접실.

제1장

추부꼬프와 로모프. 연미복을 입고 흰 장갑을 낀 로모프가 등장한다.

추부꼬프 (들어오는 로모프 쪽으로 간다) 이게 누구야! 이반 바실예비치! 반갑네! (손을 잡는다) 정말 뜻밖이로군……. 어떻게 지내나?

로모프 덕분에, 고맙습니다. 잘 지내시지요?

추부꼬프 별일 없이 그럭저럭 지내지, 자네 덕분이야. 자, 앉게……. 이웃끼리 잊고 지내서야, 원. 그런데 왜 이렇게 정장을 차려입은 거야? 연미복에 장갑까지. 어디 가는 길인가 보군?

로모프 아닙니다. 이 댁에 오려고 이렇게, 존경하는 스쩨빤 스쩨빠노비치 씨.

추부꼬프 그런데 웬 연미복인가, 그것 참. 새해 인사라도 온 것 같군.

로모프 저, 다름이 아니라. (그의 손을 잡는다) 존경하는 스쩨 빤 스쩨빠노비치 씨, 이렇게 찾아온 것은 다름이 아니라 한 가지 부탁을 들어주십사 하고. 전에도 도움을 청하기도 했 고, 그때마다, 그러니까…… 죄송합니다, 제가 긴장이 돼서. 물 좀 마시겠습니다, 존경하는 스쩨빤 스쩨빠노비치 씨. (물을 마신다)

추부꼬프 (혼잣말로) 돈을 빌리려고 왔군! 어림없지! (그에게) 그래, 무슨 일인가?

로모프 저기, 존경하는 스쩨빠니치 씨[1]…… 죄송합니다, 스쩨 빤 존경 씨 그것은…… 그러니까, 제가 너무 긴장이 돼서, 보시는 것처럼……. 말씀드리자면, 저를 도와주실 분은 당 신뿐이고, 비록, 물론, 제게 그럴 자격이 있는 것은 아니어 도…… 당당히 도움을 청할 수 없다는 것도 알기는 하지만 도…….

추부꼬프 아, 그렇게 말을 돌리지 말고, 얼른 말하게! 자!

로모프 그러면…… 말씀드리겠습니다. 제가 여기 찾아온 것 은 댁의 따님 나딸리야 스쩨빠노브나에게 청혼을 하기 위 해서입니다.

---

1 러시아의 이름은 이름, 부칭(父稱), 성으로 되어 있다. 스쩨빤 스쩨빠노 비치 추부꼬프에서 스쩨빤은 이름이고 스쩨빠노비치는 부칭이며 추부꼬프 는 성이다. 부칭의 어미는 〈예비치(오비치)〉나 〈예브나(오브나)〉인데, 스쩨 빠니치처럼 〈예비치(오비치)〉를 〈이치〉로 줄여 부르기도 한다. 이름과 부칭 을 함께 부르는 것은 정중한 표현이고, 친밀한 사이에서는 이름만 부르거나 이름의 애칭을 부른다. 애칭은 다양해서, 가령 소피야는 소냐, 소피, 소뉴슈 까, 소네치까 등으로 불린다.

추부꼬프 (기뻐서) 그래? 이반 바실예비치! 다시 한 번 말해 주겠나! 잘 듣지 못한 것 같아서.

로모프 청혼을 드릴 영광을…….

추부꼬프 (말을 가로막으며) 아, 여보게……. 정말 기쁘네, 그리고……. 에, 그러니까, 저기. (껴안고 키스를 한다) 오래전부터 바라던 바네. 그것은 나도 간절히 바라던 바였지. (흐르는 눈물을 그대로 놔두고) 자네를 언제나 친아들처럼 사랑했네. 두 사람에게 하느님의 축복과 가호가 있기를 간절히 바랐어……. 내가 왜 이렇게 바보처럼 서 있는 걸까? 기뻐서 정신을 못 차리겠어, 전혀 못 차리겠어! 오, 진심으로……. 가서 나따샤를 불러와야지, 그럼.

로모프 (감격해서) 존경하는 스쩨빤 스쩨빠노비치 씨, 그러면 따님께서도 승낙하실 거라는 말씀이신가요?

추부꼬프 그야 물론, 이렇게 훌륭한 청년인데…… 어찌 내 딸이 거절하겠는가! 분명히 자네를 흠모해 왔을 거야……. 잠깐만 기다리게! (나간다)

제2장

로모프, 혼자.

로모프 한기가 드는군……. 시험을 앞둔 것처럼 온몸이 떨려. 그래도 결판을 내야지. 너무 생각만 하고 망설이면서 이상적인 진정한 사랑을 아무리 말하고 기다려 봐야 결혼할 수 있는 것도 아니고……. 부르르! ……추워! 나딸리야 스쩨빠노브나는 살림도 잘하고 교양도 있고 적어도 멍청하지는 않으니…… 그러면 된 거 아닌가? 너무 긴장해서 그런지 귀에서 소리가 다 나는군. (물을 마신다) 결혼을 꼭 해야겠어…….
내 나이가 벌써 서른다섯이니, 아슬아슬한 나이가 아닌가.
게다가, 이제는 정상적이고 규칙적인 생활을 할 필요가 있
어……. 심장이 좋지 않아서 언제나 두근거리고, 지나치게
예민해서 쉽게 긴장하고……. 지금도 이렇게 입술이 떨리
고 오른쪽 눈꺼풀이 바르르 떨리잖아……. 잠자는 것은 더
무서워. 침대에 누워 잠이 막 들기만 하면 갑자기 왼쪽 옆
구리를 누가 잡아당기는 것 같다니까! 그리고 어깨와 정수
리를 정통으로 내리치는 것도 같고……. 미친 사람처럼 벌
떡 일어나 좀 걸어다니다가 다시 누워 잠이 막 들면 또다시
누가 옆구리를 잡아당긴다니까! 그러기를 스무 번 하다 보
면…….

제3장

나딸리야 스쩨빠노브나와 로모프.

나딸리야 스쩨빠노브나 (들어온다) 어머나! 당신이로군요. 물건
   파는 장사꾼이 와서 흥정을 하고 있다가 아빠가 가보라고
   해서 왔어요. 잘 지내셨나요, 이반 바실예비치!
로모프 안녕하셨습니까, 존경하는 나딸리야 스쩨빠노브나 양!
나딸리야 스쩨빠노브나 이렇게 작업복 차림에 앞치마까지 두르
   고 있어서 미안해요……. 건조시킬 콩을 다듬고 있었거든
   요. 정말 오랜만에 뵙는군요. 앉으시죠…….

두 사람, 앉는다.

나딸리야 스쩨빠노브나 뭘 좀 드시겠어요?

로모프 아닙니다, 고맙지만, 오기 전에 식사를 했습니다.

나딸리야 스쩨빠노브나 담배를 피우세요…… . 여기 성냥이 있어요…… . 날씨가 정말 좋더군요. 어제는 그렇게 비가 와서 일꾼들이 하루 종일 놀았는데, 추수는 얼마나 했나요? 나는 욕심을 내어 벌써 풀을 전부 다 베어 놓았어요. 지금은 건초가 썩을까 봐 걱정이 돼 별로 기분이 좋지 않지만요. 차라리 기다렸다 하는 건데 그랬어요. 아니 그런데, 연미복을 입으셨잖아요? 놀랄 일인데요! 어디 무도회라도 가시나 보죠? 그러니까 더 잘생겨 보이시네…… . 왜 그렇게 멋을 부렸어요?

로모프 (당황하여) 실은, 존경하는 나딸리야 스쩨빠노브나 양…… . 제 말을 들어주시기를 부탁드려야겠다고 결심했는데 말입니다…… . 물론, 놀라고 심지어 화를 내실지도 모르지만 그래도 저는…… . (혼잣말로) 엄청나게 떨려!

나딸리야 스쩨빠노브나 무슨 일인데 그러세요?

사이.

나딸리야 스쩨빠노브나 말해 보세요.

로모프 간단히 말씀드리겠습니다. 존경하는 나딸리야 스쩨빠노브나 양, 아시다시피 저는 이미 오래전부터, 어렸을 때부터 당신 집안과 알고 지내 왔습니다. 돌아가신 큰어머니와 큰아버지께서는, 잘 아시겠지만 저에게 유산으로 땅을 남기셨죠, 어쨌든 그분들은 당신의 아버님과 돌아가신 당신의 어머님께 깊은 존경심을 가지고 대하셨지요. 로모프 가문과 추부꼬프 가문은 언제나 아주 가깝게 지내 왔습니다. 친척 같다고 해도 과언이 아니죠. 그뿐인가요, 아시다시피, 제 땅도 당신네 땅과 바로 붙어 있지 않습니까. 바로 제 소유의 볼로비 목초지가 당신네 자작나무 숲하고 맞닿아 있는 것을 생각해 보십시오.

나딸리야 스쩨빠노브나 미안하지만, 잠깐만요. 〈제 소유의 볼로비 목초지……〉라고 하셨는데, 그런데 그 땅이 당신 소유란 말인가요?

로모프 제 소유죠…….

나딸리야 스쩨빠노브나 무슨 말이에요! 볼로비 목초지는 우리 땅이지, 당신 땅이 아니에요!

로모프 그렇지 않습니다, 존경하는 나딸리야 스쩨빠노브나 양.

나딸리야 스쩨빠노브나 처음 듣는 소리로군요. 어째서 그 땅이 당신 소유라는 거죠?

로모프 어째서라뇨? 당신네 자작나무 숲과 고렐리 습지 사이에 쐐기처럼 박혀 있는 땅 볼로비 목초지를 말하는 겁니다.

나딸리야 스쩨빠노브나 네, 네, 알아요……. 그건 우리 땅이죠…….

로모프 잘못 알고 계시는군요, 존경하는 나딸리야 스쩨빠노브나 양, 그건 제 땅입니다.

나딸리야 스쩨빠노브나 제대로 기억을 못하시는가 본데, 이반 바실예비치, 당신 땅이었던 것은 아주 오래전의 일이지 않나요?

로모프 오래전의 일이라뇨? 그 땅은 예나 지금이나 우리 땅으로 기억하고 있습니다.

나딸리야 스쩨빠노브나 미안하지만 그렇지 않아요!

로모프 존경하는 나딸리야 스쩨빠노브나 양, 볼로비 목초지에 관해 예전에 등기상 논란이 있었던 것은 사실입니다. 하지만 지금은 제 땅이라는 것을 모든 사람이 다 압니다. 따질 이유가 없는 거죠. 큰어머니의 할머니께서 그 목초지를 당신 아버지의 할아버지의 농부들에게 벽돌을 구워 준 대가로 기한을 정하지도 않고 돈도 받지 않고 빌려 주셨던 겁니다. 당신 아버지의 할아버지의 농부들이 그 목초지를 40년 동안이나 무상으로 이용하다가 자기 땅이 아닌가 하고 착각을 하게 된 것입니다. 그러다가 그 뒤에…….

나딸리야 스쩨빠노브나 전혀 그렇지 않아요……. 나의 할아버지와 증조할아버지께서는 고렐리 습지까지가 우리들의 땅이라고 하셨는데, 그것은 볼로비 목초지도 우리 땅이라는 뜻이에요. 더 따질 것도 없어요. 이해할 수 없군요. 짜증이 다 납니다!

로모프 나딸리야 스쩨빠노브나, 등기 서류를 보여 드리겠습니다!

나딸리야 스쩨빠노브나 아뇨, 당신은 농담을 하고 있거나 아니면 공연히 나를 놀리고 있는 겁니다……. 생각지도 못한 일이란 말이에요! 3백 년 가까이 소유한 땅을 갑자기 우리 땅이 아니라고 하다니! 이반 바실예비치, 두 귀가 의심스럽군요……. 목초지가 아까워서가 아니에요. 기껏해야 5제샤찌나[2]밖에 되지 않고, 돈으로 쳐도 3백 루블 정도일 테지만, 그런 말도 안 되는 소리에 화가 난단 말이에요. 마음대로 하세요, 하지만 부당한 소리는 참을 수 없어요.

로모프 내 말을 끝까지 들어 보시죠, 제발! 당신 아버지의 할아버지의 농부들이, 방금 말씀드렸듯이, 내 큰어머니의 할머니께 벽돌을 구워 주었죠. 큰어머니의 할머니께서는 고맙다는 표시로…….

나딸리야 스쩨빠노브나 할아버지, 할머니, 큰어머니…… 그런 건 모릅니다! 목초지는 우리 땅이고, 그게 다예요.

로모프 내 땅입니다!

2 1.092헥타르에 해당하는 러시아의 지적(地積) 단위.

나딸리야 스쩨빠노브나 우리 땅이에요! 당신이 이틀 동안 증거를 대고 그런 연미복을 열다섯 벌씩 껴입어도, 이 땅은 우리, 우리 땅이라고요……! 당신 땅을 탐내는 것이 아니에요. 내 땅을 빼앗길 생각이 추호도 없다는 겁니다……. 마음대로 하시죠!

로모프 나는, 나딸리야 스쩨빠노브나, 목초지가 필요하다는 말이 아니라 원칙이 그렇다는 겁니다. 정 원하신다면 그 땅을 드릴 수도 있습니다.

나딸리야 스쩨빠노브나 나야말로 그 땅을 당신께 드리죠, 내 땅이니까……! 아주 이상하군요, 이반 바실예비치! 지금까지 우리는 당신을 좋은 이웃이자 친구로 생각해 왔고, 작년에는 당신에게 탈곡기를 빌려 주는 바람에 정작 우리는 11월에 가서야 탈곡을 했는데, 당신은 우리를 마치 집시 대하듯 하는군요. 나한테 내 땅을 주겠다는 말이나 하고 말이죠. 이웃 간에 그래도 되는 건가요! 아주 뻔뻔하군요…….

로모프 그 말씀은 내가 도둑놈이라도 된다는 뜻인가요? 여보세요, 나는 남의 땅을 가로챈 적이 한 번도 없습니다. 그러니 아무도 나에게 그런 모함을 할 수는 없습니다……. (서둘러 물병 쪽으로 가서 물을 따라 마신다) 볼로비 목초지는 내 땅입니다!

나딸리야 스쩨빠노브나 아니에요, 우리 땅이에요!

로모프 내 땅입니다!

나딸리야 스쩨빠노브나 아니란 말이에요! 확실히 보여 주죠! 오늘 풀 베는 일꾼들을 목초지로 보낼 겁니다!

로모프 뭐라고요?

나딸리야 스쩨빠노브나 오늘 풀 베는 일꾼들을 그곳에 보내겠다고 했어요!

로모프 목덜미를 잡고 끌어낼 겁니다!

나딸리야 스쩨빠노브나 어림없습니다!

로모프 (가슴을 움켜쥔다) 볼로비 목초진 내 땅입니다! 알겠어요? 내 땅!

나딸리야 스쩨빠노브나 소리는 왜 지르는 겁니까! 당신 집에나 가서 화내고 목이 쉬도록 소리 지르세요! 여기서는 예의를 지키시죠!

로모프 여보세요, 만일 심장이 이렇게 끔찍하게 아프도록 뛰지 않고, 관자놀이의 핏줄이 팔딱거리지 않았다면 소리 지르지도 않았을 겁니다! (소리 지른다) 볼로비 목초지는 내 땅입니다!

나딸리야 스쩨빠노브나 우리 땅이에요!

로모프 내 땅!

나딸리야 스쩨빠노브나 우리 땅!

로모프 내 땅!

제4장

나딸리야 스쩨빠노브나와 로모프, 그리고 추부꼬프.

추부꼬프 (들어오면서) 무슨 일 있어? 왜 이렇게 소리를 지르는 거지?

나딸리야 스쩨빠노브나 아빠, 이 양반한테 볼로비 목초지가 누구 땅인지 설명해 주세요. 우리 땅인지 아니면 이 사람 땅인지.

추부꼬프 (로모프에게) 이보게, 목초지는 우리 땅이네!

로모프 스쩨빤 스쩨빠니치 씨, 어째서 당신 땅이라고 하시는 겁니까? 사리는 분별하시는 분인 줄 알았는데 말입니다!

제 큰어머니의 할머니께서 목초지를 당신의 할아버지의 농부들한테 무상으로 잠시 빌려 준 겁니다. 농부들이 40년 동안 땅을 사용하더니 마치 자기 땅이 아닌가 하고 착각하게 된 겁니다. 그러다가 그 뒤에…….

추부꼬프 이보게, 잠깐……. 그때 농부들이 자네네 할머니한테 돈을 지불하지 않았던 이유는 당시 목초지에 대해 논란들이 있었기 때문이라는 것을 자네가 잊고 있군……. 하지만 지금은 지나가는 개도 목초지가 우리 땅이라는 것을 알지. 자네는 지도도 못 봤나!

로모프 목초지가 제 땅이라는 것을 증명해 드리죠!

추부꼬프 이보게, 그럴 필요 없네.

로모프 아니요, 증명하겠습니다!

추부꼬프 맙소사, 대체 왜 소리를 지르는 건가? 소리를 지른다고 증명이라도 되나. 내가 자네 땅을 달라고 하는 게 아니라, 내 땅을 잃어버리지 않고 싶은 거야. 왜냐고? 이보게, 자네가 이렇게 계속 이런 일로 시비를 건다면, 자네한테 주느니 차라리 농부들한테 줘버릴 거네. 정말이네!

로모프 이해할 수 없군요! 무슨 권리로 당신이 남의 재산을 주느니 마느니 하는 겁니까?

추부꼬프 내가 권리를 행사하건 하지 않건 그건 내 마음이야. 그런데 젊은이, 자네가 나한테 그런 목소리로 말하는 게 영 거슬리네. 젊은이, 나는 적어도 자네보다 두 배는 더 나이를 먹었어. 나한테 말할 때는 그렇게 흥분하지 말기 바라네.

로모프 아니요, 나를 바보로 알고 놀리기라도 하는 겁니까! 내 땅을 자기 것이라고 하면서 나더러 차분하고 공손하게 말하라고 하다니요! 이웃 간에 이래도 되는 겁니까, 스쩨빤 스쩨빠니치 씨! 당신은 이웃이 아니라 약탈자입니다!

추부꼬프 뭐라고? 뭐라고 했어?

나딸리야 스쩨빠노브나 아빠, 당장 목초지에 일꾼들을 보내 풀을 베어 버리세요!

추부꼬프 (로모프에게) 자네 지금 뭐라고 했나?

나딸리야 스쩨빠노브나 볼로비 목초지는 우리 땅이고, 절대 포기하지 않을 거예요, 포기하지 않을 거예요, 포기하지 않을 거라고요!

로모프 두고 봅시다. 법정에서 내 땅이라는 것을 증명할 테니.

추부꼬프 법정이라고? 소송 같은 것이라도 해보겠다는 건가, 자네? 해보겠다고? 내가 자네를 알지, 그러니까 자네는 재판 같은 것을 걸어 어째 볼 속셈일 테지…… 천성적으로 시비를 좋아하니까! 자네네 집안은 트집 잡는 것을 좋아하니까! 그런 집안 아닌가!

로모프 우리 집안을 모욕하지 마세요! 우리 로모프 집안 사람들은 모두 정직해서, 당신네 삼촌처럼 횡령죄로 재판을 받은 사람이 한 사람도 없습니다!

추부꼬프 자네 로모프 집안 사람들은 하나같이 미치광이야!

나딸리야 스쩨빠노브나 모두, 모두, 모두 다!

추부꼬프 자네 할아버지는 술주정뱅이고, 자네 작은어머니는, 그래, 그 나스따시야 미하일로브나라는 여자는 건축 기사와 야반도주했고, 또…….

로모프 당신 어머니라는 여자는 불구였죠. (가슴을 움켜쥔다) 옆구리가 당기고…… 머리가 아파…… 아이고……! 물……!

추부꼬프 자네 아버지는 도박에 미친 데다가 걸신들렸지.

나딸리야 스쩨빠노브나 당신 큰어머니는 수다쟁이예요, 아주 대단한!

로모프 왼쪽 다리가 말을 듣지 않아……. 당신은 간악한 사람이죠……. 아, 가슴이야……! 모르는 사람이 없습니다, 당신이 선거 때에……. 눈앞에 불꽃이…… 내 모자가 어디 있지?

나딸리야 스쩨빠노브나 저질! 거짓말쟁이! 치사한 자식!

추부꼬프 이제 보니, 자네는 교활하고 위선적이고 간사한 놈이군! 정말로 그래!

로모프 모자가 여기 있군……. 가슴이야……. 어디로 나가지? 문이 어디 있어? 오……! 죽을 것만 같아……. 걷기도 힘들어……. (문 쪽으로 걸어간다)

추부꼬프 (로모프의 등에다 대고) 더 이상 우리 집에 발 들여놓지 마!

나딸리야 스쩨빠노브나 재판이나 거시지! 두고 보자고!

로모프, 비틀거리며 나간다.

제5장

추부꼬프와 나딸리야 스쩨빠노브나.

추부꼬프 꺼져 버려! (흥분해서 이리저리 걸어다닌다)

나딸리야 스쩨빠노브나 나쁜 자식! 이웃 간에 뭐가 어째!

추부꼬프 파렴치한 놈! 천치 같은 놈!

나딸리야 스쩨빠노브나 사기꾼 같아! 남의 땅을 가로채려고 하면서 욕까지 해대다니.

추부꼬프 별난 놈을 다 보겠다, 저렇게 야맹증에 걸린 놈이 감히 청혼 같은 것을 하겠다고! 어? 청혼을!

나딸리야 스쩨빠노브나 청혼이라니요?

추부꼬프 그래! 너한테 청혼하겠다고 찾아온 거다.

나딸리야 스쩨빠노브나 청혼? 나한테? 왜 진작 말씀하지 않으셨어요?

추부꼬프 그 때문에 연미복까지 차려입은 거다. 소시지 같은 자식! 얼간이!

나딸리야 스쩨빠노브나 나한테? 청혼을? 아! (소파에 쓰러져 신음한다) 그 사람을 다시 불러요! 다시 불러요! 아! 다시 불러요!

추부꼬프 누구를 부르라고?

나딸리야 스쩨빠노브나 어서, 빨리! 어지러워! 다시 불러요! (히스테리를 부린다)

추부꼬프 왜 그러는 거냐? 무슨 일이야? (자신의 머리를 감싼다) 아이고, 내 팔자야! 총으로 자살을 하든지 목을 매달든지 해야지 원! 왜 이렇게 나를 못살게 구는 거야!

나딸리야 스쩨빠노브나 아이고, 나 죽네! 다시 불러요!

추부꼬프 젠장! 잠깐만 기다려라. 악쓰지 말고! (뛰어나간다)

나딸리야 스쩨빠노브나 (혼자 신음한다) 이게 뭐예요! 다시 불러요! 다시 불러요!

추부꼬프 (뛰어 들어온다) 이제 곧 올 거다, 빌어먹을! 후유! 직접 이야기해라, 나는 못하겠다…….

나딸리야 스쩨빠노브나 (신음한다) 다시 불러요!

추부꼬프 (소리를 지른다) 곧 올 거라고 말하지 않았어! 노처녀의 아비 노릇도 못해 먹겠다! 목을 베어 버리든지 해야지 원! 욕설을 퍼붓고 모욕을 주고 내쫓은 게 누군데, 바로 네가…… 네가 그러지 않았냐.

나딸리야 스쩨빠노브나 아니에요, 아빠잖아요!

추부꼬프 그래, 다 내 잘못이다!

문에 로모프가 나타난다.

추부꼬프 그래, 네가 직접 말해라! (나간다)

제6장

나딸리야 스쩨빠노브나와 로모프.

로모프 (들어온다. 기진맥진한 모습이다) 심장이 터질 것 같아……. 다리도 말을 안 듣고……. 옆구리는 당기고…….

나딸리야 스쩨빠노브나 죄송해요, 우리가 너무나 흥분했지요, 이반 바실예비치……. 다시 생각해 보니, 볼로비 목초지는 정말로 당신 땅이에요.

로모프 심장이 터지는 것 같아……. 내 땅입니다, 목초지는……. 양쪽 눈꺼풀이 다 떨리네…….

나딸리야 스쩨빠노브나 그래요, 목초지는…… 당신 땅이에요. 앉으세요…….

두 사람, 앉는다.

나딸리야 스쩨빠노브나 우리가 틀렸어요…….

로모프 나는 원칙을 말하는 겁니다……. 땅이 중요한 게 아니라 원칙이 중요한 겁니다…….

나딸리야 스쩨빠노브나 그래요, 원칙……. 이제 다른 이야기를 해요.

로모프 게다가 나에게는 증거가 있습니다. 내 큰어머니의 할머니께서 당신 아버지의 할아버지의 농부들한테 빌려 준 것이라는…….

나딸리야 스쩨빠노브나 됐어요, 됐어요, 그 얘기는 그만하고……. (혼잣말로) 어떻게 시작해야 하지……. (로모프에게) 사냥 나갈 계획은 없으신가요?

로모프 추수가 끝나면 꿩 사냥을 나가 볼까 합니다, 존경하는 나딸리야 스쩨빠노브나 양. 그런데 안된 일이 있습니다. 이야기 들으셨나요, 당신도 잘 아시는 우리 집 우가다이가 다리를 절뚝거린답니다.

나딸리야 스쩨빠노브나 저런! 어쩌다 그렇게 됐나요?

로모프 모르겠습니다……. 삐었든지 다른 개한테 물렸든지 했겠죠……. (한숨을 내쉰다) 돈으로 따질 수 없는 아주 좋은 개인데. 미로노바에서 125루블이나 주고 산 겁니다.

나딸리야 스쩨빠노브나 어머나, 너무 많이 주셨네요, 이반 바실예비치!

로모프 나는 아주 싸게 주고 샀다고 생각하는데요. 대단한 개란 말입니다.

나딸리야 스쩨빠노브나 아빠는 우리 집 오뜨까따이를 85루블 주고 사셨는데, 아시다시피 오뜨까따이가 당신네 우가다이보다 훨씬 낫잖아요!

로모프 오뜨까따이가 우가다이보다 낫다고요? 무슨 소립니까! (웃는다) 오뜨까따이가 우가다이보다 낫다니!

나딸리야 스쩨빠노브나 당연히 더 낫죠! 사실 오뜨까따이는 아직 다 자라지도 않았는데 체격으로 보나 동작으로 보나 볼차네쯔끼에서 따라올 개가 없지요.

로모프 그런데, 나딸리야 스쩨빠노브나, 그 개의 아래턱이 위턱보다 짧고, 아래턱이 위턱보다 짧은 개는 사냥을 잘하지 못한다는 것을 잊으셨군요.

나딸리야 스쩨빠노브나 아래턱이 위턱보다 짧다니요? 처음 듣는 소리로군요!

로모프 확실합니다, 아래턱이 위턱보다 짧습니다.

나딸리야 스쩨빠노브나 재보기라도 했나요?

로모프 재봤습니다. 사냥감을 쫓을 때에야 별로 상관이 없겠지만, 잡을 때에는 아무래도…….

나딸리야 스쩨빠노브나 우리 오뜨까따이는 목 주위에 긴 털이
난 순종인 데다 자쁘랴가이와 스따메스끼 사이에서 태어
난 개인데, 당신네 적갈색 점박이는 순종하고는 거리가 멀
죠……. 거기다가 늙고 말라비틀어진 데다가 못생겼죠…….

로모프 늙기는 했지만, 당신네 오뜨까따이를 다섯 마리나 준
다고 해도 바꾸지 않을 겁니다……. 그럴 수는 없죠. 우가다
이는 그야말로 개이지만, 오뜨까따이는……. 비교하는 것조
차 우습군요……. 당신네 오뜨까따이 같은 개들은 어느 개
장사한테 가더라도 차고 넘칩니다. 25루블도 비싸지요.

나딸리야 스쩨빠노브나 이반 바실예비치, 대체 오늘 시비 거는
귀신한테 홀리기라도 했나요? 목초지가 자기 땅이라고 우
기더니 이제는 우가다이가 오뜨까따이보다 낫다고 하다
니. 나는 알고 있는 대로 말하지 않는 사람을 싫어해요. 오
뜨까따이가 백 배는 당신네 그…… 못생긴 우가다이보다
낫다는 것을 당신도 잘 알고 있지 않나요? 그러면서 왜 반
대로 이야기하는 거죠?

로모프 나딸리야 스쩨빠노브나, 이제 보니 당신은 내가 장님
이거나 바보인 줄 아는군요. 적어도 당신네 오뜨까따이의
아래턱이 위턱보다 짧다는 것은 알 수 있지 않습니까!

나딸리야 스쩨빠노브나 그렇지 않아요.

로모프 아래턱이 더 짧습니다.

나딸리야 스쩨빠노브나 (소리를 지른다) 그렇지 않아요!

로모프 이보세요! 왜 소리를 지르는 겁니까?

나딸리야 스쩨빠노브나 당신은 왜 어이없는 말만 하는 겁니까?
아주 불쾌합니다! 쏴버려도 시원치 않을 당신네 우가다이
를 우리 오뜨까따이와 비교하다니!

로모프 미안하지만, 이런 논쟁은 더 이상 못하겠습니다. 가슴
이 터지는 것 같아서.

나딸리야 스쩨빠노브나 시비나 거는 사냥꾼치고 뭘 제대로 아는 사냥꾼이 없다고 하더니.

로모프 이보세요, 조용히 하시오……. 심장이 터질 것 같단 말이오……. (소리를 지른다) 조용히 해!

나딸리야 스쩨빠노브나 조용히 못하겠어요. 어서 오뜨까따이가 당신네 우가다이보다 백 배는 더 낫다고 인정하세요.

로모프 백 배는 더 나쁩니다! 오뜨까따이 같은 개는 뒈져 버려야지! 아이고, 관자놀이…… 눈알…… 어깨야…….

나딸리야 스쩨빠노브나 당신네 바보 같은 우가다이는 뒈질 필요도 없어요, 지금도 죽은 거나 마찬가지니까.

로모프 (운다) 조용히 좀 하시오! 심장이 터질 것 같소!!

나딸리야 스쩨빠노브나 조용히 못해요!

제7장

나딸리야 스쩨빠노브나와 로모프, 그리고 추부꼬프.

추부꼬프 (들어온다) 또 무슨 일이야?

나딸리야 스쩨빠노브나 아빠, 양심을 걸고 솔직하게 말해 보세요, 어느 개가 더 낫나요, 우리 오뜨까따이인가요, 아니면 저 사람의 우가다이인가요?

로모프 스쩨빤 스쩨빠노비치 씨, 제발 부탁드립니다, 한 말씀만 해주시죠. 당신네 오뜨까따이의 아래턱이 위턱보다 짧지 않나요? 그런가요, 아닌가요?

추부꼬프 그게 어때서? 그런 건 대수로운 일이 아니야. 이 지방에서 오뜨까따이보다 더 나은 개는 없으니까.

로모프 우가다이가 더 낫죠? 솔직하게 말씀하시죠!

추부꼬프 이보게, 흥분하지 말게……. 자네의 우가다이는 물론 좋은 품종이야……. 순종인 데다가 네 다리도 튼튼하고 넓적다리도……. 하지만, 이 친구야, 잘 보면 두 가지 중요한 결점이 있어. 하나는 늙었다는 거고, 또 하나는 콧등이 짧다는 거지.

로모프 죄송합니다, 심장이 뛰어서……. 사실만 이야기하시죠……. 지난 번 마루시긴 초원에서 내 우가다이가 백작의 라즈마하이하고 나란히 달렸지만, 당신네 오뜨까따이는 1베르스따[3]나 뒤처졌지 않습니까.

추부꼬프 그때 뒤처졌던 것은 백작의 사냥개 감독이 채찍으로 때렸기 때문이야.

로모프 어쩔 수 없었죠. 다른 개들은 모두 여우를 뒤쫓아 달렸는데, 오뜨까따이는 양한테 달려들었으니까요!

추부꼬프 그렇지 않아……! 이보게, 나는 성미가 급한 사람이니 더 이상 나를 건드리지 말게, 제발, 부탁이네. 그때 채찍으로 때린 것은 모든 사람들이 부러워하며 오뜨까따이만 쳐다보니까 샘이 나서 그랬던 거지……. 그럼! 나쁜 놈들! 그리고 자네도 잘못하고 있는 거야! 자기 우가다이보다 다른 개가 낫다는 것을 깨닫고는 바로 이렇게…… 다시 또…… 시작하고 있지 않은가……. 내가 제대로 기억하고 있는 거야!

로모프 나도 기억하고 있습니다!

추부꼬프 (흉내 낸다) 나도 기억하고 있습니다……. 대체 뭘 기억한다는 건가?

로모프 가슴이 터질 것 같아……. 다리도 말을 안 들어……. 견딜 수가 없어.

나딸리야 스쩨빠노브나 (흉내 낸다) 가슴이 터질 것 같아…….

---

3 미터법 시행 전 러시아의 거리 단위. 1.067킬로미터.

당신이 무슨 사냥을 한다고 그러세요? 부엌 뻬치까 위에 엎드려 바퀴벌레나 잡는다면 또 몰라도, 여우 사냥이라니! 가슴이 터질 것 같아…….

추부꼬프 맞는 얘기다, 자네가 무슨 사냥을 한다고 그러나? 심장이 뛰면 집에나 앉아 있지, 안장에 앉아 어디를 돌아다니겠나. 사냥한답시고 남의 개들이나 헐뜯고 돌아다니면서. 나는 성미가 급한 사람이니 이 이야기는 그만하세. 자네는 진짜 사냥꾼이 되기는 글렀어!

로모프 그러는 당신은 뭐 진짜 사냥꾼이라도 됩니까? 아첨하고 협잡질하려고 백작 뒤나 쫓아다니면서……. 아이고, 심장이야……! 협잡꾼!

추부꼬프 뭐라 했나? 협잡꾼이라고? (소리를 지른다) 닥치지 못해!

로모프 협잡꾼!

추부꼬프 이런 애송이가! 풋내기가!

로모프 늙은 쥐! 위선자!

추부꼬프 닥치지 않으면 사냥하듯이 쏴버릴 테다! 망나니!

로모프 누구나 다 알고 있지요, 아이고, 심장이야, 당신이 죽은 아내한테 맞고 살았다는 것을 말입니다……. 아이고, 내 다리…… 관자놀이…… 불꽃……. 쓰러지겠어, 쓰러지겠어……!

추부꼬프 하녀 궁둥이 밑에 깔려 산다지, 아마!

로모프 아, 아, 아…… 심장이 터졌나 봐! 어깨가 떨어졌나 봐! ……내 어깨가 어디에 있는 거야? ……나 죽네! (소파에 쓰러진다) 의사를! (기절한다)

추부꼬프 애송이! 젖비린내 나는 자식! 망나니! 어지러워! (물을 마신다) 어지러워!

나딸리야 스쩨빠노브나 사냥은 무슨 사냥! 말도 제대로 못 타면서! (아버지에게) 아빠! 이 사람 왜 이래요? 아빠! 좀 보세요, 아빠! (비명을 지른다) 이반 바실예비치! 죽었나 봐요!

추부꼬프 어지러워! ……숨이 막혀! ……공기, 공기를!

나딸리야 스쩨빠노브나 이 사람 죽었나 봐요. (로모프의 소매를
잡아당긴다) 이반 바실예비치! 이반 바실예비치! 어떡해요?
죽었어요! (소파에 쓰러진다) 의사, 의사를! (발작한다)

추부꼬프 오……! 왜 그러냐? 왜 그러는 거야?

나딸리야 스쩨빠노브나 (신음한다) 이 사람이 죽었어요……! 죽
었어!

추부꼬프 죽다니, 대체 누가? (로모프를 살펴본다) 정말 죽었
나! 맙소사! 물! 의사! (로모프의 입에 컵을 가져다 댄다) 마셔
보게! ……아니, 마시지 않잖아……. 죽은 게 틀림없어…….
아이고, 내 팔자야! 진작 자살이라도 하는 건데. 여태 죽지
않고 뭐 하고 있었던 건지. 뭘 더 바라겠다고. 나에게 칼을
다오! 총을 가져다 다오!

로모프, 조금 움직인다.

추부꼬프 살아난 것 같아……. 물을 마시게……! 자, 여기…….

로모프 불꽃…… 안개……. 여기가 어디지?

추부꼬프 어서 결혼하게, 젠장! 내 딸이 승낙했어! (로모프의
손과 딸의 손을 합쳐 준다) 승낙……. 두 사람을 축복한다.
이제 나를 좀 내버려 두게!

로모프 네? 뭐라고? (일어나며) 누구하고?

추부꼬프 내 딸이 승낙했다니까! 뭐 하나? 어서 키스하지 않
고…… 그리고 둘 다 꺼져 버리게!

나딸리야 스쩨빠노브나 (신음한다) 살아났군요……. 네, 네, 승
낙합니다…….

추부꼬프 키스하라니까!

로모프 네? 누구하고? (나딸리야 스쩨빠노브나와 키스를 한다) 기분 좋군……. 그런데 무슨 일이죠? 아, 그렇군요, 알겠어 요……. 심장…… 불꽃……. 저는 행복합니다, 나딸리야 스쩨 빠노브나 양…. (손에 키스한다) 다리가 말을 듣지 않아…….

나딸리야 스쩨빠노브나 나도…… 나도 행복해요…….

추부꼬프 드디어 무거운 짐을 벗었어……. 후유!

나딸리야 스쩨빠노브나 그렇지만…… 어쨌든 우가다이가 오뜨 까따이보다 못한 것은 인정하는 거죠?

로모프 더 낫습니다!

나딸리야 스쩨빠노브나 더 못해요!

추부꼬프 이제, 가정의 행복이 시작되었구나! 샴페인을 가져와!

로모프 더 낫습니다!

나딸리야 스쩨빠노브나 더 못해요! 못해요! 못해요!

추부꼬프 (두 사람의 목소리보다 더 큰 소리로) 샴페인! 샴페인 을 가져와!

막이 내린다.

어쩔 수 없이 비극 배우

별장 생활의 보고서

단막 웃음극

등장인물

이반 이바노비치 똘까초프 한 집안의 가장
알렉세이 알렉세예비치 무라슈낀 그의 친구

뻬쩨르부르그에 있는 무라슈낀의 아파트에서 벌어진 일.

　무라슈낀의 서재. 편안한 느낌을 주는 가구. 무라슈낀은 책상에 앉아 있다. 똘까쵸프가 들어온다. 두 팔로 유리전구, 장난감 자전거, 세 개의 모자 박스, 커다란 옷 보따리, 맥주병이 든 종이 봉투, 그리고 여러 개의 작은 보따리들을 잔뜩 들고 있다. 얼이 빠진 채 두 눈을 굴리며 힘없이 소파에 주저앉는다.

무라슈낀　어서 오게, 이반 이바니치! 반갑군! 어디서 오는 건가?
똘까쵸프　(힘겹게 숨을 내쉬며) 이보게, 친구…… 부탁이 있다네…… 제발 말이야…… 내일까지 권총 좀 빌려 주게. 부탁하네!
무라슈낀　권총으로 무얼 하려고?
똘까쵸프　필요해……. 오, 맙소사……! 물 좀 주게……. 빨리 물 좀……! 필요해……. 밤에 컴컴한 숲을 지나가야 해, 그래서…… 만에 하나 무슨 일이라도 있으면. 빌려 주게, 제발 부탁하네!
무라슈낀　이반 이바니치, 거짓말을 하고 있군! 도대체 깜깜한 숲이 어디에 있다고 그러나? 다른 꿍꿍이속이 있지? 나쁜 생각을 하고 있다고 얼굴에 써 있는걸! 무슨 일인가? 기분 나쁜 일이라도 있는 건가?

똘까초프 잠깐, 숨 좀 쉬고……. 오, 맙소사. 개처럼 지쳐 버렸어. 머리에서 발끝까지 꼬치구이가 된 기분이야. 더 이상 참을 수가 없어. 제발, 아무것도 묻지 말고, 자세한 것은 알려고 하지 말고…… 권총 좀 빌려 주게! 부탁하네!

무라슈낀 그만두게! 이반 이바니치, 왜 그렇게 속이 좁은가? 한 집안의 가장이고, 5등 문관이나 되는 사람이 말이야! 부끄럽지도 않은가!

똘까초프 가장은 무슨 가장! 나는 수난자야! 짐이나 나르는 짐승, 검둥이, 노예, 할 일이 많아서 저세상으로도 가지 못하는 천박한 놈이라고! 나는 쓰레기고 바보고 천치야! 왜 사는지! 무엇을 하겠다고! (벌떡 일어선다) 말해 주게, 대체 왜 내가 살고 있는 건가? 이 끝없이 이어지는 정신적, 육체적 고통은 대체 무엇 때문인가? 사상의 수난자가 되는 것은 나도 이해해, 그럼! 하지만 여자 원피스와 램프용 전구 따위의 수난자가 되는 것은, 빌어먹을, 말도 안 돼! 사양하겠다고! 이건 아니야, 아니야, 아니야! 그만두겠어! 그만두겠어!

무라슈낀 소리 지르지 말게, 이웃 사람들이 듣겠어!

똘까초프 들을 테면 들으라지, 그게 무슨 상관인가! 자네가 권총을 내주지 않겠다면 다른 사람한테 알아보지. 그때에 나는 이미 이 세상 사람이 아닐 거야! 결심했어!

무라슈낀 잠깐, 자네가 내 단추를 잡아뗐네. 차분하게 말하게. 자네 인생이 뭐가 그렇게 나쁜지 도무지 이해할 수 없군.

똘까초프 뭐가 나쁘냐고? 지금 뭐가 나쁘냐고 물었나? 그렇다면 말해 주지! 좋아! 자네한테 털어놓으면 마음이 좀 가벼워질지도 모르니까. 앉게. 그럼, 들어 보게······. 오, 맙소사, 숨이 막혀······! 오늘 하루만 하더라도 그렇다네. 자네도 알다시피, 나는 10시부터 4시까지 사무실에서 지껄이며 돌아다녀야 하지 않는가. 후텁지근하고 파리는 들끓고, 여보게, 상상도 할 수 없이 심하게 혼란스럽다네. 비서는 휴가를 떠났지, 흐라쁘프는 결혼하러 갔지, 사무실 사동은 급여와 연애와 아마추어 연극에 미쳐 있지. 모두 다 잠이 덜 깨고 지치고 핼쑥해서 요령부득이라고······. 비서의 일은 왼쪽 귀가 먹고 사랑에 빠진 놈이 대신하지, 멍청한 민원인들은 왜 그렇게 성급하고 서두르고 짜증을 부리고 화부터 내는지. 사람들 때문에 얼마나 무질서한지 도와 달라고 소리를 지르고 싶을 지경이라니까. 아주 난장판이지. 일은 또 얼마나 가증스러운가. 언제나 되풀이되는 통지서, 공문서, 통지서, 공문서. 바다의 파도처럼 단조로워. 얼굴 밖으로 두 눈이 튀어나올 정도라니까, 이해하겠나? 물 좀 주게······. 관청에서 녹초가 되어 기진맥진 퇴근하면 식사도 하고 누워 뒹굴고도 싶은데, 아니, 그럴 수가 없네! 별장지기인 것을 잊어서는 안 되거든. 그러니까 노예, 쓰레기, 수세미, 즉각 심부름하느라고 뛰어다녀야 하는 닭 새끼란 말이야. 우리나라 별장에는 훌륭한 풍속이 있어. 별장지기가 시내에 나갈 일이 생기면, 그 별장지기한테, 마누라는 말할 것도 없고 별장의 온갖 것들이 마치 권한과 권리를 행사하듯이 엄청난 심부름을 시킨다는 거야. 마누라의 명령대로 양장점에 들러 허리 부분은 넓고 어깨는 좁다고 따져야 하고, 소니츠까의 부츠를 교환해야 하고, 견본에 맞춰 처제의 진홍색 실크 25꼬뻬이까어치, 무명 끈 3아르신[1]을 사야 하고······.

1 러시아의 옛 길이 단위. 71.12센티미터.

그래 여기, 잠깐, 읽어 주지. (호주머니에서 쪽지를 꺼내 읽는다) 램프용 전구, 소시지 1푼뜨,[2] 5꼬뻬이까어치 못과 계피, 미샤가 쓸 피마자 기름, 설탕가루 10푼뜨, 집에서 꿀단지와 설탕 빻는 절구를 가지고 나갈 것, 석탄산, 구충제, 파우더 10꼬뻬이까어치, 맥주 20병, 식초 원액, 여성용 코르셋 상소 82호…… 후유! 미샤의 가을 외투와 덧신을 가지고 올 것. 이것이 마누라와 가족들의 지령이야. 다음은 사랑스러운 친지들과 이웃들의 심부름이네, 이런 젠장할. 내일 블라신네 볼로쟈의 명명일이니 자전거를 사올 것, 육군 중령의 부인 비흐리나가 임신중이니 매일 산부인과에 들러 와줄 것을 부탁할 것, 기타 등등, 기타 등등. 내 호주머니에는 쪽지가 다섯 장이나 있고, 손수건으로도 물건을 쌌지. 이렇게, 맙소사, 직장 일을 끝마치고 열차를 타기 전까지 시내를 개처럼 뛰어다녀야 하네. 헐떡거리며 뛰고 또 뛰며 인생을 저주하지. 상점에서 약국으로, 약국에서 양장점으로, 양장점에서 소시지 파는 곳으로, 그리고 다시 약국으로. 여기서 넘어지고, 저기서 돈을 잃어버리고, 다음 장소에서 돈 내는 것을 깜빡해 뒤를 쫓아오는 소동이 벌어지고, 그 다음 장소에서는 부인의 치맛자락을 밟고…… 젠장! 이렇게 미쳐 날뛰고 나면 완전히 부서져 밤새 뼛골이 쑤시고 악어 꿈을 꾸지. 그런데, 시킨 물건을 모두 다 사고 나면 이제 그 성가신 것들을 어떻게 싸야 하지. 가령 말이야, 무거운 꿀단지와 망치를 램프용 전구와 함께 어떻게 쌀 것이며 석탄산과 차를 어떻게 같이 싸야 하느냐고? 맥주병들과 자전거를 어떻게 조합해야 하겠나? 엄청나게 어려운 일, 머리를 써야 하는 수수께끼! 골치 아프게 머리를 굴리지 않으면 결국 부

2 러시아의 옛 무게 단위. 0.41킬로그램.

서지고 흩어지니, 기차 안에 서서 두 팔을 벌리고 두 다리로 버티고 턱으로 보따리를 괸 채 종이 봉투, 박스, 온갖 잡동사니 속에 파묻히고 말지. 기차가 움직이기 시작하면 물건들이 남의 자리를 덮치게 되어 승객들은 그 짐들을 사방으로 내던져 버린다고. 고함을 지르고, 승무원을 부르고, 내리라고 협박을 하면, 내가 어떻게 하겠나? 그대로 서서, 두들겨 맞은 당나귀처럼 눈만 끔벅일 뿐이지. 이제 더 들어보게. 그리고 별장에 도착하게 되면, 정당한 노동의 대가로 기분 좋게 한잔 마시고 킁킁거리며 식사를 하고 싶지, 그렇지 않겠는가? 하지만 그러지 못하네. 마누라가 이미 지켜보고 있지. 수프를 홀짝거리자마자 덜떨어진 노예를 낚아챈 듯 달려들어, 〈아마추어 연극이나 무도회에 가지 않겠어요〉 하는 거야. 이의를 제기해서는 안 되네. 너는 남편이고, 별장에서 사용하는 〈남편〉이라는 단어는, 동물 보호 협회 따위의 참견은 아랑곳하지 않은 채 마음대로 사람과 짐을 태우고 싣고 다니라고 명령해도 말 잘 듣는 짐승을 의미하니까. 가서 「귀족 집안의 스캔들」이나 「모짜」인지 뭔지 하는 연극을 두 눈을 크게 뜨고 보면서 마누라의 지시에 따라 박수를 치고 있으면, 지치고 지치고 지쳐서 금방이라도 쓰러져 버릴 것만 같아. 아니면 클럽에 가서 춤추는 사람들을 바라보며 마누라의 파트너를 찾아 주고, 만일 파트너를 구하지 못하는 날에는 내가 직접 쿼드릴을 추기도 하지. 끄리불랴 이바노브나인지 뭔지 하는 여자와 춤을 추면서 바보같이 히죽거리며 〈얼마나 더 춰야 하나, 젠장〉 하고 생각하게 돼. 극장이나 무도회에서 자정이 지나 돌아오면 나는 이미 사람이 아니라 내다 버린 죽은 몸뚱이야. 그래도 마침내 목적지에 도착했으니, 옷을 벗고 잠자리에 들지. 훌륭해, 눈을 감고 자는 거 말이야……. 정말로 아늑하고 매혹적이야.

포근하고, 이해하겠나, 건넌방의 아이들은 끽소리도 내지 않지, 마나님도 없지, 양심도 깨끗하지, 그 이상 뭘 바라겠는가. 눈을 막 감았는데, 갑자기…… 갑자기 드즈즈…… 하는 소리가 들리는 거야! 모기! (벌떡 일어난다) 모기, 모기들, 젠장, 빌어먹을 저주나 받아라! (주먹을 휘두른다) 모기들! 이건 엄청난 고행이고 고문이야! 드즈즈……! 마치 용서라도 빌듯이 애처롭고 슬프게 드즈즈거리지만, 그 비열한 놈이 물기라도 하면 한 시간도 넘게 간지러워 긁어야 하지. 담배를 피우고 손바닥으로 쳐서 잡고 이불을 머리까지 덮어도 보지만, 아주 피할 수는 없어! 결국 침을 퉤 뱉고 마음대로 물어뜯으라고 내버려 두지, 먹어 치워라, 이 저주받을 놈들아! 그런데 모기 떼에 익숙해지기도 전에 엄청난 고행이 새롭게 닥치는 거야. 거실에서 마누라가 고음으로 목청껏 로맨스를 불러 대기 시작한 거지. 낮에는 자고, 밤마다 아마추어 콘서트를 위해 연습한다나. 오, 맙소사! 고음, 이건 모기와는 비교도 할 수 없는 고문이지. (노래한다) 〈젊음을 망쳐 버렸다고 말하지 마오……〉〈나는 다시 당신 앞에 넋을 잃고 서 있으니……〉 아, 천, 박, 해! 진절머리가 나! 그 소리가 조금이라도 들리지 않게 하려고 이런 잔꾀를 부려 보지. 손가락으로 귀 옆 관자놀이를 두드리는 거야. 그렇게 4시까지 두드리다 보면 노래 연습이 끝나지. 오, 이보게, 물 좀 더 주게……. 견딜 수가 없어……. 그래, 그렇게 조금도 못 자고 6시에 일어나서는 역으로 뛰는 거야. 기차를 놓칠까 봐 걱정하며 달려가면, 역은 진창에, 안개에, 게다가 춥기까지, 부르르! 시내에 도착하면 또 똑같은 일이 시작되는 거야. 이보게, 정말 이렇다니까. 자네에게 보고하겠는데, 인생은 아주 천박해. 원수라 해도 이런 인생을 권하고 싶지 않아. 이해하겠나, 나는 병들었어! 숨쉬기도 힘들고, 가슴도 답답하고, 항상 뭔가 두렵고, 소화도 안 되고, 눈도 침침하지……. 정신병자가 된 것이 분명해……. (주위를 둘러본다) 우리끼리 이야기지만……. 체초뜨나 메르제예프스끼한테 다녀오고 싶어. 이보게, 빌어먹을 이상한 일이 나한테 일어나곤 하거든. 모기들이 물어뜯거나 고음의 노랫소리가 들리거나 하면, 그런 짜증스럽고 정신 사나운 순간이 닥치면, 가스에 중독된 사람처럼 갑자기 눈앞이 깜깜해지고, 갑자기 벌떡 일어나 온 집 안을 뛰어다니며 고함을 지르게 되네. 〈피다! 피!〉 하고 말이야. 사실, 그럴 때면 칼로 누군가를 푹 찌르거나 머리를 의자로 내리찍고 싶어져. 그래, 별장 생활이 이런 지경으로 몰고 갔지! 그런데 아무도 안쓰럽게 생각하지도, 동정해 주지도 않아. 마치 이것이 당연한 일인 것처럼 말이야. 심지어 비웃기까지 하니. 하지만 나도 동물이야, 살고 싶은 거라고! 이것은 통속적인 보드빌이 아니라 비극이라고! 제발, 권총을 내주지 않을 거면, 동정이라도 해주게!

무라슈낀 동정하네.

똘까초프 그래도 동정해 주는 것을 보니……. 잘 있게. 정어리도 사야 하고 소시지도 사야 해서…… 치약도 필요하고, 그러고 나서 역으로 가야 한다네.

무라슈낀 자네가 사는 별장은 어디에 있나?

똘까초프 도홀리 강변이네.

무라슈낀 (기쁘게) 정말인가? 그렇다면 그곳의 별장 관리인으로 지내는 올가 빠블로브나 핀베르그를 알고 있나?

똘까초프 알지. 잘 알지.

무라슈낀 아, 이럴 수가! 이런 우연이 다 있다니! 마침 잘됐네. 자네 편으로…….

똘까초프 무슨 말인가?

무라슈낀 이보게, 친구, 작은 부탁 하나 들어주겠나? 친구로서 말이야! 들어주겠다고 약속해 주게나!

똘까초프 무슨?

무라슈낀 이건 업무가 아니라 우정으로 하는 거야! 부탁하네, 친구. 우선 첫째, 올가 빠블로브나에게 안부를 전해 주고, 내가 건강하게 잘 살고 있으며 그녀의 손에 키스를 보낸다고 말해 주게. 둘째, 그녀에게 작은 물건 하나 가져다주게. 그녀가 나에게 재봉틀 하나 사서 보내 달라고 부탁했는데, 전달할 사람이 있어야지⋯⋯. 가져다주게, 친구! 그러면서 함께, 카나리아가 있는 이 새장도 부탁하네⋯⋯. 아주 조심해야 하니, 그렇지 않으면 이 작은 문이 부서지니까⋯⋯. 그런데 왜 그렇게 나를 쳐다보나?

똘까초프 재봉틀⋯⋯ 카나리아 새장⋯⋯ 이런 새, 저런 새⋯⋯.

무라슈낀 이반 이바노비치, 자네 왜 그러나? 얼굴이 왜 시뻘게진 거야?

똘까초프 (발을 구른다) 이리로 재봉틀을 가져와! 새장은 어디에 있어? 내 위에 올라타라고! 나를 먹어 버리라고! 갈기갈기 찢어 버리라고! 부숴 버리라고! (주먹을 꽉 쥐고) 피다! 피! 피!

무라슈낀 자네 미쳤나?

똘까초프 (무라슈낀에게 달려들며) 피다! 피!

무라슈낀 (겁에 질려) 미쳤어! (소리를 지른다) 뻬뜨루슈까! 마리야! 어디에 있는 거야? 사람 살려!

똘까초프 (무라슈낀을 쫓아 온 방 안을 뛰어다니며) 피다! 피!

막이 내린다.

기념일

단막 웃음극

등장인물

쉬뿌친 안드레이 안드레예비치 N상호 신용 조합 대표 이사, 외알 안경
    을 낀 중년의 사내

따찌야나 알렉세예브나 그의 아내, 25살

히린 꾸지마 니꼴라예비치 신용 조합의 선임 경리, 초로의 사내

메르추뜨끼나 나스따시야 페도로브나 낡은 구식 망토를 걸친 초로의 여인

신용 조합의 주주들

신용 조합의 직원들

N상호 신용 조합의 사무실에서 벌어진 일.

대표 이사의 집무실. 왼편에는 신용 조합의 사무실로 통하는 문이 있다. 책상 두 개. 세련되고 화려한 인상을 주는 실내 장식. 우단을 씌운 가구들, 꽃, 조각상, 양탄자, 전화. 한낮.

펠트 장화를 신은 히린이 혼자 있다.

히린 (문을 향해 소리를 지른다) 약국에 가서 15꼬뻬이까어치 쥐오줌풀 액[1]을 사서 신선한 물하고 함께 대표 이사 방으로 가져오라고 해! 백 번도 더 말하지 않았어! (책상으로 간다) 이제는 기력조차 없군. 벌써 나흘째 눈도 붙이지 못하고 이렇게 쓰고 있으니 말이야. 아침부터 저녁까지는 여기에서 쓰고, 저녁부터 아침까지는 집에서 쓰고. (기침을 한다) 온몸에 열이 다 나. 오한에, 고열에, 기침에, 다리는 후들거리고, 눈앞에는······ 감탄사가 어른거리고. (앉는다) 못난 우리

1 신경 안정제로 사용된다.

대표 이사, 그 멍청이가 오늘 총회에서 〈우리 신용 조합의 현재와 미래〉라는 제목으로 보고 연설을 하겠다고 하니. 자기가 무슨 감베타[2]라도 되는 줄 아는지……. (쓴다) 2…… 1…… 1…… 6…… 0…… 7……. 그리고 6…… 0…… 1…… 6……. 자기는 사람들의 눈을 속이려고만 하고, 나더러는 이렇게 앉아 자신을 위해 노예처럼 일이나 하고 있으라니……! 그자는 연설에서 헛소리나 늘어놓으면서 아무 일도 하지 않는데, 나는 이렇게 온종일 주판알이나 튀기고, 제기랄 그런 놈은 뒈져 버려라……! (주판알을 튀긴다) 더 이상 못해 먹겠어! (쓴다) 그러니까, 1…… 3…… 7…… 2…… 1…… 0……. 일한 대가는 준다고 했겠다. 오늘 일이 잘 풀려 많은 사람들의 눈을 속이는 데 성공하면 사례금으로 3백 루블과 금줄을 약속했으니까……. 두고 보겠어. (쓴다) 그렇지만 나의 이 노고에 아무런 보상도 하지 않는다면 그때는 그 친구 그냥 둘 수 없지……. 나도 성질이 있는 사람이라고……. 성질이 나면 무슨 짓이든 할 수 있단 말이야……. 그럼!

무대 밖이 소란스럽고 박수 소리도 들린다. 쉬뿌친의 목소리. 「감사합니다! 감사합니다! 무척 감동했습니다!」 쉬뿌친이 들어온다. 연미복을 입고 하얀 넥타이를 맸다. 방금 선물로 받은 앨범을 들고 있다.

쉬뿌친 (문앞에 서서 사무실을 향해) 친애하는 직원 동료 여러분, 여러분이 준 이 선물은 내 인생의 가장 행복했던 날들에 대한 추억으로 생각하고 죽을 때까지 간직하겠습니다! 여러분! 다시 한 번 감사합니다! (공중으로 키스를 날려 보

2 프랑스의 외무부 장관 겸 총리(1881~1882). 연설가, 달변가의 뉘앙스로 비유한 인물.

내고 히린에게 간다) 친애하는, 내가 가장 존경하는 꾸지마
니꼴라이치!

쉬뿌친이 무대에 있는 동안 가끔씩 직원들이 서류를 들고 들어
와 그의 서명을 받아 돌아 나간다.

히린 (일어서며) 안드레이 안드레이치 씨, 신용 조합 창립 15주
년을 축하드립니다. 부디…….
쉬뿌친 (히린의 손을 꼭 잡는다) 고맙소! 고맙소! 오늘 이 뜻깊
은 기념일을 맞이하여 키스합시다……!

키스한다.

쉬뿌친 매우, 매우 기쁘오! 열심히 일해 줘서 고맙소…… 아
니, 모두 다 무조건 고맙소! 내가 이 신용 조합의 대표 이사
로 있으면서 뭔가 좋은 일이 있었다면 그것은 모두 다 직원
동료들 덕택이오. (숨을 크게 내쉰다) 그래, 벌써 15년이오!
15년 동안, 나 쉬뿌친이 없었다면! (활기차게) 그런데 내 보
고서는 어찌 되었소? 거의 끝났소?
히린 네. 다섯 페이지밖에 남지 않았습니다.
쉬뿌친 훌륭하오. 그러면 3시쯤에는 다 되겠소?
히린 방해받지 않는다면 끝낼 수 있습니다. 자잘한 일만 남
았으니까요.
쉬뿌친 멋지오. 멋져, 나 쉬뿌친이 없었다면! 총회는 4시에 있
을 거요. 자, 그럼 앞부분은 주시오. 훑어보게……. 어서 빨
리……. (보고서를 집어 든다) 이 보고서에 커다란 희망을 걸
고 있소……. 이것은 나의 *profession de foi*(신앙 고백), 아니,
나의 불꽃이오……. 불꽃, 나 쉬뿌친이 아니었다면! (앉아서

소리 내지 않고 보고서를 읽는다) 지독하게 피곤하군……. 밤
새 통풍에 시달리고, 오전 내내 여기저기 분주하게 뛰어다
니고, 그러고 나서 이런 흥분, 박수, 긴장…… 피곤해!

히린 (쓴다) 2…… 0…… 0…… 3…… 9…… 2…… 0……. 숫자
때문에 두 눈이 다 어질어질해……. 3…… 1…… 6…… 4……
1…… 5……. (주판알을 튀긴다)

쉬뿌친 불쾌한 일도 있었소……. 오늘 아침에 당신의 마나님
이 찾아와서는 또 당신에 대한 불평을 늘어놓았소. 어제저
녁에 당신이 칼을 들고 마누라와 처제를 쫓아다녔다고 하
던데. 꾸지마 니꼴라이치, 그게 무슨 소리요? 어!

히린 (단호하게) 안드레이 안드레이치 씨, 기념일이기도 해서
감히 부탁 말씀 드립니다. 고된 일을 하는 저를 조금이라도
존중하신다면, 제 집안일에 간섭하지 마십시오. 부탁드립
니다!

쉬뿌친 (한숨을 쉰다) 꾸지마 니꼴라이치, 당신은 정말 알 수
없는 사람이오. 훌륭하고 멋진 사람이면서, 여자들한테는
뱃사람처럼 거칠게 구니 말이오. 정말 그렇소. 여자들을 왜
그렇게 미워하는지 이해할 수가 없소.

히린 저도 당신이 왜 그렇게 여자들을 좋아하는지 이해할 수
가 없습니다.

사이.

쉬뿌친 직원들이 방금 앨범을 줬는데, 들리는 바로는 신용 조
합의 주주들도 나를 위해 축사를 읽고 은으로 만든 단지를
선물하고 싶어 한다더군……. (외알 안경을 만지작거리며)
좋았어, 나 쉬뿌친이 없었다면! 다 필요한 일이지……. 신
용 조합의 평판을 위해서라면 겉치레도 좀 필요하지, 제기

랄! 당신은 내 사람이라, 물론 모두 다 알고 있겠지만…….
그 축사는 내가 직접 썼고, 은으로 만든 단지도 내가 직접
산 거요……. 축사를 장정하는 데 45루블이나 들었지만, 그
럴 필요가 있지. 그 사람들은 생각조차 못할 테니까. (주위
를 둘러본다) 얼마나 멋진 인테리어냐고! 이게 어떤 가구인
데! 사람들은 내가 좀스러워 고작 하는 일이라곤 문에 달
린 자물쇠나 닦게 하고, 직원들에게 세련된 넥타이나 매라
고 하고, 현관에 뚱뚱한 경비원이나 세워 놓는 것이라고 말
들 하지. 하지만 그렇지 않소. 문에 달린 자물쇠나 뚱뚱한
경비원이 사소한 일이 아니라고. 내 집에서는 내 마음대로
돼지처럼 먹고 자고 퍼마신다 해도…….

히린 제발, 돌려서 말씀하지 마시죠.

쉬뿌친 아니, 누가 돌려서 말한다고 그래! 정말 알 수 없는 사
람이라니까……. 내 집에서는 내 마음대로 벼락출세한 속
물답게 행동할 수도 있지만, 여기서는 *en grand*(고상하게)
해야 하잖소. 여기는 신용 조합이라고! 여기서는 아주 작
은 것들도 깊은 인상을 줘야 하오, 그러니까 품위가 있어야
한다고. (바닥에서 종이 조각을 주워 벽난로에 던져 넣는다)
신용 조합의 평판이 높아진 것은 모두 다 내 공로야……!
중요한 것은 품위라고! 품위, 나 쉬뿌친이 없었다면. (히린
을 훑어보며) 이보시게, 신용 조합 주주의 대표단이 언제 여
기에 들이닥칠지도 모르는데, 펠트 장화를 신고 이 목도리
는 또 뭐요…… 재킷 색깔은 왜 이렇게 조잡해……. 연미복
이 아니라면 검은색 정장이라도 입을 수 없겠소…….

히린 당신의 그 주주들보다 제 건강이 더 소중합니다. 온몸
에 열이 다 납니다.

쉬뿌친 (흥분하여) 그래도 이게 무슨 무질서요! 당신은 앙상
블을 파괴하고 있잖소!

히린 대표단이 오면 제가 숨겠습니다. 어려운 일도 아니죠…….
(쏜다) 7…… 1…… 7…… 2…… 1…… 5…… 0. 저 자신도 무
질서한 것은 싫습니다……. 7…… 2…… 9……. (주판알을 튀
긴다) 무질서한 것은 참을 수 없단 말입니다! 그러니 오늘
기념 만찬에 여성들은 초대하지 않는 게 좋을 겁니다…….

쉬뿌친 말도 안 되는 소리…….

히린 모양새를 위해서 오늘 홀을 여성들로 가득 채우려고 하
시는 것으로 압니다. 하지만 두고 보십시오. 여성들이 모든
일을 다 망쳐 버릴 겁니다. 여성들 때문에 문제가 발생해서
무질서해질 겁니다.

쉬뿌친 아니, 거꾸로 여자들이 모이면 분위기가 좋아질걸!

히린 글쎄요……. 당신의 부인은 교양 있는 줄 알았는데, 지
난 월요일에 말을 함부로 하는 바람에 저는 다음 이틀 동
안 어찌할 바를 몰랐습니다. 아무 관계도 없는 사람들 앞에
서 갑자기 이렇게 묻는 겁니다. 〈우리 은행에서 남편이 드
랴쥬스꼬 쁘랴쥬스끼 은행의 주식을 대량으로 사들였는
데, 그게 주식 거래소에서 값이 폭락했다는 것이 사실인가
요? 아, 내 남편은 불안해하고 있답니다!〉 아무 관계도 없
는 사람들 앞에서 말입니다! 그런데도 당신은 여성들과 터
놓고 지내니, 이해할 수 없습니다! 여성들이 당신을 형사
법정에 세우길 바라시는 겁니까?

쉬뿌친 그만, 됐네, 됐소! 기념일인데 이건 너무 우울하지 않
은가. 어쨌든 당신 덕분에 생각났소. (시계를 본다) 곧 아내
가 올 거야. 사실 역으로 마중 나갔어야 했지만, 불쌍한 여
자, 시간도 없고 또…… 또 피곤하기도 하고. 솔직히, 아내
가 오는 게 반갑지 않아! 아니, 반가워, 하지만 이틀만 더
친정에서 지내다 오면 좋았을 텐데. 오늘 저녁 내내 자기와
함께 시간을 보내자고 조를 거야. 사실 오늘 식사 후에 가

녑게 바람을 쐬기로 했거든……. (몸을 떤다) 벌써 떨리기 시작하는군. 너무 긴장이 돼서 아주 사소한 일에도 울어 버릴 지경이라니까! 아니, 이러면 안 되지, 강해져야 해, 나 쉬 뿌친이 없었다면!

따찌야나 알렉세예브나가 들어온다. 방수 외투를 입고 여행용 가방을 어깨에 둘러멨다.

쉬뿌친 하! 호랑이도 제 말 하면 온다더니!

따찌야나 알렉세예브나 여보! (남편에게 달려와 한참 동안 키스 한다)

쉬뿌친 우리는 방금 당신 이야기를 하고 있었지……! (시계를 본다)

따찌야나 알렉세예브나 (가쁘게 숨을 내쉬고 나서) 내가 그리웠 죠? 잘 지냈나요? 집에 들르지도 않고 역에서 곧장 이리로 달려왔어요. 당신에게 할 말이 너무나 많아서…… 참을 수 가 없어요……. 외투는 벗지 않겠어요, 잠깐 들른 거니까. (히린에게) 안녕하셨어요, 꾸지마 니꼴라이치 씨! (남편에 게) 집에 별일은 없었죠?

쉬뿌친 없었어. 당신은 1주일 동안 통통해지고 더 예뻐졌는 걸……. 그래, 다녀온 일은 어땠소?

따찌야나 알렉세예브나 너무 좋았어요. 엄마와 까쨔가 당신에 게 안부를 전해 달래요. 바실리 안드레이치는 당신에게 키 스를 보내고. (키스한다) 작은어머니는 당신에게 잼을 한 통 보냈어요. 그런데 당신이 편지를 쓰지 않는다고 모두들 화가 났어요. 지나도 당신에게 키스를 전해 달랬어요. (키 스한다) 아, 무슨 일이 있었는지 알기나 하세요! 무슨 일이 있었는지! 말하기도 겁나요! 정말 무슨 일이 있었는지! 그런데, 당신 눈을 보니 내가 온 게 반갑지 않은 것 같군요!

쉬뿌친 무슨, 그렇지 않소…… 여보……. (키스한다)

히린, 화난 듯 기침을 한다.

따찌야나 알렉세예브나 (한숨을 내쉰다) 아, 불쌍한 까쨔, 불쌍한 까쨔! 정말 안됐어요, 정말 안됐어요!

쉬뿌친 여보, 오늘은 우리 신용 조합의 기념일이오. 신용 조합 주주의 대표단이 언제 여기로 들이닥칠지 모르는데, 당신은 제대로 갖춰 입지도 않았고.

따찌야나 알렉세예브나 정말, 기념일이군요! 축하해요……. 여러분, 부디 여러분에게……. 아, 그럼 오늘, 기념식도 있고 만찬도 있겠군요……. 내가 좋아하는 일이에요. 당신이 신용 조합 주주들에게 주려고 오랫동안 썼던 그 멋진 축사, 기억나요? 오늘 그 축사를 그 사람들이 당신을 위해 읽어 줄 거죠?

히린, 화난 듯 기침을 한다.

쉬뿌친 (당황하여) 여보, 그런 말은 하지 맙시다……. 이제 집에 가봐야지.

따찌야나 알렉세예브나 알았어요, 곧 가죠. 조금만 더 이야기하고 갈게요. 처음부터 얘기하죠. 그러니까……. 당신이 나를 배웅했을 때, 내 옆자리에 뚱뚱한 부인이 앉아 책을 읽고 있었던 것 기억나죠? 기차 안에서 이야기하는 거, 나는 좋아하지 않잖아요. 세 정거장을 가는 동안 내내 책을 읽으면서 한마디도 하지 않는 거예요……. 그리고 저녁이 되니까, 있잖아요, 온갖 우울한 생각이 떠오르는 거예요. 맞은

편에 젊은 남자가 앉아 있었는데, 뭐 갈색 머리에 꽤 잘생겼지요……. 그래서 이야기를 나눴죠……. 해군 장교가 다가와 앉고, 그다음에는 대학생이라는……. (웃는다) 나는 결혼하지 않았다고 말했어요……. 그랬더니 그 남자들이 얼마나 내 비위를 맞추려 들던지! 우리는 한밤중이 될 때까지 수다를 떨었어요. 갈색 머리는 엄청나게 웃긴 이야기를 늘어놓았고, 해군 장교는 내내 노래를 불렀어요. 너무 웃어서 가슴이 아플 지경이었다니까요. 그런데 해군 장교가, 하여간 해군들이란! 그런데 해군 장교가 우연히 내 이름이 따찌야나라는 것을 알고는 무슨 노래를 불렀는지 아세요? (낮은 톤으로 노래를 부른다) 〈나 오네긴은 더 이상 숨기지 않겠소, 나는 따찌야나를 미친 듯 사랑하오……!〉[3] (큰 소리로 웃는다)

히린, 화난 듯 기침을 한다.

쉬뿌친 그런데 따뉴샤, 우리가 꾸지마 니꼴라이치를 방해하고 있어. 집으로 돌아가지 그래, 여보…… 나중에…….

따찌야나 알렉세예브나 괜찮아요, 괜찮아요. 저 양반도 들으라고 내버려 둬요, 얼마나 재미있는데요. 금방 끝나요. 역에는 세료쟈가 마중 나왔어요. 그리고 우연히 어떤 젊은 남자를 만났는데, 세관원이라나 뭐래나…… 어쨌든 꽤 잘생겼고 특히 그 눈동자가……. 세료쟈가 우리를 소개했고, 우리는 셋이 함께 갔지요……. 날씨는 기가 막히게 좋았고…….

---

3 차이꼬프스끼가 뿌쉬낀의 운문 소설 「예브게니 오네긴」을 토대로 만든 오페라에 나오는 아리아 일부. 이 작품은 오네긴과 따찌야나의 사랑 이야기를 중심으로 전개된다.

무대 뒤에서 〈안 됩니다! 안 돼요! 무슨 일입니까?〉 하는 목소리.
메르추뜨끼나가 보인다.

메르추뜨끼나 (사람들을 밀쳐 내며 문간에 서서) 왜 붙잡는 거
야? 들어가야겠어! 일이 있다고⋯⋯! (들어와서 쉬뿌친에게)
대표 이사님, 실례 좀 해야겠습니다⋯⋯. 지방 서기관의 아
내 나스따시야 페도로브나 메르추뜨끼나 올시다.

쉬뿌친 무슨 일입니까?

메르추뜨끼나 이렇게 불쑥 찾아온 것은, 대표 이사님, 지방 서
기관인 내 남편 메르추뜨낀이 다섯 달째 아파서 집에 누워
치료를 받고 있는데, 아무런 이유도 없이 해고를 당했습니
다. 대표 이사님, 그래서 내가 남편 봉급을 받으러 갔더니,
그 사람들이 24루블 36꼬뻬이까를 빼고 주지 않겠습니까.
〈이유가 뭡니까?〉 하고 내가 물었죠. 그랬더니 남편이 기
금에서 돈을 돌려썼고 다른 사람들이 보증을 섰다는 겁니
다. 그게 무슨 말입니까? 어떻게 남편이 내 허락도 없이 돈
을 빌릴 수 있죠? 그럴 수는 없습니다, 대표 이사님! 나는
가난한 여자입니다, 하숙을 쳐서 간신히 먹고 삽니다⋯⋯.
의지할 데라고는 없는 연약한 여자입니다⋯⋯. 따뜻한 말
한마디 듣지 못하고 온갖 모욕을 다 당합니다.

쉬뿌친 알겠습니다⋯⋯. (그녀에게 청원서를 받은 다음 그대로
서서 읽는다)

따찌야나 알렉세예브나 (히린에게) 처음부터 말해야겠군요⋯⋯.
지난주에 갑자기 엄마한테서 편지를 받았어요. 여동생 까
쨔에게 그렌지레프스끼라는 사람이 청혼을 했다는. 잘생기
고 온순한 청년인데, 재산도 없고 특별히 하는 일도 없다는
거예요. 그런데 불행하게도, 상상해 보세요, 까쨔가 그 사
람한테 푹 빠졌다는 겁니다. 그러니 어떡하겠어요? 엄마는

나에게 빨리 와서 까쨔를 설득하라고 편지에 쓴 거죠…….

히린 (냉정하게) 죄송합니다만, 당신 때문에 헷갈립니다. 당신, 엄마, 그리고 까쨔, 헷갈립니다, 아무것도 전혀 이해할 수 없군요.

따찌야나 알렉세예브나 무슨 말이 그래요! 숙녀가 이야기하면 듣기나 하세요! 오늘 왜 그렇게 짜증을 내는 거죠? 사랑에 빠지기라도 하셨나요? (웃는다)

쉬뿌친 (메르추뜨끼나에게) 그런데, 이것이 뭡니까? 전혀 이해할 수 없군요…….

따찌야나 알렉세예브나 정말 사랑에 빠졌나 봐요? 저런! 얼굴이 다 빨개졌네!

쉬뿌친 (아내에게) 따뉴샤, 여보, 사무실에 잠시 나가 있겠어? 나도 곧 갈 테니.

따찌야나 알렉세예브나 좋아요. (나간다)

쉬뿌친 아무것도 이해할 수 없습니다. 부인, 잘못 찾아오신 것 같습니다. 청원서의 내용이 우리와는 전혀 상관이 없습니다. 부인 남편께서 일하셨던 관청으로 찾아가 보십시오.

메르추뜨끼나 벌써 다섯 군데나 들렀지만, 어느 곳에서도 청원서를 받아 주지 않았어요. 정신이 없던 차에, 고맙게도 사위 보리스 마뜨베이치가 당신에게 가보라고 하더군요. 〈장모님, 쉬뿌친 씨를 찾아가 보시죠. 영향력 있는 분이라 무엇이든지 다 할 수 있을 겁니다……〉 하면서 말입니다. 도와주십시오, 대표 이사님!

쉬뿌친 메르추뜨끼나 부인, 우리로서는 부인을 위해서 해줄 수 있는 일이 아무것도 없습니다. 이해해 주십시오. 내가 보기에 부인 남편은 군 의료 기관에서 근무하셨던 것 같은데, 여기는 사설 신용 조합입니다. 영리 법인이랍니다. 이해하시겠습니까!

메르추뜨끼나 대표 이사님, 남편은 아프답니다. 여기 의사 진단서도 있습니다. 이것인데, 한번 봐주십시오…….

쉬뿌친 (짜증을 낸다) 알겠습니다. 그러나 다시 말씀드리지만, 이것은 우리와 전혀 상관이 없습니다.

무대 밖에서 따찌야나 알렉세예브나의 웃음소리가 들리고, 이어서 남자들의 웃음소리가 들린다.

쉬뿌친 (문을 쳐다보고 나서) 저기서도 직원들을 방해하고 있군. (메르추뜨끼나에게) 이상하다 못해 우습군요. 부인 남편도 부인이 어디로 찾아가야 할지 모르던가요?

메르추뜨끼나 대표 이사님, 우리 집 남편은 아무것도 모른답니다. 똑같은 말만 되풀이하죠. 〈상관하지 말고, 꺼져!〉 그래서 이렇게…….

쉬뿌친 부인, 다시 말씀드리지만, 부인 남편이 근무하셨던 곳은 군 의료 기관이고, 여기는 사설 신용 조합, 영리 법인입니다…….

메르추뜨끼나 네, 네, 네…… 압니다. 대표 이사님, 그렇다면, 15루블만이라도 내주라고 말씀하시면 되지 않나요! 만족스럽지는 않지만.

쉬뿌친 (한숨을 내쉰다) 후유!

히린 안드레이 안드레이치 씨, 이러면 보고서를 끝낼 수가 없습니다!

쉬뿌친 알았소. (메르추뜨끼나에게) 못 알아듣겠습니까? 그런 청원서를 우리 기관에 가져오는 것은 이혼 소송을 약국이나 조달청에 내는 것처럼 아주 이상한 일이라는 것을 모르십니까?

문을 두드리는 소리. 따찌야나 알렉세예브나의 목소리. 「안드레이, 들어가도 되나요?」

쉬뿌친 (소리를 지른다) 기다려, 여보, 금방 나갈 테니! (메르추 뜨끼나에게) 부인께서 돈을 다 받지 못한 것이 우리와 무슨 관계가 있습니까? 게다가, 부인, 우리는 오늘 기념일이라서 바쁩니다…… 지금이라도 누가 이곳으로 들이닥칠지 모릅니다……. 미안합니다…….

메르추뜨끼나 대표 이사님, 이 불쌍한 사람을 가엽게 여기십시오! 의지할 데라고는 없는 연약한 여자랍니다……. 죽을 지경입니다……. 하숙인은 소송을 걸었지, 남편을 보살펴야 하지, 살림하느라 뛰어다니지, 사위는 놀고 있지.

쉬뿌친 메르추뜨끼나 부인, 나는……. 아니, 미안합니다, 당신하고 더 이상 이야기할 수 없군요! 머리가 다 어지럽습니다……. 부인이 방해하는 바람에 우리는 시간을 낭비했습니다……. (한숨을 쉰다. 혼잣말로) 이거 돌대가리 아니야. 나 쉬뿌친이 없었다면! (히린에게) 꾸지마 니꼴라이치, 제발 당신이 메르추뜨끼나 부인에게 설명하시오……. (손을 내저으며 사무실로 나간다)

히린 (메르추뜨끼나에게 다가간다. 엄하게) 무슨 일이시죠?

메르추뜨끼나 의지할 데라고는 없는 연약한 여자랍니다……. 보기에는 튼튼해 보일지 모르지만, 꼼꼼히 살펴보면 몸속 실핏줄 하나도 건강하지 못하답니다. 지금도 간신히 서 있고, 식욕도 없습니다. 오늘 커피를 마시는데도 전혀 맛을 모르겠더라고요.

히린 무슨 일이냐고 묻지 않습니까?

메르추뜨끼나 15루블이라도 내주라고 해주십시오, 나머지는 다음 달에 주더라도.

히린 그런데 부인, 여태 알아듣게 말하지 않았나요, 여기는 신용 조합입니다!

메르추뜨끼나 네, 네⋯⋯. 그런데 필요하시다면 병원 진단서를 보여 드리겠습니다.

히린 부인 어깨 위에 있는 것이 머리입니까, 아닙니까?

메르추뜨끼나 나는 내 권리만을 바라는 겁니다. 남의 것을 원하는 게 아니지 않습니까.

히린 부인, 어깨 위에 있는 것이 머리인지 아닌지 묻지 않았습니까? 더 이상 부인하고 실랑이할 시간이 없습니다, 이런 제기랄! 바쁩니다. (문을 가리킨다) 안녕히 가십시오!

메르추뜨끼나 (놀라서) 그러면 돈은⋯⋯?

히린 한마디로 부인 어깨 위에 있는 것은 머리가 아니라 바로 이것이로군요⋯⋯. (손가락으로 먼저 책상을 두드리고 나서 자기 이마를 두드린다)

메르추뜨끼나 (기분이 상해서) 뭐라고? 아니, 그래도 되는 거요 ⋯⋯. 자기 마누라한테나 그러시지⋯⋯. 나는 서기관의 부인이란 말씀이야⋯⋯. 나한테 너무 하는 거 아니야!

히린 (발끈 화를 내며, 낮은 목소리로) 여기서 나가!

메르추뜨끼나 아니, 아니, 아니⋯⋯ 너무 하는 거 아니야!

히린 (낮은 목소리로) 당장 나가지 않으면 경비원을 불러 끌어내겠어! 나가! (발을 구른다)

메르추뜨끼나 그러면 안 되는 거 아니야! 누가 무서워할 줄 알아! 당신 같은 건달은 많이 겪어 봤다고⋯⋯!

히린 살면서 이렇게 역겨운 것은 처음 봤어⋯⋯. 후유! 골치 아프군⋯⋯. (무겁게 숨을 내쉰다) 다시 한 번 말하지⋯⋯. 알아들으라고! 이 늙은 마녀야, 여기서 나가지 않으면 가루로 만들어 주겠어! 나도 성질이 있어서 너 같은 것은 평생 불구로 만들 수도 있다고! 무슨 짓이든 할 수 있단 말이야!

메르추뜨끼나 마음대로 지껄이라고. 눈 하나 깜빡하지 않을 테니. 너 같은 자들은 많이 겪어 봤어.

히린 (단념하고) 더 이상 보고 싶지도 않아! 불쾌해! 상대하기도 싫어! (책상으로 가서 앉는다) 이곳이 아줌마들로 가득 차서, 보고서를 쓸 수 없잖아! 쓸 수 없다고!

메르추뜨끼나 나는 내 권리를 말하는 것이지 남의 것을 원하는 게 아니야. 파렴치한 작자 같으니! 사무실에서 펠트 장화나 신고 앉아서…… 무식한 놈…….

쉬뿌친과 따찌야나 알렉세예브나가 들어온다.

따찌야나 알렉세예브나 (남편 뒤에서 들어오면서) 우리는 베레쥬니쯔끼의 저녁 파티에 갔죠. 까쨔는 목이 드러나고 얇은 레이스가 달린 하늘색 실크 드레스를 입었어요……. 높이 올린 머리가 무척 잘 어울렸답니다, 그 머리는 내가 직접 해줬지요……. 옷이며 머리며 정말 매력적이었답니다!

쉬뿌친 (두통에 시달린다) 그래, 그래…… 매력적이야……. 지금쯤 들이닥칠 때가 됐는데.

메르추뜨끼나 대표 이사님……!

쉬뿌친 (침울하게) 또 뭡니까? 무슨 일입니까?

메르추뜨끼나 대표 이사님……! (히린을 가리킨다) 여기 이 사람, 바로 이 사람…… 바로 이 사람이 손가락으로 자기 이마를 두드리고 나서 책상을 두드렸답니다……. 내 문제를 해결하라는 대표 이사님의 명령을 듣고도 이 사람은 웃기는 소리만 했지요. 나는 의지할 데라고는 없는 연약한 여자랍니다…….

쉬뿌친 좋습니다, 부인, 내가 직접 해결하죠…… 조치를 취하겠습니다……. 나가시죠…… 다음에……! (혼잣말로) 손발

이 쑤셔 오는군!

히린 (쉬뿌친에게 다가간다. 조용히) 안드레이 안드레이치 씨, 경비원을 불러 저 여자 목덜미를 잡아 내쫓으라고 하십시오. 이게 무슨 일입니까?

쉬뿌친 (놀라며) 아니, 안 돼! 저 여자가 비명을 지를 텐데, 이 건물에는 다른 사무실도 많잖소.

메르추뜨끼나 대표 이사님……!

히린 (우는 목소리로) 보고서를 써야 합니다! 아직 다 못 썼다고요……! (책상으로 돌아간다) 견딜 수가 없어!

메르추뜨끼나 대표 이사님, 그럼 언제 받게 되는 거죠? 오늘 돈이 필요한데.

쉬뿌친 (혼잣말로 화를 내며) 대, 단, 히, 군, 천박한 여편네! (메르추뜨끼나에게 부드럽게) 부인, 내가 이미 말씀드리지 않았습니까. 여기는 사설 신용 조합, 영리 법인입니다…….

메르추뜨끼나 친아버지 같은 자비를 베푸시죠, 대표 이사님……. 만일 병원 진단서로 부족하다면, 관청에서 나온 신분증을 보여 드릴 수도 있습니다. 돈을 내주라고 해주십시오!

쉬뿌친 (무겁게 숨을 내쉰다) 후유!

따찌야나 알렉세예브나 (메르추뜨끼나에게) 여보세요, 당신 때문에 일을 못한다잖아요. 정말 웃기는 여자야.

메르추뜨끼나 아름다우신 부인, 아무도 날 돌봐 주지 않는답니다. 먹고 마시는 일도 이름뿐이죠. 오늘 커피를 마시는데도 전혀 맛을 모르겠더라고요.

쉬뿌친 (기력이 다 빠져, 메르추뜨끼나에게) 얼마를 원하십니까?

메르추뜨끼나 24루블 36꼬뻬이까.

쉬뿌친 좋습니다! (지갑에서 25루블을 꺼내서 메르추뜨끼나에게 건넨다) 여기 25루블입니다. 가지고…… 나가시죠!

히린, 화난 듯 기침을 한다.

메르추뜨끼나 대단히 고맙습니다, 대표 이사님……. (돈을 감춘다)

따찌야나 알렉세예브나 (남편 옆에 앉으며) 집에 갈 시간이네…….
(시계를 본다) 하지만 아직 다 말하지 못해서……. 금방 말하고 갈게요……. 무슨 일이 벌어졌던지! 아, 무슨 일이 벌어졌던지! 우리가 베레쥬니쯔끼의 저녁 파티에 갔죠……. 괜찮았어요, 즐거웠죠, 특별한 건 없었지만……. 물론 까쨔가 사모하는 그렌지레프스끼도 있었죠……. 나는 까쨔에게 이야기하고 울면서 설득했어요. 그날 파티에서 까쨔는 그렌지레프스끼의 사랑을 받아들일 수 없다고 말했어요. 나는 모든 일이 아주 잘 풀렸다고 생각했죠. 그래서 엄마를 안심시키고 까쨔를 구해 냈으니 나도 마음을 놓을 수가 있었어요……. 그런데 어떻게 되었는지 아세요? 저녁 식사 전에 까쨔와 함께 오솔길에서 산책을 하고 있었는데 갑자기……
(흥분한다) 갑자기 총소리가 들리는 거예요……. 더 이상 차분하게 말할 수 없어요! (손수건으로 부채질을 한다) 아니, 더 이상 말하지 못하겠어요!

쉬뿌친 (한숨을 내쉰다) 후유!

따찌야나 알렉세예브나 (운다) 우리는 정자 쪽으로 달려갔어요, 그런데 거기에…… 거기에 가련한 그렌지레프스끼가 누워 있었는데…… 손에 권총을 들고서…….

쉬뿌친 더 이상 참을 수 없어! 참을 수 없다고! (메르추뜨끼나에게) 무엇이 더 필요합니까?

메르추뜨끼나 대표 이사님, 내 남편을 다시 취직시켜 줄 수는 없나요?

따찌야나 알렉세예브나 (운다) 자기 가슴에 대고 총을 쏜 거예요……. 바로 여기에……. 까짜는 의식을 잃고 쓰러졌어요, 불쌍한 것……. 그 사람은 두려움에 떨며 누워서…… 의사를 불러 달라는 거예요. 곧 의사가 달려와서…… 그 불행한 청년을 구했죠…….

메르추뜨끼나 대표 이사님, 내 남편을 다시 취직시켜 줄 수는 없나요?

쉬뿌친 더 이상 참을 수 없어! (운다) 참을 수 없다고! (히린에게 두 팔을 내밀며, 절망적으로) 이 여자를 쫓아내! 쫓아내라고, 제발!

히린 (따찌야나 알렉세예브나에게 다가가며) 여기서 나가시오!

쉬뿌친 아니, 이 여자…… 이 끈덕진 여자 말이야……. (메르추뜨끼나를 가리킨다) 이 여자!

히린 (쉬뿌친의 말을 이해하지 못하고, 따찌야나 알렉세예브나에게) 여기서 나가시오! (발을 구르며) 나가라니까!

따찌야나 알렉세예브나 뭐라고요? 뭐라고 했어요? 당신 미쳤나요?

쉬뿌친 끔찍하군! 아이고, 내 팔자야! 이 여자를 몰아내! 몰아내!

히린 (따찌야나 알렉세예브나에게) 나가시오! 부숴 버리기 전에 나가란 말이오! 나는 무슨 짓이든 할 수 있단 말이오!

따찌야나 알렉세예브나 (도망친다. 히린이 그 뒤를 쫓는다) 당신이 감히 어떻게! 뻔뻔스러운 작자 같으니! (소리를 지른다) 안드레이! 구해 줘요! 안드레이! (비명을 지른다)

쉬뿌친 (그들 뒤를 쫓는다) 그만들 뒤! 제발! 조용히 하라고! 나는 어떡하란 말이야!

히린 (메르추뜨끼나를 쫓는다) 여기서 나가! 잡아라! 두들겨 패서 쫓아내야 해!

쉬뿌친 (고함을 지른다) 그만들 뒤! 제발! 부탁이야!

메르추뜨끼나 아이고…… 아이고……! (비명을 내지른다) 아이
고……!

따찌야나 알렉세예브나 (소리 지른다) 구해 줘요! 구해 줘요……!
아, 아…… 어지러워! 어지러워! (의자 위로 뛰어 올라갔다가
소파 위로 쓰러진다. 기절이라도 한 듯 신음한다)

히린 (메르추뜨끼나를 쫓는다) 두들겨 패서 쫓아내야 해!

메르추뜨끼나 아, 아…… 아이고, 눈앞이 캄캄해! 아! (의식을
잃고 쓰러지면서 쉬뿌친의 팔에 안긴다)

문을 두드리는 소리. 무대 밖에서 〈대표단이 오셨습니다!〉 하
는 목소리.

쉬뿌친 대표단…… 평판…… 점거…….

히린 (발을 구른다) 꺼지라고, 이런 빌어먹을! (소매를 걷어 올
린다) 그 여자 이리 내놔! 일을 벌이고 말 테니까!

다섯 명의 대표단이 들어온다. 모두 연미복을 입고 있다. 한 사
람은 우단으로 장정한 축사를 손에 들고 있고, 다른 한 사람은
단지를 들고 있다. 직원들이 집무실 안을 들여다본다. 따찌야나
알렉세예브나는 소파 위에 쓰러져 있고, 메르추뜨끼나는 쉬뿌친
의 팔에 안겨 있다. 두 사람 모두 나지막이 신음하고 있다.

신용 조합의 주주 (큰 소리로 읽는다) 존경하고 친애하는 안드
레이 안드레예비치 씨! 우리 금융 기관의 과거를 회고하고,
부단히 발전하는 역사를 지혜로운 눈으로 돌아보면서, 우
리는 더할 수 없이 기쁜 인상을 받았습니다. 사실, 우리 기
관의 초창기에는 자본금의 규모도 작았고, 큼직한 거래 실
적도 없었으며, 목표 또한 불확실해서 〈죽느냐, 사느냐〉 하

는 햄릿의 고민이 전면에 부각되기도 했습니다. 그와 동시에 신용 조합의 문을 닫는 것이 더 낫다는 목소리도 터져 나왔습니다. 바로 그럴 때 당신이 기관의 대표직을 맡았습니다. 당신의 명성, 에너지 그리고 당신 특유의 기지로 눈부신 성공과 보기 드문 번영을 이루었습니다. 신용 조합의 평판은…… (기침한다) 신용 조합의 평판은…….

메르추뜨끼나 (신음한다) 오! 오!

따찌야나 알렉세예브나 (신음한다) 물! 물!

신용 조합의 주주 (계속 읽는다) 평판은…… (기침한다) 신용 조합의 평판은 당신에 의해서 매우 높아졌으며, 우리 기관은 오늘날 해외의 우량 기관들과 어깨를 나란히 할 수 있게 되었으며…….

쉬뿌친 대표단…… 평판…… 점거……. 두 친구가 저녁 때 함께 걸으며 진지한 대화를 나누었지[4]……. 젊음을 망쳤다고 말하지 마라, 나의 질투에 괴롭다고 말하지 마라.[5]

신용 조합의 주주 (당황한 채 계속 읽는다) 그리고 우리가 오늘의 모습을 객관적으로 바라보면, 존경하고 친애하는 안드레이 안드레예비치 씨께서……. (목소리의 톤을 낮추고) 이러한 상황이라면 나중에…… 나중에 오는 게 낫겠습니다…….

당황한 채 떠난다.

막이 내린다.

---

4 러시아의 우화 작가 끄릴로프의 우화 「나그네와 개」에 나오는 한 구절.

5 19세기 러시아 시인 네끄라소프의 시에 곡을 붙인 집시들의 노래. 한바탕 소란에 넋이 나간 쉬뿌친이 정작 기다리던 축사가 시작되었는데 횡설수설하고 있다.

갈매기

4막 코미디

등장인물

이리나 니꼴라예브나 아르까지나 남편의 성은 뜨레쁠레프, 여배우

꼰스딴찐 가브릴로비치 뜨레쁠레프 아들, 청년

뾰뜨르 니꼴라예비치 소린 오빠

니나 미하일로브나 자레츠나야 젊은 처녀, 부유한 지주의 딸

일랴 아파나시예비치 샤므라예프 퇴역한 중위, 소린 영지의 관리인

뽈리나 안드레예브나 그의 아내

마샤 그의 딸

보리스 알렉세예비치 뜨리고린 소설가

예브게니 세르게예비치 도른 의사

세묜 세묘노비치 메드베젠꼬 교사

야꼬프 일꾼

요리사

하녀

소린의 영지에서 일어난 일. 3막과 4막 사이에 2년이 흐른다.

제1막

소린 영지에 있는 공원의 일부. 객석으로부터 공원 뒤쪽에 있는 호수로 난 넓은 가로수 길. 호수는 연극 공연을 위해 임시로 설치된 무대에 가려 전혀 보이지 않는다. 무대 왼편과 오른편으로는 덤불. 의자 몇 개와 작은 탁자 하나가 있다.

날이 막 저물었다. 막이 내려진 무대 뒤에 야꼬프와 다른 일꾼들이 있다. 기침 소리와 쿵쿵거리는 소리가 들린다. 마샤와 메드베젠꼬가 산책을 하고 왼쪽에서 걸어 들어온다.

메드베젠꼬 어째서 당신은 항상 검은 옷을 입고 다닙니까?

마샤 내 인생의 상복이에요. 불행하니까.

메드베젠꼬 불행하다고요? (생각에 잠겨) 이해할 수 없군요……. 건강하고, 당신의 아버지는 부자까지는 아니어도 잘살지 않습니까. 당신에 비하면 나는 정말 어렵게 살고 있습니다. 한 달에 받는 봉급이라야 기껏 23루블인데, 거기서 퇴직 적립금을 떼죠. 그래도 상복을 입지는 않습니다. (두 사람, 앉는다)

마샤 문제는 돈에 있지 않아요. 가난한 사람들도 행복할 수 있으니까.

메드베젠꼬 그것은 이론이지 실제에서는 다릅니다. 나, 어머니, 그리고 누이 둘과 남동생, 하지만 봉급은 고작 23루블. 먹어야 하고 마셔야 하죠. 차와 설탕도 필요하지요. 담배도. 이렇게 맴돌 뿐입니다.

마샤 (무대 주위를 둘러본다) 곧 공연이 시작될 겁니다.

메드베젠꼬 네. 자례츠나야가 연기를 할 거고, 희곡은 꼰스딴찐 가브릴로비치가 썼죠. 두 사람은 서로 사랑합니다. 오늘 두 사람의 영혼이 하나의 예술 형상을 만들어 내면서 합쳐질 겁니다. 그런데 나의 영혼과 당신의 영혼 사이에는 공통의 지점이 없군요. 당신을 사랑합니다. 마음이 아파 집에 앉아 있지 못하고 매일 6베르스따를 걸어왔다가 또 6베르스따를 걸어서 돌아갑니다. 하지만 만나는 것은 당신의 무관심뿐. 이해합니다. 재산도 없이 가족만 많으니까요……. 아무것도 가진 것 없는 사람하고 누가 결혼을 하겠습니까?

마샤 그렇지는 않아요. (코담배를 맡는다) 당신의 사랑을 모르지는 않지만, 단지 나에게 그런 감정이 생기지 않는다는 것뿐이지, 그 이상은 없어요. (그에게 담뱃갑을 내민다) 하시겠어요?

메드베젠꼬 생각 없습니다.

사이.

마샤 답답하군요. 밤에 소나기가 올 모양이에요. 당신은 언제나 넋두리를 늘어놓거나 아니면 돈에 대한 이야기만 하는군요. 당신 생각으로는 가난보다 더 불행한 것이 없다지만, 내가 생각하기에는 누더기를 걸치고 다니면서 구걸을 하는 편이 천 배는 더 나을 겁니다, 차라리……. 아니, 당신은 이해하지 못하겠지만······.

소린과 뜨레쁠레프가 오른쪽에서 들어온다.

소린 (지팡이를 짚고 있다) 애야, 나는 어쩐지 시골과 맞지 않
아. 이곳이 편안하지 않은 것도 물론이고. 어제 10시에 자
리에 누워 오늘 아침 9시에 잠에서 깼는데, 너무 오래 자서
뇌가 두개골에 달라붙은 기분이었다. 언제나 그런 식이지.
(웃는다) 점심 식사 후에도 깜빡 잠이 들었어. 지금은 아주
지쳐 버렸다. 악몽을 꾸고 있는 것 같아, 결국······.

뜨레쁠레프 그렇습니다, 도시에 사셔야 하는데. (마샤와 메드
베젠꼬를 보고 나서) 여러분, 시작할 때 부르겠습니다. 지금
은 여기에 있으면 안 됩니다. 제발 나가 주시겠습니까.

소린 (마샤에게) 마리야 일리니츠나, 아버지께 부탁드려 주겠
소, 개를 묶어 놓으라는 지시를 내려 달라고. 그렇지 않으
면 개가 짖을 거요. 누이가 또 밤새 잠을 자지 못했다는데.

마샤 아버지께 직접 말씀하시죠. 죄송합니다. (메드베젠꼬에
게) 가시죠!

메드베젠꼬 (뜨레쁠레프에게) 그럼 시작하기 전에 불러 주십시
오. (두 사람, 나간다)

소린 이렇다니까. 또 밤새 개가 짖겠군. 이렇게 나는 시골에
서 원하는 대로 살아 본 적이 없어. 28일간의 휴가를 얻어
쉬려고 여기에 오지만 언제나, 온갖 쓸데없는 일들에 시달
려서 첫날 당장 돌아가고 싶어진다니까. (웃는다) 여기서
떠날 때는 항상 기분이 좋지······. 하지만 이제는 퇴직을 해
서 갈 곳이 없어, 결국. 원튼 원치 않든 살아야 하지······.

야꼬프 (뜨레쁠레프에게) 꼰스딴찐 가브릴로비치 씨, 씻고 오
겠습니다.

뜨레쁠레프 좋아. 10분 뒤에는 제자리에 와 있어야 하네. (시계를 본다) 곧 시작할 테니.

야꼬프 알겠습니다. (나간다)

뜨레쁠레프 (무대 주위를 둘러본다) 극장입니다. 막이 있고 그 뒤로 첫 번째, 두 번째 측면 장치도 있죠. 뒷면은 텅 빈 공간입니다. 전혀 장치를 하지 않아서, 호수와 수평선이 그대로 보입니다. 막은 달이 뜨는 여덟 시 반에 올라갈 겁니다.

소린 멋지군.

뜨레쁠레프 자레츠나야가 늦는다면 모든 효과가 다 망쳐집니다. 올 때가 됐는데. 아버지와 계모가 감시를 하고 있어서, 마치 감옥에서 탈출이라도 하듯이 집에서 나오기가 힘들답니다. (외삼촌의 넥타이를 바로잡아 준다) 머리와 턱수염이 엉클어졌어요. 좀 다듬어야겠는데요…….

소린 (턱수염을 쓰다듬으며) 내 인생의 비극이다. 젊었을 때도 외모가 술에 취해 있는 것 같았는데, 지금도 여전히 그렇지. 여자들의 사랑을 받아 본 적이 없어. (앉는다) 누이는 왜 기분이 좋지 않을까?

뜨레쁠레프 왜냐고요? 따분해서 그렇습니다. (나란히 앉는다) 질투가 나는 거죠. 어머니는 저도 싫고, 이 공연도 싫고, 저의 희곡도 싫어합니다. 그 소설가가 자레츠나야를 좋아할지도 모른다고 생각하니까요. 어머니는 제 희곡도 모르면서 벌써부터 싫어하시죠.

소린 (웃는다) 설마, 그러려고…….

뜨레쁠레프 이 조그만 무대에 어머니가 아니라 자레츠나야가 선다는 것에 이미 화가 나셨죠. (시계를 본다) 아주 희귀한 심리를 가지고 있습니다, 어머니는. 의심의 여지가 없이 재능이 있고 지혜롭고 책을 보며 울 줄도 알고 네끄라소프의 시를 전부 암송하고 아픈 사람들을 천사같이 돌보지만, 그

앞에서 두제[1]를 칭찬해 보세요! 오오! 어머니만을 칭찬해야 하고, 어머니에 관해서만 써야 하고, 「동백 아가씨[春姬]」[2]나 「불로 장생의 영약」[3]에서 대단한 연기를 보여 줬다고 소리 지르고 환호해야 합니다. 그렇지만 이곳 시골에는 그런 마취제가 없지요. 그러니 어머니는 따분하고 짜증이 나는 겁니다. 우리 모두가 어머니의 적이고, 모두 우리 잘못이죠. 거기다가 어머니는 미신을 믿어 촛불 세 개와 숫자 13을 무서워합니다. 또 인색하지요. 오제사의 은행에 7만 루블을 넣어 두고도, 저는 그것을 확실히 알고 있습니다, 돈을 좀 얻어 쓰려고 하면 울음을 터뜨리죠.

소린 너의 희곡이 어머니 마음에 들지 않을 거라고 지레짐작하고 괜히 흥분하고 있구나. 진정해라, 어머니는 너를 사랑한단다.

뜨레쁠례프 (꽃잎을 하나씩 뜯는다) 사랑한다, 사랑하지 않는다, 사랑한다, 사랑하지 않는다, 사랑한다, 사랑하지 않는다. (웃는다) 보세요, 어머니는 저를 사랑하지 않아요. 왜 그런지 아세요? 어머니는 생기 있게 살고 사랑하고 밝은 옷을 입고 다니고 싶어 하죠, 하지만 저는 벌써 스물다섯입니다. 저는 어머니가 젊지 않다는 것을 항상 상기시키는 존재입니다. 제가 없으면 어머니는 서른두 살밖에 되지 않지만, 제가 있으면 마흔셋이랍니다. 그러니 저를 싫어할 수밖에요. 그리고 어머니는 제가 연극을 인정하지 않는다는 사실을 압니다. 어머니는 연극을 사랑하고, 자신이 인류와 그 신성한 예술에 봉사한다고 생각하고 있습니다. 하지만 제

---

1 이탈리아의 유명 여배우(1858~1924). 1890년대 러시아에 초빙되어 배우로 활동하였다.
2 프랑스의 극작가 뒤마(1824~1895)의 희곡.
3 러시아의 극작가 마르께비치(1822~1884)의 희곡.

가 보기에 요즘의 연극은 구태의연한 편견에 불과합니다. 막이 오르고 저녁의 조명 아래서, 세 개의 벽으로 둘러싸인 방 안에서 그 위대한 연기자들이, 신성한 예술의 사제들이, 사람들이 먹고 마시고 사랑하고 양복을 입고 걸어다니는 것을 흉내 냅니다. 진부한 장면과 대사들에서 도덕을 낚아 올리려고 합니다. 일상 생활에나 필요한 하찮고 뻔한 도덕을 말입니다. 수천 개의 공연들이 제게는 모두 똑같고 똑같고 똑같습니다. 모파상이 자신의 뇌를 짓누르는 그 저속한 에펠탑으로부터 도망치듯 저는 벗어나려고 뛰고 또 뜁니다.

소린 극장은 있어야 하지.

뜨레쁠례프 새로운 형식이 필요합니다. 새로운 형식이 필요합니다. 그것이 없다면 차라리 아무것도 없는 게 낫습니다. (시계를 본다) 어머니를 사랑합니다, 무척 사랑합니다. 하지만 어머니는 담배와 술에 찌들어 있고, 그 소설가하고는 드러내 놓고 지냅니다. 어머니의 이름은 항상 신문에 오르내리죠. 그것도 저를 지치게 합니다. 이따금 제 속에서 평범한 사람의 에고이즘이 생겨나 어머니가 유명한 배우라는 것이 싫어진답니다. 어머니가 평범한 여자였다면 저는 더 행복했을 텐데. 외삼촌, 이보다 더 절망적이고 한심한 상태가 있을까요? 어머니에게는 저명인사들과 배우들 그리고 작가들이 끊임없이 드나듭니다. 그 사람들 속에서 저만 아무것도 아니죠. 단지 어머니의 아들이라는 이유로 그 자리에 있는 겁니다. 대체 저는 누구죠? 저는 무엇인가요? 대학교 3학년 때 흔히 말하듯 어찌할 수 없는 상황 때문에 대학을 떠났습니다. 재능도 없고 돈도 한 푼 없이. 신분증에는 끼예프의 중산 계급이라고 써 있죠. 아버지는 유명한 배우였지만 사실 끼예프의 중산 계급이셨습니다. 어머니의 응접실에서 유명한 배우들이나 작가들이 저를 친절하게 대할 때면 저는 그 시선 속에서 그 사람들이 저를 하찮게 여기고 있다는 것을 느낍니다. 그리고 굴욕감에 고통스러워했습니다…….

소린 그런데 그 소설가는 어떤 사람이지? 알 수가 없는 사람이야. 언제나 말이 없으니.

뜨레쁠레프 현명하고 소박하고 조금은 멜랑콜리하지요. 무척예의 바르고. 마흔이 되려면 아직 멀었는데, 벌써 유명해져서 아쉬운 것이 없습니다, 전혀 없습니다……. 이제 그 사람은 맥주만 마시고 젊지 않은 사람들만 좋아하지요. 작품에 대해서 말하자면…… 뭐라고 할까요? 부드럽고 재능도 있지만…… 그렇지만…… 똘스또이나 졸라를 읽고 나면 뜨리고린을 읽고 싶은 생각이 들지 않습니다.

소린 얘야, 나는 작가들을 좋아한다. 예전에 나는 두 가지 일을 간절히 바랐지. 결혼을 하는 것하고 작가가 되는 것. 하지만 그도 저도 이루어지지 않았다. 그래. 하찮다 해도 작가라는 건 기분 좋은 일이야, 결국.

뜨레쁠레프 (귀를 기울인다) 발소리가 들려요……. (외삼촌을 껴안는다) 저는 그녀 없이는 살 수가 없어요……. 발소리조차도 아름다워요……. 저는 미칠 듯이 행복해요. (들어오는 니나 자레츠나야 쪽으로 급히 걸어간다) 마법사, 나의 꿈…….

니나 (흥분한 채) 늦진 않았지요……. 물론 늦진 않았지요…….

뜨레쁠레프 (그녀의 손에 키스를 하며) 그럼요, 그럼, 그럼…….

니나 하루 종일 불안했어요, 정말 무서웠어요! 아버지가 못 나가게 할까 봐 걱정했어요……. 지금 아버지는 계모와 함께 나가셨어요. 붉은 하늘, 달이 뜨기 시작해서, 말을 몰고 또 몰아 달려왔어요. (웃는다) 정말 기뻐요. (소린의 손을 꼭 잡는다)

소린 (웃는다) 눈을 보니 운 것 같은데……. 저런, 그러면 안

되지!

니나 그건……. 보세요, 이렇게 숨이 차 있는걸요. 30분 후에 떠나야 해요. 어서 서둘러야 해요. 아니, 안 돼요, 제발 저를 붙잡지 마세요. 제가 여기에 있다는 것을 아버지는 몰라요.

뜨레쁠레프 정말 시작해야겠습니다. 사람들을 불러야겠습니다.

소린 내가 갔다 오지. 곧. (오른쪽으로 걸어 나가며 노래를 부른다)〈프랑스로 두 명의 척탄병이…….〉[4] (뒤돌아본다) 언젠가 이렇게 노래 불렀더니 한 검사 친구가 그러더군.〈아, 당신의 목소리는 정말 우렁차군…….〉그러다 잠시 생각하더니 이렇게 덧붙이는 거야.〈하지만…… 듣기 좋은 목소리는 아니야.〉(웃으며 나간다)

니나 아버지와 계모는 이곳에 못 오게 해요. 여기는 보헤미안들이 사는 곳이라고 하면서…… 배우라도 될까 봐 걱정들이시죠……. 하지만 이곳 호수로 갈매기처럼 끌려요……. 나의 마음에는 당신뿐이랍니다. (주위를 둘러본다)

뜨레쁠레프 우리 둘뿐입니다.

니나 저기 누가 있는 것 같아요…….

뜨레쁠레프 아무도 없습니다.

키스.

니나 무슨 나무죠?

뜨레쁠레프 느릅나무.

니나 그런데 왜 이렇게 검죠?

뜨레쁠레프 날이 저물어서 모든 사물이 다 검게 보이는 겁니다. 그렇게 빨리 떠나지는 마요, 제발.

4 하이네의 시에 슈만이 곡을 붙인 가곡.

니나 안 돼요.

뜨레쁠례프 내가 당신 집으로 가면 안 될까요, 니나? 가서 밤새 밖에 서서 당신의 창문을 바라보겠소.

니나 안 돼요. 야경꾼에게 들킬 거예요. 뜨레조르도 당신을 몰라 짖어 댈 거예요.

뜨레쁠례프 당신을 사랑합니다.

니나 쉿…….

뜨레쁠례프 (발소리를 듣고서) 거기 누구야? 야꼬프, 자네인가?

야꼬프 (무대 뒤에서) 그렇습니다.

뜨레쁠례프 제자리에서 준비해. 곧 시작할 거다. 달이 뜨나?

야꼬프 그렇습니다.

뜨레쁠례프 알코올은 준비됐나? 유황은? 붉은 눈동자가 나타나면 유황을 피워야 해. (니나에게) 갑시다, 모든 준비가 끝났어요. 떨리나요……?

니나 예, 무척. 당신의 어머니는 괜찮아요, 두렵지 않지요. 하지만 뜨리고린 씨는…… 그분 앞에서 연기한다는 게 두렵고 부끄러워요……. 유명한 작가라서……. 젊으신가요?

뜨레쁠례프 그렇습니다.

니나 그분의 단편들은 정말 놀라워요.

뜨레쁠례프 (차갑게) 모릅니다, 읽지 않아서.

니나 당신의 희곡은 연기하기 힘들어요. 살아 있는 인물이 없거든요.

뜨레쁠례프 살아 있는 인물! 현실을 그대로 그려도 안 되고, 어떻게 돼야 한다고 묘사해도 안 됩니다. 현실을 꿈속에서 보듯 그렇게 그려야 합니다.

니나 당신의 희곡에는 움직임이 적어요. 낭독 같지요. 내 생각으로는 희곡에는 반드시 사랑이 담겨야 하는데…….

두 사람, 무대 뒤로 사라진다.
뽈리나 안드레예브나와 도른이 들어온다.

뽈리나 안드레예브나 습합니다. 가서 덧신을 신으세요.

도른 덥군요.

뽈리나 안드레예브나 당신은 자기 몸을 소중히 여기지 않아요. 그것은 고집입니다. 의사시라 습한 공기가 당신에게 해롭다는 것을 아주 잘 알고 있잖아요. 그런데도 당신은 내가 괴롭기를 바라는 겁니다. 어제저녁에도 내내 테라스에 일부러 앉아 계셨죠…….

도른 (노래를 부른다) 〈젊음을 망쳐 버렸다고 말하지 마오.〉[5]

뽈리나 안드레예브나 이리나 니꼴라예브나하고 이야기하는 데 푹 빠져…… 추운 줄도 모르더군요. 솔직히 말하세요, 그 여자가 좋은 거죠……?

도른 나는 쉰다섯입니다.

뽈리나 안드레예브나 그렇지 않아요, 남자들에게 그건 늙은 나이가 아니죠. 당신은 여전히 멋있어요. 여자들이 좋아할 만하죠.

도른 그래서요?

뽈리나 안드레예브나 남자들은 모두 여배우라고 하면 어쩔 줄 몰라 합니다. 당신들 모두!

도른 (노래를 부른다) 〈나는 다시 그대 앞에서…….〉[6] 사람들이 배우들을 좋아하고, 그들을 가령 장사치들과 다르게 대하는 것은 당연한 일입니다. 이상주의죠.

뽈리나 안드레예브나 여자들이 늘 당신한테 푹 빠져 목을 매는

5 19세기 러시아 시인 네끄라소프의 시에 쁘리고제보가 곡을 붙인 집시들의 노래.
6 1880년대 러시아에서 유행하던 가요.

74

것도 이상주의인가요?

도른 (어깨를 움츠리고 나서) 무슨 말이죠? 여자들이 나를 좋아하고 잘 대해 주는 까닭은 내가 괜찮은 의사이기 때문입니다. 10여 년 전, 기억하시죠, 이 지역에서 나는 유일하게 괜찮은 산부인과 의사였습니다. 게다가 언제나 성실했으니까요.

뽈리나 안드레예브나 (그의 손을 잡는다) 내 소중한 사람!

도른 쉿, 사람들이 옵니다.

아르까지나가 소린과 팔짱을 끼고 들어온다. 그리고 뜨리고린, 샤므라예프, 메드베젠꼬, 마샤가 들어온다.

샤므라예프 1873년 뽈따바의 박람회에서 그 여자의 연기는 기가 막혔습니다. 환희 그 자체였으니까요! 기적과 같은 연기였죠! 희극 배우 차진 빠벨 세묘니치가 지금 어디에 있는지 모르십니까? 라스쁠류예프 역은 그 누구도 따를 수 없었습니다. 사도프스끼보다 나으니까 말입니다. 정말입니다, 부인. 그 배우는 지금 어디에 있지요?

아르까지나 당신은 언제나 태곳적 일만 묻는군요. 내가 그걸 어떻게 알겠어요! (앉는다)

샤므라예프 (한숨을 내쉰다) 빠슈까 차진! 요즘은 그런 배우가 없습니다. 무대의 질이 떨어졌지요, 이리나 니꼴라예브나! 옛날에는 대단한 참나무들이 있었지만, 지금 우리가 볼 수 있는 것은 그루터기들뿐입니다.

도른 천부적인 재능을 지닌 배우들이 요사이 적어진 것은 사실이지만, 그래도 중간급 배우는 훨씬 나아졌습니다.

샤므라예프 그 말에 동의할 수 없습니다. 하지만 그건 취향의 문제죠. *De gustibus aut bene, aut nihil*(취향에 따라 좋기도 하고 아무것도 아닐 수 있습니다).

뜨레쁠레프, 무대 뒤에서 나온다.

아르까지나 (아들에게) 사랑하는 아들아, 언제 시작하니?
뜨레쁠레프 곧 시작합니다. 조금만 참아 주십시오.
아르까지나 (『햄릿』의 대사를 낭독한다) 〈나의 아들! 너의 눈은
　　마음속을 꿰뚫어 보는구나. 나 또한 벗어날 수 없는 치명적
　　인 상처로 피 묻은 마음을 보았다!〉
뜨레쁠레프 (역시 『햄릿』의 대사로) 〈어찌하여 당신은 죄악에
　　굴복하셨나이까, 죄악의 구렁에서 사랑을 찾으셨나요?〉

무대 뒤에서 뿔피리를 분다.

뜨레쁠레프 여러분, 시작합니다! 주목해 주십시오!

사이.

뜨레쁠레프 시작하겠습니다. (지팡이로 바닥을 두드리며 큰 소
　　리로 낭송한다) 오, 그대, 존경하는 옛 그림자여, 밤이 되면
　　이 호수 위를 떠도는 그대여, 우리를 잠들게 하여 20만 년
　　후의 모습을 꿈꾸게 하라!
소린 20만 년 후에는 아무것도 없을 텐데.
뜨레쁠레프 아무것도 없는 그 모습을 보여 줄 겁니다.
아르까지나 그래라. 우리는 잘 테니까.

막이 오른다. 호수의 경관이 펼쳐진다. 수평선 위에 달이 걸려
있다. 달빛이 물 위에 어려 있다. 커다란 바위 위에 니나 자레츠

나야가 앉아 있다. 온몸을 하얀 천으로 휘감았다.

니나 인간도, 사자도, 독수리도, 자고도, 뿔이 난 사슴도, 거
위도, 거미도, 물속에서 살던 말 못하는 물고기도, 불가사리
도, 눈에 보이지 않는 미생물도, 한마디로 모든 생명, 모든
생명, 모든 생명이 슬픈 순환을 마치고 사라져 버렸다…….
벌써 수천 세기 동안 지구에는 살아 있는 생명체가 하나도
없이, 창백한 달만 헛되이 그 빛을 밝히고 있다. 초원은 더
이상 두루미의 울음소리로 잠에서 깨어나지 않고, 5월의
딱정벌레 소리도 보리수나무 덤불 속에서 들리지 않는다.
춥다, 춥다, 춥다. 공허하다, 공허하다, 공허하다. 무섭다, 무
섭다, 무섭다.

사이.

니나 살아 있는 육체들은 먼지 속으로 사라졌고, 영원한 물
질은 그것들을 돌과 물과 구름으로 변하게 했다. 그리고 그
들 모두의 영혼은 하나로 합쳐졌다. 하나의 세계 영혼, 그
것이 나…… 나다……. 내 속에는 알렉산드르 대제의 영혼
도, 로마 황제들의 영혼도, 셰익스피어의 영혼도, 나폴레옹
의 영혼도, 하등 생물 거머리의 영혼도 다 있다. 내 속에서
는 인간의 의식이 동물의 본능과 융합되어 있다. 나는 모든
것을, 모든 것을, 모든 것을 기억하고 있다. 하나, 하나의 생
명을 나는 내 속에서 다시 체험하고 있다.

도깨비불이 나타난다.

아르까지나 (작은 목소리로) 어딘지 데카당한데.

뜨레쁠레프 (애원과 비난이 뒤섞인 말투로) 어머니!

니나 나는 혼자다. 백 년에 한 번 나는 입을 열어 말을 하지만, 나의 목소리는 허공 속에서 쓸쓸하게 울릴 뿐 아무도 듣는 이 없다……. 너희들, 창백한 불빛들은 나의 말을 듣지 않는다……. 새벽 무렵 너희들은 썩은 늪에서 태어나 동이 트기 전까지 떠돌지만, 생각도, 의지도, 생명의 떨림도 없다. 너희들 속에서 생명이 생겨날 것을 두려워하여 영원한 물질의 아버지인 악마가 돌이나 물에서처럼 너희들에게 매 순간 원자의 교체를 일으켜 끊임없이 변하게 한다. 우주에서 영원토록 변치 않는 것은 오직 하나, 영혼뿐이다.

사이.

니나 깊고 텅 빈 우물 속에 던져진 포로처럼 나는 내가 어디에 있으며 나에게 무엇이 다가오는지 알지 못한다. 단지 나에게 분명한 것은, 물질의 힘의 근원인 악마와의 집요하고 처참한 싸움에서 결국은 내가 이겨, 그 후 물질과 영혼이 아름다운 조화 속으로 융합되어 세계 의지의 왕국이 시작될 거라는 것뿐이다. 그러나 그것은 오직 아주 천천히, 수천 년의 길고 긴 세월이 지나고, 달도, 찬란한 시리우스도, 지구도 티끌로 변할 때에야 비로소 올 것이다……. 그때까지 무섭고 두려울 뿐이다…….

사이.

호수의 배경에 두 개의 붉은 점이 나타난다.

니나 저기 나의 강력한 적, 악마가 다가오는구나. 나에게 그의 무서운 시뻘건 두 눈이 보인다…….

아르까지나 유황 냄새가 나는데. 그럴 필요가 있을까?

뜨레쁠레프 네.

아르까지나 (웃는다) 오, 무대 효과로구나.

뜨레쁠레프 어머니!

니나 악마는 인간이 없어 권태롭다…….

뽈리나 안드레예브나 (도른에게) 모자를 벗으셨군요. 쓰세요, 그렇지 않으면 감기 듭니다.

아르까지나 의사 선생님께서 영원한 물질의 아버지인 악마 앞에서 모자를 벗으신 겁니다.

뜨레쁠레프 (발끈하여, 큰 소리로) 연극은 끝났습니다! 됐습니다! 막을 내려!

아르까지나 왜 그렇게 화를 내는 거니?

뜨레쁠레프 됐습니다! 막을 내려! 막을 내리라니까! (발을 구른다) 막을 내리라고!

막이 내려온다.

뜨레쁠레프 잘못했습니다! 희곡을 쓰고 또 무대 위에서 연기를 할 수 있는 것은 선택된 소수만의 특권이라는 것을 미처 알지 못했습니다. 내가 그 특권을 침범했군요! 나에게는…… 나는……. (뭔가를 더 말하려고 하다가 손을 내젓고는 왼쪽으로 나간다)

아르까지나 왜 저러는 걸까요?

소린 이리나, 엄마가 돼서 자존심 강한 젊은이한테 그러는 거 아니다.

아르까지나 대체 내가 뭐라고 했다고 저러는 거죠?

소린 너는 그 애를 모욕했어.

아르까지나 자기가 직접 이 연극이 농담 같은 것이라고 해서 나는 농담으로 대했을 뿐이에요.

소린 그래도…….

아르까지나 이제 보니 그 애는 대단한 작품을 썼나 보군요! 그렇지 않은가요! 그 애가 연출을 하면서 유황 냄새까지 풍긴 것은 농담을 위해서가 아니라 시위를 하기 위해서였나 봅니다……. 어떻게 써야 하고 무엇을 연기해야 하는지에 대해서 우리를 가르치려고 든 겁니다. 정말 지긋지긋해요. 이런 식으로 노상 나를 공격하고 자극하는 것, 이제는 정말 지겨워요! 자존심만 강하고 변덕스러운 애라니까.

소린 그 애는 너를 기쁘게 해주고 싶어 했어.

아르까지나 그런가요? 그렇지만 그 애는 평범한 희곡을 택하지 않고 저런 데카당한 잠꼬대를 우리에게 강요했잖아요. 농담으로 한다면 그런 잠꼬대를 들어 줄 수도 있지만, 보세요, 저건 새로운 형식에 대한 강요, 예술의 새로운 기원을 위한 강요잖아요. 내 생각으로는 새로운 형식이 아니라 나쁜 근성일 뿐입니다.

뜨리고린 누구나 원하는 대로, 능력이 닿는 대로 씁니다.

아르까지나 물론 원하는 대로, 능력이 닿는 대로 쓰라고 할 겁니다. 하지만, 나를 편안히 내버려 둬야지요.

도른 주피터, 그대는 화가 나셨군요…….

아르까지나 주피터가 아니라 평범한 여자입니다. (담배를 피우기 시작한다) 화를 내는 게 아니라, 젊은 사람이 저렇게 따분하게 시간을 보내는 데 짜증이 났을 뿐이에요. 모욕할 생각은 없었단 말이에요.

메드베젠꼬 누구도 정신과 물질을 분리할 근거를 가지고 있지 않습니다. 정신 자체는 물질적인 원자의 결합체일지도 모르기 때문입니다. (활기 차게, 뜨리고린에게) 어떠세요, 우리

교사들이 어떻게 사는지를 희곡으로 써서 공연해 보는 것
도 좋을 것 같은데 말입니다. 정말 힘들게, 힘들게 살거든요.

아르까지나 좋습니다. 이제 희곡이니 원자니 하는 이야기는
그만하기로 해요. 이렇게 멋진 밤인데! 노랫소리가 들리세
요? (귀를 기울인다) 정말 좋아요!

뽈리나 안드레예브나 호숫가 저쪽에서 나는 소리죠.

사이.

아르까지나 (뜨리고린에게) 옆에 앉으세요. 10년에서 15년 전
쯤, 여기 이 호수에서는 매일 밤 음악과 노랫소리가 끊이지
않고 들렸지요. 이 호숫가에는 지주 저택이 여섯 채나 있었
거든요. 지금도 기억나요, 웃음소리, 떠들썩한 소리, 사격
하는 소리, 그리고 온갖 로맨스, 로맨스들……. 여섯 채의
저택에서 당시의 *jeune premier*(첫째가는 청년)로 우상이었
던 분을 지금 소개해 드리겠습니다. (도른을 머리로 가리킨
다) 의사 선생님 예브게니 세르게이치 씨. 지금도 이렇게 매
력적이시니, 그때는 말도 못할 정도였죠. 그런데 왜 이렇게
마음이 아프지. 대체 왜 나는 불쌍한 아들에게 모욕을 주었
을까? 걱정스러워. (큰 소리로) 꼬스쨔! 내 아들, 꼬스쨔!

마샤 제가 찾아보죠.

아르까지나 그래 줄래요?

마샤 (왼쪽으로 걸어간다) 꼰스딴쩐 가브릴로비치……! 꼰스
딴쩐 가브릴로비치! (나간다)

니나 (무대 뒤에서 나오며) 더 이상 계속할 것 같지 않으니 나
가도 되겠죠? 안녕하셨어요! (아르까지나와 뽈리나 안드레
예브나에게 입을 맞춘다)

소린 브라보! 브라보!

아르까지나 브라보! 브라보! 우리는 니나한테 반했어. 이런 용모와 그렇게 훌륭한 목소리를 가지고 시골에 가만히 있 는다는 것은 죄악이야. 재능이 있어 보여요. 어때, 무대에 진출해야 하지 않겠어요!

니나 오, 그건 저의 꿈이에요! (한숨을 내쉬고 나서) 하지만 실 현되지는 않을 거예요.

아르까지나 누가 알겠어? 소개하죠, 이분은 뜨리고린 보리스 알렉세예비치 씨.

니나 아아, 정말 기뻐요……. (당황한 채) 언제나 당신 작품을 읽고 있습니다…….

아르까지나 (니나를 옆에 앉히며) 그렇게 부끄러워할 필요는 없어요. 이이는 저명한 분이지만 마음은 소박하니까. 보세 요, 이이도 부끄러워하잖아요.

도른 이제는 막을 거둬도 될 것 같은데, 음침해서 말입니다.

샤므라예프 (큰 소리로) 여보게, 야꼬프, 막을 거두게.

막이 올라간다.

니나 (뜨리고린에게) 이상한 희곡이지 않나요?

뜨리고린 전혀 이해할 수가 없더군요. 하지만 잘 봤습니다. 당신의 연기는 정말 진지하더군요. 장치도 훌륭했고 말입 니다.

사이.

뜨리고린 이 호수에는 물고기들이 많겠죠?

니나 네.

뜨리고린 나는 낚시를 좋아합니다. 저녁 무렵에 물가에 앉아 낚시찌를 바라보는 일만큼 즐거운 일은 없죠.

니나 창작의 기쁨을 아는 분께는 다른 즐거움이란 없을 줄 알았는데.

아르까지나 (웃는다) 그렇게 말하지 마요. 이이는 다른 사람들이 멋진 말을 하면 어찌할 바를 몰라 쩔쩔매니까.

샤므라예프 언젠가 모스끄바의 오페라 극장에서 유명한 가수 실바가 낮은 도를 냈던 것이 기억납니다. 그때 공교롭게도 맨 위층 관람석에 교구 성가대의 베이스가 앉아 있었는데 갑자기, 얼마나 놀랐는지 한번 상상해 보십시오, 우리는 〈브라보, 실바!〉 하는 소리를 들었습니다, 그보다 한 옥타브나 낮은 저음으로 말입니다……. 바로 이렇게. (낮은 베이스로) 브라보, 실바……. 극장은 얼어붙은 듯 조용해졌지요.

사이.

도른 객석이 아주 조용해졌겠습니다.

니나 이제 가봐야 돼요. 안녕히 계세요.

아르까지나 어디로 가려고요? 이렇게 빨리 어디로 가려고요? 보내지 않겠어요.

니나 아빠가 기다리세요.

아르까지나 이런 참, 그렇다면……. (입 맞춘다) 하는 수 없지. 정말, 정말 보내기는 싫지만.

니나 저도 떠나는 게 정말 싫답니다.

아르까지나 누가 좀 바래다줘야 할 텐데.

니나 (놀라며) 아니, 아니에요!

소린 (니나에게, 부탁하듯) 좀 더 있지 그래요!

니나 그럴 순 없습니다, 뾰뜨르 니꼴라예비치 씨.

소린 한 시간만이라도. 그 정도는 괜찮을 텐데.

니나 (잠시 생각한 후, 눈물을 보이며) 안 돼요! (손을 잡고 나서 빠르게 나간다)

아르까지나 정말이지 불행한 처녀야. 소문에 의하면, 돌아가신 엄마가 엄청나게 많은 재산을 한 푼도 남김 없이 남편에게 상속했다더군요. 그런데 저 애 아버지는 이미 그 재산을 자신의 새 아내에게 상속하기로 해서, 지금 저 애에게는 아무것도 남은 게 없다고 하더라고요. 정말 말도 안 되는 일이죠.

도른 그렇습니다. 저 애 아버지는 짐승만도 못한 자입니다. 올바른 게 뭔지 알지 못하지요.

소린 (추워서 손을 문지르며) 들어갑시다, 여러분. 습해지는군. 다리가 저려서.

아르까지나 나무로 만든 다리처럼 걷기가 힘들어 보이네요. 자, 들어가시죠, 불쌍한 노인. (그의 팔을 잡는다)

샤므라예프 (아내에게 손을 내밀며) 마담?

소린 또 개 짖는 소리가 들리는군. (샤므라예프에게) 제발, 일랴 아파나시예비치, 개를 풀어놓으라고 해주시오.

샤므라예프 안 됩니다, 뾰뜨르 니꼴라예비치 씨, 창고에 도둑이라도 들면 어떡합니까. 창고에는 수수가 있습니다. (나란히 걷는 메드베젠꼬에게) 한 옥타브나 낮게 〈브라보, 실바!〉 그랬죠. 성악가가 아니라 성가대 대원이 말입니다.

메드베젠꼬 성가대 대원은 봉급을 얼마나 받습니까?

도른만 남고 모두 퇴장한다.

도른 (혼자서) 아무것도 이해하지 못해서 그랬는지 아니면 정신이 나가서 그랬는지 모르겠지만, 그 희곡은 마음에 들었어. 뭔가가 있는 것 같거든. 그 처녀가 고독을 이야기하고 악마의 붉은 두 눈이 나타났을 때에는 너무 흥분해서 손이 다 떨리더군. 신선하고 자연스러워……. 마침 오는군. 기분이 좋아질 말 좀 해줘야지.

뜨레쁠레프 (들어온다) 아무도 없군.

도른 여기 내가 있잖소.

뜨레쁠레프 나를 찾아 마샤가 공원 전체를 돌아다니더군요. 지긋지긋한 사람입니다.

도른 꼰스딴찐 가브릴로비치, 당신의 희곡이 아주 마음에 들더군요. 이상한 데도 있고 끝까지 다 보지는 못했지만, 그래도 강한 인상을 받았죠. 당신에게는 재능이 있습니다, 계속 써봐요.

뜨레쁠레프, 도른의 손을 꼭 잡더니 충동적으로 껴안는다.

도른 이런, 이렇게 예민해서야. 눈물까지 글썽거리고……. 내가 하고 싶은 말이 뭔지 알겠나요? 당신은 추상적인 사상의 영역에서 작품의 주제를 끌어 왔어요. 예술 작품이라면 반드시 뭔가 거대한 사상을 표현해야 하는 것이 당연하지요. 진지해야만 아름다울 수 있는 겁니다. 왜 이렇게 얼굴이 창백한가요!

뜨레쁠레프 계속 쓰라는 말씀이신가요?

도른 그래요……. 중요하고 영원한 것만 그리기 바랍니다. 당신도 알다시피 나는 지금까지 원하는 대로 잘 지내왔습니다. 만족하지요. 하지만 예술가가 창작을 할 때에 느끼는 것과 같은 그런, 정신이 고양되는 순간을 체험했다면, 나는 아마도 이 물질적인 겉껍질과 그것에 속한 모든 것을 경멸하고 지상을 떠나 좀 더 높은 곳으로 올라갔을 겁니다.

뜨레쁠레프 죄송하지만, 자레츠나야는?

도른 그리고 한 가지 더. 작품 속에는 반드시 명료한 특정 사
상이 담겨야 합니다. 왜 글을 쓰는지를 알고 있어야 하지
요. 그렇지 않고 일정한 목적도 없이 길을 걷는다면 길을 잃
을 것이고, 당신의 재능은 오히려 당신을 붕괴시킬 겁니다.

뜨레쁠레프 (조급하게) 자레츠나야는 어디에 있습니까?

도른 집으로 떠났지요.

뜨레쁠레프 (절망에 빠져) 어떡한단 말인가? 보고 싶었는데…….
봐야 했는데……. 가봐야겠습니다…….

마샤가 들어온다.

도른 (뜨레쁠레프에게) 진정하시오.

뜨레쁠레프 어쨌든 가봐야겠습니다. 가봐야 합니다.

마샤 꼰스딴찐 가브릴로비치, 집으로 가보세요. 당신 어머니
가 걱정하며 기다립니다.

뜨레쁠레프 나는 떠났다고 전해 주시죠. 그리고 당신들 모두
에게 부탁합니다, 나를 좀 내버려 두세요! 내버려 두라고
요! 더 이상 따라오지 마십시오!

도른 아니, 아니, 아니…… 그러면 안 되오……. 안 되오.

뜨레쁠레프 (눈물을 보이며) 의사 선생님, 안녕히 계십시오. 정
말 고마웠습니다……. (나간다)

도른 (한숨을 내쉰다) 젊음, 젊음이란!

마샤 할 말이 없을 때 〈젊어서, 젊어서 그래〉 하고 말들을 하
죠……. (코담배를 맡는다)

도른 (담뱃갑을 빼앗아 덤불 속으로 내던진다) 이건 좋지 않소!

사이.

도른 집에서 피아노 소리가 들리는군. 가봐야겠어.

마샤 잠깐만요.

도른 왜 그러죠?

마샤 드리고 싶은 말이 있습니다. 말을 하고 싶어요……. (흥분하여) 저는 아버지를 사랑하지 않습니다…… 하지만 당신께는 마음이 끌려요. 왜 그런지 아주 가까운 분이라고 마음속으로 느낀답니다……. 저를 도와주세요. 도와주세요, 그렇지 않으면 어리석은 짓을 해서 제 인생을 비웃으며 망칠 것 같아요……. 더 이상 견딜 수가 없어요…….

도른 무슨 일이오? 무엇을 도와 달라는 거지?

마샤 고통스럽습니다. 아무도, 아무도 저의 이 고통을 모릅니다. (그의 가슴에 머리를 대고 나지막이) 꼰스딴찐을 사랑합니다.

도른 모두 다 왜 이렇게 신경이 날카로울까! 신경이 날카로워! 사랑은 또 얼마나 많고……. 오, 마법의 호수여! (부드럽게) 내가 어떻게 해야 되죠, 마샤? 어떻게? 어떻게?

막이 내린다.

제2막

크로케를 위한 잔디밭. 오른편 뒤로 커다란 테라스가 있는 집이 있고, 왼편으로 호수가 보인다. 호수는 태양빛이 반사되어 반짝인다. 화단. 정오. 무덥다. 잔디밭 옆 보리수 고목 그늘 아래에 있는 벤치에 아르까지나, 도른, 마샤가 앉아 있다. 도른의 무릎에는 책이 펼쳐져 있다.

아르까지나 (마샤에게) 일어서 봐요.

아르까지나와 마샤, 일어선다.

아르까지나 나란히 서봐요. 당신은 스물두 살, 나는 거의 두 배. 예브게니 세르게이치, 우리 중 누가 더 젊어 보이나요?
도른 당신입니다, 물론.
아르까지나 그렇죠……. 왜 그런지 알아요? 나는 일하고 느끼고 언제나 바쁜데, 당신은 늘 한곳에 앉아만 있어서 그렇죠. 그것은 사는 게 아니죠……. 미래를 생각하지 않는 게 나의 법칙이에요. 늙음이나 죽음에 대해 절대로 생각하지 않아요. 어차피 피할 수 없는 거니까.

마샤 무척이나 오래전에 태어난 것처럼 느껴집니다. 제 인생을 끝없는 치맛자락처럼 질질 끌고 다니죠……. 살고 싶지 않다는 생각이 자주 듭니다. (앉는다) 물론, 이건 쓸데없는 생각이겠죠. 기운을 차리고 이런 생각에서 벗어나야 하겠지요.

도른 (나지막이 노래를 부른다) 〈그녀에게 말해 주오, 나의 꽃들…….〉[7]

아르까지나 게다가 나는 영국 사람처럼 예의가 바릅니다. 긴장을 늦추지 않고, 입는 옷이나 머리 단장도 언제나 *comme il faut*(흐트러지는 법이 없답니다). 집 밖에 나올 때, 이렇게 바로 앞 정원에 나올 때도 실내복만 입거나 머리를 빗지 않은 적이 있는 줄 아세요? 전혀. 젊음을 유지할 수 있는 것은 어떤 여자들처럼 지저분하게 널브러져 있지 않기 때문이죠……. (양손을 허리에 얹고 잔디밭 위를 걷는다) 보세요, 균형 잡혀 있죠. 열다섯 살 소녀 역도 할 수 있어요.

도른 그렇겠군요. 어쨌든 계속 읽겠습니다. (책을 든다) 곡물 상인과 쥐가 나오는 데까지 읽었는데…….

아르까지나 그래요, 쥐가 나오는 대목. 읽으시죠. (앉는다) 아니, 이리 주세요. 내가 읽겠어요. 내 차례예요. (책을 받아, 읽을 부분을 눈으로 찾는다) 쥐가 나오는데……. 여기로군요……. (읽는다) 〈그야 물론, 사교계 사람들이 소설가들의 응석을 받아 주고 그들을 자신들에게 끌어들이는 일은 곡물 상인이 자신의 창고에서 쥐를 기르는 것만큼이나 위험하다. 그렇지만 사람들은 소설가들을 좋아한다. 여자들은 유혹하고 싶은 작가를 고르면, 예의와 애교와 친절로 그를 포위한다…….〉 프랑스 사람이라면 그럴 수 있을지 몰라도, 우리

---

7 구노의 오페라 「파우스트」에 나오는 아리아.

나라에서는 그런 방법이 통하지 않아. 우리나라 여자들은 작가를 유혹하기 전에 먼저 제 자신이 홀딱 반해 버릴 테니까. 멀리 갈 필요도 없어요. 나와 뜨리고린만 봐도 그렇잖아요…….

소린이 지팡이를 짚고 들어온다. 그 옆으로 니나가 함께 들어온다. 메드베젠꼬는 그들 뒤에서 빈 휠체어를 밀며 따라 들어온다.

소린 (아이를 어르는 것 같은 목소리로) 그런가요? 기뻐해도 되겠지요? 오늘은 우리도 즐거울 수 있겠지요? (누이에게) 기쁜 일이 생겼다! 아버지와 계모가 뜨베리로 떠났다는구나. 앞으로 사흘은 자유롭단다.

니나 (아르까지나 옆에 앉아 그녀를 껴안는다) 행복해요! 이제 저는 당신 거예요.

소린 (자신의 휠체어에 앉는다) 오늘은 더 예뻐 보이는데.

아르까지나 옷도 예쁘고, 귀엽네요……. 게다가 영리하기까지 하니. (니나에게 입 맞춘다) 하지만 칭찬을 너무 하다간 오히려 해가 되니까. 보리스 알렉세예비치는 어디에 있죠?

니나 낚시를 하고 계세요.

아르까지나 지치지도 않나 봐! (책을 계속 읽으려 한다)

니나 무슨 책이에요?

아르까지나 모파상의 『물 위에서』. (소리 내지 않고 몇 줄을 읽는다) 그다음은 재미가 없네, 사실 같지도 않고. (책을 덮는다) 왜 이렇게 불안할까. 내 아들에게 무슨 일이라도 있나요? 대체 왜 따분하고 침울해 있는 건가요? 하루 종일 호숫가에서 지내니까 전혀 볼 수도 없고 말이에요.

마샤 마음이 좋지 않나 봅니다. (니나에게, 머뭇거리며) 부탁이 있어요, 그이 희곡을 낭송해 주세요!

니나 (어깨를 으쓱하고) 원하시나요? 그렇게 재미없는 것을!

마샤 (희열을 억누르며) 그이가 뭔가를 읽을 때면 눈은 불타 오르고 얼굴은 하얗게 된답니다. 아름다우면서 슬픈 목소리를 가졌어요. 시인과 같은 몸짓에.

소린이 코를 고는 소리가 들린다.

도른 편안히 주무십시오!

아르까지나 뻬뜨루샤!

소린 어?

아르까지나 주무세요?

소린 그렇지 않아.

사이.

아르까지나 치료를 받지 않으시던데, 그건 좋지 않아요, 오빠.

소린 나야 치료를 받고 싶지. 하지만 의사 선생이 원치 않아서.

도른 나이 예순에 무슨 치료를 받는다는 겁니까!

소린 예순 살이라도 살고 싶은걸!

도른 (짜증스럽게) 정 그러시다면, 쥐오줌풀 액이라도 드시죠.

아르까지나 어디 온천이라도 다녀오시는 게 좋겠어요.

도른 가셔도 되고, 안 가셔도 됩니다.

아르까지나 무슨 뜻인가요?

도른 뜻은 무슨 뜻이겠습니까. 그냥 그렇다는 거죠.

사이.

메드베젠꼬 뾰뜨르 니꼴라예비치 씨는 담배를 끊어야 합니다.

소린 쓸데없는 소리.

도른 아니, 쓸 데 있는 소리입니다. 술과 담배는 개성을 없애 버립니다. 시가 한 모금이나 보드까 한 잔을 하고 나면, 뾰 뜨르 니꼴라예비치가 아니라 자신에 누군가 더해진 것이 죠. 당신의 자아는 흩어져 버리고, 자기 자신이 삼인칭, 그 가 됩니다.

소린 (웃는다) 멋진 논리로군. 당신은 마음껏 살아왔는지 모 르지, 하지만 나는…… 법무부에서 28년을 근무했지만, 한 번도 제대로 살아 보지 못했소, 아무것도 경험해 보지 못했 단 말이오, 결국. 그러니 지금 내가 제대로 살아 보겠다고 하는 것도 당연하지 않나요. 당신은 배가 부르고 무심해서 걸핏하면 철학이나 늘어놓으려고 하지만, 나는 제대로 살 고 싶은 겁니다. 그래서 식사를 하면서 셰리[8]를 마시고 시 가를 피웠던 겁니다. 그것뿐이오.

도른 진지하게 현실을 대하셔야 합니다. 예순 살에 치료를 받 겠다는 것이나 젊은 시절에 제대로 즐기지 못했다고 불평 하는 것은, 죄송하지만, 경박한 태도입니다.

마샤 (일어선다) 식사할 시간이에요, 틀림없이. (축 처진 채 느 리게 걸어간다) 다리가 저려……. (나간다)

도른 저렇게 가서 식사 전에 술 두 잔을 마실 겁니다.

소린 행복이라는 것을 모르는 불쌍한 처녀야.

도른 공연한 말씀은 하지 마시죠.

소린 배부른 사람처럼 말하는군.

아르까지나 아, 정겨운 이 시골의 권태보다 더 따분한 것은 없 을 거야! 무덥고, 조용하고, 일하는 사람은 아무도 없고, 모 두 다 넋두리나 늘어놓고 있으니……. 여러분들과 함께 있

---

8 스페인 남부 지방에서 나는 백포도주.

는 것도 좋고 여러분의 이야기를 듣는 것도 즐겁지만……
방 안에 자리 잡고 앉아 연기 연습을 하는 게 훨씬 더 나을
거예요!

니나 (감격스럽게) 멋져요! 그 말 이해할 것 같아요.

소린 물론 도시에서 사는 것이 더 낫지. 서재에 앉아 있으면,
예고 없이 찾아온 사람들은 하인이 들여보내지 않고, 전화
도 있고…… 거리에는 마차도 다니고…….

도른 (노래를 부른다) 〈그녀에게 말해 주오, 나의 꽃들…….〉

샤므라예프가 들어온다. 이어서 뽈리나 안드레예브나가 따라
들어온다.

샤므라예프 여기들 계셨습니까. 안녕들 하시죠! (아르까지나의
손에 입을 맞추고, 이어서 니나의 손에 입 맞춘다) 건강하신
모습들을 보니 아주 반갑습니다. (아르까지나에게) 제 안사
람하고 함께 오늘 시내에 다녀오실 계획이라고 들었습니
다. 그러신가요?

아르까지나 네, 그럴까 해요.

샤므라예프 음……. 좋은 생각이십니다만, 무엇을 타고 가시
려는 거죠? 오늘 호밀을 운반해야 해서 일꾼들이 모두 바
쁜데. 어떤 말을 타고 가시려는 겁니까?

아르까지나 어떤 말이라뇨? 그것을 내가 어떻게 알겠어요!

소린 외출용 말이 있지 않소.

샤므라예프 (흥분하여) 외출용이라니요? 마구는 대체 어디서
가져옵니까? 마구를 어디서 가져온단 말입니까? 정말 놀랍
군요! 이해할 수가 없습니다! 존경하는 부인! 부인의 재능
을 존경하고 또 언제라도 부인을 위해 내 인생의 10년을 바
칠 수도 있습니다만, 죄송하게도 말은 내줄 수 없습니다!

아르까지나 하지만 내가 꼭 가야겠다면? 별일 다 보겠군요!

샤므라예프 존경하는 부인! 부인께서는 집안 살림이 무엇인지 모르십니다!

아르까지나 (화를 발끈 낸다) 항상 이래요! 그렇다면 나는 오늘 모스끄바로 떠나겠어요! 마을에서 말을 빌려 놓으라고 하세요. 그렇지 않으면 역까지 걸어서라도 갈 테니까.

샤므라예프 (화를 발끈 낸다) 그렇다면 나도 그만두겠습니다! 다른 관리인을 구해 보시죠! (나간다)

아르까지나 여름마다 이렇다니까. 여름마다 나는 여기서 모욕을 당한다고! 더 이상 여기에 오지 않겠어!

아르까지나가 낚시터가 있는 왼편으로 나간다. 조금 뒤 아르까지나가 집으로 걸어가는 것이 보인다. 그 뒤를 뜨리고린이 낚시 도구와 양동이를 들고 따라간다.

소린 (화를 발끈 낸다) 이렇게 뻔뻔스러운 일이 있을 수 있나! 도무지 이해할 수가 없어! 나도 이제는 지겨워졌어. 말이란 말은 죄다 여기다 모아 놓으라고 해야겠어!

니나 (뽈리나 안드레예브나에게) 이리나 니꼴라예브나처럼 유명한 여배우의 부탁을 거절하다니요! 그분이 바라는 것이라면 모두, 심지어 변덕까지도 그 살림보다 더 중요한 것 아닌가요? 정말 믿을 수 없는 일이에요!

뽈리나 안드레예브나 (절망하여) 내가 어떻게 하겠어요? 내 입장이 한번 돼 봐요. 내가 어떻게 하겠어요?

소린 (니나에게) 누이한테 가봅시다……. 떠나지는 말아 달라고 부탁이라도 해봐야지. 그렇지 않은가요? (샤므라예프가 나간 방향을 쳐다보며) 참을 수 없는 사람이야! 폭군이라니까!

니나 (일어나려는 소린을 말리며) 앉아 계세요, 그냥 앉아 계세요……. 우리가 모셔다 드리겠어요.

니나와 메드베젠꼬가 휠체어를 민다.

니나 정말 무서운 일이에요!
소린 그래, 그래, 무서운 일이지……. 그자는 나가지도 않을 거야. 당장 가서 말해 봐야지.

모두 나가고, 도른과 뽈리나 안드레예브나만 남는다.

도른 지겨운 사람들이야. 사실 당신의 남편이라는 작자는 멱살이라도 잡고 여기서 끌어내야 하는데, 저 늙은 뾰뜨르 니꼴라예비치 씨나 그의 누이는 그자에게 용서를 빌걸. 두고 보시오!
뽈리나 안드레예브나 남편은 외출용 말들도 들판으로 보냈어요. 매일같이 이런 말썽이 일어난답니다. 그 때문에 내가 얼마나 괴로운지 당신이 아시나요? 몸이 안 좋아요, 보세요, 이렇게 떨고 있지요……. 그 사람의 난폭함을 견딜 수가 없어요. (간청하듯) 예브게니, 내 소중한 예브게니, 나를 데려가 주세요……. 세월은 흐르고, 우리도 이제 젊지 않으니, 남은 인생이라도 서로 속이거나 숨기지 마요…….

사이.

도른 나는 쉰다섯입니다. 인생을 바꾸기에는 늦었지요.
뽈리나 안드레예브나 알아요, 가까이 지내는 여자들이 많기 때문에 당신이 나를 거절한다는 것을 알아요. 그렇다고 그 모든 여자들하고 함께 살 수는 없잖아요. 이해해요. 미안해요. 내가 귀찮아진 거죠.

집 근처에서 니나가 나타난다. 꽃을 꺾고 있다.

도른 아니, 그런 것이 아닙니다.

뽈리나 안드레예브나 질투 때문에 괴로워요. 물론 당신은 의사라서 여자들에게서 벗어날 수 없습니다. 그것을 잘 알지만…….

도른 (가까이 다가오는 니나를 향해) 어떻게 됐나요?

니나 이리나 니꼴라예브나는 우시고, 뾰뜨르 니꼴라예비치는 계속 기침을 해대시고.

도른 (일어선다) 두 사람에게 쥐오줌풀 액이라도 줘야겠소…….

니나 (도른에게 꽃을 준다) 받으세요!

도른 *Merci bien*(대단히 고맙습니다). (집 쪽으로 간다)

뽈리나 안드레예브나 (그와 함께 걷는다) 어머, 꽃이 참 예쁘네요! (집 근처에서, 불쾌한 목소리로) 꽃을 이리 주세요! 꽃을 이리 주세요! (꽃을 받더니 부러뜨려서 옆으로 내던진다)

두 사람, 집으로 들어간다.

니나 (혼자서) 정말 이상해, 유명한 여배우가 그렇게 사소한 일 때문에 울다니! 저명한 작가가, 대중의 사랑을 받고 신문마다 기사가 실리고 초상화가 팔리고 다른 나라 말로 번역이 되는 그런 저명한 작가가 하루 종일 낚시질이나 하며 두 마리의 잉어를 잡았다고 기뻐하다니, 정말 이상해. 유명한 사람들은 옆에 가까이 갈 수 없을 정도로 고고한 줄 알았는데. 유명한 사람들은 가문의 명성이나 재산을 무엇보다 귀하게 여기는 대중들에게 복수라도 하듯이 빛나는 자신의 명성으로 그들을 멸시하는 줄로 알았는데. 그런데 그

런 사람들이 이처럼 울기도 하고, 낚시질도 하고, 카드놀이
도 하고, 웃기도 하고, 화를 내기도 하다니, 다른 사람들처
럼…….

뜨레쁠례프 (모자를 쓰지 않고 들어온다. 총과 죽은 갈매기를 들
고 있다) 당신 혼자인가요?

니나 혼자예요.

뜨레쁠례프가 죽은 갈매기를 니나의 발밑에 내려놓는다.

니나 무슨 뜻이죠?

뜨레쁠례프 비겁하게 오늘 나는 이 갈매기를 죽였습니다. 당
신의 발밑에 바칩니다.

니나 왜 그러시죠? (갈매기를 집어 들고 바라본다)

뜨레쁠례프 (잠시 말이 없다가) 이렇게 곧 나도 나 자신을 죽일
겁니다.

니나 알 수가 없군요.

뜨레쁠례프 네, 내가 당신을 더 이상 알 수 없게 된 이후로 이
렇게 됐습니다. 당신의 태도는 변했습니다. 당신의 시선은
냉정해졌고, 내가 있는 것을 불편해합니다.

니나 요즘 당신은 쉽게 짜증을 내고 알 수 없는 상징적인 말
만 하더군요. 이 갈매기만 해도 뭔가를 상징하고 있는 듯한
데, 미안하지만, 이해할 수 없어요……. (갈매기를 벤치에 내
려놓는다) 나는 아주 단순해서 당신을 이해할 수 없어요.

뜨레쁠례프 나의 희곡이 보기 좋게 실패한 그날 밤부터 시작
된 겁니다. 여자들은 실패를 용서하지 않지요. 모두 태워 버
렸습니다. 마지막 한 조각까지. 내가 얼마나 불행한지 당신
이 아시기나 합니까! 싸늘한 당신의 시선이 무섭습니다. 믿
을 수 없이 말입니다. 잠에서 깨어나 보니 마치 이 호수가

갑자기 바짝 말라 버렸거나 땅속으로 꺼진 것처럼 말입니다. 당신은 나를 이해하기에는 아주 단순하다고 방금 말했지요. 오, 여기에 이해할 것이 뭐 있습니까?! 희곡이 마음에 들지 않아서 당신은 나의 영감을 무시하고, 이제는 나를 다른 많은 사람들처럼 평범하고 하찮게 여기고 있습니다…….
(발을 구른다) 아주 잘 압니다, 잘 압니다! 나의 뇌수에 못이라도 박힌 것 같습니다. 그런 뇌수라면 나의 그 자존심하고 함께 아무렇게나 되어 버리라죠. 나의 피를 마치 뱀처럼 빨아먹는 그따위 자존심 말이오……. (책을 읽으면서 걸어오는 뜨리고린을 발견하고) 오호, 저기 진짜 천재가 걸어오는군. 책을 들고 햄릿처럼 걸으면서. (흉내 낸다) 〈말, 말, 말들…….〉[9] 저 태양이 아직 도착도 하지 않았는데, 당신은 벌써 미소 짓고 있군요. 당신의 시선은 그 빛에 녹아들고 말았군요. 당신을 방해할 생각은 없소. (빠르게 나간다)

뜨리고린 (수첩에 메모를 하면서) 코담배를 맡고 보드까를 마시고……. 언제나 검은 옷의 그녀를 교사가 사랑한다…….

니나 안녕하세요, 보리스 알렉세예비치 씨!

뜨리고린 안녕하십니까. 갑자기 여러 사정이 생겨서 오늘 떠나게 될 것 같습니다. 당신하고는 더 이상 만나지 못할 것 같군요. 유감입니다. 젊은 처녀들, 젊고 재미있는 처녀들을 만날 기회가 적어서, 열여덟이나 열아홉의 처녀가 어떻게 느끼는지 이미 잊어버려 제대로 상상할 수가 없답니다. 나의 소설 작품들에 나오는 젊은 처녀들은 자연스럽지 못하지요. 단 한 시간이라도 좋으니 당신의 입장이 되어서 당신이 어떻게 생각하고 또 전반적으로 어떤 사람인지 알고 싶습니다.

---

9 셰익스피어의 『햄릿』 2막 2장에 나오는 햄릿 대사.

니나 저도 당신의 입장이 되어 봤으면 좋겠어요.

뜨리고린 그건 왜죠?

니나 유명하고 천재적인 작가의 기분을 알고 싶어서죠. 유명하다는 것은 어떤 느낌인가요? 자신이 유명하다는 것을 어떻게 느끼고 계신가요?

뜨리고린 어떻게? 그런 것은 없습니다. 그것에 대해서는 생각해 본 적이 없지요. (잠시 생각을 하고 나서) 둘 중에 하나겠죠. 당신이 나의 명성을 확대해서 보고 있거나 아니면 명성이라는 것이 전혀 느껴지지 않는 것이거나.

니나 신문에 난 자신에 관한 기사를 읽으실 때에는요?

뜨리고린 칭찬을 받으면 기분이 좋고, 욕을 먹으면 한 이틀쯤 기분이 나쁘지요.

니나 멋지고 황홀한 세계! 제가 얼마나 부러워하고 있는지 아세요? 사람의 운명은 다양해요. 어떤 사람들은 따분하고 알아주지 않는 생활을 질질 끌기 때문에, 누구나 그게 그거고 불행하지요. 반대로 어떤 사람들은, 당신과 같이 백만 명 중에 한 사람 정도로 드물지만, 화려하고 재미있고 의미로 가득 찬 인생을 누리지요…… . 행복하신 분이세요…… .

뜨리고린 내가 말이오? (어깨를 으쓱한다) 음…… 당신은 그렇게 명성에 대해서, 행복에 대해서, 화려하고 재미있는 생활에 대해서 말하지만, 나에게는 이 좋은 말들이, 미안하지만, 한 번도 먹어 보지 못한 마멀레이드[10]와 같군요. 당신은 무척 젊고 상냥하시오.

니나 당신의 생활은 정말 멋져요!

뜨리고린 내 생활의 어디가 그렇게 좋다는 건가요? (시계를 본다) 가서 글을 좀 써야겠습니다. 미안합니다, 시간이 없어

10 오렌지나 레몬 등의 겉껍질 과일의 과육 조각과 과즙을 넣어 설탕에 조린 잼.

서……. (웃는다) 당신은, 소위 말하는, 내가 가장 사랑하는 굳은살을 건드렸습니다. 그래서 이렇게 내가 흥분하고 또 약간 화를 낸 겁니다. 하지만 이야기해 봅시다. 나의 멋지고 화려한 생활에 대해 이야기해 봅시다……. 무엇부터 시작할까요? (잠시 생각을 하고 나서) 예를 들어, 사람이 밤낮으로 달 하나만을 생각한다면 강박 관념이 생깁니다. 나에게는 그런 나만의 달이 있지요. 써야 한다, 써야 한다, 써야 한다 하는 하나의 생각이 밤낮으로 잠시도 내 머리에서 떠나지 않습니다……. 한 작품을 끝내자마자 곧바로 다음 작품을 써야 합니다. 그리고 또 다음, 그리고 또 다음, 이렇게 말입니다……. 역마차를 갈아타듯 끊임없이 글을 씁니다. 다른 일은 생각조차 못합니다. 그런데 여기서 멋지고 화려한 것이 무엇인지, 당신에게 묻고 싶군요. 소름 끼치게 지겨운 생활일 뿐입니다! 지금도 이렇게 당신과 함께 있으면서 흥분하고 있지만, 그렇지만 끝내지 못한 소설이 나를 기다리고 있다는 생각이 한순간도 떠나지 않습니다. 이렇게 피아노를 닮은 구름을 봅니다. 그러면 생각하지요. 소설 어디에다 〈피아노 같은 구름이 흐른다〉 하고 묘사해야겠다고 말입니다. 헬리오트로프 향이 납니다. 그러면 곧 마음속에 담아 둡니다. 달콤한 향기, 미망인의 꽃, 여름밤을 묘사할 때 써야지 하고 말입니다. 지금도 나와 당신이 쓰는 표현과 단어들 하나하나 놓치지 않고 서둘러 문학을 위한 창고에 쌓아 두려고 애쓰고 있습니다. 분명히 쓸 데가 있을 거다 하면서! 일을 마치면 극장에 달려가거나 낚시를 합니다. 그곳에 가서 모든 것을 잊고 쉬려고 하지만, 그렇게 되지도 않습니다. 머릿속에서 이미 새로운 주제가 무거운 철제 포탄처럼 굴러다녀서, 책상으로 돌아가 서둘러 다시 써야 한다, 써야 한다 하는 생각뿐입니다. 언제나 늘 그래서 편안할 때가 없습니다. 마치 내 생명을 갉아먹고 있는 듯 느껴집니다. 누군가에게 꿀을 주기 위해, 나의 가장 좋은 꽃에서 꽃가루를 모으고 꽃잎을 뜯고 뿌리까지 짓밟고 있는 듯 느껍니다. 이런데 과연 미치지 않을 수 있을까요? 나의 친지나 친구들이 나를 건강한 사람으로 대할 수 있을까요? 〈무엇을 쓰시나요? 무엇을 우리에게 선사하실 거죠?〉 언제나 똑같은, 똑같은 말들이라, 아는 사람들의 관심, 칭찬, 감탄, 그 모든 것이 다 거짓 같습니다. 환자를 속이듯 나를 속이고 있는 것이죠. 이따금 사람들이 등 뒤로 몰래 다가와 나를 움켜잡고 뽀쁘리시친[11]처럼 정신 병원으로 끌고 가지 않을까 두려워한답니다. 가장 좋은 시절이라고 말들 하는 젊은 시절, 막 시작한 그때에도, 글을 쓰는 것은 나에게 오직 고통의 연속이었습니다. 젊은 작가, 특히 일이 잘 풀리지 않는 젊은 작가는 자기 자신이 못나고 초라하고 쓸모없어 보입니다. 신경은 곤두서 예민하지요. 그래서 그는 견디지 못하고 문학과 예술에 관련된 사람들 주위를 배회합니다. 아무도 알아주지 않는 그 인정받지 못한 자는 돈 떨어진 노름꾼처럼 다른 사람의 눈도 감히 똑바로 쳐다보지 못합니다. 나는 내 글의 독자를 만나 본 적이 없지만, 어째서인지 그들이 나에게 적대적이고 의심이 많을 거라고 상상합니다. 대중이 두렵습니다. 대중은 나에게 공포를 일으킵니다. 새로운 희곡을 공연할 때마다, 매번 저 갈색 머리는 적의를 가지고 있고, 저 금발 머리는 차갑고 냉정하다고 생각합니다. 이 얼마나 무서운 일입니까! 얼마나 고통스럽겠습니까!

니나 그래도 영감이 생길 때나 창작하는 순간에는 고상한 행

---

11 고골의 『광인 일기』에 나오는 주인공.

복이 찾아오지 않나요?

뜨리고린 그야 글을 쓰고 있을 때에는 즐겁지요. 교정을 보고 있을 때도 즐겁습니다. 하지만…… 책이 발간되면 〈이게 아닌데, 잘못이야, 처음부터 쓰지를 말았어야 했어〉 하는 생각이 듭니다. 그렇게 짜증이 나고 기분도 나빠집니다……. (웃으며) 대중들은 책을 읽으면서 〈그래, 재미있고 재주도 있어…… 재미있기는 하지만 똘스또이에 비하면 아직 멀었어〉 아니면 〈괜찮은 작품이야, 하지만 뚜르게네프의 『아버지와 아들』이 훨씬 낫지〉 합니다. 관 뚜껑을 덮을 때까지 계속 재미있고 재주도 있어야만 합니다. 그 이상은 없죠. 그리고 죽고 나면, 아는 사람들이 무덤 옆을 지나면서 이렇게 말할 겁니다. 〈여기에 뜨리고린이 누워 있지. 괜찮은 작가였지만, 뚜르게네프보다는 못했지.〉

니나 죄송하지만, 믿을 수가 없어요. 성공에 우쭐거리는 말로 들립니다.

뜨리고린 성공이라고요? 지금까지 나 자신을 좋아해 본 적이 한 번도 없습니다. 나는 작가인 나를 사랑하지 않습니다. 더 나쁜 것은, 정신을 잃고 내가 무엇을 쓰는지조차 알지 못할 때가 잦다는 겁니다……. 이 호수와 나무와 하늘을 사랑합니다. 자연을 느낍니다. 자연은 나에게 글을 써야 한다는 열정, 극복할 수 없는 갈망을 불러일으킵니다. 하지만 나는 단순한 풍경 화가가 아니라 한 명의 시민입니다. 조국과 민족을 사랑합니다. 내가 작가라면 반드시 민족에 대해서, 민족의 고통과 미래에 대해서 말해야 하고, 과학에 대해서, 인권에 대해서, 그 밖의 여러 문제들에 대해서 말해야 한다고 느낍니다. 그래서 그 모두를 말하려고 서두릅니다. 사방에서 나를 재촉하고 또 나에게 성을 내기에 나는 이리저리 뛰어다닙니다. 마치 사냥개에게 쫓기는 여우처럼 말입니다. 현실과 과학은 앞으로 앞으로 나아가지만, 나는 기차를 놓쳐 버린 농부처럼 언제나 제자리를 맴돌 뿐입니다. 결국 나 자신이 풍경이나 그릴 줄 알지 그 나머지에서는 가짜, 골수까지 가짜라는 것을 느낍니다.

니나 일에 지쳐서 그러신 거예요. 자신의 가치를 의식할 관심도 시간도 없어서 그래요. 자신에게 만족하지 못한다고 말씀하시지만, 다른 사람들에게는 위대하고 훌륭한 분이신걸요! 제가 당신과 같은 작가라면 일생을 대중에게 바쳤을 거예요. 그러면 대중은 제 수준에 도달해야 행복해질 거라는 것을 알게 되어, 저를 꽃마차에 태우고 다녔을 거예요.

뜨리고린 아, 꽃마차라……. 내가 아가멤논[12]이라도 된단 말인가요?

두 사람, 미소를 짓는다.

니나 여류 작가나 여배우가 되는 행복을 얻을 수만 있다면, 저는 주위 사람들의 냉대, 환멸, 가난을 견딜 수 있을 거예요. 다락방에 살면서 보리 빵만 먹어도 좋아요. 자신에 대한 불만과 미완성에 대한 자각이 주는 고통을 감수하면서 그 대신 명성을 바랄 거예요…… 진정한, 세상을 떠들썩하게 할 명성을 말이죠……. (두 손으로 얼굴을 감싼다) 머리가 어지러워요…… 아아……!

집 안에서 아르까지나의 목소리가 들린다. 「보리스 알렉세예비치!」

12 트로이 전쟁 당시 그리스 군대의 총지휘관.

뜨리고린 나를 부르는군요……. 아마도 짐을 꾸리자는 걸 겁니다. 떠나고 싶지 않군요. (호수를 둘러본다) 얼마나 아름다운 곳인지 모르겠습니다……! 멋지지요!

니나 호숫가 저쪽에 집과 정원이 보이세요?

뜨리고린 네.

니나 돌아가신 어머니의 저택이에요. 저기서 제가 태어났습니다. 저는 지금까지 늘 이 호숫가에서 살아왔어요. 호수에 있는 조그만 섬들을 모두 안답니다.

뜨리고린 멋진 곳입니다! (갈매기를 발견하고) 이게 뭡니까?

니나 갈매기. 꼰스딴찐 가브릴로비치가 쏜 거예요.

뜨리고린 아름다운 새입니다. 정말 떠나고 싶지 않군요. 떠나지 말라고 이리나 니꼴라예브나를 설득해 주시겠습니까. (수첩에 메모를 한다)

니나 무엇을 쓰시는 거죠?

뜨리고린 그냥, 메모를 좀……. 이야깃거리가 떠올라서……. (수첩을 감춘다) 작은 이야기입니다. 호숫가에서 한 처녀가 어린 시절부터 살고 있고, 그래요, 당신처럼 말이죠. 호수를 갈매기처럼 사랑하고. 또 갈매기처럼 자유롭고 행복하고. 그런데 우연히 어떤 사람이 찾아와 그녀를 발견하고는 아무 이유도 없이 그녀를 파괴하죠. 이 갈매기처럼 말이죠.

사이.

창문으로 아르까지나가 나타난다.

아르까지나 보리스 알렉세예비치, 어디에 있어요?

뜨리고린 곧 갑니다! (가다가, 니나를 뒤돌아본다. 그리고 창 옆에서 아르까지나에게) 무슨 일이죠?

아르까지나 남아 있기로 했어요.

뜨리고린, 집 안으로 들어간다.

니나 (무대 앞으로 걸어 나온다. 잠시 생각에 잠겼다가) 꿈!

막이 내린다.

제3막

소린 집의 식당. 오른편과 왼편에 각각 문이 있다. 그릇장. 약품을 넣어 둔 장. 한가운데에 식탁이 있다. 트렁크와 모자 박스들로 보아 출발 준비를 했다는 것을 알 수 있다. 뜨리고린이 아침 식사를 하고 있고, 마샤가 식탁 옆에 서 있다.

마샤 작가이시니까 드리는 말씀입니다. 글의 소재로 사용하실 수 있을 겁니다. 솔직히 말씀드려서 그이가 심각하게 다쳤다면 나는 잠시도 살 수 없었을 겁니다. 하지만 나는 용감한 편이거든요. 그래서 결심했어요. 이 사랑을 가슴에서 뽑아 버리기로 했지요, 뿌리까지 뽑아 버릴 겁니다.

뜨리고린 어떤 식으로 말이죠?

마샤 결혼할 겁니다. 메드베젠꼬하고.

뜨리고린 그 교사 말인가요?

마샤 네.

뜨리고린 그렇게까지 할 필요가 과연 있을까요?

마샤 희망 없는 사랑, 몇 년이나 기다리던……. 결혼하고 나면 사랑 따위에는 신경 쓸 겨를도 없이 새로운 걱정들이 생겨 옛일을 지워 버리겠죠. 어쨌든 변하지 않겠어요. 한 잔 더 드릴까요?

뜨리고린 너무 마시는 것 같은데.

마샤 자, 받으세요. (뜨리고린의 잔과 자신의 잔에 술을 따른다) 그렇게 보지는 마세요. 여자들도 당신이 생각하시는 것보다 더 자주 마신답니다. 나처럼 이렇게 드러내 놓고 마시는 여자는 적지만, 그래도 많은 여자들이 술을 마시죠. 그럼요. 보드까나 코냑을 말입니다. (두 사람, 잔을 부딪친다) 잘 가세요! 소탈하신 분이라 헤어지기 아쉽네요.

두 사람, 술을 마신다.

뜨리고린 사실 떠나고 싶지는 않습니다.

마샤 가지 말자고 부탁해 보시지 그래요.

뜨리고린 아니, 이제는 그럴 수도 없습니다. 아들이 극단적인 행동을 하니까요. 총으로 자살을 기도하더니, 사람들의 말에 의하면, 이제는 나에게 결투를 신청하려고 한다더군요. 대체 왜 그러는지 모르겠습니다. 부루퉁해서는 으르렁대지 않나, 새로운 형식을 떠들고 다니지 않나……. 새로운 것과 옛것이 공존할 수 있지 않나요? 충돌할 이유가 뭐 있습니까?

마샤 아마, 질투 때문일 겁니다. 하지만 이제 내가 관여할 일은 아니지요.

사이.

야꼬프, 짐 가방을 들고 왼편에서 오른편으로 지나간다. 니나가 들어와 창가에 멈춰 선다.

마샤 결혼하려는 학교 교사는 아주 현명한 사람은 아니지만,

착하고 불쌍한 사람이지요. 게다가 나를 아주 사랑한답니다. 안됐어요. 그이의 늙은 어머니도 안됐고요. 어쨌든, 모든 일이 잘 풀리시기 바랍니다. 나를 나쁘게 기억하지 말아주세요. (뜨리고린의 손을 꼭 잡는다) 호의를 보여 주셔서 정말 감사드려요. 책이 나오거든 꼭 자필 서명을 해서 보내 주세요. 〈존경하는〉이라고 쓰지는 말고, 이렇게 써주세요. 〈가족의 정도 모르고, 이 세상에서 왜 사는지도 모르는 마리야에게.〉 안녕히 가세요. (나간다)

니나 (주먹을 쥔 손을 뜨리고린에게 내민다) 짝수? 홀수?

뜨리고린 짝수.

니나 (한숨을 내쉰다) 홀수예요. 제 손에는 완두콩이 한 알 있을 뿐이에요. 여배우가 될 수 있을지 점쳐 본 거죠. 의논할 사람이 있으면 좋을 텐데.

뜨리고린 의논할 필요가 뭐 있습니까.

사이.

니나 헤어지게 되는군요, 그리고…… 앞으로 못 만나겠죠? 저를 잊지 마시라고 조그만 이 메달을 드리고 싶어요. 당신의 이니셜을 새겨 넣으라고 했어요……. 그리고 뒷면에는 당신의 책 제목 『낮과 밤』을 새겼고요.

뜨리고린 우아하군요! (메달에 입 맞춘다) 매력적인 선물입니다!

니나 가끔 제 생각도 해주세요.

뜨리고린 물론입니다. 그 맑게 갠 날 봤던 당신 모습을 기억할 겁니다. 생각나요? 1주일 전 당신이 밝은 옷을 입고 있었을 때를 말입니다…… 우리는 이야기를 나눴죠…… 그때 벤치에는 하얀 갈매기가 놓여 있었고.

니나 (생각에 잠겨) 네, 갈매기…….

사이.

니나 사람들이 와서 더 이상 이야기할 수 없네요……. 떠나시기 전에 저에게 2분만 시간을 내주세요, 부탁드려요…….
(왼편으로 나간다)

니나가 나가는 것과 동시에 오른편에서 아르까지나, 훈장이 달린 예복을 입은 소린, 그리고 짐을 꾸리느라고 바쁜 야꼬프가 들어온다.

아르까지나 이제는 늙으셨으니, 집에 남아 계세요. 류머티즘을 앓고 계시면서 어디를 가시겠다는 거예요? (뜨리고린에게) 방금 누가 나갔죠? 니나인가요?
뜨리고린 그래요.
아르까지나 *Pardon*(용서하세요), 방해했나 보네요……. (앉는다) 짐을 다 싼 것 같아요. 지쳤어.
뜨리고린 (메달의 글을 읽는다) 『낮과 밤』 121페이지, 11에서 12행.
야꼬프 (식탁을 치우면서) 낚시 도구도 챙길까요?
뜨리고린 물론이지. 꼭 필요한 물건이야. 하지만 책은 아무에게나 줘버려.
야꼬프 알겠습니다.
뜨리고린 (혼잣말로) 121페이지, 11에서 12행. 뭐라고 썼더라? (아르까지나에게) 집에 내 책들이 있나요?
아르까지나 오빠 서재에 있어요. 구석에 있는 책장에.
뜨리고린 121페이지……. (나간다)
아르까지나 정말로, 뻬뜨루샤, 집에 계세요…….
소린 너희들이 떠나고 나 혼자 집에서 지내는 건 더 힘들어.

아르까지나 도시에 가면 어쩌시려고요?

소린 특별한 일이 있는 건 아니지만, 그래도. (웃는다) 젬스뜨보 건물의 상량식도 있을 테고, 뭐 그렇지……. 아주 잠시라도 이런 불쾌한 생활에서 벗어나고 싶어. 너무 오래 누워 있었더니 낡은 담배 파이프라도 된 것 같다고. 1시까지 말을 준비해 놓으라고 했다. 함께 떠나려고.

아르까지나 (잠시 뒤) 제발, 여기에 계시도록 하세요. 답답하게 생각지 마시고 감기에 걸리지 않게 조심하시고요. 아들을 보살펴 주세요. 타일러 주세요.

사이.

아르까지나 꼰스딴찐이 왜 자살을 하려고 했는지 알지도 못하고 떠납니다. 중요한 이유가 질투인 것 같아서 뜨리고린과 함께 여기서 떠나는 게 좋겠다고 생각한 거죠.

소린 뭐라고 말해야 좋을까? 다른 이유들도 있다. 젊고 지혜로운 사람이 시골에, 이렇게 외진 곳에, 돈도 지위도 미래도 없이 살고 있으니 당연한 일이다. 할 만한 일도 없이. 그렇게 빈둥거리는 게 부끄럽고 두려운 거야. 나는 그 애를 무척 사랑한다. 그 애도 나를 따르고. 그래도 어쩔 수 없이 스스로가 집에서 쓸모없는 존재고 밥이나 축내는 식객이라고 느낄 거야. 당연한 일이지, 자존심이…….

아르까지나 그 애 때문에 정말 걱정이에요! (생각에 잠겨) 일자리를 찾아보는 것은 어떨까요…….

소린 (휘파람을 분다. 그리고 주저하면서) 내 생각에 가장 좋은 방법은, 만일 네가…… 돈을 좀 주면 어떨까. 무엇보다 제대로 된 옷도 필요하고. 봐라, 외투도 없이 3년째 언제나 똑같은 프록코트만 질질 끌고 다니잖니……. (웃는다) 그리고 젊은 사람이 바람도 쐬어야 하지 않겠니……. 외국에라도 가봐야지……. 큰돈 드는 일도 아닌데.

아르까지나 그렇다면……. 옷이라면 어떻게 해줄 수 있지만, 외국은 아무래도……. 아니요, 지금으로서는 옷도 안 돼요. (단호하게) 돈이 없어요!

소린, 웃는다.

아르까지나 정말 없어요!

소린 (휘파람을 분다) 어쩔 수 없지. 미안하다, 화를 내지는 마라. 너를 믿는다……. 너는 관대하고 훌륭한 여자야.

아르까지나 (눈물을 보이며) 돈이 없어요!

소린 나에게 돈이 있다면 그 애에게 줬을 텐데. 그렇지만 나에게는 동전 한 닢도 없어. (웃는다) 내 연금은 몽땅 관리인이 가져가 농사니 목축이니 양봉에 써버려서, 그냥 사라졌지. 꿀벌도 죽지, 소들도 죽지, 말은 절대로 내주지 않지…….

아르까지나 물론 돈은 있지만, 나는 여배우잖아요. 의상비만으로도 파산할 지경이라고요.

소린 너는 착하고 선량해……. 너를 존중한다……. 그래……. 그런데 왜 또 이러지……. (비틀거린다) 머리가 어지러워. (식탁을 붙잡는다) 몸이 안 좋아.

아르까지나 (놀라서) 뻬뜨루샤! (소린을 부축하려고 애쓴다) 뻬뜨루샤, 오빠……. (소리친다) 도와줘요! 도와줘요……!

머리에 붕대를 감은 뜨레쁠레프와 메드베젠꼬가 들어온다.

아르까지나 몸이 안 좋으셔.

소린 괜찮다, 괜찮아……. (미소를 지으며 물을 마신다) 이제 괜찮아……. 아무렇지도 않아…….

뜨레쁠레프 (어머니에게) 놀라지 마세요, 어머니, 위험할 정도
는 아니에요. 외삼촌은 요즈음 자주 이러세요. (외삼촌에
게) 외삼촌, 가서 누우셔야겠어요.

소린 좀 그럴까……. 어쨌든 나도 도시로 갈 거다……. 조금
누워 있다가 갈 거다……. 당연하지……. (지팡이를 짚고 걷
는다)

메드베젠꼬 (소린의 팔을 부축한다) 수수께끼입니다. 아침에는
네 발, 낮에는 두 발, 저녁에는 세 발…….

소린 (웃는다) 그래, 밤에는 드러눕겠지……. 고맙지만 혼자
갈 수 있소.

메드베젠꼬 체면을 차릴 필요는 없습니다……!

메드베젠꼬와 소린이 나간다.

아르까지나 정말 놀랐다!

뜨레쁠레프 시골에서 사시는 건 외삼촌에게 좋지 않아요. 우울
해하시거든요. 어머니, 넓은 마음으로 외삼촌에게 1천5백
이나 2천쯤 빌려 주시면, 외삼촌이 한 1년은 도시에서 지내
실 수 있을 거예요.

아르까지나 돈이 없다. 나는 배우지 은행업자가 아니다.

사이.

뜨레쁠레프 어머니, 붕대 좀 갈아 주세요. 잘하시잖아요.

아르까지나 (약품을 넣어 둔 장에서 붕대가 든 상자와 요오드팅
크를 꺼낸다) 의사 선생님이 늦네.

뜨레쁠레프 열시까지 오시겠다고 했는데, 벌써 정오예요.

아르까지나 앉아라. (뜨레쁠례프의 머리에서 붕대를 벗긴다) 터
번을 쓴 것 같구나. 어제 어떤 사람이 부엌에서 네가 어느
나라 사람이냐고 물었다는구나. 상처가 거의 다 아물었네.
조금만 더 치료하면 되겠다. (아들의 머리에 입을 맞춘다) 내
가 없을 때 또 〈탕〉 하지 않겠지?

뜨레쁠례프 걱정 마세요, 어머니. 그때는 미칠 듯한 절망감 때
문에 어떻게 할 수 없었어요. (어머니의 손에 입을 맞춘다) 어
머니의 손은 황금 손이에요. 기억나요, 아주 오래전에, 어머
니가 국립 극장에서 일하실 때 말이에요. 그때 나는 어렸죠,
우리가 사는 건물의 마당에서 다툼이 있었는데, 세내고 살
던 세탁부가 심하게 얻어맞은 적이 있었죠. 기억나세요? 의
식을 잃고 쓰러진 그 여자를 사람들이 들여놨잖아요…….
어머니는 자주 그 여자한테 가서 약도 주고 그 여자의 아이
들을 씻겨도 주셨죠. 기억나지 않으세요?

아르까지나 기억나지 않는다. (새로운 붕대를 감는다)

뜨레쁠례프 그때 두 명의 발레리나가 우리와 같은 건물에 살
면서…… 커피를 마시러 들르곤 했잖아요…….

아르까지나 그것은 기억난다.

뜨레쁠례프 신앙심이 아주 깊은 사람들이었죠.

사이.

뜨레쁠례프 최근 며칠 동안 어머니를 어렸을 때처럼 온 마음
으로 사랑하게 됐어요. 어머니말고 지금 나에게는 아무도
없어요. 그런데 왜 어머니와 나 사이에 그 사람이 있어야
하는 거죠?

아르까지나 꼰스딴찐, 너는 아직 그 사람을 모른다. 아주 고상
한 사람이야…….

뜨레쁠례프 하지만, 내가 결투를 신청하려고 한다는 말을 듣고는 그 고상함도 겁쟁이가 되는 것을 막지는 못했죠. 도망치잖아요. 수치스럽게 말이에요.

아르까지나 그런 시시한 말이 어디 있니! 내가 떠나자고 한 거다. 우리가 친한 모습이 물론 네게는 싫겠지. 하지만 너에게도 지성이란 게 있잖니. 나의 자유를 존중해 달라고 너에게 요구할 권리가 나에게도 있다.

뜨레쁠례프 물론 어머니의 자유를 존중합니다. 하지만 저의 자유도 인정해 주셔야죠. 제가 원하는 대로 그 사람을 대할 수 있다는 것 말입니다. 고상한 사람! 보세요, 그 사람 때문에 우리가 이렇게 말다툼을 벌이잖아요. 지금 그 사람은 응접실이나 정원 어디에서 저와 어머니를 비웃고 있을 겁니다. 니나를 꼬드겨서 자기가 천재라도 되는 듯 착각하게 만들잖아요.

아르까지나 너는 내가 불쾌해지는 말을 즐겨 하는구나. 나는 그 사람을 존경한다. 그러니 제발 내 앞에서 그 사람을 나쁘게 말하지 마라.

뜨레쁠례프 저는 존경하지 않습니다. 어머니는 제가 그 사람을 천재로 여기기를 바라는 것 같지만, 죄송합니다만, 저는 거짓말을 할 줄 모릅니다. 그 사람의 작품은 아주 혐오스럽습니다.

아르까지나 시기하는 거다. 재능은 없고 욕심만 있는 사람들이 진짜 재능이 있는 사람들을 보면 비난만 하거든. 그렇게라도 위안을 삼는 거지!

뜨레쁠례프 (비꼰다) 진짜 재능! (화가 나서) 할 말은 해야겠습니다. 나는 당신들 누구보다도 더 재능이 있습니다! (머리에서 붕대를 잡아 벗긴다) 낡아 빠진 당신들이 예술계의 윗자리를 차지하고 자신들이 하는 일만 타당하고 진실하다고 여기면서, 다른 사람들을 억압하고 질식시키고 있지 않나요! 당신들을 인정하지 않습니다! 어머니나 그 사람을 인정하지 않습니다!

아르까지나 데카당!

뜨레쁠레프 그 좋아하는 극장으로 가서 평범하고 볼품없는 희곡이나 연기하시죠!

아르까지나 지금까지 나는 그런 희곡을 연기한 적이 없다. 참견하지 마라! 너야말로 그 볼품없는 보드빌 하나 제대로 쓰지 못하잖니. 끼예프의 중산 계급 같으니! 식객 같으니!

뜨레쁠레프 구두쇠!

아르까지나 건달!

뜨레쁠레프, 앉아서 소리 내지 않고 운다.

아르까지나 못난 놈! (흥분하여 왔다 갔다 한다) 울지 마라. 울 것까지 없잖니……. (운다) 그러지 마라……. (아들의 이마와 볼과 머리에 입을 맞춘다) 사랑하는 내 아들, 용서해 다오……. 이 죄 많은 어미를 용서해 다오. 불쌍한 어미를 용서해 다오.

뜨레쁠레프 (어머니를 안는다) 아시나요? 저는 모든 것을 다 잃었어요. 그 여자도 저를 사랑하지 않아요. 더 이상 글을 쓸 수도 없어요…… 희망이 없어요…….

아르까지나 좌절하지는 마라……. 모두 다 잘 풀릴 거다. 그 사람하고 내가 떠나면, 그 여자는 다시 너를 사랑하게 될 거야. (아들의 눈물을 닦아 준다) 그렇게 될 거다. 우리는 이제 화해한 거겠지?

뜨레쁠레프 (어머니의 손에 입을 맞춘다) 네, 어머니.

아르까지나 (부드럽게) 그 사람하고도 화해해라. 결투는 안 된다……. 그렇지 않니?

뜨레쁠례프 좋아요⋯⋯. 하지만, 어머니, 그 사람을 보고 싶지 않아요. 그건 괴로워요⋯⋯ 감당할 수가 없어요⋯⋯.

뜨리고린이 들어온다.

뜨레쁠례프 그 사람이에요⋯⋯. 가겠어요⋯⋯. (서둘러 약장을 치운다) 붕대는 의사 선생님께 부탁하죠⋯⋯.
뜨리고린 (책을 뒤적인다) 121페이지⋯⋯ 11에서 12행⋯⋯. 여기로군⋯⋯. (읽는다) 〈당신이 내 생명을 필요로 한다면 와서 가져가세요.〉

뜨레쁠례프, 바닥에서 붕대를 집어 나간다.

아르까지나 (시계를 보고 나서) 말이 곧 준비될 거예요.
뜨리고린 (혼잣말로) 당신이 내 생명을 필요로 한다면 와서 가져가세요.
아르까지나 당신도 짐을 다 챙기셨나요?
뜨리고린 (조급하게) 네, 네⋯⋯. (생각에 잠겨) 순수한 영혼의 이 호소에 어째서 슬퍼지는 것일까, 어째서 나의 가슴은 이토록 아프게 죄어 오는 것일까⋯⋯? 당신이 내 생명을 필요로 한다면 와서 가져가세요. (아르까지나에게) 하루만 더 머무릅시다!

아르까지나, 거절하며 고개를 젓는다.

뜨리고린 하루만!
아르까지나 무엇이 당신을 붙잡는지 압니다. 하지만 자제할 줄 알아야 하지 않나요? 당신은 취해 있어요. 깨어나세요,

제발…….

뜨리고린 당신도 진지하고 지혜롭게 생각해 주시기 바랍니다. 부탁입니다. 진실한 친구로서 이 모든 것을 봐주시죠……. (아르까지나의 손을 잡는다) 너그럽게 생각할 줄 알잖아요……. 친구로서 나를 그냥 놔두십시오…….

아르까지나 (몹시 흥분하여) 그렇게도 끌리나요?

뜨리고린 그 여자에게 마음이 끌립니다. 어쩌면 내가 바라는 것인지도 모르죠.

아르까지나 시골 처녀의 사랑이? 오, 그렇게도 자기 자신을 모르나요?

뜨리고린 이따금 사람들은 걸으면서 잠잡니다. 바로 그것처럼 지금 나는 당신과 이야기하면서도, 잠자며 그 여자 꿈을 꾸는 것 같습니다. 달콤하고 신비로운 꿈이 나를 사로잡았습니다……. 나를 그냥 놔두십시오…….

아르까지나 (몸을 떨며) 아니, 그럴 수는 없어요……. 나도 평범한 여자예요. 내 앞에서 그렇게 이야기하지 마세요……. 보리스, 나를 괴롭히지 마세요……. 무서워요…….

뜨리고린 당신에게는 평범하지 않을 능력이 있습니다. 젊고 매혹적이고 시적인 사랑, 공상의 세계로 데려가 주는 사랑, 지상에서 그것만이 행복을 가져다줍니다! 나는 아직 그런 사랑을 해본 적이 없어요……. 젊었을 때에는 경황이 없었죠. 편집국의 문턱이 닳도록 넘나들었고 가난과 싸우느라고……. 이제야 그 사랑이 찾아와 마음을 끌고 있는데……. 그런데 어째서 그것을 피해야 한단 말입니까?

아르까지나 (화를 낸다) 정신이 나갔군요!

뜨리고린 마음대로 생각하시오.

아르까지나 오늘 당신들은 모두 나를 괴롭히려고 작정을 했군요. (운다)

뜨리고린 (머리를 감싸 쥐고) 그렇게 모르겠습니까! 이해해 줄
수 없나요!

아르까지나 내 앞에서 서슴없이 다른 여자를 이야기할 만큼
내가 그렇게 늙고 추해졌나요? (그를 안고 입 맞춘다) 당신
은 미쳤어요! 아름다운 나의 사람……. 당신은 내 인생의
마지막 장이에요! (무릎을 꿇는다) 나의 기쁨, 나의 자랑, 나
의 행복……. (뜨리고린의 무릎을 안는다) 버림받는다면 한
순간도 살 수 없어요. 미쳐 버리고 말 거예요. 놀랍도록 아
름다운 나의 사람, 나의 지배자여…….

뜨리고린 누가 올지도 모릅니다. (아르까지나를 일으켜 세운다)

아르까지나 올 테면 오라죠. 당신을 향한 내 사랑을 부끄러워
하지 않아요. (그의 손에 입을 맞춘다) 소중한 나의 사람, 무
모한 사람, 어리석은 짓을 한다면 그냥 내버려 두지 않겠어
요, 놔두지 않겠어요……. (웃는다) 당신은 내 사람이에요……
내 사람……. 이 이마도 나의 것, 이 눈도 나의 것, 이 비단
결같이 아름다운 머리칼도 나의 것……. 당신은 모두 나의
것이에요. 당신은 지혜롭고 재능이 있으며 현대 작가들 가
운데 가장 뛰어나지요. 당신은 러시아의 유일한 희망이에
요……. 당신의 작품은 진실하고 소박하고 신선하고, 건강
한 유머가 가득하지요……. 당신의 필치는 사람이나 풍경
의 중요한 특징을 단번에 그려 내고, 작품의 인물들은 정말
로 살아 있어요. 당신의 작품을 읽으면 희열을 느끼지 않을
수 없답니다! 내 말이 아첨이라고 생각하나요? 내가 괜한
소리를 하고 있는 줄 아세요? 그렇다면 나의 눈을 똑바로
보세요…… 보세요……. 내가 거짓말쟁이로 보이나요? 나
만이 당신의 가치를 제대로 볼 줄 알아요. 나만이 당신에게
진실을 이야기한다고요. 사랑하는 나의 사람, 아름다운 나
의 사람……. 갈 거죠? 그렇죠? 나를 저버리지 않을 거죠?

뜨리고린 나에게는 나의 의지가 없습니다……. 한 번도 내 의지대로 해본 적이 없어요……. 무기력하고 쉽게 부서지고 언제나 순종적인데, 어떻게 여자의 호감을 사겠소. 나를 붙잡아 주시오, 한 발짝도 떼어 놓지 말아 주시오…….

아르까지나 (혼잣말로) 이제 그이는 나의 사람이야. (아무 일도 없었던 듯 거리낌없이) 그렇지만, 정 원하신다면 남아 있으세요. 나 혼자 떠날 테니, 당신은 다음에, 한 1주일 후쯤에 오시죠. 사실 당신이 서두를 필요는 없잖아요.

뜨리고린 아니요, 함께 갑시다.

아르까지나 원하신다면. 그렇다면 함께 가지요…….

사이.

뜨리고린, 수첩에 메모를 한다.

아르까지나 뭐 하세요?

뜨리고린 아침에 훌륭한 표현을 들었죠, 〈처녀림〉……. 쓸 데가 있을 겁니다. (기지개를 켠다) 그럼 떠나는 겁니까? 또다시 열차, 정거장, 식당, 커틀릿, 잡담…….

샤므라예프 (들어온다) 섭섭하지만 말씀드리지 않을 수 없군요. 말이 준비되었습니다. 역으로 떠나실 시간이 됐습니다. 2시 5분에 열차가 도착할 겁니다. 그런데 이리나 니꼴라예브나, 부탁이 있습니다. 수즈달쵸프라는 배우가 지금 어디에서 사는지 잊지 말고 알아봐 주십시오. 살아 있기는 한지, 건강하기는 한지 말입니다. 함께 술을 마시곤 했는데……. 「우체국 강도」에서 누구도 흉내 못 낼 연기를 보여 줬죠……. 그 사람과 함께 또, 엘리사베뜨그라드에서 이즈마일로프라는 비극 배우가 활동했는데, 개성이 대단했습니다……. 아니, 그렇게 서두르실 필요 없습니다. 5분 후에 떠나도 시간이 됩니다. 아, 그런데 어떤 멜로물에서 공모자들 가운데 한 사람으로 나왔는데, 그들을 잡으려고 불시에 덮치자, 〈함정에 걸려들었어〉라고 말해야 하는데, 이즈마일로프는 〈함 속에 빠졌어〉 그러는 겁니다. (호탕하게 웃는다) 함 속이라니……!

샤므라예프가 말하는 동안 야꼬프는 트렁크들 주위를 분주하게 다닌다. 하녀는 아르까지나에게 모자와 망토와 우산과 장갑을 가져다준다. 모두가 아르까지나의 치장을 돕는다. 왼쪽 문에서 요리사가 안을 들여다보다가 망설이며 들어온다. 뽈리나 안드레예브나, 소린, 메드베젠꼬가 들어온다.

뽈리나 안드레예브나 (바구니를 들고 있다) 여행하시면서 드실 자두를 가져 왔습니다……. 아주 답니다. 맛있게 드실 수 있을 겁니다…….

아르까지나 정말 고마워요, 뽈리나 안드레예브나.

뽈리나 안드레예브나 안녕히 가세요! 마음에 들지 않은 일이 있었다면 용서하세요. (운다)

아르까지나 (뽈리나 안드레예브나를 안는다) 모두 좋았어요, 모두 좋았어요. 울지 마요.

뽈리나 안드레예브나 우리의 시간이 떠나는군요!

아르까지나 어떡하겠어요!

소린 (어깨 망토가 달린 외투를 입고, 모자를 쓰고, 지팡이를 짚고, 왼쪽 문에서 들어와 방을 가로질러 걷는다) 시간이 됐다. 늦지 말아야지. 먼저 마차에 타겠다. (나간다)

메드베젠꼬 저는 걸어서 역으로 가죠……. 배웅해 드려야죠. 서둘러야겠습니다……. (나간다)

아르까지나 잘들 있어요……. 건강하게 지내다 여름에 다시 만나요…….

하녀와 야꼬프와 요리사가 아르까지나의 손에 입을 맞춘다.

아르까지나 나를 잊지 말아 줘요. (요리사에게 1루블을 준다) 셋이 나눠 써요.

요리사 정말 고맙습니다, 마님. 행복한 여행이 되십시오! 잘해 주셔서 정말 고맙습니다!

야꼬프 하느님의 축복을 빕니다!

샤므라예프 편지라도 보내 주십시오! 보리스 알렉세예비치 씨, 안녕히 가십시오!

아르까지나 꼰스딴찐은 어디 있지? 떠난다고 전해 주겠어요? 작별 인사라도 해야지요. 이제 헤어지는군요. (야꼬프에게) 요리사에게 1루블을 줬으니, 셋이 나눠 써요.

모두 다 오른쪽으로 나간다. 무대가 텅 빈다. 배웅하는 소리로 무대 밖이 소란스럽다. 하녀가 돌아와 식탁 위에 놓아둔 자두 바구니를 가지고 나간다.

뜨리고린 (다시 들어온다) 단장을 두고 갔어. 저쪽 테라스에 둔 것 같은데.

걸어가다가 왼쪽 문 앞에서 막 들어오는 니나와 마주친다.

뜨리고린 당신이군요. 우리는 지금 떠납니다…….

니나 우리는 다시 만날 수 있을 것 같아요. (흥분하여) 보리스 알렉세예비치 씨, 운명에 맡기기로 결심했어요. 무대에 서겠어요. 내일이면 저도 여기에 없을 겁니다. 아버지한테서 벗어나서 모든 것을 버리고, 새로운 생활을 시작할 겁니다……. 당신처럼 저도 떠날 겁니다…… 모스끄바로. 거기서 봬요.

뜨리고린 (뒤돌아보고 나서) 〈슬라뱐스끼 바자르〉에 묵으십시오……. 바로 나에게 연락을 주고요……. 몰차노프까 거리, 그로홀스끼 건물……. 가봐야 합니다…….

사이.

니나 잠깐만요…….

뜨리고린 (작은 목소리로) 당신은 정말 아름답소……. 우리가 다시 만날 수 있다니 얼마나 기쁜지 모르겠소!

니나, 뜨리고린의 가슴에 기댄다.

뜨리고린 이 매혹적인 눈을, 말할 수 없이 아름답고 사랑스러운 미소를…… 이 부드러운 얼굴을, 천사같이 순수한 표정을 다시 볼 수 있다니……. 나의 니나…….

긴 키스.

막이 내린다.

3막과 4막 사이에 2년이 흐른다.

제4막

소린 집의 응접실들 가운데 하나. 꼰스딴찐 뜨레쁠례프가 작업하는 서재로 바뀌었다. 오른편과 왼편에 각각, 다른 방으로 들어가는 문이 있다. 중앙에는 테라스로 통하는 유리문이 있다. 일반적인 응접실용 가구들이 있고, 오른편 구석에 책상이 놓여 있다. 왼쪽 문 옆에 터키식 소파와 책장이 있다. 창틀과 의자들 위에 책들이 놓여 있다. 저녁. 갓이 달린 램프 하나가 켜져 있다. 어둡다. 바람이 심해 나무가 흔들리고 굴뚝에서 윙윙거리는 소리가 들린다. 야경꾼의 딱따기 소리. 메드베젠꼬와 마샤가 들어온다.

마샤 (소리 내어 부른다) 꼰스딴찐 가브릴리치! 꼰스딴찐 가브릴리치! (둘러본다) 아무도 없네. 노인은 언제나 〈꼬스쨔는 어디에 있지, 꼬스쨔는 어디에 있지〉 하고 묻는데…….꼬스쨔 없이 못 살겠다며…….

메드베젠꼬 혼자 있는 걸 두려워하시지. (귀를 기울인다) 엄청난 날씨요! 벌써 이틀째.

마샤 (램프의 심지를 올려 불을 밝게 한다) 호수에서는 파도가 쳐요. 커다란 파도가.

메드베젠꼬 정원은 어두워요. 정원에 있는 무대를 철거하라고 해야 할 텐데. 텅 비어 흉물스러워, 마치 뼈대처럼 말이오.
막은 바람에 펄럭거리고. 어제저녁에 그 옆을 지나가는데
그 속에서 우는 소리가 들리는 것 같았소.

마샤 그래요…….

사이.

메드베젠꼬 마샤, 집으로 돌아갑시다.

마샤 (고개를 젓는다) 여기서 잘 거예요.

메드베젠꼬 (간청한다) 마샤, 돌아갑시다! 우리 아기가 배고파
할 텐데.

마샤 그런 소리 마세요. 마뜨료나가 먹일 거예요.

사이.

메드베젠꼬 불쌍한 것. 벌써 사흘 밤을 엄마 없이 지내다니.

마샤 당신도 따분한 사람이 돼버렸군요. 이전에는 그래도 철
학이라도 늘어놨는데, 지금은 언제나 〈집으로 아기한테 갑
시다, 집으로 아기한테 갑시다〉 하고 말할 뿐이니. 다른 말
은 할 줄 모르나요?

메드베젠꼬 마샤, 돌아갑시다!

마샤 혼자 가세요.

메드베젠꼬 당신의 아버지는 말을 내주지 않을 거요.

마샤 내줄 거예요. 부탁해 보세요.

메드베젠꼬 그럼 부탁해 보겠소. 그러면 당신은 내일 오겠소?

마샤 (코담배를 맡는다) 그래요, 내일. 정말 끈질기군요…….

뜨레쁠례프와 뽈리나 안드레예브나가 들어온다. 뜨레쁠례프

는 베개와 담요를, 뽈리나 안드레예브나는 침대 시트를 가지고 들어와 터키식 소파 위에 놓는다. 그리고 뜨레쁠례프는 자기 책상으로 가서 앉는다.

마샤 무슨 일이죠, 어머니?

뽈리나 안드레예브나 뾻뜨르 니꼴라예비치가 꼬스쨔 옆에 잠자리를 마련해 달라고 부탁했다.

마샤 내가 할게요……. (침구를 깐다)

뽈리나 안드레예브나 (한숨을 내쉬고) 늙으면 어린애가 된다더니……. (책상 쪽으로 다가가서 팔꿈치로 몸을 괴고 원고를 들여다본다)

사이.

메드베젠꼬 가보겠습니다. 안녕, 마샤. (아내의 손에 입을 맞춘다) 안녕히 계십시오, 장모님. (장모의 손에 입을 맞추려 한다)

뽈리나 안드레예브나 (짜증스럽게) 그래, 어서 가봐요!

메드베젠꼬 잘 계시오, 꼰스딴찐 가브릴로비치.

뜨레쁠례프, 아무 말 없이 손을 내민다. 메드베젠꼬, 나간다.

뽈리나 안드레예브나 (원고를 보면서) 우리들 가운데 아무도 꼬스쨔가 진짜 작가가 될 줄은 몰랐어요. 그런데, 고맙게도, 이렇게 잡지사에서 원고료를 보내고 있으니. (손으로 그의 머리를 쓰다듬는다) 멋있어지셨어……. 사랑스러운 꼬스쨔, 우리 마셴까에게 좀 더 잘해 주세요……!

마샤 (침구를 깔면서) 방해하지 마세요, 어머니.

뽈리나 안드레예브나 (뜨레쁠례프에게) 고운 여자예요.

사이.

뽈리나 안드레예브나 여자들한테는, 꼬스쨔, 아무것도 필요 없어요. 따뜻하게 바라만 봐준다면. 나도 그랬죠.

뜨레쁠레프, 책상에서 일어나 말없이 밖으로 나간다.

마샤 보세요, 화나게 만드셨잖아요. 귀찮게 해야 했나요!
뽈리나 안드레예브나 마센까, 네가 불쌍하구나.
마샤 잘하셨네요!
뽈리나 안드레예브나 너 때문에 마음이 아프다. 모두 다 보고 알고 있지.
마샤 어리석은 일이에요. 희망이 없는 사랑, 그것은 소설에나 있는 거죠. 소용없어요. 낙심하며 막연히 기다리고 기다릴 필요가 없어요……. 가슴속에 사랑이 생기면 뽑아 버려야 하죠. 남편이 다른 지역으로 전근을 가게 됐어요. 다른 곳으로 가서 모두 다 잊어버릴 거예요…… 가슴에서 뿌리까지 뽑아 버릴 거예요.

다른 방에서 우울한 왈츠를 연주하는 소리가 들린다.

뽈리나 안드레예브나 꼬스쨔가 연주하는 거다. 우울한가 보다.
마샤 (소리 없이 왈츠를 추며 두어 바퀴 돈다) 중요한 것은, 어머니, 눈앞에 두고 보지 않는 거예요. 남편 세묜이 전근을 가면, 믿어 주세요, 한 달 안에 모두 잊을 거예요. 쓸데없는 소리지만.

왼쪽 문이 열리고 도른과 메드베젠꼬가 소린의 휠체어를 밀며 들어온다.

메드베젠꼬 가족이 모두 여섯입니다. 그런데 곡식은 1뿌드[13]
에 70꼬뻬이까입니다.

도른 그렇게 맴도는 겁니다.

메드베젠꼬 웃을 수 있다니 좋으시겠습니다. 당신에게는 돈이
굴러다니나 봅니다.

도른 돈? 이보시오, 지난 30년 동안 나는 쉬지 않고, 밤낮으
로 내 시간도 없이 진료했지만 고작 2천 루블을 모았을 뿐
이오. 그것도 얼마 전에 외국에 나가느라 다 써버려서 지금
은 한 푼도 없소이다.

마샤 (남편에게) 아직 안 가셨나요?

메드베젠꼬 (잘못이라도 한 듯) 말을 내주지 않는 걸 어떡하겠소?

마샤 (무척 성가시다는 듯이, 낮은 목소리로) 눈앞에서 사라져
버렸으면 좋겠어!

휠체어가 방의 왼편 중앙에 멈춰 선다. 뽈리나 안드레예브나,
마샤, 도른, 그 근처에 앉는다. 메드베젠꼬, 애처롭게 구석으로
물러난다.

도른 많이 변했군요! 응접실이 서재가 되고.

마샤 꼰스딴찐 가브릴리치는 여기서 작업하는 게 더 편안해
요. 원하면 언제라도 정원으로 나가 생각할 수 있으니까요.

야경꾼의 딱따기 소리.

13 러시아의 옛 무게 단위. 16.38킬로그램.

소린 누이는 어디에 있소?

도른 뜨리고린을 마중하러 역으로 갔습니다. 곧 돌아올 겁니다.

소린 당신이 누이를 여기로 부른 것을 보니 내 병세가 몹시 중한가 보군. (잠시 말이 없다가) 그런데도 약은 주지도 않으니 이상한 일이오.

도른 무슨 약을 원하시나요? 쥐오줌풀 액, 탄산소다 아니면 키니네?

소린 또 철학이 시작됐군. 왜 또 괴롭히려는 거요? (소파를 머리로 가리킨다) 내 잠자리?

뽈리나 안드레예브나 그래요, 뾰뜨르 니꼴라예비치 씨.

소린 고맙소.

도른 (노래를 부른다) 〈밤하늘에서 달이 헤엄치고······.〉[14]

소린 꼬스쨔에게 이야깃거리를 주고 싶어. 제목은 〈꿈꿨던 사람〉 그러니까 〈*L'homme qui a voulu*〉라고 해야 할 거야. 젊었을 때 나는 문학가가 되고 싶었지만 이루지 못했어. 듣기 좋은 목소리를 가지고 싶었지만 혐오스러웠지. (자기 목소리를 흉내 낸다) 〈언제나 그렇게 어, 어 하면서······.〉 몇 가지만 떠올려도 식은땀이 흐를 지경이지. 결혼을 하고 싶었지만 하지 못했고, 도시에서 늘 살고 싶었지만 이렇게 시골에서 인생을 마쳐야 하고, 결국 이렇게 말이야.

도른 원하던 4등 문관이 되시지 않았습니까.

소린 (웃는다) 그것은 애쓰지도 않은 일이오. 저절로 그렇게 된 것뿐이지.

도른 예순둘이나 되어서 생활이 불만스럽다고 말하는 태도에 공감할 수 없군요, 그것은 너그럽지 못한 모습입니다.

소린 정말 고집이 센 사람이야. 나는 제대로 살아 보고 싶을

---

14 러시아의 작곡가 쉴로프스끼(1849~1893)의 세레나데의 첫 구절.

따름이오.

도른 경솔한 생각입니다. 자연의 법칙에 따라 모든 생명은 당연히 끝을 맞게 됩니다.

소린 그것은 배부른 사람의 논리요. 당신은 배가 불러 생활에 무관심하기에 모든 게 마찬가지겠지요. 하지만 죽을 때가 되면 당신도 두려워질걸.

도른 죽음의 공포, 그것은 동물적인 공포입니다…… 그런 것은 억눌러야 합니다. 영원한 생명을 믿는 사람들이나 의식적으로 죽음을 두려워하지요. 지은 죄가 무서운 거죠. 하지만 당신은 첫째, 그런 것을 믿는 사람이 아니고, 둘째, 지은 죄가 없지 않습니까? 법무부에서 25년을 근무하신 게 전부 아닙니까.

소린 (웃는다) 28년이오…….

뜨레쁠레프가 들어와 소린의 발 옆에 있는 낮은 의자에 앉는다. 마샤, 뜨레쁠레프에게서 잠시도 눈을 떼지 않는다.

도른 우리가 꼰스딴찐 가브릴로비치의 작업을 방해하고 있나 봅니다.

뜨레쁠레프 아니, 아닙니다.

사이.

메드베젠꼬 저어, 의사 선생님, 외국에서 어느 도시가 가장 마음에 드셨습니까?

도른 제노바였습니다.

뜨레쁠레프 왜 제노바였나요?

도른 그곳 거리는 대단히 혼잡합니다. 저녁에 호텔에서 나와 보면 거리는 사람들로 가득 차 있습니다. 아무 목적 없이 사람들 속에서 이리저리 휩쓸려 다니다 보면 그 모든 사람들과 함께 살며 심리적으로 하나가 된 듯합니다. 언젠가 당신의 희곡에서 니나 자레츠나야가 연기한 것과 같은 단일한 세계의 영혼이 정말로 가능할 거라고 믿게 됩니다. 그건 그렇고, 자레츠나야는 지금 어디에 있죠? 어디서 어떻게 지내나요?

뜨레블례프 잘 지낼 겁니다.

도른 좀 특별하게 산다는 소문이 들리던데. 어떻게 된 겁니까?

뜨레블례프 의사 선생님, 말하자면 이야기가 길어집니다.

도른 간단히라도.

사이.

뜨레블례프 집에서 뛰쳐나가 뜨리고린과 합쳤지요. 그건 아시죠?

도른 압니다.

뜨레블례프 아이를 낳았는데, 곧 죽었습니다. 뜨리고린은 사랑이 식자, 당연하다는 듯이 옛 애인에게로 돌아갔습니다. 하지만 그 사람은 한 번도 옛 애인을 저버린 적이 없었죠. 줏대가 없는 사람이라 이쪽도 저쪽도 교묘하게 속인 셈이죠. 아는 바만으로 판단하건대 니나 개인의 생활은 완전히 파탄이 난 것 같습니다.

도른 무대에서는?

뜨레블례프 더 나쁜 것 같습니다. 모스끄바 교외에 있는 별장 극장에서 데뷔를 한 이후 지방으로 떠났죠. 그때 나는 그녀를 놓치지 않으려고 얼마 동안 그 뒤를 따라다녔습니다. 큰 역을 맡기도 했지만, 연기는 거칠고 무미건조했고 목소리

에는 힘이 너무 들어갔고 동작은 어색했습니다. 어쩌다 제
대로 비명을 지르거나 쓰러지기도 했지만, 아주 드문 경우
였습니다.

도른 어쨌든 재능은 있나요?

뜨레쁠례프 잘 모르겠습니다. 있기는 하겠지요. 그녀를 보았
으나 만나려 하지 않고, 하녀가 그녀의 숙소에 못 들어가게
하더군요. 그 심정을 알 것 같아서 나도 굳이 만나려고 하
지 않았습니다.

사이.

뜨레쁠례프 무슨 말을 더해 드릴까요? 그 이후, 집으로 돌아
온 뒤에, 이따금 그녀의 편지를 받아 보고 있습니다. 지적
이고 따뜻하고 재미있는 편지들이죠. 불평은 적혀 있지 않
았지만, 그녀가 매우 불행하다는 것을 느꼈습니다. 문장마
다 긴장되고 병든 신경이 느껴졌으니까요. 그녀는 정신마
저도 다소 혼란스러웠습니다. 서명도 갈매기라고 되어 있
었습니다. 『루살까』[15]에 나오는 물방앗간 주인이 자신이 까
마귀라고 말하듯이, 그녀는 편지마다 자신이 갈매기라고
되풀이했습니다. 지금 그녀는 이곳에 있습니다.

도른 이곳이라니, 어떻게?

뜨레쁠례프 시내에 있는 여인숙에 묵고 있습니다. 그런 지 벌
써 닷새가 되었습니다. 나도 찾아가 봤고, 마리야 일리니치
나도 다녀왔지만, 그녀는 아무도 만나 주지 않았습니다. 세
묜 세묘노비치는 어제 점심때가 좀 지났을 때 여기에서 2베
르스따쯤 떨어진 들판에서 그녀를 봤다고 하더군요.

15 뿌쉬낀의 작품.

메드베젠꼬 네, 만났습니다. 시내 쪽으로 걸어가고 있더군요. 인사를 하고 왜 들르지 않느냐고 물었습니다. 그랬더니 한 번 오겠다고 했습니다.

뜨레쁠례프 오지 않을 겁니다.

사이.

뜨레쁠례프 아버지와 계모는 그녀를 모른 척합니다. 사방에 감시인을 두고 영지에 못 오게 합니다. (의사와 함께 책상으로 간다) 의사 선생님, 종이 위에서 철학자가 되는 것은 쉽지만, 실제로 되는 것은 정말 어렵습니다!

소린 매력적인 처녀였는데.

도른 뭐라고요?

소린 매력적인 처녀였다고 말했소. 4등 문관인 이 소린도 한동안 반했을 정도였으니까.

도른 늙은 바람둥이 같군요.

샤므라예프의 웃음소리가 들린다.

뽈리나 안드레예브나 역에서 돌아들 오시나 봅니다…….

뜨레쁠례프 어머니 목소리가 들립니다.

아르까지나, 뜨리고린, 그리고 샤므라예프가 들어온다.

샤므라예프 우리는 자연의 위력 때문에 모두 이렇게 시들고 늙어 가는데, 부인께서는 여전히 젊으십니다……. 화려한 재킷에 싱싱한 모습…… 우아하십니다…….

아르까지나 당신은 여전히 빈정거리는군요, 지겨운 사람 같으니!

뜨리고린 (소린에게) 안녕하셨습니까, 뾰뜨르 니꼴라예비치 씨! 왜 이렇게 항상 몸이 아프신가요? 회복되셔야죠! (마샤를 발견하고, 반갑게) 마리야 일리니치나!

마샤 알아보시겠어요? (그의 손을 잡는다)

뜨리고린 결혼하셨나요?

마샤 오래전에 했어요.

뜨리고린 행복하신가요? (도른과 메드베젠꼬와 인사를 나눈다. 그러고 나서 머뭇거리며 뜨레쁠례프에게 다가간다) 이리나 니꼴라예브나의 말로는 당신이 이미 옛일을 잊었고 이제는 화도 내지 않는다더군요.

뜨레쁠례프, 그에게 손을 내민다.

아르까지나 (아들에게) 여기 보리스 알렉세예비치가 너의 새로운 소설이 실린 잡지를 가져오셨다.

뜨레쁠례프 (책을 받으며, 뜨리고린에게) 고맙습니다. 친절하시군요.

모두 앉는다.

뜨리고린 당신의 애독자들이 인사를 전해 달라고 하더군요……. 뻬쩨르부르그와 모스끄바에서 사람들은 온통 당신에 대해 관심을 갖고 나에게 당신에 관해 묻더군요. 그는 어떤 사람이냐, 몇 살이냐, 검은머리냐 금발이냐 하면서 말입니다. 왜 그런지 사람들은 당신이 젊다고 생각하지 않습니다. 그리고 필명으로만 글을 발표하니까 아무도 당신의 본명을 알지 못합니다. 철가면처럼 당신은 비밀에 싸여 있답니다.

뜨레쁠례프 얼마나 계실 거죠?

뜨리고린 내일 모스끄바로 떠날 생각입니다. 어쩔 수 없죠. 중 편 하나를 서둘러 마쳐야 하고, 그리고 또 다른 작품 하나 를 문집에 싣기로 약속했습니다. 예전과 다르지 않습니다.

뜨리고린과 뜨레쁠례프가 이야기를 나누는 동안, 아르까지나 와 뽈리나 안드레예브나는 방 한가운데에 카드놀이용 탁자를 놓 고 테이블 보를 씌운다. 샤므라예프는 촛불에 불을 밝히고, 의자 들을 가져다 놓는다. 책장에서 로또[16] 카드를 꺼낸다.

뜨리고린 날씨가 별로 좋지 않습니다. 바람이 지독하게 부는 군요. 내일 아침에 바람이 잦아들면 호수로 가서 낚시를 하 려고 합니다. 그러면서 정원도 한번 둘러보고 또 그곳, 기억 하시나요? 당신의 희곡을 공연했던 곳도 보고 말입니다. 어떤 모티프를 다듬고 있는데, 사건이 일어난 장소에 대한 기억을 새롭게 해야 할 필요가 있어서.

마샤 (아버지에게) 아버지, 남편에게 말을 내주세요! 집으로 돌아가야만 합니다.

샤므라예프 (흉내 낸다) 말을…… 집으로……. (엄하게) 방금 역 까지 다녀온 것을 너도 보지 않았냐. 또 내몰 수는 없다.

마샤 다른 말들도 있잖아요……. (대답도 하지 않는 아버지를 보고, 손을 내젓는다) 괜한 소리를 꺼냈군…….

메드베젠꼬 마샤, 나는 걸어서 갈 거요. 정말로…….

뽈리나 안드레예브나 (한숨을 내쉬고) 걸어서, 이런 날씨에……. (카드놀이용 탁자에 앉는다) 자, 여러분…….

메드베젠꼬 6베르스따밖에 되지 않는걸요……. 잘 있어요……. (아내의 손에 입을 맞춘다) 안녕히 계십시오, 장모님.

16 숫자를 맞추는 카드놀이.

뽈리나 안드레예브나, 내키지 않는 듯 손을 내밀어 입을 맞추게 한다.

메드베젠꼬 죄송합니다, 아기 때문에…… (모두에게 인사를 한다) 안녕히들 계십시오…… (잘못이라도 한 듯한 걸음걸이로 나간다)

샤므라예프 걸어갈 수 있지. 장군처럼 말을 타고 갈 필요는 없어.

뽈리나 안드레예브나 (탁자를 두드린다) 자, 여러분. 시간을 아낍시다. 곧 저녁 식사를 할 시간입니다.

샤므라예프, 마샤, 도른, 탁자에 앉는다.

아르까지나 (뜨리고린에게) 긴 가을밤이 되면 우리는 여기서 로또를 한답니다. 보세요, 로또 카드가 낡았지요. 돌아가신 어머니 때부터 쓰던 카드랍니다. 우리가 어렸을 때부터 말이죠. 저녁 식사 전까지 함께 로또를 하시죠. (뜨리고린과 함께 탁자에 앉는다) 따분한 놀이지만, 익숙해지면 괜찮아요. (모두에게 카드를 세 장씩 나눠 준다)

뜨레쁠레프 (잡지를 뒤적인다) 자기 작품을 읽었으면서 내 작품은 펼쳐 보지도 않았군. (잡지를 책상 위에 놓고 오른편 문으로 향한다. 아르까지나 옆을 지나면서 그녀의 머리에 입을 맞춘다)

아르까지나 꼬스쨔, 너는?

뜨레쁠레프 죄송해요, 내키지 않는군요……. 산책 좀 하겠습니다. (나간다)

아르까지나 10꼬뻬이까씩 걸어요. 의사 선생님, 나 대신 내주세요.

도른 알겠습니다.

마샤 모두 거셨나요? 제가 먼저 시작하죠……. 22.

아르까지나 있어.

마샤 3……!

도른 좋습니다.

마샤 3인가요? 8! 81! 10!

샤므라예프 좀 천천히 해.

아르까지나 하리꼬프에서 받은 환영은 대단했답니다, 지금까지도 머리가 어지러울 지경이지요!

마샤 34!

무대 밖에서 우울한 왈츠를 연주하는 소리가 들린다.

아르까지나 대학생들한테 뜨거운 박수를 받았답니다……. 바구니 세 개에 화환이 두 개 그리고 이것도……. (가슴에서 브로치를 떼서 탁자 위에 던진다)

샤므라예프 멋집니다…….

마샤 50!

도른 반드시 50이어야 하나요?

아르까지나 그때 내 옷차림은 정말 멋졌어요……. 내가 옷은 잘 입잖아요.

뽈리나 안드레예브나 꼬스쨔가 연주하는군요. 우울한가 봐요, 가련한 사람.

샤므라예프 신문들마다 악평이 실렸던데요.

마샤 77!

아르까지나 제대로 주목을 못 받아서 그래요.

뜨리고린 운도 나쁩니다. 어쨌든 자기 자신의 톤을 아직 못 찾은 겁니다. 이상하고 모호하지요. 이따금 헛소리 같을 때도 있어요. 살아 있는 인물이 없지요.

마샤 11!

아르까지나 (소린을 돌아다보고) 뻬뜨루샤, 따분하세요?

사이.

아르까지나 잠들었네.

도른 4등 문관께서 주무시네요.

마샤 7! 90!

뜨리고린 만일 호숫가의 이런 영지에서 살았다면 나는 작가가 되지 않았을 겁니다. 그런 욕심은 버리고 낚시에만 열중했을 겁니다.

마샤 28!

뜨리고린 잉어나 농어를 잡는다면 천상에 오른 듯 기쁘죠.

도른 하지만 나는 꼰스딴찐 가브릴리치를 믿습니다. 뭔가가 있습니다! 뭔가가 말입니다! 그는 이미지로 생각하지요. 그의 단편들은 그림같이 선명하고 강렬한 느낌을 줍니다. 단지 안타까운 것은 특정한 문제 의식이 없다는 겁니다. 인상을 주지만 그 이상은 없지요. 아시다시피 인상만으로는 더 어쩌지 못합니다. 이리나 니꼴라예브나, 아드님이 작가가 되셔서 기쁘시죠?

아르까지나 그런데 아직 읽어 보지 못했어요. 너무나 바빠서.

마샤 26!

뜨레쁠례프, 조용히 들어와 자기 책상 쪽으로 간다.

샤므라예프 (뜨리고린에게) 보리스 알렉세예비치 씨, 집에 당신이 부탁하신 게 있습니다.

뜨리고린 어떤?

샤므라예프 언젠가 꼰스딴찐 가브릴리치가 갈매기를 쐈는데, 당신은 그것으로 박제를 만들어 달라고 부탁하셨죠.

뜨리고린 기억나지 않는데요. (좀 더 생각해 보고) 기억나지 않습니다!

마샤 66! 1!

뜨레쁠례프 (창문을 활짝 열고 귀를 기울인다) 어두워! 왜 이렇게 불안한지 모르겠어.

아르까지나 꼬스쨔, 문 좀 닫아 줄래, 바람이 분다.

뜨레쁠례프, 문을 닫는다.

마샤 88!

뜨리고린 다 맞췄습니다, 여러분.

아르까지나 (기뻐서) 브라보! 브라보!

샤므라예프 브라보!

아르까지나 이 사람은 언제 어디서나 운이 좋아요. (일어선다) 자, 이제 뭐 좀 먹으러 갑시다. 이 저명하신 분은 오늘 점심도 못 들었답니다. 저녁 식사를 하고 나서 계속하죠. (아들에게) 꼬스쨔, 원고는 놔두고 식사하러 가자.

뜨레쁠례프 됐어요, 어머니, 배고프지 않아요.

아르까지나 그럼 그래라. (소린을 깨운다) 뻬뜨루샤, 저녁 식사예요! (샤므라예프의 팔을 잡는다) 하리꼬프에서 받은 환영이 어땠는지 말해 드리죠……

뽈리나 안드레예브나, 탁자 위의 촛불을 불어 끈다. 그러고 나서 도른과 함께 휠체어를 민다. 모두 다 왼쪽 문으로 나간다. 무대 위에는, 책상에 앉아 있는 뜨레쁠례프만 남는다.

뜨레쁠레프 (글을 쓰려고 먼저 쓴 부분을 훑어본다) 그렇게 새
로운 형식을 말했는데, 지금은 나도 조금씩 구태의연함 속
으로 미끄러져 들어가는 것을 느껴. (읽는다)〈울타리 위에
붙은 벽보가 말하고 있다……. 검은 머리카락이 감싸고 있
는 창백한 얼굴…….〉말하고 있다, 감싸고 있는……. 너무
서툴러……. (지운다) 주인공이 빗소리에 잠이 깨는 부분부
터 다시 시작해야겠어. 나머지는 모두 버리고. 달밤 묘사는
길고 너무 멋을 부렸어. 뜨리고린이라면 자기 스타일이 있
어서 쉽게 쓸 텐데……. 그 사람이 쓴다면, 제방 위에서 깨
진 병 조각이 반짝이고 방앗간 바퀴가 검은 그림자를 드리
운다, 이렇게 달밤을 그릴 텐데, 나는, 흔들거리는 불빛, 그
리고 조용히 반짝거리는 별빛, 멀리서 들리는 피아노 소리
가 조용하고 향기로운 대기 속으로 사라진다……. 이건 아
니야. 그래, 문제는 낡고 새로운 형식 속에 있는 것이 아니
야. 형식에 얽매이지 않고 마음속에서 흘러나오는 대로 자
유롭게 쓴다는 것이 중요해. 점차 그런 확신이 들어.

책상에서 가장 가까운 창문을 누군가 두드린다.

뜨레쁠레프 무슨 소리지? (창밖을 내다본다) 아무것도 보이지
않는데……. (중앙에 있는 유리문을 열고 정원을 내다본다)
누가 층계를 내려가는데. (소리친다) 누구시오?

밖으로 나간다. 테라스 위를 바삐 걷는 뜨레쁠레프의 발소리
가 들린다. 30초쯤 뒤에 니나 자레츠나야와 함께 돌아온다.

뜨레쁠레프 니나! 니나!

니나, 그의 가슴에 머리를 묻고 소리 없이 흐느낀다.

뜨레쁠레프 (감격에 젖어) 니나! 니나! 당신이…… 당신이…….
이런 일이 있으려고 내 가슴이 하루 종일 아팠나 보군요.
(니나의 모자와 겉옷을 벗긴다) 오, 나의 소중한, 당신이 오
다니! 울지 마요, 울지 마요.

니나 여기 누가 있지요?

뜨레쁠레프 아무도 없소.

니나 문을 잠가 주세요, 그렇지 않으면 들어올지도.

뜨레쁠레프 아무도 들어오지 않을 거요.

니나 이리나 니꼴라예브나가 여기 있다는 것을 알아요. 문을
잠가 주세요…….

뜨레쁠레프 (오른쪽 문을 열쇠로 잠그고, 왼쪽 문으로 간다) 여
기는 자물쇠가 없소. 소파로 막지. (문 옆에 소파를 밀어 놓
는다) 이제는 아무도 들어오지 못할 거요, 걱정하지 마요.

니나 (그의 얼굴을 뚫어지게 쳐다본다) 당신을 보게 해주세요.
(주위를 둘러본다) 따뜻하고 아늑해요……. 여기는 응접실
이었는데. 나 많이 변했죠?

뜨레쁠레프 그래요……. 여위고 눈은 더 커지고. 니나, 이렇게
당신을 보고 있자니 이상하군요. 대체 왜 나를 만나려 하지
않았죠? 지금까지 왜 한번도 오지 않았나요? 벌써 1주일 가
까이 당신이 이곳에서 지내고 있다는 것을 알고 있었소…….
하루에도 몇 번이나 당신이 묵고 있는 곳에 가서 거지처럼
창문 밑에 서 있었소.

니나 당신이 나를 증오할까 봐 두려웠어요. 당신이 나를 보
고도 알아보지 못하는 꿈을 밤마다 꿉니다. 모르실 거예
요! 도착한 순간부터 줄곧 이 근처를…… 호숫가를 돌아다
녔어요. 당신 집 근처에도 여러 번 왔지만 들어갈 용기가

나지 않았어요. 앉아요.

두 사람, 앉는다.

니나 앉아서 이야기해요, 이야기해요. 여기는 편안하고 따뜻하고 아늑해요……. 바람 소리가 들리세요? 뚜르게네프 작품에 이런 구절이 있지요. 〈그런 밤, 집 안에 앉아 있는 사람, 따뜻한 구석을 가지고 있는 사람은 편안하다.〉 나는 갈매기예요……. 아니, 그게 아니라. (자신의 이마를 문지른다) 내가 무슨 말을 했죠? 그래요…… 뚜르게네프……. 〈하느님은 집 없는 방랑자를 도와줄 것이다〉[17]……. 괜찮아요. (흐느낀다)

뜨레쁠레프 니나, 또……. 니나!

니나 괜찮아요, 울었더니 나아졌어요……. 벌써 2년 동안이나 울어 보지 못했거든요. 어제저녁 늦게 우리의 극장이 그대로 있는지 보려고 정원에 왔었어요. 지금까지 서 있더군요. 2년 만에 처음으로 울어 봤어요. 훨씬 마음이 편해지고 밝아졌어요. 보세요, 이제 울지 않잖아요. (그의 손을 잡는다) 그런데 벌써 작가가 되셨더군요……. 당신은 작가, 나는 배우……. 우리는 소용돌이 속에 빠진 거예요……. 어렸을 때 내 생활은 즐거웠죠. 아침에 눈을 떠 노래를 불렀으니까요. 당신을 사랑했고, 명성을 꿈꿨고. 하지만 지금은? 내일 아침 일찍 옐레츠로 가야 합니다, 농부들 속에서…… 삼등열차를 타고. 옐레츠에서는 교육받았다는 상인들이 추근대며 달라붙겠죠. 아, 거친 생활!

뜨레쁠레프 옐레츠는 왜?

17 뚜르게네프의 장편소설 『루진』.

니나 겨울 동안 계약했어요. 가야 해요.

뜨레쁠레프 니나, 나는 당신을 저주하고 증오했었소. 당신의 편지며 사진을 찢어 버렸소. 하지만 그때마다, 나의 영혼이 당신으로부터 영원히 떨어질 수 없다는 것을 알게 되었소. 당신을 사랑하지 않을 힘이 나에게는 없소, 니나. 당신을 잃고 글을 써서 발표하기 시작한 이후부터 인생은 나에게 견딜 수 없게 되었소, 고통스러웠소……. 나의 젊음은 갑자기 끝나 버리고, 이 세상에서 마치 90년이나 산 듯했소. 나는 당신을 부르며 당신이 지나간 땅에 입을 맞추오. 어디를 바라봐도, 당신의 얼굴이 떠오르고, 내 인생의 가장 행복했던 시절을 비추었던 그 부드러운 미소가…….

니나 (당황하여) 대체 왜 그런 말을 하시나요?

뜨레쁠레프 나는 외롭습니다. 아무도 따뜻하게 감싸 주지 않지요. 땅 속에 갇혀 있는 듯 춥습니다. 그래서 무엇을 써도 온통 건조하고 냉담하고 우울합니다. 여기에 남아 줘요, 니나, 부탁합니다. 아니면 나와 함께 떠나요!

니나, 서둘러 모자와 겉옷을 입는다.

뜨레쁠레프 왜 그래요? 제발, 니나……. (니나가 옷을 입는 것을 바라본다)

사이.

니나 타고 온 마차가 쪽문 옆에서 기다려요. 나오지 마세요, 혼자 가겠어요……. (눈물을 보이며) 물 좀 주세요…….

뜨레쁠레프 (물을 준다. 니나, 마신다) 지금 어디로 가려는 거죠?

니나 시내로.

사이.

니나 이리나 니꼴라예브나가 여기에 있지요?

뜨레쁠례프 그래요……. 목요일에 아저씨가 좋지 않아서, 와 달라고 전보를 쳤지요.

니나 도대체 왜 내가 지나간 땅에 입을 맞춘다는 말을 하시 나요? 차라리 죽여야겠다고 하세요. (책상에 몸을 기댄다) 지쳤어요! 쉬었으면 좋겠어요…… 쉬었으면! (고개를 든다) 나는 갈매기예요……. 아니, 그게 아니라, 나는 배우예요. 그 래요, 배우예요! (아르까지나와 뜨리고린의 웃음소리가 들리 자, 귀를 기울인다. 그러다 왼쪽 문으로 뛰어가서 열쇠 구멍으 로 안을 들여다본다) 그이도 여기에 있군요……. (뜨레쁠례프 쪽으로 돌아와) 그렇군요……. 괜찮아요……. 그래요……. 그 이는 연극을 믿지 않고 언제나 나의 꿈을 비웃기만 했어요. 그래서 차츰 나도 믿음을 잃고 용기를 잃어버렸죠……. 사 랑에 대한 걱정, 질투, 아기에 대한 떨칠 수 없는 책임감…… 결국 나는 초라하고 보잘것없이 돼버렸죠. 연기도 엉망이 고……. 손을 어떻게 처리해야 할지도 몰라 무대 위에 제대로 서 있을 수조차 없었어요. 대사도 제대로 말하지 못했고. 엉 망으로 연기할 때 느끼는 기분을 당신은 모르실 거예요. 나 는 갈매기예요……. 아니, 그게 아니라……. 당신이 갈매기를 쐈던 것 기억나세요? 우연히 어떤 사람이 찾아와 발견하고는 아무 이유도 없이 파괴하고……. 작은 이야깃거리……. 아니, 아니에요……. (이마를 문지른다) 무슨 이야기를 했죠……? 아, 무대 이야기였죠. 이제는 그렇지 않아요……. 이제는 진 짜 배우예요. 나는 즐겁게 환희를 느끼며 연기해요. 무대에 취해 나 자신을 아름답게 느끼죠. 여기 머무는 동안 줄곧 걸 어다니면서 매일매일 나의 정신력이 성장하고 있다고 생각

하고, 생각하고 또 느껴요……. 이제는 알고 이해해요, 꼬스
쨔, 우리의 일에서, 연기를 하건 글을 쓰건 마찬가지죠, 중
요한 것은 꿈꿨던 빛나는 명예가 아니라 견뎌 내는 능력이
에요. 자신의 십자가를 지고 신념을 가져야 해요. 나는 신념
을 가지고 있어서 고통스럽지 않아요. 나의 소명을 생각할
때면 인생이 두렵지 않지요.

뜨레쁠레프 (슬프게) 당신은 당신의 길을 찾으셨군요. 어디로
가야 하는지 알고 있군요. 하지만 나는 공상과 환상의 혼
돈 속을 헤매고 있습니다. 도대체 왜, 누구에게 필요한지도
모릅니다. 나에게는 신념도 없습니다. 소명이 무엇인지도
모릅니다.

니나 (귀를 기울인다) 쉿……. 가야겠어요. 잘 지내세요. 나중
에 내가 큰 배우가 되면 보러 오세요. 약속하는 거죠? 하지
만 지금은……. (그의 손을 잡는다) 너무 늦었어요. 서 있는
것조차 힘들군요……. 아주 지쳤어요, 배도 고프고요…….

뜨레쁠레프 잠깐만, 음식을 가져오겠습니다…….

니나 아니, 아니에요……. 나오지 마세요, 혼자 가겠어요…….
가까운 곳에 마차가 있으니……. 그러니까, 그녀가 그이를
데리고 왔나요? 아니, 상관없어요. 뜨리고린을 봐도 아무
말 하지 마세요……. 그이를 사랑합니다. 그이를 이전보다
더 사랑합니다……. 작은 이야깃거리……. 사랑해요, 몹시
사랑해요, 미칠 듯이 사랑해요. 옛날이 좋았죠, 꼬스쨔! 기
억나세요? 얼마나 밝고 따뜻하고 즐겁고 순수한 시절이었
나요? 사랑스럽고 우아한 꽃과 같은 느낌이었어요……. 기
억나세요? (낭독한다) 〈인간도, 사자도, 독수리도, 자고도,
뿔이 난 사슴도, 거위도, 거미도, 물속에서 살던 말 못하는
물고기도, 불가사리도, 눈에 보이지 않는 미생물도, 한마디
로 모든 생명, 모든 생명, 모든 생명이 슬픈 순환을 마치고

사라져 버렸다……. 벌써 수천 세기 동안 지구에는 살아 있는 생명체가 하나도 없이, 창백한 달만 헛되이 그 빛을 밝히고 있다. 초원은 더 이상 두루미의 울음소리로 잠에서 깨어나지 않고, 5월의 딱정벌레 소리도 보리수나무 덤불 속에서 들리지 않는다…….〉 (갑자기 뜨레쁠례프를 껴안고 나서 중앙의 유리문으로 뛰어나간다)

뜨레쁠례프 (한동안 말이 없다가) 누가 정원에서 니나를 보고 어머니에게 이야기하면 안 되는데. 어머니가 괴로워하실 거야…….

2분 동안 아무 말 없이 자신의 원고를 모두 찢어 책상 아래로 내던진다. 그러고 나서 오른쪽 문을 열고 나간다.

도른 (왼쪽 문을 열려고 애를 쓴다) 이상하군. 문이 잠긴 것 같아……. (들어와서 소파를 제자리로 옮긴다) 거의 장애물 경주로군.

아르까지나와 뽈리나 안드레예브나가 들어오고, 그 뒤로 술병 몇 개를 든 야꼬프와 마샤, 그리고 샤므라예프와 뜨리고린이 들어온다.

아르까지나 레드 와인하고 보리스 알렉세예비치가 마실 맥주는 탁자에 놓아요. 카드를 하면서 마실 거니까. 자, 앉읍시다, 여러분.

뽈리나 안드레예브나 (야꼬프에게) 차도 곧바로 내와요. (촛불에 불을 밝히고, 카드놀이용 탁자에 앉는다)

샤므라예프 (뜨리고린을 책장으로 데려간다) 여기 이것이 말씀 드렸던 것입니다……. (책장에서 갈매기 박제를 꺼낸다) 부탁하셨던 거죠.

뜨리고린 (갈매기를 보며) 기억나지 않는군요! (잠시 생각하다가) 기억나지 않습니다!

무대 오른편에서 총소리가 들린다. 모두 놀란다.

아르까지나 (겁에 질려) 무슨 일이에요?

도른 아무 일도 아닐 겁니다. 내가 들고 다니는 약통에서 뭔가 터지는 소리가 분명할 겁니다. 걱정하지 마십시오. (오른쪽 문으로 나간다. 30초 뒤에 돌아온다) 그렇습니다. 에테르 병이 터졌습니다. (노래를 부른다) 〈나는 다시 당신 앞에 넋을 잃고 서 있으니…….〉

아르까지나 (탁자에 앉는다) 후유, 놀랐어요. 그때 일이 기억나서……. (두 손으로 얼굴을 가린다) 눈앞이 캄캄했지요…….

도른 (잡지를 넘기며, 뜨리고린에게) 두 달 전에 여기에 어떤 기사가 실렸는데 말입니다…… 미국에서 온 편지였던 것 같은데, 당신에게 좀 묻고 싶습니다……. (뜨리고린의 허리 부분을 붙잡고 무대 앞쪽으로 걸어 나온다) ……그러니까 나는 이 문제에 매우 관심이 있거든요……. (낮은 톤으로, 조용히) 이리나 니꼴라예브나를 여기서 데리고 나가십시오……. 꼰스딴쩐 가브릴로비치가 총으로 자살을 했습니다…….

막이 내린다.

바냐 아저씨

4막으로 이루어진 시골 생활의 광경

등장인물

세례브랴꼬프 알렉산드르 블라지미로비치 퇴직한 교수

옐레나 안드레예브나 아내, 27세

소피야 알렉산드로브나 첫 결혼 때 낳은 딸

보이니쯔까야 마리야 바실예브나 3등관의 미망인, 교수의 첫 아내의 어
   머니

보이니쯔끼 이반 뻬뜨로비치 바실예브나의 아들

아스뜨로프 미하일 리보비치 의사

쩰레긴 일랴 일리치 몰락한 지주

마리나 찌모페예브나 늙은 유모

일꾼

세례브랴꼬프의 영지에서 일어난 일.

제1막

    정원. 테라스와 집의 일부가 보인다. 포플러 고목 밑 통로에 차가 준비된 테이블이 있다. 벤치들, 의자들. 한 벤치에 기타가 놓여 있다. 테이블 가까이 그네가 있다. 오후 2시가 지난 시간. 흐린 날씨.

    땅딸막하고 동작이 둔한 노파 마리나는 사모바르 옆에 앉아 발싸개를 뜨고 있고, 그 옆에서 아스뜨로프가 서성거리고 있다.

마리나 (컵에 차를 따른다) 드세요.
아스뜨로프 (내키지 않지만 잔을 받는다) 별로 생각이 없군.
마리나 그럼 보드까를 줄까요?
아스뜨로프 됐어. 보드까를 매일 마시진 않아. 더군다나 이렇게 무더운데.

    사이.

아스뜨로프 유모, 우리가 안 지 얼마나 되었지?
마리나 (생각에 잠겨) 얼마나? 기억이……. 당신이 이곳에, 이

지방에 온 게…… 언제더라……? 소네치까의 엄마, 베라 뻬
뜨로브나가 살아 있을 때니. 그분이 계실 때 두 해 겨울을
다녔죠……. 그렇다면, 11년이 되었나. (좀 더 생각하고는)
더 될지도…….

아스뜨로프 정말 내가 많이 변했어?

마리나 정말. 그때는 젊고 아름다웠는데, 지금은 늙었어요.
아름다움은 이미 사라져 버리고. 거기다가 술까지 마시니.

아스뜨로프 그래……. 10년 만에 딴사람이 되었어. 왜 그러냐
고? 일에 지쳤어, 유모. 아침부터 밤까지 늘 서서 쉬지도 못
하고, 밤이 되어 잠자리에 들더라도 환자에게 끌려갈까 전
전긍긍하고. 우리가 알고 지낸 이래로 나는 하루도 쉬지 못
했지. 그러니 어찌 늙지 않겠어? 게다가 생활 자체도 따분
하고, 멍청하고, 더러우니……. 그런 생활이 나를 졸라매고
있지. 주위에는 온통 이상한 사람들, 이상한 사람들뿐이니.
그런 사람들하고 2, 3년만 살아도 자기도 모르는 새 점차
이상한 사람이 되고 말걸. 어쩔 수 없는 운명이야. (자신의
긴 콧수염을 꼬며) 이런, 콧수염이 많이 자랐군……. 멍청한
콧수염. 나는 이상한 사람이 되었어, 유모……. 다행히 아
직 멍청해진 건 아니지만. 뇌는 제자리에 있거든. 하지만
감정은 많이 무뎌졌어. 아무것도 원치 않고, 아무것도 필요
치 않아, 나는 아무도 사랑하지 않아……. 그래도 유모만은
좋아하지. (유모의 머리에 입을 맞춘다) 어렸을 때 내 유모
같아.

마리나 뭐 좀 드시겠어요?

아스뜨로프 됐어. 사순절 셋째 주에 전염병이 돌고 있는 말리
쯔꼬예에 갔었지……. 발진티푸스…… 농가에는 사람들이
뒹굴고…… 진창에, 악취에, 연기에, 집 안에는 송아지들과
환자들이 나란히 누워 있고…… 새끼 돼지까지……. 하루

종일 한 번도 걸터앉지 못하고 음식 한 조각도 먹지 못하고 매달렸어. 그리고 집에 돌아왔는데 조금도 쉴 겨를을 주지 않더군. 철도에서 역무원을 데려온 거야. 그자를 수술하려고 눕혔는데, 마취제를 맞고는 갑자기 죽어 버렸어. 그런데 이렇게 엉뚱한 때 감정이 깨어나 양심을 쑤셔 대니, 마치 내가 일부러 죽이기라도 한 것처럼……. 나는 앉아 눈을 감고는, 이렇게 말이야, 생각하지. 백 년, 2백 년 후에 사는 사람들, 우리가 이렇게 그들을 위해 길을 냈는데, 그들이 우리를 좋게 기억해 줄까? 유모, 아마 그렇지는 않을 거야.

마리나 사람들이 기억하지 않더라도 신께서는 기억하실 겁니다.

아스뜨로프 그래, 고맙소. 그렇게 말해 주니.

보이니쯔끼, 들어온다.

보이니쯔끼 (집에서 나온다. 아침 식사 후 늘어지게 한잠 자고 나서 잠이 덜 깬 얼굴이다. 벤치에 앉아 세련된 넥타이를 바로잡는다) 그래…….

사이.

보이니쯔끼 그래…….

아스뜨로프 잘 잤나?

보이니쯔끼 그래…… 잘 잤어. (하품을 한다) 교수와 그의 부인이 여기서 살게 된 이후, 생활이 궤도를 벗어나 버렸어……. 아무 때나 자고, 아침 식사나 점심 식사 때에는 별난 소스를 다 먹고, 포도주를 마시고…… 모두 해로운 짓들뿐이야! 예전에는 쉴 틈도 없이 나나 소냐나 열심히 일했는데, 정말 대단했지. 그런데 지금은 소냐만 일하고, 나는 이렇게 자고, 먹고, 마시고……. 엉망이야!

마리나 (고개를 가로젓고는) 제대로 된 게 없답니다! 교수님은 12시에 일어나시는데, 사모바르는 아침부터 끓으며 내내 그분을 기다리지요. 그분이 오시기 전에는 항상 다른 집들처럼 12시쯤에 점심 식사를 했지만, 이제는 6시가 지나야 식사를 한답니다. 교수님은 밤에 책을 읽고 글을 쓰시는데, 그러다 갑자기 1시가 넘은 시간에 벨을 누르시죠……. 〈무슨 일이시죠?〉 하면, 〈차를 마시겠어!〉 하신답니다. 그러면 그분을 위해 사람들을 깨우고, 사모바르를 준비하고……. 제대로 된 게 없어요!

아스뜨로프 오래 계실 건가?

보이니쯔끼 (휘파람을 분다) 백 년. 교수는 여기 눌러앉을 작정이야.

마리나 이것 좀 봐요. 사모바르를 준비한 지 벌써 두 시간째인데, 산책하러들 가셨으니.

보이니쯔끼 오고들 계시네, 계셔……. 그러니 걱정 마시게.

말소리가 들린다. 세레브랴꼬프, 옐레나 안드레예브나, 소냐, 쩰레긴이 산책에서 돌아와 정원 끝에서 걸어 나온다.

세레브랴꼬프 아름다워, 아름다워……. 대단한 경치야.

쩰레긴 훌륭한 풍경입니다, 교수님.

소냐 우리 내일은 산림 관리소에 가봐요, 아빠. 좋죠?

보이니쯔끼 여러분, 차나 마시죠!

세레브랴꼬프 여보게들, 내 차는 서재에 가져다주게나! 오늘 꼭 할 일이 있어서.

소냐 산림 관리소도 분명히 좋아하실 거예요.

엘레나 안드레예브나, 세레브랴꼬프, 소냐, 집으로 들어간다. 쩰레긴, 테이블 쪽으로 가서 마리나 옆에 앉는다.

보이니쯔끼 덥고 무더운데, 우리의 위대한 학자께서는 코트를 입고, 덧신을 신고, 우산을 들고, 장갑까지 끼셨네.

아스뜨로프 그건 다 자신을 위해서 그런 거야.

보이니쯔끼 그 여자는 정말 아름다워! 정말 아름다워! 내 일생 그보다 더 아름다운 여자를 본 적이 없어!

쩰레긴 마리나 찌모페예브나, 나는 벌판을 지날 때나 그늘진 이 정원을 거닐 때나 이 테이블을 바라볼 때나 더없는 행복을 느낀답니다. 날씨는 황홀하고, 새들은 지저귀고, 우리는 평화롭게 함께 사는데, 뭘 더 바라겠습니까? (컵을 들며) 정말로 고맙습니다.

보이니쯔끼 (꿈꾸듯) 그 눈동자⋯⋯. 더할 수 없이 아름다운 여인!

아스뜨로프 말 좀 해보게, 이반 뻬뜨로비치.

보이니쯔끼 (맥 풀린 듯) 뭘 말인가?

아스뜨로프 뭐 새로운 일 없나?

보이니쯔끼 없어. 항상 그렇지. 나는 옛날 그대로야. 아니, 더 나빠졌어. 게을러지고, 아무 일도 하지 않고, 오직 투덜댈 뿐이지, 늙은이처럼. 우리 늙은 수다쟁이, *maman*(어머니)은 언제나 여성 해방을 지껄이지. 한 눈으로는 무덤을 바라보면서도, 다른 한 눈으로는 자신의 그 똑똑한 책들에서 새로운 생활의 여명을 찾고 있거든.

아스뜨로프 교수는?

보이니쯔끼 교수는 예전처럼 아침부터 한밤중까지 자기 서재에 앉아 끼적거리고 있지. 지혜를 짜내고 이마를 찌푸려, 언제나 찬가를 쓰고 또 쓰건만, 그 자신도 찬가 자체도 어디서도 찬양받지 못하네. 종이만 아까워. 그 사람은 차라리 자서전이나 쓰는 게 나을 거야. 얼마나 대단한 주제인데! 퇴직한 교수에다, 늙은 말라깽이에, 박식한 물고기……. 통풍에, 류머티즘에, 편두통에, 질투와 시샘으로 간은 부었고……. 이런 물고기가 첫 부인의 영지에 살고 있지, 어쩔 수 없이 말이야. 호주머니 형편 때문에 도시에서는 살 수 없거든. 언제나 불행하다고 불평하지만, 사실 그 누구보다 더 행복하지. (발작하듯) 생각해 봐, 얼마나 행복한가! 하찮은 교회지기의 아들, 그 신학생이 학위를 받고 교수가 되어 존경을 받고, 원로 의원의 사위가 되고 그리고, 그리고. 하지만 중요한 건 그게 아니야. 한번 들어 보라고. 25년 동안이나 예술에 대해서 읽고 썼다는 사람이 예술에 대해서 전혀 아는 바가 없단 말이야. 25년 동안 그자는 남의 사상으로 리얼리즘이니 자연주의니 등등을 되뇌었을 뿐이야. 25년 동안 좀 아는 사람이라면 다 아는, 그리고 어리석은 사람이라면 관심도 없는 그런 것을 읽고 쓴 거야. 무슨 말인지 알겠나, 25년 동안 전혀 쓸모없는 짓을 한 거라고. 그런데도 그 자만심이란! 그 잘난 체는! 퇴직하고 나니까, 그자를 알아주는 사람은 한 명도 없어. 알려진 바가 전혀 없다고. 무슨 말인지 알겠나, 25년 동안 그자는 남의 자리를 차지하고 있던 거야. 그런데도 한번 보라고, 그 거들먹거리면서 걷는 꼴을!

아스뜨로프 음, 자네 질투하는 거 아니야?

보이니쯔끼 그래, 질투하고말고! 여자들에게 어떤 성공을 거둬들였는데! 제아무리 돈 후안이라 하더라도 그 정도는 아닐걸! 그자의 전처, 내 누이는 아름답고 온화했어. 저 파란 하늘처럼 순수하고, 고결하고, 마음이 따뜻했어. 따르는 사람도 그자의 제자보다 더 많았지. 그러면서 저자를, 순결한 천사가 그만큼 순결하고 아름다운 존재를 사랑하듯 사랑했지. 내 어머니, 저자의 장모는 지금까지도 저자를 숭배하고, 아직도 저자를 신성하고 경이롭게 여기지. 저자의 두 번째 아내는 아름답고 이지적이야, 방금 보았잖아. 다 늙은 저자한테 시집와서, 젊음, 아름다움, 자유, 자신의 광채를 바쳤지. 왜? 도대체 무엇 때문에?

아스뜨로프 그 여자는 교수한테 정숙한가?

보이니쯔끼 유감스럽게도, 그래.

아스뜨로프 유감스럽다니?

보이니쯔끼 그 정숙함이 처음부터 끝까지 거짓이거든. 수사는 많아도 논리는 없거든. 도저히 참을 수 없는 남편을 배반하는 건 부도덕하고, 자신의 가련한 젊음과 생생한 감정을 억누르려는 건 부도덕한 게 아니거든.

쩰레긴 (울먹이며) 바냐, 자네가 그렇게 말하는 게 싫어. 하지만, 사실 말이야…… 아내나 남편을 배반하는 사람, 그런 사람은 성실하지 못한 거야. 그런 사람은 조국을 배반할지도 몰라!

보이니쯔끼 (화가 나서) 입 닥쳐, 와플!

쩰레긴 제발, 바냐. 내 아내는 내가 못생겼다고 결혼식 다음날 정부(情夫)와 도망쳐 버렸어. 그래도 나는 내 의무를 저버리지 않았어. 지금도 나는 아내를 사랑하고 아내에게 충실해서, 할 수 있는 한 돕고, 또 아내와 정부 사이에서 태어난 아이들의 양육비를 대왔지. 행복을 잃었지만 나에게는 자긍심이 남아 있어. 그런데 아내는? 젊음은 이미 지나갔고, 자연의 법칙에 따라 아름다움도 바래졌지. 정부도 죽었고……. 대체 아내에게 뭐가 남아 있겠어?

소냐와 옐레나 안드레예브나가 들어온다. 조금 지나 마리야

바실예브나가 책을 들고 들어온다. 앉아서 책을 읽는다. 차를 내
주자 돌아보지도 않고 마신다.

소냐 (조급히 유모에게) 저기에, 유모, 농부들이 왔어. 어서 나
　가 봐, 차는 내가 직접……. (차를 따른다)

　유모, 나간다. 옐레나 안드레예브나, 자신의 찻잔을 받아 들고
그네에 앉아서 마신다.

아스뜨로프 (옐레나 안드레예브나에게) 이렇게 당신 남편 때문
　에 왔습니다. 당신은 남편이 무척 아프고 류머티즘이니 뭐니
　하고 편지를 쓰셨지만, 진찰해 보니 아주 건강하시더군요.
옐레나 안드레예브나 어제저녁에는 우울해하시며 다리의 통증
　을 호소하시더니, 오늘은 괜찮다고…….
아스뜨로프 그런 걸 30베르스따를 쏜살같이 달려왔군요. 아
　니, 뭐 괜찮습니다. 처음도 아닌데. 대신 이 집에서 내일까
　지 머물러야겠습니다. 실컷 잠이라도 자게 말입니다.
소냐 잘됐어요. 우리 집에서 주무신 적이 거의 없으니. 아직
　식사도 안 하셨죠?
아스뜨로프 아직 안 먹었습니다.
소냐 그렇다면 하셔야죠. 우리도 요즘에는 6시가 넘어야 식
　사한답니다. (차를 마신다) 아이, 차가워!
쩰레긴 사모바르가 이미 다 식어 버렸어.
옐레나 안드레예브나 괜찮아요, 이반 이바니치. 차가운 대로 마
　시죠.
쩰레긴 죄송합니다……. 이반 이바니치가 아니라 일랴 일리
　치입니다……. 일랴 일리치 쩰레긴. 어떤 사람들은 제 얼굴
　이 얽었다고 와플이라고도 부릅니다. 저는 소네치까의 대

부이기도 해서, 부군께서는 절 잘 아시지요. 지금은 댁에서, 이 영지에서 살고 있습니다……. 알고 계셨겠지만, 저는 매일 함께 식사를 한답니다.

소냐 일랴 일리치 씨는 우리를 도와줘요, 오른팔이지요. (부드럽게) 대부님, 차 한 잔 더 따라 드리죠.

마리야 바실예브나 아!

소냐 왜 그러세요, 할머니?

마리야 바실예브나 알렉산드르에게 말하는 걸 깜빡 잊었어…… 기억력하고는…… 오늘, 하리꼬프에 사는 빠벨 알렉세예비치한테서 편지를 받았거든……. 자기 새 책자를 보내왔어…….

아스뜨로프 재미있습니까?

마리야 바실예브나 재밌어요, 하지만 좀 이상해. 7년 전엔 그렇게 지지하던 얘기를 이제 와서는 반박하고 있으니. 무서운 일이야!

보이니쯔끼 무서울 게 뭐 있습니까. *Maman*, 차나 드세요.

마리야 바실예브나 아니, 말하고 싶다!

보이니쯔끼 지난 50년간 말하고, 말하고 또 책자를 읽었으니, 이제는 그만둘 때도 됐습니다.

마리야 바실예브나 넌 내 말이 듣기 싫은가 보구나. 미안하다, 쟌. 그런데 너는 요즘 나도 몰라볼 정도로 변했어……. 예전에는 확실한 신념을 지녔고 또 빛나는 개성…….

보이니쯔끼 오, 그렇습니다! 저는 빛나는 개성을 지녔죠. 그 때문에 빛을 본 사람은 없지만…….

사이.

보이니쯔끼 저는 빛나는 개성을 지녔죠……. 비아냥거리지 좀 마세요! 벌써 마흔일곱입니다. 지난 세월 어머니처럼, 어머니의 그 스콜라 철학으로 진실한 삶을 보지 않으려고, 이 두 눈을 흐리게 하려고 헛된 노력을 해왔습니다. 그러면서도 잘하는 짓이라 생각했죠. 하지만 이제는, 어머니가 알기나 하세요! 화나고 분해서 밤에 잠을 잘 수가 없습니다. 이제는 나이가 들어 어쩔 수 없는 모든 걸, 그 모든 걸 가질 수 있었던 그런 시간을 어리석게 놓쳐 버렸다는 생각 때문에.

소냐 바냐 아저씨, 지루해요!

마리야 바실예브나 (아들에게) 마치 예전의 자기 신념이 잘못돼 있었다고 책망하는 것 같구나……. 그러나 그 신념이 아니라 너 자신이 잘못된 거야. 신념 자체란 아무것도 아니라는 것을, 죽은 문자라는 걸 너는 잊었니……. 행동이 따랐어야 돼.

보이니쯔끼 행동이라고요? 누구나 다 어머니의 그 교수님처럼 글 쓰는 *perpetuum mobile*(자동 기계)가 될 수는 없습니다.

마리야 바실예브나 그래서 무슨 말을 하고 싶은 게냐?

소냐 (간절하게) 할머니! 바냐 아저씨! 제발 부탁이에요!

보이니쯔끼 아무 말 하지 않으마. 아무 말 하지 않으마, 미안하다.

사이.

옐레나 안드레예브나 좋은 날씨야…… 무덥지도 않고…….

사이.

보이니쯔끼 이런 날씨에 목매달면 좋지…….

쩰레긴, 기타를 조율한다. 마리나, 집 주위를 서성거리며 닭을 부른다.

마리나 구구, 구구, 구구구…….

소냐 유모, 농부들은 왜 온 거야?

마리나 항상 그렇죠, 또 그 황무지를 어떻게 할 것인가 하고. 구구구, 구구, 구구…….

소냐 뭘 그렇게 부르는 거예요?

마리나 얼룩닭이 병아리를 데리고 나가 버렸어요……. 까마귀한테 당하지나 말아야 할 텐데……. (나간다)

쩰레긴, 폴카를 연주한다. 모두 말없이 듣는다. 일꾼이 들어온다.

일꾼 의사 선생님이 여기에 계십니까? (아스뜨로프에게) 아, 미하일 리보비치 선생님, 사람이 찾아왔습니다.

아스뜨로프 어디에서?

일꾼 공장에서 왔습니다.

아스뜨로프 (짜증스럽게) 대단히 고맙군. 하는 수 없지, 가보는 수밖에……. (눈으로 모자를 찾는다) 이런 제기랄…….

소냐 안되셨어요, 정말……. 공장에서 식사하러 오세요.

아스뜨로프 아니, 늦을 겁니다. 부질없을 뿐이지…… 부질없어……. (일꾼에게) 이보게, 그래, 보드까 한 잔 가져다주겠나.

일꾼, 나간다.

아스뜨로프 부질없을 뿐이지…… 부질없어…… (모자를 찾았다) 오스뜨로프스끼 희곡[1] 어딘가에 콧수염을 길게 기르고 솜씨는 전혀 없는 사람이 나오지……. 바로 나같이 말이야. 하여간, 가봐야겠습니다, 여러분……. (옐레나 안드레예브나

---

[1] 19세기 러시아의 극작가 오스뜨로프스끼의 「지참금 없는 처녀」를 가리킨다.

에게) 틈났을 때 한번 제게 들려 주신다면, 그래요, 여기 소 피야 알렉산드로브나와 함께, 그러면 영광으로 알겠습니 다. 제게는 30제샤찌나 되는 작은 땅이 있는데, 만일 관심 이 있으시다면, 주위 천 베르스따를 둘러보아도 없는 훌륭 한 동산과 묘목장을 보실 수 있습니다. 그리고 제 땅 옆에 는 국유림이 있는데……. 그곳 산림 간수는 늙고 항상 아파 서 사실상 제가 모두 관리하고 있답니다.

옐레나 안드레예브나 당신이 숲을 무척 좋아한다는 말을 들었 습니다. 그렇겠지요, 꽤 많은 소득을 올릴 수 있겠지요. 하 지만 그 일이 당신의 진짜 직업을 방해하지 않을까요? 의 사 선생님이시잖아요.

아스뜨로프 우리의 진짜 직업이 뭔지 그건 하느님만 아시죠.

옐레나 안드레예브나 재미있으세요?

아스뜨로프 물론 재미있습니다.

보이니쯔끼 (비꼬며) 아주 재밌지!

옐레나 안드레예브나 (아스뜨로프에게) 당신은 아직 젊으세요, 보건대…… 음, 서른여섯이나 일곱…… 그러니 분명 말씀처 럼 그렇게 재미있지는 않을 거예요. 언제나 숲, 숲이니. 지 루할 거예요.

소냐 그렇지 않아요, 그건 정말 재미있죠. 미하일 리보비치는 매년 새로운 숲을 심으시죠. 벌써 청동으로 만든 메달과 감 사장도 받았는걸요. 그분은 오래된 숲들이 파괴되지 않게 하려고 무척 바쁘시답니다. 그분 말을 들어 보시면 공감하 실 거예요. 그분이 말씀하시길, 숲은 지상을 아름답게 꾸며 주고 사람에게 아름다움을 이해하게 해주고 장엄한 기분 이 들게 해준답니다. 숲은 혹독한 날씨를 온화하게 해주죠. 날씨가 온화한 지역에서는 자연과의 싸움에 힘을 덜 쏟기 때문에 사람들이 더 온화하고 부드럽답니다. 그런 곳에 사는 사람들은 아름답고, 유연하며, 민감하고, 하는 말도 세련되고, 행동도 우아하답니다. 그런 곳에서는 학문과 예술이 융성하고, 철학도 우울하지 않고, 여성을 대하는 태도도 아주 정중하고 기품이 있답니다.

보이니쯔끼 (웃으며) 브라보, 브라보……! 정말 멋지군, 믿을 수는 없지만 말이야. (아스뜨로프에게) 여보게 친구, 그래도 나는 계속 나무로 뻬치까를 때고 헛간을 짓겠네.

아스뜨로프 탄을 때고 돌로 지으면 되지 않나. 물론, 필요한 벌목까지 말리는 건 아니야. 하지만, 도대체 왜 허투루 숲을 파괴하느냐 말이야. 러시아의 숲은 도끼질에 신음하고 있어, 수십억 나무가 잘려 나가고, 동물과 새들이 사는 곳은 황폐해지고, 강은 얕아져 마르고, 아름다운 풍경은 흔적도 없이 사라지고, 이 모두 게으른 사람들이 몸을 숙여 땅에서 땔감을 주우려 하지 않기 때문이야. (옐레나 안드레예브나에게) 그렇지 않습니까, 부인? 그 아름다움을 자신의 뻬치까에서 태우고, 우리가 창조할 수 없는 것을 파괴하는 건 생각 없는 야만인이나 할 짓이지요. 사람은 주어진 것을 늘려 가도록 이성과 창조력을 부여받았습니다. 그런데도 사람은 지금껏 창조는 하지 않고 파괴만 일삼았습니다. 숲은 점차 줄어들고, 강은 마르고, 들새는 멸종돼 가고, 기후는 사나워져 갑니다. 날이 갈수록 땅은 척박해지고 추해집니다. (보이니쯔끼에게) 지금 자네는 날 비꼬듯 쳐다보는군. 그래, 내 말이 자네에게는 진지하게 들리지 않겠지…… 어쩌면 괴팍할지도 몰라, 하지만, 나는 내가 지켜 낸 농촌의 숲을 지날 때나, 직접 심은 나의 어린 숲이 웅성거리는 소리를 들을 때면, 날씨도 어느 정도 내 손에 달렸고, 또 천 년후 사람이 행복해진다면 그것도 어느 정도 내 덕이라는 걸알 수 있어. 어린 자작나무를 심고 그 나무가 푸르러져 바람에 흔들리는 걸 바라볼 때면, 내 마음은 자긍심으로 가득 차, 그리고 나는……. (쟁반에 보드까 잔을 받쳐 들고 들어오는 일꾼을 본다) 하지만……. (마신다) 가봐야겠군. 이것도, 어쩌면, 결국, 괴팍스러워서일 거야. 실례했습니다! (집 쪽으로 걸어간다)

소냐 (그의 팔을 잡고 함께 걸어간다) 언제쯤 오실 거예요?

아스뜨로프 알 수 없습니다…….

소냐 또 한 달 후인가요……?

아스뜨로프와 소냐, 집으로 사라진다. 마리야 바실예브나와 쩰레긴, 테이블 옆에 남아 있다. 옐레나 안드레예브나와 보이니 쯔끼, 테라스 쪽으로 걸어간다.

옐레나 안드레예브나 이반 뻬뜨로비치, 또 점잖지 못하게 처신하시는군요. *Perpetuum mobile*이니 하면서 마리야 바실예브나를 자극할 필요가 있었나요! 그리고 오늘 또 당신은 아침 식사 후에 알렉산드르하고 말다툼을 하셨어요. 사람이 왜 그리 시시한 거죠!

보이니쯔끼 하지만 내가 그 사람을 혐오한다면!

옐레나 안드레예브나 알렉산드르를 혐오할 이유는 없어요. 그이도 다른 사람과 똑같은걸요. 당신보다 못하지 않아요.

보이니쯔끼 당신이 자신의 얼굴, 자신의 몸가짐을 볼 수만 있다면……. 왜 그렇게 당신은 따분하게 살죠? 아, 정말 따분하게!

옐레나 안드레예브나 그래요, 따분하고 지겹죠! 모두 다 내 남편을 비난하고, 모두 다 나를 안된 눈으로 보며 〈불행한 여자야, 남편이 늙었으니!〉 하니. 이런 나에 대한 관심, 오, 나도 잘 알고 있어요! 방금 아스뜨로프가 말했잖아요, 당신들 모두는 분별없이 숲을 파괴해서 곧 이 땅에는 아무것도 남지 않는다고. 그것처럼 당신들은 분별없이 사람을 파괴하고 있어요. 곧, 당신들 덕분에, 이 땅에는 성실함도, 순수함도, 자신을 희생할 수 있는 능력도 사라지겠죠. 대체 왜 당신들은 남의 여자를 무심하게 바라볼 수 없는 거죠? 그건, 그 의사가 옳아요, 당신들 속에 파괴의 악마가 자리 잡고 있어서죠. 당신들은 숲도 새들도 여자들도 상대방도 불쌍하게 여기지 않아요…….

보이니쯔끼 그런 철학은 딱 질색입니다!

사이.

옐레나 안드레예브나 그 의사 얼굴은 피곤하고 괴로워 보이더군요. 흥미로운 얼굴이에요. 아마도 소냐는 그분을 좋아하고 사랑하는 것 같아요. 소냐를 이해할 만해요. 내가 온 뒤로 그분은 벌써 세 번째 여기에 왔지만, 나는 소심해서 그분과 한 번도 제대로 이야기해 본 적이 없어요. 그분은 나를 심술궂다고 생각하실 거예요. 이반 뻬뜨로비치, 아마, 우리가 이렇게 친한 건 둘 다 따분하고 지겨운 사람들이라 그럴 거예요. 따분하고! 나를 그렇게 보지 마요, 정말 싫어요.

보이니쯔끼 어떻게 다른 식으로 내가 당신을 볼 수 있겠습니까. 당신을 사랑하는데. 당신은 나의 행복, 나의 인생, 나의 젊음이오! 물론 압니다, 가능성이 없다는 걸, 제로에 가깝다는 걸, 하지만 상관없어요. 다만 당신을 바라만 보고 당신의 목소리를 들을 수만 있게 해주십시오…….

옐레나 안드레예브나 조용히 해요, 다른 사람들이 듣겠어요!

두 사람, 집으로 걸어간다.

보이니쯔끼 (그녀 뒤를 따라간다) 내 사랑을 말하게 해주오, 날 쫓지 말아 줘요, 그것만이 나에게 큰 행복이오…….

옐레나 안드레예브나 정말 괴로워…….

두 사람, 집 안으로 사라진다.

쩰레긴, 현을 퉁기며 폴카를 연주한다. 마리야 바실예브나는 뭔가를 책자의 가장자리에 쓰고 있다.

막이 내린다.

제2막

세례브랴꼬프 집의 식당. 밤. 밖에서 야경꾼이 딱따기 치는 소리가 들린다.

열린 창 앞의 안락의자에서 졸고 있는 세례브랴꼬프와 그 곁에서 역시 졸고 있는 옐레나 안드레예브나.

세례브랴꼬프 (깜짝 놀라 잠이 깨서) 누구야? 소냐, 너냐?

옐레나 안드레예브나 저예요.

세례브랴꼬프 아, 레노치까……. 통증을 참을 수 없어!

옐레나 안드레예브나 담요가 바닥에 떨어졌군요. (담요로 다리를 덮어 준다) 알렉산드르, 창문을 닫을게요.

세례브랴꼬프 아니, 답답해……. 깜빡 잠이 들어, 왼쪽 다리가 남의 다리가 된 듯한 꿈을 꿨소. 통증이 심해 잠에서 깼지. 아무래도 통풍이 아니라 류머티즘인 것 같아. 지금 몇 시지?

옐레나 안드레예브나 열두시 20분이에요.

사이.

세례브랴꼬프 아침이 되면 서재에서 바쮸슈꼬프 책 좀 찾아

봐. 아마 있을 거요.

옐레나 안드레예브나 네?

세례브랴꼬프 아침에 바쮜슈꼬프 책을 찾아봐. 분명히 있을 거야. 그런데 왜 이렇게 숨쉬기가 힘들지?

옐레나 안드레예브나 피곤해서 그러세요. 이틀 밤이나 주무시지 않았으니.

세례브랴꼬프 뚜르게네프는 통풍 때문에 협심증에 걸렸다던데, 나도 그렇게 될까 봐 걱정이야. 늙은 게 지긋지긋하고 저주스러워. 젠장. 늙은 내 자신이 이렇게 싫은데, 그래 당신들도 모두 내 꼴이 보기 싫을 거야.

옐레나 안드레예브나 마치 우리 때문에 늙었다고 말씀하시는 것 같군요.

세례브랴꼬프 당신이 제일 싫을 거야.

옐레나 안드레예브나, 떨어져 앉는다.

세례브랴꼬프 물론 당신이 옳아. 나도 바보가 아니니 이해해. 당신은 젊고, 건강하고, 아름답고, 제대로 살기를 원하지만, 나는 늙어 거의 송장이나 다름없으니. 어쩌겠어? 내가 모를 것 같아? 물론, 지금까지 살고 있는 게 바보 같은 짓이지. 하지만 기다려, 곧 당신들 모두를 해방시켜 줄 테니. 오래 끌지는 않을 거야.

옐레나 안드레예브나 저도 이제는 지쳤어요……. 제발 그만 좀 하세요.

세례브랴꼬프 그러니까, 나 덕분에 모두 지치고, 따분하고, 자기 젊음을 망쳤고, 오직 나만 인생을 즐기고 만족스러워한다는 거지. 그래, 다 옳아!

옐레나 안드레예브나 그만하세요! 저를 왜 이렇게 괴롭히는 거예요!

세례브랴꼬프 나는 모두를 괴롭히고 있지. 물론이야.

옐레나 안드레예브나 (눈물을 보이며) 참을 수 없어요! 대체 제게 뭘 바라시는 거죠?

세례브랴꼬프 아무것도.

옐레나 안드레예브나 그럼 그만하세요. 부탁이에요.

세례브랴꼬프 이상한 일이야, 이반 뻬뜨로비치나 저 바보같이 늙은 마리야 바실예브나가 어떤 말을 해도 모두 잘 들어주면서, 내가 한마디라도 하려 하면 모두 곧바로 자신들이 비참하다고 느끼기 시작하니. 내 목소리도 싫은가 봐. 그래, 내가 혐오스럽고, 이기적이고, 폭군 같다고 하지. 하지만 이 늙은 나이에 이기적일 권리마저 없는 건가? 나에게 그럴 가치도 없단 말이야? 묻고 싶어, 정말, 편안한 노년을 보내고 또 다른 사람들의 관심을 끌 권리도 나에게 없단 말이야?

옐레나 안드레예브나 당신의 권리에 뭐라는 사람은 아무도 없어요.

창문이 바람에 덜거덕거린다.

옐레나 안드레예브나 바람이 부는군요. 창문을 닫아야겠어요. (닫는다) 비가 올 모양이에요. 아무도 당신의 권리에 뭐라는 사람은 없어요.

사이. 밖에서 야경꾼이 딱따기를 치며 노래를 부른다.

세례브랴꼬프 평생 학문을 위해 일했어. 서재, 강의실, 훌륭한 동료들에 익숙해 왔지. 그런데 갑자기, 아무 이유도 없이, 이런 묘지 같은 곳에 뚝 떨어져, 매일 이런 어리석은 사람들을 만나고 쓸데없는 이야기나 듣고 있다니……. 나는 살고 싶어, 나는 성공을 사랑하고 명성과 떠들썩한 걸 사랑해. 하지만 여기는 유형지 같아. 매 순간 과거를 그리워하고, 남들의 성공만 지켜보고, 죽음을 두려워해……. 그럴 순 없어! 견딜 수 없다고! 게다가 여기서는 내가 늙었다는 걸 봐주려 하지 않거든!

옐레나 안드레예브나 조금만 참고 기다리세요. 5, 6년 후면 저도 늙을 테니.

소냐, 들어온다.

소냐 아버지, 직접 아스뜨로프 선생님을 불러 놓고는 그분이 오시자 진찰을 거부하시다니요. 그런 결례가 어디 있어요. 공연히 사람을 애먹게 하시는 거예요…….

세례브랴꼬프 너의 아스뜨로프가 대체 나에게 무슨 소용이냐? 그자의 의학 지식은 내 아스뜨로노미야[2]만 못해.

소냐 아버지의 통풍 때문에 의과 대학을 여기에 모조리 옮겨다 놓을 수도 없잖아요.

세례브랴꼬프 그런 바보 천치와 이야기할 수 없다.

소냐 맘대로 하세요. (앉는다) 상관하지 않겠어요.

세례브랴꼬프 지금 몇 시지?

옐레나 안드레예브나 열두시가 지났어요.

세례브랴꼬프 답답해……. 소냐, 책상에서 물약 좀 가져다주렴.

소냐 알겠어요. (물약을 건네준다)

세례브랴꼬프 (짜증을 내며) 이게 아니야! 부탁도 제대로 못하겠군!

2 천문학이라는 뜻으로, 아스뜨로프의 이름과 유사한 말장난임.

소냐 변덕 좀 부리지 마세요. 누군 좋아할지 모르지만, 저에 겐 제발 그러지 마세요! 싫단 말이에요. 저는 한가하지 않 아요, 내일 아침 일찍 일어나 건초를 거둬들여야 해요.

실내복을 걸친 보이니쯔끼가 촛불을 들고 들어온다.

보이니쯔끼 밖엔 큰비가 올 것 같아.

번개.

보이니쯔끼 저것 봐! 헬렌, 소냐, 가서 자요. 내가 교대할 테니.
세례브랴꼬프 (놀라서) 안 돼, 안 돼! 저 사람하고 날 놔두지 마! 안 돼. 쓸데없는 말로 나를 괴롭힐 거야!
보이니쯔끼 이 사람들도 좀 쉬어야 합니다! 벌써 이틀째 못 잤 으니.
세례브랴꼬프 어서들 가서 자라고, 자네도 가고. 고마웠어. 제 발 부탁이네. 옛정을 생각해서라도 그래 주게나. 다음에 이 야기하자고.
보이니쯔끼 (쓴웃음 지으며) 옛정…… 옛정이라…….
소냐 가만 계세요, 바냐 아저씨.
세례브랴꼬프 (아내에게) 여보, 저 사람하고 날 놔두지 마! 쓸 데없는 말로 나를 괴롭힐 거야.
보이니쯔끼 정말 우습군.

마리나가 촛불을 들고 들어온다.

소냐 아직 안 잔 거야, 유모? 이렇게 늦었는데.
마리나 사모바르를 아직 치우지도 못했는걸요, 그런데 어떻게 자겠어요.

세례브랴꼬프 모두 잠도 못 자고 지쳤는데, 나만 태평한가 보군.

마리나 (세례브랴꼬프에게 다가가, 부드럽게) 어떠세요, 나리? 아프신가요? 제 이 다리도 꾹꾹 쑤신답니다. (담요를 바로 덮어 준다) 이 집안의 내력이니까요. 돌아가신 소네치까의 어머니, 베라 뻬뜨로브나께서도 밤새 잠도 못 자고 고생하셨지요⋯⋯. 그분은 나리를 무척이나 사랑하셨는데⋯⋯.

사이.

마리나 나이 들면 그저 어린애가 되어 누가 돌봐 주길 바라지만, 누가 어디 그래 주나요. (세례브랴꼬프의 어깨에 입을 맞춘다) 이제 그만 잠자리에 드시죠⋯⋯. 자, 가세요⋯⋯. 제가 보리수 차도 드리고, 다리도 따뜻하게 해드리죠⋯⋯. 하느님께 기도도 해드릴 거고⋯⋯.

세례브랴꼬프 (감격해서) 가세, 마리나.

마리나 제 다리도 꾹꾹 쑤신답니다. (소냐와 함께 세례브랴꼬프를 데리고 간다) 베라 뻬뜨로브나께서도 너무 괴로워 우셨답니다⋯⋯. 소뉴슈까, 그땐 너무 어려 철이 없었지요⋯⋯. 자, 가세요, 가세요, 나리⋯⋯.

세례브랴꼬프, 소냐, 마리나, 나간다.

옐레나 안드레예브나 저이 때문에 지쳐 버렸어. 서 있을 수조차 없어.

보이니쯔끼 당신은 저 사람 때문이지만, 나는 나 자신 때문에 지쳐 버렸습니다. 벌써 사흘 밤을 잠도 못 자고 있으니.

옐레나 안드레예브나 이 집은 엉망이에요. 당신의 어머니는 책자와 교수님을 빼곤 모두 다 혐오하고, 교수님은 짜증을 내며 날 믿지 못하고 당신을 두려워하고 있고, 소냐는 아버지에게 화가 나 있을 뿐 아니라 나에게도 화가 나서 벌써 두 주째 이야기도 하지 않고, 당신은 남편을 증오하고 자기 어머니를 드러내 놓고 무시하고, 짜증이 나서 오늘은 스무 번이나 울 뻔했어요…… 이 집은 엉망이에요.

보이니쯔끼 철학은 그만둡시다!

옐레나 안드레예브나 이반 뻬뜨로비치, 당신은 아는 것도 많고 똑똑하니까, 세상은 강도나 재난 때문이 아니라 증오, 적의, 사소한 다툼들 때문에 파괴된다는 걸 어쩌면 잘 알고 계실 거예요…… 불평만 하실 게 아니라 모두를 화목하게 하셔야죠.

보이니쯔끼 먼저 나를 화목하게 해주시오! 나의 소중한…… (그녀의 손을 붙잡는다)

옐레나 안드레예브나 그만두세요! (손을 뺀다) 나가세요!

보이니쯔끼 이제 비가 그치면 자연의 만물은 상쾌해져 가볍게 숨을 내쉴 겁니다. 오직 나만 소나기에 상쾌해지지 않을 뿐. 낮이나 밤이나, 마치 집귀신처럼, 인생이 완전히 망가졌다는 생각에 숨이 막힙니다. 과거는 없다. 과거는 하찮은 일에 바보같이 닳아 버렸다. 현재도 무섭도록 허망하다. 바로 이게 나의 삶이고 나의 사랑입니다. 그걸 어디로 치우고, 어떻게 해야 한단 말입니까? 내 감정은 구멍으로 기어든 햇빛처럼 헛되이 사라집니다. 나 자신도 사라집니다.

옐레나 안드레예브나 당신이 나에게 자신의 사랑에 대해 이야기할 때면, 어쩐지 감각을 잃어 할 말이 없어져요. 미안하지만, 할 말이 없네요. (나가려 한다) 잘 자세요.

보이니쯔끼 (길을 막으며) 이 집에서 나와 더불어 또 하나의 생명, 바로 당신의 삶이 죽어 가고 있다는 생각에 내가 얼마나 괴로워하는지 아시기나 합니까! 뭘 망설이는 겁니까? 저주받은 철학이 당신을 가로막고 있다는 걸 아시나요? 정말 모르겠나요, 모르겠어요……?

옐레나 안드레예브나 (그를 뚫어지게 쳐다본다) 이반 뻬뜨로비치, 취했군요!

보이니쯔끼 그럴지도 모르죠, 그럴지도…….

옐레나 안드레예브나 의사 선생님은 어디 계시죠?

보이니쯔끼 저기에…… 우리 집에서 하룻밤 묵을 겁니다. 그럴지도 모르죠, 그럴지도……. 모두 다 그럴 수 있으니!

옐레나 안드레예브나 오늘도 마셨죠? 왜 그러시는 거예요?

보이니쯔끼 그게 내 생활이니까……. 나를 막지 마시오, 헬렌!

옐레나 안드레예브나 예전에 당신은 술을 마시지도 않았고, 그렇게 말이 많지도 않았는데……. 가서 주무세요! 당신에게 질렸어요.

보이니쯔끼 (그녀의 손을 붙잡으며) 내 소중한…… 아름다운 옐레나!

옐레나 안드레예브나 (화를 내며) 그러지 마세요. 이러는 거 정말 싫어요. (나간다)

보이니쯔끼 (혼자) 가버렸군…….

사이.

보이니쯔끼 10년 전, 저 여자를, 지금은 죽은 여동생 집에서 처음 알았지. 그때 저 여자는 열일곱, 나는 서른일곱이었어. 그때 왜 저 여자를 사랑해 청혼하지 않았을까? 정말 그럴 수 있었는데! 그랬다면 지금은 내 아내가 되었을 텐데……. 그래……. 지금쯤 우리 둘은 빗소리에 함께 잠이 깨서, 벼락소리에 그녀가 놀라면, 그녀를 품에 안고 〈무서워하지 마,

내가 있잖아〉하고 속삭였을 텐데. 아, 멋진 생각이야, 멋져, 웃음이 다 나오는군…… 하지만, 제기랄, 머릿속이 뒤죽박죽이군……. 왜 이렇게 나는 늙었지? 그녀는 왜 나를 이해하지 못하는 거야? 그녀의 그럴듯한 말, 고루한 도덕, 세계의 파멸에 대한 터무니없고 고루한 생각, 이 모두 다 혐오스러워.

사이.

보이니쯔끼 아, 속았어! 저 교수, 저 볼품없는 통풍 환자를 숭배해서, 황소처럼 일했다니! 나와 소냐는 이 영지의 마지막 한 방울까지 짜냈어. 우리는 구두쇠처럼, 식용유와 완두콩과 치즈를 조금도 먹지 않고 내다 팔아 번 푼돈으로 수천 루블을 만들어 그자에게 보냈어. 그자가, 그의 학문이 자랑스러웠어. 그자 때문에 살았고, 그자를 위해서 숨쉬었던 거야! 그자가 쓰고 말하는 모든 게 나에게는 대단했어……. 그런데, 지금은? 그자가 이렇게 퇴직하고 나니, 그자 인생의 결과가 모두 다 드러났어. 한 페이지의 저작도 남아 있지 않다고. 그자는 전혀 알려지지 않았어. 아무것도 아니라고! 비누 거품이야! 속았어…… 이제 알아, 바보같이 속았다고…….

아스뜨로프가 조끼도 입지 않고 넥타이도 매지 않은 채 프록코트를 걸치고 들어온다. 취해서 얼근하다. 이어서 쩰레긴, 기타를 들고 들어온다.

아스뜨로프 기타를 쳐!
쩰레긴 모두 주무시는데?

아스뜨로프 치라니까!

쩰레긴, 나지막이 기타를 친다.

아스뜨로프 (보이니쯔끼에게) 자네 혼잔가? 여자들은 없지? (손을 허리에 대고 팔꿈치를 양옆으로 펴고, 나지막이 노래를 부른다) 〈오두막이 흔들거리고, 뻬치까가 흔들거리니, 집주인이 누울 곳 없네……〉 빗소리에 잠이 깼어. 굉장한 비야. 지금 몇 시지?

보이니쯔끼 알 게 뭐야.

아스뜨로프 옐레나 안드레예브나의 말소리를 들은 것도 같은데.

보이니쯔끼 지금 여기 있었지.

아스뜨로프 눈부신 여자야. (테이블 위의 작은 유리병들을 본다) 약들이군. 여기에는 없는 처방이 없다니까! 하리꼬프 것도, 모스끄바 것도, 뚤라 것도……. 통풍을 앓는답시고 도시란 도시는 모두 들볶다니. 정말 아프긴 아픈 거야?

보이니쯔끼 아파.

사이.

아스뜨로프 자네는 오늘 왜 그렇게 우울해 보이나? 교수님이 안되기라도 했나?

보이니쯔끼 내버려 둬.

아스뜨로프 아니면, 교수 부인을 사랑하게 됐나?

보이니쯔끼 그 여자는 친구야.

아스뜨로프 벌써?

보이니쯔끼 〈벌써〉라니?

아스뜨로프 여자가 남자의 친구가 될 수 있는 건 이럴 때나 가능하지. 우선은 그저 아는 사람, 다음에는 애인, 그러고 나서 친구.

보이니쯔끼 저속한 철학이군.

아스뜨로프 뭐라고? 그래…… 사실 나는 저속해졌어. 봐, 이렇게 취했잖아. 적어도 한 달에 한 번은 이렇게 취하지. 이럴 때면, 아주 뻔뻔해지고 파렴치해지지. 이럴 때면, 모든 게 다 아무렇지도 않다고! 무척 어려운 수술도 멋지게 해치우고, 미래에 대한 아주 거창한 계획도 세우고, 내가 괴상한 놈으로 생각되지도 않고, 인류에게 거대한 이익을 가져다주고 있다고 확신하지…… 거대한 이익을 말이야! 이럴 때에는 나만의 철학 체계가 생겨, 당신들 모두, 여보게들 말이야, 나에게는 그런 벌레…… 병균들처럼 보인단 말이야. (쩰레긴에게) 와플, 치라니까!

쩰레긴 여보게, 자네를 위해서라면 기쁘게 그러겠지만, 한번 생각해 보게, 모두들 잔다고!

아스뜨로프 치라니까!

쩰레긴, 나지막이 기타를 친다.

아스뜨로프 더 마셔야겠어. 가세나, 저기, 아마 코냑이 남아 있을 거야. 그리고 날이 밝는 대로 내 집에 가자고. 어때야? 내 조수는 〈어때〉를 항상 〈어때야〉라고 말하지. 진짜 사기꾼이야. 그래, 어때야? (들어오는 소냐를 보고 나서) 용서하십시오, 넥타이도 매지 않고. (빠르게 나간다. 쩰레긴도 뒤따라 나간다)

소냐 바냐 아저씨, 또 의사 선생님하고 술을 마셨군요. 정말 친하시기도 하네요. 한데, 그분은 항상 그렇다고 해도, 아저씨는 대체 왜 그러시는 거예요? 아저씨 나이에 전혀 어울리지 않아요.

보이니쯔끼 나이가 무슨 상관이야. 진짜 삶이 없다면 신기루
로 사는 거야. 어쨌거나 아무것도 없는 것보다 나을 테니.

소냐 풀은 다 베었는데, 매일 비가 오니 모두 썩겠어요, 그런
데 아저씨는 신기루나 찾고 계시네요. 집안일은 전혀 아랑
곳하지 않으시고…… 나만 혼자 일하니, 힘이 다 빠져 버렸
어요…… (놀라며) 아저씨, 아저씨 눈에 눈물이!

보이니쯔끼 눈물은 무슨? 아무것도 아니야…… 쓸데없이…….
네가 지금 날 보는 모습이 꼭 죽은 네 엄마 같구나. 사랑스
러운 아이야…… (소냐의 손과 얼굴에 열렬히 입 맞춘다) 나
의 누이…… 사랑스러운 나의 누이…… 지금 어디에 있는
거냐? 그, 애, 가 알, 수, 만, 있, 다, 면! 아, 그, 애, 가 알, 수,
만, 있, 다, 면!

소냐 뭘 말이에요? 아저씨, 뭘 안다는 거예요?

보이니쯔끼 괴로워, 좋지 않아……. 아무것도 아니다…… 나
중에…… 아무것도 아니다…… 가봐야겠어. (나간다)

소냐 (문을 두드린다) 미하일 리보비치 씨! 주무시는 건 아니
죠? 잠시 뵈어요!

아스뜨로프 (문밖에서) 잠깐 기다리시오! (조금 후 들어온다. 벌
써 조끼를 입었고 넥타이를 맸다) 무슨 볼일이라도?

소냐 원하신다면 혼자 술을 드세요. 제발, 아저씨에게는 권
하지 말아 주세요. 아저씨한테는 해로워요.

아스뜨로프 알겠소. 더 이상 마시지 않겠소.

사이.

아스뜨로프 지금 곧 돌아가겠소. 결정했소. 마차에 말을 매자
면 동이 틀 테니.

소냐 비가 와요. 아침까지 기다리세요.

아스뜨로프 지나가는 비라 곧 그칠 거요. 가겠소. 그런데 이제
는 제발, 당신 아버지 때문에 나를 부르진 마시오. 그분께
통풍이라고 말해도 그분은 류머티즘이라고 우기고, 누워
있으라고 권해도 앉아만 있고. 오늘은 나와 절대 얘기도 안
하시더군요.

소냐 어린아이가 돼버렸어요. (찬장을 뒤진다) 뭐 좀 드시겠
어요?

아스뜨로프 글쎄, 그럽시다.

소냐 저는 밤에 뭐든 먹는 걸 좋아해요. 찬장에 먹을 게 있을
거예요. 아버진 한창때 여자들에게 인기가 있어서, 부인들 때
문에 아버지가 어린애 같아졌다고들 해요. 이 치즈, 드세요.

두 사람, 찬장 옆에 서서 먹는다.

아스뜨로프 오늘 아무것도 먹지 못하고 마시기만 했습니다.
당신 아버지는 까다로운 사람입니다. (찬장에서 병을 꺼낸
다) 괜찮겠죠? (한 잔 마신다) 여기에 아무도 없으니 솔직하
게 말하겠는데, 당신네 집에서라면 나는 단 한 달도 살 수
없을 겁니다, 이런 공기에서는 숨이 막혀서……. 오로지 자
기 통풍과 책들에만 매달리는 당신 아버지, 우울증에 걸린
바냐, 당신 할머니, 그리고 당신 계모…….

소냐 계모는 어때요?

아스뜨로프 사람의 모든 건 다 아름다워야 합니다. 얼굴도, 옷
도, 마음도, 생각도. 그 여자는 아름답죠, 말할 필요도 없습
니다, 하지만…… 그 여자는 다만 먹고, 마시고, 산책하고,
자신의 아름다움으로 우리를 매혹시킬 뿐, 그 이상은 없습
니다. 그 여자에게는 책임감이 없습니다. 다른 사람들이 다

해주죠……. 그렇지 않은가요? 나태한 생활은 결코 깨끗할 수 없으니까.

사이.

아스뜨로프 아니, 어쩌면, 내가 지나치게 엄격하게 말하고 있는 걸 겁니다. 나는 이 생활에 만족하지 못하니까, 그건 당신 아저씨 바냐도 마찬가지입니다. 우리는 둘 다 불평가가 돼버렸습니다.

소냐 생활에 만족하지 못하신다고요?

아스뜨로프 생활 자체는 좋아합니다, 다만 우리의 이 생활, 시골의, 러시아의, 따분한 이 생활이 이제 견딜 수 없어 온 마음으로 경멸한답니다. 내 자신의 개인 생활, 좋은 것이란 전혀 없지요. 칠흑같은 밤, 숲을 지나가다가 그때 멀리서 불빛이 비친다면, 피곤도 어둠도 얼굴을 찌르는 나뭇가지들도 느끼지 못할 겁니다……. 나는 일을 합니다. 당신도 알다시피, 이 지방의 그 누구보다도 더 일을 합니다. 운명이 끊임없이 채찍질하고, 때론 견딜 수 없이 힘들지만, 나에게는 멀리서 그런 불빛이 비치지 않아요. 나는 나를 위해서 아무것도 바라지 않습니다. 사람을 사랑하지 않습니다……. 이미 오래전부터 아무도 사랑하지 않습니다.

소냐 아무도요?

아스뜨로프 아무도. 다정하게 생각하는 사람은 오직 당신의 유모뿐이죠. 옛 기억 때문에. 농부들은 아주 무디고 무식하여 지저분하게 살고 있고, 인텔리들과는 잘 지내기 힘들죠. 피곤하답니다. 그들 모두는 우리의 친구들이긴 하지만, 생각하는 것도 느끼는 것도 깊지 못해 자신의 코 너머도 못 보고, 그저 어리석을 따름입니다. 그리고 좀 더 똑똑하고 예민한 사람들은 히스테릭하고, 분석과 성찰에 망가져 버렸죠…… 이런 사람들은 불평하고, 미워하고, 병적으로 비방하며, 삐딱하게 나를 힐끔 쳐다보고는 이렇게 단정합니다. 〈아, 미쳤군!〉 아니면 〈허풍선이야!〉 그리고, 내 이마에 어떤 꼬리표를 붙일지 모르겠으면 〈이상한 사람이야, 이상해!〉 하고 말하죠. 내가 숲을 사랑하는 것도 이상하고, 고기를 먹지 않는 것도 이상하고. 자연과 사람에 대한 솔직하고 순수하며 자유로운 관계가 이미 없어졌습니다…… 없어졌습니다, 없어요! (마시려 한다)

소냐 (그를 말린다) 안 돼요, 제발, 부탁이에요, 더 이상 마시지 마세요.

아스뜨로프 대체 왜 그러시는 거죠?

소냐 이러는 건 당신에게 어울리지 않아요! 당신은 고상하고, 그토록 온화한 목소리를 가지고 계신데…… 거기다가 내가 아는 그 누구보다도 훌륭하신데. 그런데 왜 술이나 마시고 노름이나 하는 평범한 사람들을 닮으려고 하시나요? 그러지 마세요, 제발 부탁드려요! 사람은 창조는 하지 않고 주어진 것을 파괴만 하고 있을 뿐이라고 항상 말씀하셨죠. 도대체, 도대체 왜 당신은 자기 자신을 파괴하는 거죠? 그러지 마세요, 그러지 마세요, 부탁드려요, 제발 그러지 마세요.

아스뜨로프 (소냐에게 손을 내민다) 앞으론 마시지 않겠습니다.

소냐 약속해 주세요.

아스뜨로프 정말입니다.

소냐 (손을 꼭 잡는다) 고마워요!

아스뜨로프 자, 이제 그만! 술이 깼군요. 봐요, 벌써 아주 멀쩡해졌고 죽을 때까지 이럴 겁니다. (시계를 본다) 그럼, 하던 말을 마저 할까요. 나의 시대는 이미 지났고, 나는 너무 늦었다고 했죠……. 너무 나이를 먹었고, 일에 지쳤고, 천박해졌고, 감정도 무뎌졌고, 그리고 분명, 사람에 대해 애착을 가질 수도 없습니다. 아무도 사랑하지 않습니다, 그리고…… 사랑하지도 않을 겁니다. 나를 아직 사로잡는 것이 있다면, 그건 아름다움입니다. 아름다움에는 냉담할 수 없지요. 저 옐레나 안드레예브나가 마음만 먹는다면 나를 하루 만에 정신도 못 차리게 할 텐데……. 하지만 그건 사랑이나 애착이 아니지……. (손으로 눈을 가리고 몸을 떤다)

소냐 왜 그러세요?

아스뜨로프 아니……. 사순절 때 내 집에서 한 환자가 마취제를 맞고 죽었소.

소냐 이제는 잊어버리세요.

사이.

소냐 그런데, 미하일 리보비치……. 만일 말이죠, 나에게 여자친구, 아니면 여동생이 있는데…… 당신을 사랑한다는 걸 아시게 된다면, 어떡하시겠어요?

아스뜨로프 (어깨를 움찔하고) 글쎄. 아무 일도 없을 겁니다. 내가 사랑할 수 없다고…… 그게 아니라, 나에게는 그럴 정신이 없다고 이해시켜야죠. 어차피 갈 거면 지금 가야겠소. 잘 있어요, 귀여운 아가씨, 이러다간 아침이 되어도 끝나지 않을 거요. (손을 잡는다) 거실을 지나가도 되겠죠, 당신의 아저씨가 나를 붙잡을지도 모르니까. (나간다)

소냐 (혼자) 그분은 나에게 아무 말도 안 했는데……. 그분은 나에게 아직 마음을 열지 않았는데, 나는 왜 이렇게 행복한 걸까? (행복에 겨워 웃는다) 그분께 말했어, 당신은 고상하고 온화한 목소리를 가지고 계시다고……. 잘 말한 거겠지? 그분 목소리가 아직도 가슴을 울리며 쓰다듬는 것 같아…… 그래, 나는 그분을 느껴. 여동생에 대해 말한 건 이해하지 못했을 거야……. (두 손을 꼭 잡으며) 아, 나는 왜 이리 못생겼을까, 두려워! 정말 두려워! 알아, 내가 못생긴 걸, 나는 알아, 알아……. 지난 일요일에 교회에서 나오다 사람들이 나에 대해서 하는 얘기를 들었어. 한 여자가 그랬지. 선량하고 친절하지만, 참 못생겼어…… 못생겼어…….

옐레나 안드레예브나가 들어온다.

옐레나 안드레예브나 (창문을 연다) 비가 그쳤어. 공기가 상큼해!

사이.

옐레나 안드레예브나 의사 선생님은?
소냐 가셨어요.

사이.

옐레나 안드레예브나 소피!
소냐 네?
옐레나 안드레예브나 언제까지 나에게 화를 낼 작정이지? 서로 잘못한 것도 없는데. 왜 서로 적이 되어야 해? 그만하자고…….
소냐 저도 그러길 원해요……. (옐레나 안드레예브나를 안는다) 더 이상 화내지 마요.
옐레나 안드레예브나 좋아.

두 사람, 흥분해 있다.

소냐 아빠는 주무세요?

옐레나 안드레예브나 아니, 거실에 앉아 계셔……. 우리가 말도 하지 않은 게 몇 주일이나 됐어. 왜 그랬는지 몰라……. (찬장이 열려 있는 것을 보고 나서) 어떻게 된 거지?

소냐 미하일 리보비치께서 뭘 좀 드셨어요.

옐레나 안드레예브나 술도 있네……. 그래, 우리 한잔할까?

소냐 그래요.

옐레나 안드레예브나 같은 잔으로……. (술을 따른다) 좋았어. 이젠 친구가 된 거겠지?

소냐 물론이에요.

마시고 나서 입을 맞춘다.

소냐 오래전부터 화해하고 싶었지만, 왠지 부끄러워서……. (운다)

옐레나 안드레예브나 왜 우는 거야?

소냐 아무것도 아니에요.

옐레나 안드레예브나 자, 됐어, 됐어……. (운다) 이상한 애야, 나도 눈물이 나잖아…….

사이.

옐레나 안드레예브나 너는 내가 이득을 바라고 네 아버지와 결혼한 줄 알고 화를 냈지……. 맹세를 믿는다면 맹세하지, 나는 사랑해서 그이와 결혼한 거야. 내가 끌린 건 그이가 유명한 학자라서 그랬어. 진실하지 않고 자연스럽지 못한 사랑이었지만, 그때에는 그게 진실한 사랑인 줄 알았어. 내 잘못이 아니야. 그런데 너는 우리가 결혼한 그날부터, 의심하는 그 영민한 눈초리로 나를 괴롭혀 왔어.

소냐 그만, 화해, 화해했잖아요! 잊어버려요.

옐레나 안드레예브나 그렇게는 보지 마, 그건 네게 어울리지 않아. 사람들을 믿어야지, 그렇지 않으면 살 수 없어.

사이.

소냐 친구로서 솔직하게 말해 주세요……. 행복하나요?

옐레나 안드레예브나 아니.

소냐 알고 있었어요. 하나만 더 물을게요. 솔직히 말해 주세요, 남편이 젊었으면 좋겠죠?

옐레나 안드레예브나 너는 아직 어리구나. 물론, 그렇지! (웃는다) 또 물어볼 게 있니? 물어봐…….

소냐 의사 선생님 마음에 드세요?

옐레나 안드레예브나 그래, 무척.

소냐 (웃는다) 제 얼굴 바보 같죠…… 그렇죠? 그분은 갔는데, 저는 여전히 그분의 목소리, 발소리를 듣고 있어요, 어두운 창문을 바라보면, 거기에 그분의 얼굴이 보여요. 다 털어놓겠어요……. 하지만 큰 소리로 말할 순 없어요, 부끄럽거든요. 제 방으로 가요, 거기서 말해요. 바보 같아 보이죠? 그럴 거예요……. 그분에 대해 뭐든 이야기해 주세요…….

옐레나 안드레예브나 뭘?

소냐 그분은 똑똑해요……. 그분은 뭐든 할 줄 알고, 할 수 있어요……. 그분은 치료도 하지요, 숲도 심고요…….

옐레나 안드레예브나 숲이나 의술이 중요한 게 아니야……. 얘야, 그건 달란뜨라고 하는 거다! 달란뜨가 무슨 뜻인지 아니? 대담함, 자유로운 머리, 넓은 가슴……. 어린 나무를 심고 벌써 천 년 후가 어떻게 될지를 생각하는 거, 인류의 행복을 미리 보는 거. 그런 사람은 드물어, 그런 사람을 사랑할 수밖에 없어……. 그분은 술을 마시고, 때론 거칠지만, 그게 무슨 대수니? 달란뜨를 가진 사람은 러시아에서 깨끗할 수 없어. 생각해 봐라, 그 의사 선생님의 생활이 어떤가를! 도로는 걸을 수도 없는 진창이고, 추위에, 눈보라에, 먼거리에, 사람들은 무지막지하고 야만스럽지, 주위에는 가난과 병들뿐이고, 그런 환경에서 하루하루 일하고 싸우는 사람은 마흔 나이에 깨끗하고 멀쩡하게 자신을 지키기가 어려워……. (소냐에게 입 맞춘다) 네가 행복하길 진심으로 원해, 그럴 자격이 있어……. (일어선다) 그렇지만 나는 따분하고, 삽화 같은 사람이야……. 음악에서도, 남편의 집에서도, 로맨스에서도, 그 어디에서도 정말로 나는 삽화 같은 사람일 뿐이야. 사실, 소냐, 아무리 생각해 봐도, 나는 정말, 정말 불행해! (흥분해서 무대를 걸어다닌다) 이 세상에서 나의 행복은 없어. 없어! 왜 웃고 있니?

소냐 (얼굴을 가리고 웃는다) 정말 행복해요…… 행복해요!

옐레나 안드레예브나 피아노를 치고 싶어……. 지금…… 아무 곡이나 치고 싶어.

소냐 치세요. (옐레나 안드레예브나를 안는다) 잘 수 없어요……. 어서 치세요!

옐레나 안드레예브나 잠깐. 네 아버지가 아직 안 주무셔. 몸이 안 좋아서, 음악 소리에 짜증을 내실 거야. 가서 물어보겠니? 괜찮다고 하시면 칠게. 어서.

소냐 그래요. (나간다)

밖에서 야경꾼이 딱따기를 치고 있다.

옐레나 안드레예브나 피아노를 쳐본 지도 오래됐어. 피아노를

치면서 울어야지, 바보처럼 울어야지. (창문에 대고) 딱따기
를 치는 건, 에핌, 너니?

야경꾼의 목소리 접니다!

옐레나 안드레예브나 치지 마, 주인께서 아프셔.

야경꾼의 목소리 네, 알겠습니다! (휘파람을 분다) 에이, 쥬치
까, 쥬치까!

사이.

소냐 (돌아와서) 안 돼요!

막이 내린다.

제3막

세레브랴꼬프 집의 거실. 세 개의 문이 오른쪽과 왼쪽과 중앙에 있다. 낮.

보이니쯔끼와 소냐는 앉아 있고, 옐레나 안드레예브나는 생각에 잠겨 무대를 거닐고 있다.

보이니쯔끼 교수님께서 오늘 낮 1시에, 우리 모두 여기 이 거실에 모여 달라고 하셨는데. (시계를 본다) 15분 전이군. 세상에 뭔가 선포하시려는 걸 거야.

옐레나 안드레예브나 무슨 일이 있으신 거겠죠.

보이니쯔끼 일은 무슨 일. 시시한 거나 쓰고, 불평이나 하고, 시기나 하면서.

소냐 (질책하는 목소리로) 아저씨!

보이니쯔끼 그래, 그래, 잘못했다. (옐레나 안드레예브나를 가리킨다) 게으름에 흐느적거리며 걷는 저 꼴 좀 봐. 정말 사랑스럽군! 사랑스러워!

옐레나 안드레예브나 당신은 하루 종일 중얼중얼거리는군요, 지겹지도 않나요? (슬프게) 따분해 죽겠어. 뭘 해야 할지도 모르겠고.

소냐 (어깨를 움찔하고) 할 일이 없다고요? 하려고만 한다면······.

옐레나 안드레예브나 무슨?

소냐 살림을 하거나, 가르치거나, 환자를 돌보거나. 할 일이 어디 적나요? 어머니와 아빠가 여기 오시기 전만 해도, 저와 바냐 아저씨는 직접 시장에 곡식을 팔러 다닌걸요.

옐레나 안드레예브나 그런 일은 못해. 재미도 없고. 농부들을 가르치고 치료하는 건 이상적인 소설에서나 나오는 거지, 어떻게 내가 아무 이유도 없이 갑자기 그런 일을 하겠어?

소냐 이해할 수 없어요, 사람들이 왜 그런 일을 하지 않으려는지. 좀 지나면 익숙해질 거예요. (옐레나 안드레예브나를 안는다) 따분해하지 마세요. (웃으며) 어머니가 따분해하면서 빈둥거리니까, 그 권태와 게으름이 전염되잖아요. 보세요. 바냐 아저씨는 아무 일도 하지 않고 어머니만 그림자처럼 따라다닐 뿐이고, 저도 할 일을 팽개치고 어머니와 수다 떨려고 달려오잖아요. 저는 정말 게을러졌어요! 미하일 리보비치 의사 선생님도 예전에는 우리 집에 아주 가끔, 한 달에 한 번 정도 들르셨는데, 그리고 와주시라고 하기도 힘들었는데, 지금은 매일 숲도 의술도 내팽개치고 오시잖아요. 어머니는 마법사인가 봐요.

보이니쯔끼 낙심할 거 뭐 있습니까? (활기차게) 화려하고 사랑스러운 그대여, 영리하게 구시죠! 당신 혈관에는 요정의 피가 흐르니, 요정이 되어 보시죠! 평생 단 한 번이라도 좋으니 자기 의지를 가지고 아무 물의 정령이나 사랑해 보라고요, 과감하게 빠져 보라고요. 교수와 우리 모두를 놀라게 해보시라니까!

옐레나 안드레예브나 (화가 나서) 좀 가만히 내버려 둬요! 왜 그리 잔인합니까! (나가려 한다)

보이니쯔끼 (못 나가게 한다) 아, 아, 내 기쁨이여, 용서하시라······.

용서를 구하오. (그녀의 손에 입 맞춘다) 화해.

옐레나 안드레예브나 천사라도 참지 못할 거예요, 안 그런가요.

보이니쯔끼 그 말에 동의하고 화해한다는 표시로 곧 장미 한 다발을 가져오겠소. 아침에 당신을 위해 준비해 두었거든……. 가을 장미, 매혹적이고 애처로운 장미……. (나간다)

소냐 가을 장미, 매혹적이고 애처로운 장미…….

두 사람, 창문을 바라본다.

옐레나 안드레예브나 벌써 9월이야. 여기서 어떻게 겨울을 지내지!

사이.

옐레나 안드레예브나 의사 선생님은 어디 계셔?

소냐 바냐 아저씨 방에 계세요. 뭔가 쓰고 있지요. 바냐 아저씨가 나가서 잘됐어요, 어머니에게 할 얘기가 있어요.

옐레나 안드레예브나 무슨 얘기?

소냐 무슨 얘기? (그녀의 가슴에 머리를 기댄다)

옐레나 안드레예브나 그래, 그래……. (소냐의 머리를 쓰다듬는다) 그래.

소냐 저는 못생겼어요.

옐레나 안드레예브나 네 머리카락은 아름다워.

소냐 아뇨! (거울에 자신을 비춰 보려고 주위를 둘러본다) 아뇨! 여자가 못생겼을 때에는 이렇게 말하죠. 〈네 눈은 아름다워, 네 머리카락은 아름다워…….〉 제가 그분을 사랑한 건 6년 됐어요. 친어머니보다 더 사랑해요. 저는 문을 바라보면서 기다리죠. 그분이 당장이라도 들어올 것 같아서요.

그리고 보세요, 저는 그분에 대해 이야기하고 싶어서 항상 어머니에게 오잖아요. 요즘 그분은 여기에 매일 오죠, 하지만 저를 봐주지도 않아요, 잠깐이라도 말이죠……. 그게 너무 괴로워요! 저에게는 아무런 희망도 없어요, 없어요, 없어요! (절망하여) 오, 하느님, 제게 힘을 주세요……. 밤새 기도드렸습니다……. 자주 그분에게 다가가, 먼저 말을 걸고, 그분 눈을 바라봅니다……. 저에게는 이미 자존심도 자제력도 없습니다……. 참지 못하고 어제 바냐 아저씨에게도 털어놓았어요. 그분을 사랑한다고……. 제가 그분을 사랑한다는 건 하인들도 알아요, 모두 알아요.

옐레나 안드레예브나 그분은?

소냐 아뇨. 그분은 몰라요.

옐레나 안드레예브나 (생각에 잠겨) 이상한 사람이야……. 어때? 내가 그 사람하고 얘기해 볼까? 조심스럽게, 암시를 하면서…….

사이.

옐레나 안드레예브나 언제까지 모르고 있을 수도 없잖니……. 그렇지?

소냐, 고개를 끄덕인다.

옐레나 안드레예브나 좋았어. 사랑하는지 아닌지, 그걸 알아보는 건 어렵지 않아. 너는 당황할 것도 걱정할 것도 없다. 내가 그 사람을 조심스럽게 심문할게. 알아채지 못하게. 우리는 그런지 아닌지 알아내기만 하면 되는 거야.

사이.

옐레나 안드레예브나 혹시 아니라면 오지 말라고 하면 돼. 그렇지?

소냐, 고개를 끄덕인다.

옐레나 안드레예브나 보지 않으면 마음이 좀 나을 테니까. 오래 끌지 말고 지금 당장 알아보자. 그 사람이 나에게 도면을 보여 준다고 했어……. 가서 내가 보잔다고 해.

소냐 (무척 흥분하여) 사실대로 다 말해 줄 거죠?

옐레나 안드레예브나 그야 물론이지. 내 생각엔 사실이 어떻든 간에 모르는 것보다 나쁠 게 없어. 나에게 맡겨.

소냐 네, 네……. 어머니가 도면을 보고 싶어 한다고 말할게요……. (가다가 문가에서 멈춰 선다) 아니, 모르는 게 더 나을지 몰라……. 어쨌든 희망이…….

옐레나 안드레예브나 뭐라 그랬니?

소냐 아니에요. (나간다)

옐레나 안드레예브나 (혼자) 다른 사람의 비밀을 알고도 도울 수 없을 때보다 더 안된 일은 없지. (생각에 잠기며) 그 사람이 소냐를 사랑하지 않는 건 분명해, 하지만 소냐와 결혼하지 말란 법은 없잖아? 그 애는 못생겼지만, 그런 나이의 시골 의사에게는 훌륭한 아내가 될 거야. 현명하고, 아주 선량하고, 순수하고……. 아니, 이게 아닌데, 아닌데…….

사이.

옐레나 안드레예브나 이 불쌍한 여자애를 이해할 만해. 온통 지독한 권태에, 사람들은 회색 점들처럼 어슬렁거리고, 저속한 말들만 늘어놓고, 그저 먹고 마시고 잠이나 잘 뿐이지. 이런 사람들하고는 전혀 다른 그 사람이, 잘생기고 재미있고 매력 있는 그 사람이 이따금 들르면, 어둠 속에서 밝은 달이 떠오른 것 같겠지……. 그런 사람의 매력에 반해 버릴 만도 하지……. 어쩐지 나도 좀 끌리는걸. 그래, 그 사람이 없으면 나도 따분해, 이것 봐, 그 사람 생각을 하니 저절로 미소가 지어지잖아……. 그 바냐 아저씨가 내 혈관에 요정의 피가 흐르는 것 같다고 했는데. 〈평생 단 한 번이라도 좋으니 자기 의지를 가지고…….〉 어떨까? 그럴 필요가 있을지도……. 자유로운 새처럼 모두로부터 벗어나, 그들의 졸린 얼굴, 잡담들로부터 벗어나 날아가 버려, 그들이 이 세상에 존재하고 있다는 사실을 잊어버리고 싶어……. 하지만 겁이 많고 소심해서……. 양심에 걸려……. 그 사람이 여기에 매일 오는 이유를 알아, 내가 잘못하는 거 같아, 소냐 앞에 무릎이라도 꿇고 미안하다고 할까, 울 것만 같아…….

아스뜨로프 (차트를 들고 들어온다) 안녕하십니까! (악수를 한다) 내 그림이 보고 싶으시다고요?

옐레나 안드레예브나 당신 작품을 보여 주시겠다고 어제 약속하셨죠……. 지금 괜찮으신가요?

아스뜨로프 아, 물론입니다. (카드놀이용 탁자에 차트를 펼치고 압정으로 고정한다) 어디서 태어나셨죠?

옐레나 안드레예브나 (그를 도우면서) 뻬쩨르부르그에서요.

아스뜨로프 공부는?

옐레나 안드레예브나 음악 학교에서요.

아스뜨로프 그렇다면 이것에는 관심이 없겠는데요.

옐레나 안드레예브나 왜요? 사실, 시골에 대해서는 잘 모르지만, 책은 많이 읽었어요.

아스뜨로프 여기 이 집에 내 책상이 있습니다……. 이반 뻬뜨로비치 방에. 내가 아주 녹초가 되도록 지칠 때면, 모든 것을 다 팽개치고 이곳으로 달려옵니다. 그리고 이것을 가지고 한두 시간 즐겁게 시간을 보낸답니다……. 이반 뻬뜨로비치와 소피야 알렉산드로브나는 주판을 퉁기고, 나는 그 옆 내 책상에 앉아 색칠을 합니다. 따뜻하고 평온하고 귀뚜라미 우는 소리가 나고. 하지만 자주 그럴 수는 없는 일입니다, 한 달에 한 번 정도……. (차트를 가리킨다) 자, 여기를 보십시오. 이 지방의 지도입니다. 50년 전에는 이랬죠. 짙거나 연한 초록색은 숲을 가리킵니다. 전 지역의 절반이 숲이었죠. 초록색 위로 그려진 붉은색 격자에는 사슴, 산양이 살았죠…… 여기 식물의 분포 상태와 동물의 분포 상태를 표시해 두었습니다. 이곳 호수에서는 백조, 거위, 오리 들이 살았죠. 나이 드신 분들의 이야기로는, 온갖 종류의 새들이 무리를 지어, 엄청나게 많았답니다. 그 떼가 구름 같았다니까. 크고 작은 마을뿐 아니라, 보십시오, 여기저기 이주민촌도 있고, 독립 농가도 있고, 구교도들의 암자도 있고, 물방앗간도 있죠……. 뿔 달린 소와 말도 많았습니다. 하늘색이 칠해진 곳이 그곳이죠. 예를 들어 이 지역에는 하늘색이 촘촘하죠. 이곳에는 말 떼가 있었던 곳으로, 한 농가에 세 마리는 있었죠.

사이.

아스뜨로프 자 그럼, 아래를 보시죠. 이것은 25년 전 겁니다. 여기서 숲은 전 지역의 3분의 1에 불과합니다. 산양은 이미 사라졌고, 사슴만 있습니다. 초록색과 하늘색이 많이 옅어졌죠. 그 밖에도 마찬가집니다. 세 번째 부분으로 넘어갑시다. 이 지방의 현재 지도입니다. 초록색은 촘촘하지 못하고 드문드문 흩어져 있습니다. 사슴도, 백조도, 꿩도 사라졌고……. 이전의 이주민 촌, 독립 농가, 암자, 방앗간의 흔적도 없습니다. 점차 사라져 가는 모습이 확연해서, 아마도 10에서 15년 후면 아무것도 남아 있지 않을 겁니다. 당신은 이걸 문화의 영향이라고, 낡은 생활은 자연스럽게 새로운 생활에 자리를 내주어야 한다고 말하겠지요. 그래요, 숲이 사라진 이곳에 철도와 넓은 길이 나고, 여기에 크고 작은 공장과 학교가 들어서서, 사람들이 더 건강해지고, 더 부유해지고, 더 똑똑해진다면 나도 이해할 수 있습니다. 하지만, 그런 건 전혀 없지 않습니까! 이 지방에는 여전히 늪과 모기들, 불편한 길과 가난, 티푸스, 디프테리아, 산불 들뿐입니다……. 힘겨운 생존 경쟁에 따른 퇴화뿐입니다. 게을러서, 무지해서, 자각하지 못한 데서 오는 퇴화입니다. 춥고 배고프고 병든 사람이 남은 삶을 건사할 요량으로, 자기 자식들을 돌볼 요량으로, 아무 생각도 없이 배를 채우고 몸을 녹이기 위해서, 내일은 생각지도 않은 채 그 모든 걸 파괴하고 있습니다……. 모든 것이 거의 파괴되었고, 대신 창조된 것은 하나도 없습니다. (냉정하게) 얼굴을 보니 흥미가 없군요.

옐레나 안드레예브나 잘 이해하지 못하겠어요…….

아스뜨로프 이해할 게 뭐 있습니까, 관심이 없는 거지.

옐레나 안드레예브나 솔직히 말씀드려, 다른 생각 때문에. 죄송해요. 당신께 캐물을 게 있어요. 그런데 어떻게 시작해야 할지 모르겠어요, 혼란스러워요.

아스뜨로프 심문인가요?

옐레나 안드레예브나 네, 심문이에요, 하지만…… 악의는 전혀 없어요. 앉으실까요!

둘 다 앉는다.

옐레나 안드레예브나 한 젊은 숙녀에 관한 일이에요. 우리, 정
직한 사람으로서, 돌리지 말고 친한 사이처럼 탁 터놓고 얘
기해요. 얘기하고 나서는 모두 잊는 거예요. 어때요?

아스뜨로프 좋습니다.

옐레나 안드레예브나 의붓딸 소냐의 일이에요. 그 애를 좋아하
세요?

아스뜨로프 네, 존경합니다.

옐레나 안드레예브나 그 애를 여자로서 좋아하세요?

아스뜨로프 (조금 있다가) 아니요.

옐레나 안드레예브나 조금만 더 이야기하고 마치죠. 아무것도
눈치 채지 못하셨나요?

아스뜨로프 아무것도.

옐레나 안드레예브나 (그의 손을 잡는다) 당신은 그 애를 사랑하
지 않아요, 눈만 봐도 알겠어요……. 그 애는 괴로워하고
있답니다……. 그러니…… 여기에는 더 이상 오지 마세요.

아스뜨로프 (일어선다) 그러기에 나는 늙었습니다……. 시간도
없고……. (어깨를 움칫하고) 그럴 시간이 있어야죠? (난처
해한다)

옐레나 안드레예브나 후, 정말 힘든 얘기였어요! 마치 천 뿌드
나 지고 가듯이 힘들었어요! 이제 다행히 끝났어요. 아무
말 하지 않은 것처럼 잊어버려요, 그리고…… 떠나세요. 당
신은 현명한 사람이니까, 이해해 주시겠죠…….

사이.

옐레나 안드레예브나 나는 아직 화끈거려요.

아스뜨로프 만일 당신이 한두 달 전에 이런 말을 했다면 나도 생각해 볼 수 있었겠지만, 하지만 지금은…… (어깨를 움칫한다) 소냐가 괴로워한다면, 물론…… 이해할 수 없는 게 한 가지 있군요. 당신은 무엇 때문에 이런 심문을 했죠? (그녀의 눈을 쳐다보며 손가락으로 위협한다) 교활하군요!

옐레나 안드레예브나 무슨 뜻이에요?

아스뜨로프 (웃으며) 교활하군요! 소냐가 괴로워할 수도 있다는 건 인정합니다, 하지만 왜 그걸 당신이 묻죠? (그녀의 말을 막으며, 활기차게) 아아, 놀란 얼굴을 하지 마십시오. 당신은 내가 여기 매일 오는 이유를 너무도 잘 알고 있습니다……. 왜, 누구 때문에 내가 오는지, 당신은 잘 알고 있지 않습니까. 사랑스러운 솔개여, 그렇게 노려보지 마시오, 나는 늙은 참새랍니다…….

옐레나 안드레예브나 솔개라뇨? 무슨 말을 하는 거예요.

아스뜨로프 예쁘고 털이 복슬복슬한 족제비여……. 당신은 먹잇감이 필요하지! 여기 내가 한 달 동안 아무 일도 하지 않고 모두 다 팽개치고 열렬히 당신만 찾고 있으니, 당신 마음에 무척 들 거요, 무척……. 어때요? 내가 졌소, 심문하지 않아도 잘 알 텐데. (두 팔을 십자로 교차시키고 고개를 숙인다) 항복이오, 자, 잡아먹으시오!

옐레나 안드레예브나 미쳤군요!

아스뜨로프 (이를 드러내며 웃는다) 부끄럽나요…….

옐레나 안드레예브나 당신이 생각하는 것처럼 나는 그렇게 천박하지 않아요! 맹세해요! (나가려 한다)

아스뜨로프 (길을 막으며) 오늘 떠나겠소, 다시는 여기 오지 않겠소, 하지만…… (그녀의 손을 잡고 주위를 둘러본다) 어디서 만날까요? 빨리 말하시죠, 어디서? 사람들이 오기 전에 빨리 말하세요……. (정열적으로) 정말 아름다워, 화사해……. 한

번만…… 당신의 향기로운 머리카락에 입 맞추게 해주오…….

옐레나 안드레예브나 맹세해요…….

아스뜨로프 (말을 막으며) 맹세라뇨? 맹세할 필요 없어요. 그런 말은 필요 없어요……. 아, 정말 아름다워! 이 손도! (손에 입 맞춘다)

옐레나 안드레예브나 그만두세요…… 떠나세요……. (손을 뺀다) 미쳤어요.

아스뜨로프 말해요, 말하세요, 내일 어디서 만나죠? (허리를 안는다) 피할 수 없다는 걸 알잖소, 우린 만나야 합니다. (그녀에게 입 맞춘다. 이때 꽃다발을 든 보이니쯔끼가 들어와 문 옆에서 멈춰 선다)

옐레나 안드레예브나 (보이니쯔끼를 보지 못하고) 용서하세요……. 날 내버려 두세요. (머리를 아스뜨로프 가슴에 기댄다) 안 돼요! (나가려 한다)

아스뜨로프 (허리를 안은 채) 내일 숲으로 오십시오…… 2시쯤에……. 알겠죠? 네? 올 거죠?

옐레나 안드레예브나 (보이니쯔끼를 발견하고) 놔주세요! (크게 당황하여 창 쪽으로 비켜선다) 무서워요.

보이니쯔끼 (꽃다발을 의자 위에 놓는다. 흥분한 채, 손수건으로 얼굴과 목덜미를 닦는다) 괜찮습니다…… 네…… 괜찮습니다.

아스뜨로프 (불쾌한 표정으로) 오늘은 날씨가 나쁘지 않군, 친애하는 이반 뻬뜨로비치. 아침에는 비가 올 듯 흐렸지만, 지금은 해가 났으니. 정말 멋진 가을이야…… 자네 가을 파종도 문제없을 거고. (차트를 말아 통에 넣는다) 단지 낮이 짧아져서……. (나간다)

옐레나 안드레예브나 (빠르게 보이니쯔끼에게 다가간다) 힘 좀 써서 나와 남편이 오늘이라도 여길 떠날 수 있게 해주세요! 아시겠어요? 오늘이라도!

보이니쯔끼 (얼굴을 닦으며) 뭐? 아, 그래요…… 좋습니다…….
나는, 헬렌, 모두 다 봤습니다, 모두 다…….

옐레나 안드레예브나 (신경질적으로) 아시겠어요? 오늘이라도
여길 떠나야겠어요!

세레브랴꼬프, 소냐, 쩰레긴, 마리나, 들어온다

쩰레긴 저는 몸이 좋지 않습니다, 교수님. 벌써 이틀째 앓고
있습니다. 머리도 좀…….

세레브랴꼬프 다른 사람들은 어디 있지? 나는 이 집이 싫어.
무슨 미로 같다니까. 스물여섯 개나 되는 커다란 방들이 여
기저기 흩어져 있으니, 누가 어디에 있는지 알 수가 없단
말이야. (종을 울린다) 마리야 바실예브나와 옐레나 안드레
예브나를 여기로 불러 줘.

옐레나 안드레예브나 여기 있어요.

세레브랴꼬프 자, 여러분, 앉으시죠.

소냐 (옐레나 안드레예브나에게 다가가, 조급하게) 그분이 뭐
라 하셨어요?

옐레나 안드레예브나 나중에.

소냐 떨고 있잖아요? 흥분한 거예요? (옐레나 안드레예브나의
얼굴을 눈여겨본다) 알겠어요……. 그분은 더 이상 여기에
오지 않겠다고 하신 거겠죠……. 그렇죠?

사이.

소냐 말해 주세요, 그런 거죠?

옐레나 안드레예브나, 고개를 끄덕인다.

세례브랴꼬프 (쩰레긴에게) 몸 아픈 건 참을 수도 있겠지만, 이런 시골 생활은 도저히 견딜 수가 없어. 지구에서 벗어나 낯선 행성에라도 떨어진 것 같거든. 앉으시죠, 여러분. 소냐!

소냐, 그의 말을 듣지 못하고 서서 슬프게 고개를 숙이고 있다.

세례브랴꼬프 소냐!

사이.

세례브랴꼬프 들리지 않나 보군. (마리나에게) 유모, 앉아요.

유모, 앉아서 발싸개를 뜬다.

세례브랴꼬프 자, 그럼 여러분, 시쳇말로, 귀를 못에 걸어 두십시오. (웃는다)
보이니쯔끼 (흥분해서) 나는 필요 없겠지. 나가도 되겠소?
세례브랴꼬프 아니, 자네가 가장 필요해.
보이니쯔끼 뭘 원하시는 거요?
세례브랴꼬프 원하다니……. 왜 이리 화를 내는 거야?

사이.

세례브랴꼬프 내가 자네한테 잘못한 게 있다면 제발 용서하게.
보이니쯔끼 그런 식으로 말하지 마십시오. 용건이나 말하시죠……. 뭐가 필요한 거요?

마리야 바실예브나, 들어온다.

세례브라꼬프 *Maman*도 오셨군. 그럼 시작하겠습니다, 여러분.

사이.

세례브라꼬프 내가 여러분들을 부른 것은 우리 마을에 감찰관이 온다고 알리기 위해서입니다.[3] 아니, 농담은 그만둡시다. 진지한 일이니까. 여러분, 내가 여러분들을 오시라고 한 것은 여러분들의 도움과 조언을 얻고자 해서입니다. 여러분의 변함없는 호의를 알고 있기에 그것을 얻을 수 있으리라 기대합니다. 나는 학자이고 책이나 보는 사람입니다. 그래서 항상 실질적인 생활과는 거리가 있죠. 세상 이치에 밝은 사람들의 충고 없이는 살아갈 수 없습니다. 그러니 자네, 이반 뻬뜨로비치, 그리고 당신, 일랴 일리치, 또 여기 *maman*에게도 부탁드립니다……. 문제는 *manet omnes una nox*(모든 사람들을 하나의 밤이 기다리고 있다), 그러니까 우리 모두는 하느님의 뜻에 따라 지낸다는 겁니다. 나는 늙고 병들어서, 내 가족에 관련된 재산 관계를 정리할 때가 되었다고 봅니다. 내 인생은 이미 끝났으니, 나 자신에 대해서는 생각하지 않습니다. 하지만 나에게는 젊은 아내와 결혼하지 않은 딸이 있습니다.

사이.

세례브라꼬프 시골에서 계속 사는 것은 나에게 불가능합니다. 우리는 시골 생활에 어울리지 않습니다. 그렇다고 이 영지에서 나오는 수입으로 도시에서 사는 것도 불가능합니다.

3 고골의 희극 「감찰관」의 첫 부분이 이렇게 시작한다.

숲을 판다 해도, 그건 매년 그럴 수도 없는 임시방편에 불과합니다. 우리에게 변함없이, 많든 적든 일정한 수입을 보장해 줄 그런 방도를 찾아야 합니다. 나는 그런 방도 하나를 생각해 내서 여러분들의 검토를 제안하는 바입니다. 세부 사항은 놔두고 큰 윤곽만 말하겠습니다. 우리 영지는 평균 2퍼센트가 채 안 되는 수입을 냅니다. 나는 이 영지를 팔것을 제안합니다. 그래서 그 돈을 유가 증권에 투자하면, 우리는 4~5퍼센트를 받게 됩니다. 그리고 내 생각에, 수천의 잉여금이 생겨 핀란드에 아담한 별장을 살 수 있을 겁니다.

보이니쯔끼 잠깐……. 내가 잘못 들은 거 같은데, 다시 한 번 말해 주겠소.

세레브랴꼬프 돈을 유가 증권에 투자하고, 남은 돈으로는 핀란드에 별장을 살 수 있을 거야.

보이니쯔끼 핀란드가 아니라……. 다른 말 말이오.

세레브랴꼬프 영지를 팔자고 했어.

보이니쯔끼 바로 그거. 영지를 팔겠다고, 멋져, 대단한 생각이야……. 그럼 나와 늙은 어머니, 그리고 여기 소냐는 어디로 꺼지라는 거지?

세레브랴꼬프 차차 생각해 보자고. 서두르지 말고.

보이니쯔끼 잠깐. 지금까지 나에게는 전혀 상식이 없었나 봐. 지금까지 나는 어리석게도 이 영지가 소냐의 것이라고 생각했어. 돌아가신 내 아버지는 이 영지를 내 누이의 지참금으로 사셨지. 지금까지 나는 순진하게도 터키식[4]으로 법을 생각하지 않아 이 영지가 누이에게서 소냐에게로 상속되는 줄로만 알았지.

---

4 러시아는 9세기에 비잔틴의 콘스탄티노플에서 정교를 받아들여 국교로 삼았다. 15세기 비잔틴의 콘스탄티노플은 이슬람 세력에 점령당해 터키의 이스탄불이 되었다. 여기서 터키식은 침략자의 방식이라는 뜻으로 사용되었다.

세례브랴꼬프 그야 영지는 소냐의 것이지. 누가 뭐라 하겠어? 소냐가 동의하지 않으면 영지를 감히 팔 수 없어. 그렇지만 나는 소냐에게 좋으라고 이렇게 제안하는 거야.

보이니쯔끼 이해할 수 없군, 이해할 수 없어! 아니면 내가 미친 건가, 그것도 아니면…….

마리야 바실예브나 쟌, 알렉산드르의 말에 반박하지 마라. 믿어야지, 무엇이 좋고 나쁜지 우리보다 더 잘 알고 있잖니.

보이니쯔끼 아뇨, 물 좀 줘. (물을 마신다) 하고 싶은 말을 하시오, 하고 싶은 말을!

세례브랴꼬프 자네가 흥분하는 이유를 알 수가 없군. 나는 내 계획이 최상이라고는 말하지 않았어. 만일 모든 사람이 이 계획에 반대하면 나는 고집할 생각이 없어.

사이.

쩰레긴 (난처한 듯) 교수님, 저는 학문을 존경할 뿐만 아니라 매우 친근하게 생각하고 있습니다. 제 형 그리고리 일리치의 아내의 오빠인, 혹 아실지도 모르겠습니다만, 꼰스딴찐 뜨로피모비치 라께제모노프는 석사 학위를 가지고 있었는데…….

보이니쯔끼 가만있어, 와플, 이야기 중이잖아……. 기다려, 나중에……. (세례브랴꼬프에게) 이 사람에게 물어보시오. 이 영지는 이 사람 삼촌에게서 샀으니.

세례브랴꼬프 그런 걸 왜 물어봐야 하지? 무엇 때문에?

보이니쯔끼 이 영지는 당시 9만 5천에 샀소. 아버지는 7만을 지불하셨고, 나머지 2만 5천은 빚으로 남았지. 그러니 잘 들어 보시오……. 내가 그토록 사랑하는 누이동생을 위해 아버지로부터 상속받는 것을 거절하지 않았더라면 이 영지는 살 수 없었을 거야. 그뿐인가, 나는 지난 10년 동안 황소처럼 일해서 빚을 다 갚았는데…….

세례브랴꼬프 괜한 얘기를 꺼냈나 보군.

보이니쯔끼 영지가 빚 없이 제대로 된 건 다 내 개인적인 노력 덕이야. 그런데 이렇게 나이가 드니까, 멱살을 잡고 여기서 쫓아내려고 해?!

세례브랴꼬프 자네가 뭘 원하는지 알 수가 없군!

보이니쯔끼 25년 동안 영지를 관리하고 일하면서, 아주 양심적인 관리인으로서 당신에게 돈을 보냈어. 하지만 그동안 당신은 한 번도 나에게 고맙다는 말을 하지 않았지. 언제나, 젊었을 때나 지금이나, 당신에게 1년에 고작 5백 루블을 급료로 받았을 뿐이야, 동냥을 받듯이. 그런데도 당신은 단 1루블을 올려 줄 생각도 하지 않았어.

세례브랴꼬프 이반 뻬뜨로비치, 어떻게 내가 그런 걸 알겠나? 나는 실생활과는 거리가 먼 사람이라 그런 건 잘 몰라. 자네가 직접 원하는 만큼 올리면 되지 않는가.

보이니쯔끼 왜 도둑질을 하지 않았냐고? 여러분들도 도둑질을 하지 않았다고 왜 날 질책하지 않는 겁니까? 그랬어야 옳았는데, 그랬다면 지금 이렇게 거지가 되지는 않았을 텐데!

마리야 바실예브나 (엄하게) 잔!

쩰레긴 (당황해서) 이보게, 바냐, 그러지 마, 그러지 마…… 떨려……. 왜 좋은 관계를 망치려고 그래? (그에게 입 맞춘다) 그러지 마.

보이니쯔끼 25년 동안 어머니와 나는 사방이 벽인 이곳에서 두더지처럼 지내 왔어……. 우리의 생각, 감정 모두는 당신 하나에게 달려 있었던 거야. 낮에 우리는 당신에 대해서, 당신의 저서에 대해서 이야기하며, 당신을 자랑스러워하고, 경건하게 당신의 이름을 불러 보곤 했지. 밤에 우리는 잡지나 책을 읽으며 시간을 보냈지, 지금은 그토록 경멸하는 그 잡지와 책을!

쩰레긴 그러지 마, 바냐, 그러지 마······. 나는 더 이상······.

세레브랴꼬프 (화를 내며) 모르겠군, 자네에게 필요한 게 뭐야?

보이니쯔끼 당신은 우리에게 하느님과 같았어. 당신의 글들을 외울 정도였으니까······. 하지만 이제야 눈을 떴어! 나는 모두 다 안다고! 당신이 예술에 대해서 쓰지만, 예술에 대해서는 아무것도 모른다고! 내가 좋아했던 당신의 저서들은 한 푼의 값어치도 없어! 당신은 우리를 속인 거야!

세레브랴꼬프 여러분! 저 사람 좀 말리시오! 나는 나가겠소!

옐레나 안드레예브나 이반 뻬뜨로비치, 제발 조용히 하세요! 알 겠어요?

보이니쯔끼 조용할 수 없어! (세레브랴꼬프의 길을 막으며) 기다려, 아직 끝나지 않았어! 당신은 내 인생을 파괴했어! 나는 살아 있었던 게 아니야, 살았던 게 아니라고! 당신 덕에 내 인생에서 가장 좋은 시간을 망쳤어, 파멸시켰다고! 당신은 내 철천지원수야!

쩰레긴 더 이상······ 더 이상······. 가겠습니다······. (무척 당황해하며 나간다)

세레브랴꼬프 나에게 원하는 게 뭔가? 그리고 그런 식으로 나에게 말할 자격이 있나? 한심한 놈! 영지가 자네 거라면 가지게, 난 필요 없으니!

옐레나 안드레예브나 이 지옥 같은 곳에서 당장 떠나겠어! (소리친다) 더 이상 견딜 수 없어!

보이니쯔끼 내 인생은 끝났어! 나는 달란뜨도 있고 똑똑하고 용감한데······. 만일 내가 정상적으로 살았다면 쇼펜하우어도 도스또예프스끼도 되었을 텐데······. 내가 무슨 말을 하는 거야! 미쳤군······. 어머니, 나는 절망적입니다! 어머니!

마리야 바실예브나 (엄하게) 알렉산드르의 말을 들어라!

소냐 (무릎을 꿇고 앉아 유모 품에 안긴다) 유모! 유모!

보이니쯔끼 어머니! 어떡합니까? 아니, 아무 말 마세요, 그럴 필요 없습니다! 어떡해야 할지 알겠어요! (세례브랴꼬프에게) 두고 보자! (가운데 문으로 나간다)

마리야 바실예브나, 따라 나간다.

세례브랴꼬프 여러분, 이게 무슨 일입니까? 저 미친놈을 쫓아내시오! 저자와 한 지붕 아래서 살 수 없소! 여기서 (가운데 문을 가리킨다) 나와 함께 살고 있다니……. 저자가 마을로 내려가거나 곁채로 옮기거나, 아니면 내가 여길 떠나겠소. 저자와 한 집에서 살 수 없소…….

옐레나 안드레예브나 (남편에게) 우리 오늘 여기서 떠나요! 지금 당장 그렇게 해요.

세례브랴꼬프 한심한 놈!

소냐 (무릎을 꿇은 채 아버지를 향해, 감정이 격해서 눈물을 글썽인다) 관대해 보세요, 아버지! 저와 바냐 아저씨는 정말 불행해요! (절망을 억누르며) 관대해 보세요! 잊으셨어요, 아버지가 젊었을 때 바냐 아저씨와 할머니는 밤마다 아버지를 위해서 책들을 번역하고 아버지의 글들을 정서했던 걸…… 밤을 새우면서, 밤새! 저와 바냐 아저씨는 쉬지 않고 일하면서, 저희를 위해서는 한 푼도 쓰지 않고 모두 아버지께 보냈어요……. 저희는 아무 하는 일 없이 먹기만 한 게 아니에요! 이런 말을 하려는 게 아닌데, 이런 말을 하려는 게 아닌데, 하지만 저희를 이해하셔야 해요, 아버지. 관대해 보세요!

옐레나 안드레예브나 (흥분한 채, 남편에게) 알렉산드르, 제발,

저분과 오해를 푸세요……. 부탁이에요.

세례브랴꼬프 좋아, 오해를 풀지……. 나는 저 사람이 잘못했다는 것도 아니고 화를 내는 것도 아니야, 하지만, 저 행동이 이상하다는 것만은 적어도 인정들 해야 할 거야. 그래, 지금 가볼게. (가운데 문으로 나간다)

옐레나 안드레예브나 부드럽게 대해서 저분을 진정시키세요……. (그 뒤를 따라 나간다)

소냐 (유모에게 기대며) 유모! 유모!

마리나 괜찮아요, 아가씨. 거위들도 꽥꽥 울다가는 곧 그치지요……. 꽥꽥 울다가는 곧 그치지요…….

소냐 유모!

마리나 (소냐의 머리를 어루만진다) 춥기라도 한 듯 떨고 있군요! 자, 자, 어머니 없는 가련한 아가씨, 하느님은 자비로우세요. 보리수 차나 산딸기 즙을 마시면 괜찮아질 거예요……. 슬퍼하지 마세요, 어머니 없는 가련한 아가씨……. (가운데 문을 바라보며, 화가 나서) 저런, 거위들이 또 울어 대는군, 망할 것들!

　　무대 뒤에서 총소리가 난다. 옐레나 안드레예브나의 비명이 들린다. 소냐, 몸을 떤다.

마리나 아니, 이런!

세례브랴꼬프 (놀라 비틀거리며 뛰어 들어온다) 저자를 말려! 말려! 저자는 미쳤어!

　　옐레나 안드레예브나와 보이니쯔끼, 문간에서 싸운다.

옐레나 안드레예브나 (그에게서 권총을 뺏으려 한다) 이리 줘요!

이리 주란 말이에요!

보이니쯔끼 막지 마시오, 헬렌! 날 막지 마시오! (뿌리치고 나서, 뛰어 들어와 두리번거리며 세례브랴꼬프를 찾는다) 어디 갔어? 아, 여기 있군! (그를 향해 총을 쏜다) 탕!

사이.

보이니쯔끼 맞지 않은 거야? 또?! (화를 내며) 아, 제기랄, 제기랄…… 이런 젠장……. (권총을 바닥에 내팽개치고 의자에 털썩 주저앉는다)

세례브랴꼬프, 질린 채 그대로 있고, 옐레나 안드레예브나, 현기증이 나서 벽에 기댄다.

옐레나 안드레예브나 날 여기서 데려가요! 데려가요, 제발…… 이곳에서 지낼 수 없어요, 제발!

보이니쯔끼 (절망에 빠져) 오, 내가 무슨 짓을 한 거야! 무슨 짓을 한 거야!

소냐 (나지막이) 유모! 유모!

막이 내린다.

제4막

이반 뻬뜨로비치의 방. 이곳은 그의 침실이면서 영지의 사무실이기도 하다. 창가에 출납부와 온갖 서류들이 놓여 있는 커다란 테이블이 있고, 사무용 책상, 책장, 저울이 있다. 아스뜨로프가 사용하는 책상은 조금 작다. 이 책상 위에는 그림 용구, 물감, 서류철이 있다. 찌르레기 한 마리가 들어 있는 새장. 벽에는 별 필요도 없을 것 같은 아프리카 지도가 걸려 있다. 방수포를 씌운 커다란 소파. 왼쪽에는 다른 방으로 통하는 문이 있고, 오른쪽에는 현관으로 통하는 문이 있다. 오른쪽 문 옆에는, 농부들이 신발을 닦을 수 있는 매트가 깔려 있다. 가을 저녁. 적막.

쩰레긴과 마리나가 서로 마주 보고 앉아서 발싸개를 뜨는 데 사용할 털실을 감고 있다.

쩰레긴 빨리 감으시죠, 마리나 찌모페예브나, 곧 작별 인사 하러 부를 겁니다. 말은 벌써 준비되었거든요.
마리나 (털실을 빨리 감으려 애쓴다) 얼마 남지 않았어요.
쩰레긴 하리꼬프로 떠나신다죠. 거기서 살려나 봐요.
마리나 잘됐어요.

쩰레긴 모두들 놀랐습니다……. 엘레나 안드레예브나는 〈잠시 도 여기서 살고 싶지 않아요…… 떠나요, 떠나……. 하리꼬 프에서 살아요, 거처를 정한 후 짐을 가지러 보내요……〉 하 고 말했답니다. 집도 없이 떠날 겁니다. 마리나 찌모페예브 나, 그분들은 여기서 살 팔자가 아니었나 봐요. 팔자가……. 어쩔 수 없는 숙명인가 봐요.

마리나 잘됐어요. 조금 전 일어난 소동을 생각해 보세요, 총 을 다 쏴대고, 정말 부끄러운 일이에요!

쩰레긴 그렇습니다, 아이바조프스끼[5]에게 좋은 그림의 소재 가 될 겁니다.

마리나 다신 보고 싶지 않아요.

사이.

마리나 다시 예전처럼 살게 되겠죠. 아침 7시에 차를 마시고, 12시에 점심을 들고, 저녁에는 앉아 저녁 식사를 하고. 모 두 제대로 될 거예요, 다른 사람들처럼…… 그리스도교식 으로. (한숨을 내쉬고) 누룩 없는 빵을 오랫동안 먹지 못했 어요, 계율을 어기고.[6]

쩰레긴 그렇습니다, 오랫동안 누룩 없는 빵을 준비하지 못했 습니다.

사이.

쩰레긴 오랫동안……. 마리나 찌모페예브나, 오늘 아침에 마 을을 지나가는데, 가게 주인이 내 뒤에 대고 〈야, 너, 식객

5 바다를 소재로 그림을 그린 러시아의 화가. 1817~1900.
6 「출애굽기」 12장 15절.

이지〉 하는 겁니다. 참으로 씁쓸했습니다!

마리나 신경 쓸 필요 없어요. 우리는 모두 하느님의 식객인걸요. 당신이나 소냐나 이반 뻬뜨로비치 씨나, 아무 일도 안 하는 사람은 없잖아요, 누구나 열심히 일하지 않나요! 모두가……. 그런데 소냐는 어디 있지요?

쩰레긴 정원에 있습니다. 의사 선생과 함께 다니며 이반 뻬뜨로비치 씨를 찾고 있지요. 자살이라도 할까 봐 걱정이 되는가 봅니다.

마리나 권총은 어디 있지요?

쩰레긴 (낮은 목소리로) 지하실에 감춰 놨습니다.

마리나 (미소를 지으며) 이런!

보이니쯔끼와 아스뜨로프, 들어온다.

보이니쯔끼 날 내버려 둬. (마리나와 쩰레긴에게) 여기서들 나가시오, 한 시간이라도 좋으니 날 혼자 내버려 두시오. 이런 관심 견딜 수가 없어.

쩰레긴 곧 나가죠, 바냐. (살그머니 나간다)

마리나 거위가 꽥꽥, 꽥꽥! (털실을 주워 모은 다음, 나간다)

보이니쯔끼 날 내버려 둬!

아스뜨로프 그야 물론, 나도 벌써 여길 떠나야 했어. 그렇지만 다시 말하겠는데, 자네가 나한테서 가져간 걸 돌려줘야 떠날 거 아니야.

보이니쯔끼 아무것도 가져간 게 없어.

아스뜨로프 농담으로 하는 말이 아니야. 나를 잡아 두지 마. 벌써 떠나야 했어.

보이니쯔끼 가져간 게 아무것도 없어.

두 사람, 앉는다.

아스뜨로프 그래? 그렇다면 좀 더 기다려 보는 수밖에. 하지만 다음에는, 미안하지만, 폭력을 쓸 거네. 자네를 묶어 놓고 찾아볼 테니까. 이건 절대 농담이 아니라고.

보이니쯔끼 맘대로 해.

사이.

보이니쯔끼 정말 바보 같은 짓을 했어. 두 방을 쏘고도 하나도 맞추지 못하다니! 이런 나 자신을 용서할 수 없어!

아스뜨로프 정 쏘고 싶었다면 자기 이마나 쏠 것이지.

보이니쯔끼 (어깨를 움칫하고) 이상해. 사람을 죽이려 했는데, 붙잡아 법정에 보내지 않다니. 그러니까, 나를 미친놈으로 여기는 건가. (냉소) 나는 미친놈이고, 자신의 무능, 어리석음, 불쾌하기 그지없는 냉혹함을, 학자라는 겉모습 속에 숨기고 있는 교수라는 자는 미친놈이 아니지. 늙은이한테 시집가서 모두가 보는 앞에서 그 늙은이를 속이는 자는 미친년이 아니지. 나는 봤어, 봤어, 자네가 그 여자를 껴안는 걸 말이야!

아스뜨로프 그래, 껴안았어, 하지만 자네에겐 이거야. (무시하며 코끝을 밀어 올린다)

보이니쯔끼 (문을 바라보며) 아니, 당신들을 떠받치느라 이 지구가 미쳤어!

아스뜨로프 바보 같은 소리.

보이니쯔끼 그래, 미친놈이라 책임도 없으니, 바보 같은 소리를 할 권리가 있어.

아스뜨로프 고리타분하군. 자네는 미친 게 아니라 단지 이상한 거야. 광대 같은 거지. 예전에 나는 이상한 사람이란 병적이고 비정상적인 자들이라 여겼지만, 이제는 정상적인 상태의 사람이 바로 이상한 사람이라고 생각해. 자네는 지극히 정상이야.

보이니쯔끼 (손으로 얼굴을 가린다) 창피하군! 내가 얼마나 창피한지 자네가 아나? 이 찌르는 듯한 창피함은 어떤 통증과도 비교할 수 없을 거야. (괴로워하며) 견딜 수 없어! (테이블에 기대며) 어떡하면 좋지? 어떡하면 좋아?

아스뜨로프 가만히 있어.

보이니쯔끼 어떻게 좀 해줘! 아, 제기랄……. 나는 마흔일곱이야. 예순까지 산다 해도 13년이나 남았어. 길어! 13년을 어떻게 살지? 뭘 하면서 그걸 채운단 말이야? 알겠나……. (격정적으로 아스뜨로프의 손을 잡는다) 알겠나, 남은 인생을 새롭게 살 수만 있다면. 맑고 조용한 아침에 눈을 떠, 내 인생이 다시 시작됐다는 걸, 지난 모든 게 연기처럼 사라져 잊혀진 걸 느낄 수만 있다면. (운다) 새로운 삶을 시작하는 거……. 얘기해 줘, 어떻게 시작하지…… 무엇으로 시작하지…….

아스뜨로프 (화를 내며) 아니, 이봐! 새로운 삶이라니! 자네나 나나, 우리의 처지에 희망이란 없어.

보이니쯔끼 정말인가?

아스뜨로프 확신해.

보이니쯔끼 어떻게 좀 해줘……. (가슴을 가리키며) 여기가 타는 것 같아.

아스뜨로프 (화가 나서 소리를 지른다) 그만둬! (누그러뜨리고) 백 년, 2백 년 후의 사람들, 우리가 이렇게 어리석고 따분하게 살았다는 것을 경멸할 사람들, 그 사람들은 아마도 행복할 수 있는 방법을 찾아낼 거야, 하지만 우리는……. 자네와 나의 희망은 하나뿐이야. 우리가 관 속에 누었을 때,

유령이, 어떤 기분 좋은 유령이 찾아오리라는 희망. (한숨을 내쉬고) 그래, 이보게. 이 지방 전체에서 괜찮은 인텔리는 나와 자네 둘뿐이야. 하지만 지난 10년 동안 하찮고 저속한 생활이 우리를 졸라맨 거야. 그 썩은 기운이 우리의 피를 중독시켜 우리는 다른 사람들과 같은 속물이 돼버린 거지. (활기를 띠고) 그렇지만 나를 속여선 안 돼. 나에게서 가져간 걸 내놓게.

보이니쯔끼 자네에게서 내가 가져간 건 없어.

아스뜨로프 내 응급 처치용 약통에서 모르핀 병을 가져갔지.

사이.

아스뜨로프 이보게, 정 자신을 끝장내고 싶다면 숲 속으로 들어가서 거기서 한 방 쏘면 될 것이야. 모르핀은 내놓게, 그렇지 않으면 온갖 소문과 추측이 나돌 거고, 내가 자네에게 그걸 줬다고 생각들 할 거야……. 나는 자네를 해부하는 것만으로도 충분해……. 그게 재미있을 거라고 생각하나?

소냐, 들어온다.

보이니쯔끼 날 내버려 둬.

아스뜨로프 (소냐에게) 소피야 알렉산드로브나, 당신의 아저씨께서 내 약통에서 모르핀 병을 슬쩍 하고서는 내놓지 않는군요. 말 좀 해주시죠, 그런 건…… 어쨌든 현명한 짓이 아니라고. 게다가 나에게는 시간이 없습니다. 가봐야 합니다.

소냐 바냐 아저씨, 모르핀을 가지고 계신가요?

사이.

아스뜨로프 가지고 있습니다. 확실합니다.

소냐 이리 주세요. 왜 우리를 놀라게 하시는 거예요? (부드럽게) 이리 주세요, 바냐 아저씨! 어쩌면 나는 아저씨보다 더 불행해요, 하지만 절망하지는 않잖아요. 나는 참고 또 참을 거예요, 내 생명이 끝날 때까지……. 아저씨도 참으셔야 해요.

사이.

소냐 이리 주세요! (그의 손에 입 맞춘다) 소중한, 훌륭한 아저씨, 사랑하는 아저씨, 이리 주세요! (운다) 아저씨는 선량하세요, 우리를 위해서라도 내놓으세요. 참는 거예요, 아저씨! 참는 거예요!

보이니쯔끼 (책상에서 병을 꺼내 아스뜨로프에게 준다) 자, 가져가게! (소냐에게) 어서 일을 시작하자, 뭐든 해야겠어, 그렇지 않으면…… 그렇지 않으면…….

소냐 네, 네, 일을 해요. 부모님을 배웅하고 곧바로 일을 시작해요……. (테이블 위의 서류들을 신경질적으로 정리한다) 모두 황폐해졌어요.

아스뜨로프 (병을 약통에 넣고 가죽끈을 죈다) 이제는 가도 되겠군.

옐레나 안드레예브나 (들어온다) 이반 뻬뜨로비치 씨, 여기 계셨나요? 우리는 지금 떠날 겁니다. 알렉산드르에게 가보세요, 그이가 당신에게 뭔가 하고 싶은 말이 있으시대요.

소냐 가보세요, 바냐 아저씨. (보이니쯔끼의 팔을 잡는다) 같이 가요. 아빠와 아저씨는 화해해야 해요. 꼭 말이에요.

소냐와 보이니쯔끼, 나간다.

옐레나 안드레예브나 나는 떠납니다. (아스뜨로프에게 손을 내민다) 안녕히 계세요.

아스뜨로프 벌써?

옐레나 안드레예브나 말은 이미 준비되었죠.

아스뜨로프 잘 가십시오.

옐레나 안드레예브나 오늘 여길 떠나겠다고 저에게 약속하셨죠?

아스뜨로프 기억합니다. 곧 떠날 겁니다.

사이.

아스뜨로프 놀라셨나요? (그녀의 손을 잡는다) 그렇게도 무서웠나요?

옐레나 안드레예브나 네.

아스뜨로프 남아 있으면 안 될까요? 네! 내일 숲에서…….

옐레나 안드레예브나 아니요……. 이미 결정했어요……. 떠날 결심을 했기 때문에 당신을 이렇게 용감하게 볼 수 있는 겁니다……. 당신에게 부탁이 하나 있습니다. 나를 좋게 생각해 주세요. 내가 바라는 건 당신이 나를 존중하는 겁니다.

아스뜨로프 에잇! (참을 수 없다는 제스처) 남아 있어요, 부탁입니다. 모르겠습니까, 이 세상에 당신이 할 일은 없습니다, 당신에게는 인생의 목적도 없고, 마음을 끄는 것도 없습니다. 늦든 빠르든 결국 감정에 굴복할 겁니다, 어쩔 수 없이. 그러니 하리꼬프나 꾸르스끄 그 어디보다도 여기 자연의 품속이 더 나을 겁니다……. 적어도 시적이고, 가을이 아름답고……. 여기에는 숲도 있고, 뚜르게네프풍의 반쯤 무너진 지주들의 저택도 있습니다…….

옐레나 안드레예브나 정말 우스운 사람이군요……. 당신에게 화가 나지만, 하지만 어쩌겠어요…… 당신을 유쾌하게 기억하겠어요. 당신은 재미있고 독특한 사람이에요. 더 이상 당신하고 만날 일은 없을 거예요, 그러니 뭘 숨기겠어요? 실은 당신에게 좀 끌렸어요. 자, 우리 서로 악수하고 친구로 헤어져요. 나쁜 기억은 갖지 마요.

아스뜨로프 (손을 잡는다) 그러죠, 가세요……. (생각에 잠겨) 당신은 착하고 마음이 따뜻한 사람인 것 같은데, 뭔가 이상한 것이 당신 속에 있는 것 같습니다. 여기로 당신이 남편과 함께 온 이후, 이곳에서 부산하게 일하던 사람들이 모두 자신의 일을 팽개치고 여름 내내 오직 당신 남편의 통풍과 당신에게 몰두할 수밖에 없었으니. 남편과 당신 두 사람은 우리 모두에게 당신들의 무위를 전염시켰던 거죠. 나도 꼬박 한 달을 아무 일도 하지 않고 마음을 빼앗겼습니다. 그러는 사이 사람들은 병들고, 농부들은 내 숲, 내가 조림한 지역에 가축들을 풀어놓고……. 당신과 당신 남편은 어딜 가든 그곳에 파괴를 일으킵니다……. 물론 농담이지만, 어쨌든…… 이상합니다. 만일 당신들이 계속 머문다면 엄청나게 황폐해질 것은 분명합니다. 나도 파멸할 거고, 당신도…… 온전치는 못할 겁니다. 그래요, 가십시오. *Finita la comedia*(코미디는 끝났다)!

옐레나 안드레예브나 (그의 책상에서 연필을 집어 재빠르게 감춘다) 이 연필은 기념으로 가져가겠어요.

아스뜨로프 알 수 없는 일이야……. 익숙해질 만하니까 무슨 일 때문인지 갑자기…… 다시는 못 만나게 되니. 세상일이란 게 다 그렇지……. 지금 여기에는 아무도 없으니, 바냐가 꽃다발을 들고 들어오기 전에…… 당신께 키스를 해도 되겠죠……. 작별 인사로…… 괜찮겠소? (그녀의 뺨에 입 맞춘다) 자, 이렇게…… 좋아요.

옐레나 안드레예브나 잘 계시길 바라요. (주위를 둘러보고 나서)

평생 한 번인데 어쩌려고! (갑자기 그를 껴안는다. 그리고 두
   사람, 곧바로 떨어진다) 가봐야겠어요.
아스뜨로프   어서 떠나십시오. 말이 준비됐다면 떠나야지요.
옐레나 안드레예브나   사람들이 오나 봐요.

   두 사람, 귀를 기울인다.

아스뜨로프   *Finita!*

   세레브랴꼬프, 보이니쯔끼, 책을 든 마리야 바실예브나, 쩰레
긴, 소냐, 들어온다.

세레브랴꼬프   (보이니쯔끼에게) 옛일을 들먹이는 사람은 눈이
   먼다고 하지 않나. 그 일이 있은 후 몇 시간 동안 나는 많은
   것을 체험했고, 또 어떻게 살아야 하는가에 대해, 자손들에
   게 남길 교훈으로 논문 한 편을 쓸 정도로 많이 생각했네.
   기꺼이 자네의 용서를 받아들이고 나 또한 용서를 비네. 잘
   있게! (보이니쯔끼와 세 번 키스한다)
보이니쯔끼   전에 받던 액수 그대로 정기적으로 받게 될 겁니
   다. 예전 그대로입니다.

   옐레나 안드레예브나가 소냐를 안는다.

세레브랴꼬프   (마리야의 손에 입을 맞춘다) *Maman*······.
마리야 바실예브나   (그에게 키스한다) 알렉산드르, 사진을 다시
   찍어 보내 주게나. 자네가 나에게는 무척 소중하다는 걸
   알지?
쩰레긴   안녕히 가십시오, 교수님! 저희를 잊지 말아 주세요!

세레브랴꼬프 (딸에게 키스를 하고 나서) 잘 있어라……. 모두들 잘 있으시오! (아스뜨로프에게 손을 내밀며) 호의에 감사드리오……. 당신의 사고방식, 관심, 열정을 존경하오, 하니 이 늙은이가 작별 인사로 한마디해도 되겠소? 여러분, 일을 해야 합니다! 일을 해야 합니다! (모두에게 고개 숙여 인사한다) 잘들 있으시오! (나간다. 그 뒤로 마리야 바실예브나, 소냐가 따라 나간다)

보이니쯔끼 (옐레나 안드레예브나의 손에 격렬히 입을 맞춘다) 잘 가시오……. 용서하시오……. 다시는 못 만날 거요.

옐레나 안드레예브나 (감동해서) 바냐, 안녕히 계세요. (그의 머리에 입 맞추고 나간다)

아스뜨로프 (쩰레긴에게) 와플, 가서 내 말도 준비하라고 말해 주게나.

쩰레긴 그러지, 친구. (나간다)

아스뜨로프와 보이니쯔끼만 남는다.

아스뜨로프 (책상에서 물감을 치워 가방에 넣는다) 왜 배웅하러 가지 않는가?

보이니쯔끼 떠나들 가겠지, 나는…… 나는 도저히. 괴로워. 어서 뭔가 해야겠어……. 일을 해야지, 일을 해야지! (테이블 위의 서류를 뒤적인다)

사이. 방울 소리가 들린다.

아스뜨로프 떠났군. 아마 교수는 좋아할 거야. 무슨 일이 있어도 이곳에는 다시 오지 않을걸.

마리나 (들어온다) 떠났어요. (안락의자에 앉아 발싸개를 뜬다)

소냐 (들어온다) 떠났어요. (눈물을 닦는다) 아무 탈 없으셔야 할 텐데. (아저씨에게) 바냐 아저씨, 뭐든 시작해요.

보이니쯔끼 일을 해야지, 일을 해야지…….

소냐 오랫동안, 오랫동안 우리는 이 테이블에 앉아 보지 않았 어요. (테이블 위의 램프에 불을 붙인다) 잉크가 없나 봐요……. (잉크병을 들고 책장으로 가서 잉크를 채운다) 떠나고 나니 쓸쓸하군요.

마리야 바실예브나 (느릿느릿 들어온다) 떠났어! (앉아서 책 읽기 에 몰두한다)

소냐 (테이블에 앉아서 장부를 넘긴다) 바냐 아저씨, 먼저 청구 서부터 작성해요. 정말 황폐해졌어. 오늘도 청구서를 가지러 들 왔어요. 쓰세요. 아저씨는 이걸 쓰고, 나는 다른 것을…….

보이니쯔끼 (쓴다) 〈청구서…… 받는 사람…….〉

두 사람, 말없이 쓴다.

마리나 (하품을 한다) 졸립군…….

아스뜨로프 조용하군. 펜 긁는 소리와 귀뚜라미 우는 소리. 따 뜻하고 아늑해……. 여길 떠나고 싶지 않아.

작은 방울 소리가 들린다.

아스뜨로프 말을 준비하나 보군……. 여러분과 내 책상과 작 별하는 일만 남은 것 같소. 서둘러야지! (차트를 케이스에 넣는다)

마리나 왜 그리 서두르세요? 좀 더 있다 가세요.

아스뜨로프 그럴 순 없어.

보이니쯔끼 (쓴다) 〈전에 남은 빚이 2루블 75…….〉

일꾼이 들어온다.

일꾼 미하일 리보비치 씨, 말이 준비됐습니다.

아스뜨로프 알겠네. (그에게 약통, 가방, 케이스를 건네준다) 이 걸 가져가게. 케이스는 구겨지지 않게 조심하고.

일꾼 알겠습니다. (나간다)

아스뜨로프 이제, 그럼……. (작별 인사를 하러 간다)

소냐 언제 뵐 수 있을까요?

아스뜨로프 내년 여름쯤에나. 이번 겨울에는 아무래도……. 물론, 무슨 일이 있으면 연락하십시오, 올 테니. (손을 잡는 다) 음식도, 친절도…… 모두 다 고맙습니다. (유모에게 가 서, 머리에 입을 맞춘다) 잘 있어요, 할멈.

마리나 차도 안 마시고 떠나시게요?

아스뜨로프 생각이 없어, 유모.

마리나 보드까라면 드시겠어요?

아스뜨로프 (망설이다가) 글쎄…….

마리나, 나간다.

아스뜨로프 (잠시 있다가) 말 한 마리가 왠지 절뚝거려. 어제 알았지, 뻬뜨루슈까가 물 먹이러 갈 때.

보이니쯔끼 편자를 갈아야 할 거야.

아스뜨로프 로쥬제스뜨벤노예에서 대장간에 들러야겠어. 지 나치지 말고. (아프리카 지도 쪽으로 가서 그것을 바라본다) 아마, 이 아프리카는 지금 무더울 거야. 무서운 일이지!

보이니쯔끼 그렇겠지.

마리나 (보드까와 빵 조각이 놓인 쟁반을 들고 돌아온다) 드세요.

아스뜨로프, 보드까를 마신다.

마리나 건강하길 빕니다. (정중히 절한다) 빵도 좀 드세요.
아스뜨로프 아니, 됐어……. 그럼, 잘들 계시오! (마리나에게)
  배웅할 필요 없어, 유모. 그럴 필요 없소.

  아스뜨로프, 나간다. 소냐, 그를 배웅하러 촛불을 들고 뒤따라
나간다. 마리나, 안락의자에 앉는다.

보이니쯔끼 (쓴다) 〈2월 2일 식용유 20푼뜨……. 2월 16일 식
  용유 20푼뜨 더……. 메밀가루가…….〉

  사이. 작은 방울 소리가 들린다.

마리나 떠났군.

  사이.

소냐 (돌아와서 테이블 위에 촛불을 놓는다) 떠났어요…….
보이니쯔끼 (주판으로 계산하여 적는다) 합계가…… 15…… 25…….

  소냐, 앉아서 쓴다.

마리나 (하품을 한다) 아, 우리의 죄를…….

  쩰레긴, 소리 없이 들어와 문 옆에 앉아 조용히 기타를 조율한다.

보이니쯔끼 (소냐에게, 그녀의 머리를 쓰다듬으며) 얘야, 나는

220

정말 괴롭구나! 내가 얼마나 괴로운지 너는 모를 거다!

소냐 어떡하겠어요, 그래도 살아야지요!

사이.

소냐 바냐 아저씨, 사는 거예요. 길고 긴 낮과 오랜 밤들을 살아 나가요. 운명이 우리에게 주는 시련들을 참아 내요. 지금도, 늙은 후에도, 쉬지 말고 다른 사람들을 위해 일해요. 그리고 우리의 시간이 찾아와, 조용히 죽어 무덤에 가면 얘기해요. 얼마나 힘들었는지, 얼마나 울었는지, 얼마나 괴로웠는지. 하느님이 가엾게 여기시겠죠. 우리는, 아저씨, 사랑하는 아저씨, 밝고 아름답고 우아한 삶을 보게 될 거예요. 우리는 기뻐하며, 지금 이 불행을, 감격에 젖어 미소를 띠며 돌아보겠죠. 그리고 쉬는 거예요. 나는 믿어요, 아저씨, 나는 뜨겁게, 간절히 믿어요……. (보이니쯔끼 앞에 무릎을 꿇고, 그의 팔에 머리를 기댄다. 지친 목소리로) 우리는 쉬게 될 거예요!

쩰레긴, 나지막이 기타를 친다.

소냐 우리는 쉬게 될 거예요! 천사들의 소리를 듣게 될 거고, 보석이 깔린 하늘을 보게 될 거고, 지상의 모든 악과 우리의 모든 고통이 온 세계에 가득한 연민 속에 묻혀 가는 것을 보게 될 거예요. 우리의 삶은 조용하고, 평온하고, 달콤하게 어루만져질 거예요. 나는 믿어요, 믿어요……. (손수건으로 그의 눈물을 닦는다) 불쌍한, 불쌍한 바냐 아저씨, 울고 있군요……. (눈물을 머금고) 아저씨는 즐거움을 모르고 살아왔지요. 하지만 기다려요, 바냐 아저씨, 기다려요…….

우리는 쉬게 될 거예요……. (그를 안는다) 우리는 쉬게 될
거예요!

　야경꾼이 딱따기를 치는 소리.

　쩰레긴은 나지막이 기타를 치고 있다. 마리야 바실예브나는 책
자 가장자리에 뭔가를 쓰고 있다. 마리나는 발싸개를 뜨고 있다.

소냐　우리는 쉬게 될 거예요!

천천히 막이 내린다.

벚꽃 동산

4막 코미디

등장인물

라네프스까야 류보비 안드레예브나 여지주

아냐 딸, 17세

바랴 수양딸, 24세

가예프 레오니드 안드레예비치 라네프스까야의 오빠

로빠힌 예르몰라이 알렉세예비치 상인

뜨로피모프 뾰뜨르 세르게예비치 대학생

시메오노프 삐시치끄 보리스 보리소비치 지주

샤를로따 이바노브나 가정교사

에삐호도프 세묜 빤쩰레예비치 관리인

두냐샤 하녀

피르스 늙은 하인, 87세

야샤 젊은 하인

부랑인, 역장, 우체국 직원, 손님들, 하인들

라네프스까야 부인의 영지에서 일어난 일.

제1막

여전히 〈어린이 방〉이라 불리는 방. 문 하나는 아냐의 방으로 통한다. 곧 해가 뜨려는 새벽. 이미 벚꽃이 핀 5월이지만 동산에는 아침 서리가 내렸고, 춥다. 창문들은 닫혀 있다.

촛불을 든 두냐샤와 책을 든 로빠힌이 들어온다.

로빠힌 기차가 이제야 도착하다니. 몇 시지?

두냐샤 두시가 다 됐어요. (촛불을 끈다) 벌써 날이 밝았죠.

로빠힌 그럼 기차가 얼마나 연착한 거야? 적어도 두 시간은 되겠군. (하품을 하고 기지개를 켠다) 나도 참, 이런 바보 같은 짓을 하다니! 역으로 마중 나가려고 일부러 여기까지 와서는 잠들고 말았으니……. 의자에서 말이야, 제기랄……. 나를 깨웠어야지.

두냐샤 떠나신 줄 알았어요. (귀 기울인다) 벌써 오시나 봐요.

로빠힌 (귀 기울인다) 아니야……. 짐도 찾고 하려면 아무래도…….

사이.

로빠힌 류보비 안드레예브나가 외국으로 떠난 지 5년이나 됐군. 많이 늙었을 거야……. 좋은 사람인데. 단순하고 소탈한. 아직도 기억나. 내가 열다섯 살 때인가, 돌아가신 내 아버지가 그때 여기 시골에서 작은 가게를 하고 있었지, 내 얼굴을 주먹으로 쥐어박아 코피가 났었는데……. 그때 술 취한 아버지와 나는 무슨 이유에서인지 이 저택에 왔어. 그러자 류보비 안드레예브나가, 정말이지 그때는 젊고 날씬했어, 나를 세면대로 데려갔어. 그래, 바로 이 방, 어린이 방에 있는 세면대로 말이야. 그리고 말했지. 〈울지 마라, 꼬마 농부야, 장가가는 데에는 지장이 없을 테니…….〉

사이.

로빠힌 꼬마 농부……. 사실 아버지는 농부였어. 그런데 나는 이렇게 하얀 조끼에 노란 구두를 신고 있으니. 돼지 목에 진주 목걸이를 한 격이지……. 정말 돈이 많은 부자이지만, 아무리 생각해 봐도 농부는 농부거든……. (책장을 넘긴다) 책을 읽어도 아무것도 이해하지 못해. 읽다가 잠이나 들지.

사이.

두냐샤 개들이 밤새 자지도 않더군요. 아마 주인이 돌아오는 줄 아는가 봐요.

로빠힌 그런데, 두냐샤, 네 꼴이 그게 뭐야…….

두냐샤 손이 떨리고 금방이라도 쓰러질 것 같아요.

로빠힌 두냐샤, 너는 너무 연약해. 옷차림이나 머리 모양도 귀족 아가씨 같고. 그래서는 안 돼. 자기 주제를 알아야지.

에삐호도프, 꽃다발을 들고 들어온다. 그는 조끼를 입고, 매우 삐걱거리는 소리를 내는, 깨끗하게 닦인 구두를 신고 있다. 꽃다발을 떨어뜨린다.

에삐호도프 (꽃다발을 집어 든다) 식당에 꽂으라고 정원사가 주더군요. (두냐샤에게 꽃다발을 건네준다)

로빠힌 *끄바스*[1]를 마시고 싶군.

두냐샤 예. (나간다)

에삐호도프 아침 서리가 내렸습니다. 게다가 영하 3도인데 벚꽃은 활짝 폈지요. 정말이지 우리네 날씨는 알 수가 없습니다. (한숨을 쉰다) 예, 그래요. 우리네 날씨는 종잡을 수 없습니다. 참, 예르몰라이 알렉세이치 씨, 한마디만 더 하겠습니다. 3일 전에 구두를 샀는데, 말할 수 없을 정도로 삐걱거리는 소리를 냅니다. 무엇을 바를까요?

로빠힌 그만둬. 귀찮다고.

에삐호도프 나에게는 매일 어떤 불행이 일어난답니다. 그래도 나는 아무런 불평도 하지 않습니다. 익숙해져 웃어 버리고 말죠.

두냐샤, 들어와 로빠힌에게 *끄바스*를 준다.

에삐호도프 나가죠. (부딪쳐 의자가 쓰러진다) 보십시오……. (의기양양하게) 이렇게 말해서 안됐지만, 항상 이렇답니다. 정말 대단하죠! (나간다)

두냐샤 예르몰라이 알렉세이치 씨, 에삐호도프가 저에게 청혼을 했답니다.

---

1 러시아 고유의 청량 음료.

로빠힌 음!

두냐샤 어떡해야 할지 모르겠어요……. 사람은 온순한데, 이따금 알아들을 수 없는 말을 하죠. 멋지게 말하지만 알아들을 순 없답니다. 그 사람이 싫지는 않아요. 그 사람은 저를 무척 사랑한답니다. 불행한 사람이에요, 매일 어떤 일이든 일어나거든요. 저희는 그 사람을 이렇게 놀려요, 스물둘의 불행…….

로빠힌 (귀 기울인다) 이제들 오시나 보군…….

두냐샤 오시나 봐요! 그런데 왜 이러죠……. 온몸에 오한이 나요.

로빠힌 정말로 오시나 보군. 나가 봐야겠어. 나를 알아나 볼까? 5년이나 못 봤는데.

두냐샤 (흥분하여) 쓰러질 것 같아……. 아, 쓰러지겠어!

두 대의 마차가 집에 도착하는 소리가 들린다. 로빠힌과 두냐샤, 서둘러 무대 밖으로 나간다. 텅 빈 무대. 옆방이 소란스러워지기 시작한다. 류보비 안드레예브나를 마중하러 갔던 피르스가 지팡이를 짚고 바쁘게 무대를 가로질러 간다. 그는 낡은 하인 제복을 입고, 높은 모자를 쓰고 있다. 그리고 뭔가를 혼자 중얼거리지만, 한마디도 알아들을 수 없다. 무대 밖이 더 소란스러워진다. 〈자, 이리로 갑시다……〉 하는 목소리. 류보비 안드레예브나와 아냐가 들어오고, 이어서 샤를로따가 사슬에 묶인 개를 데리고 들어온다. 모두 여행복 차림이다. 외투에 스카프를 두른 바랴, 가예프, 시메오노프 삐시치끄, 로빠힌, 보따리와 우산을 든 두냐샤, 짐을 든 하인들이 방을 지나간다.

아냐 이리 와보세요. 엄마, 기억나세요, 이 방이 어떤 방인지?

류보비 안드레예브나 (기쁘게, 눈물을 머금으며) 어린이 방!

바랴 얼마나 추웠던지 손이 다 얼었어. (류보비 안드레예브나에게) 어머니의 방들은, 흰색 방도 보라색 방도 모두 그대로예요.

류보비 안드레예브나 어린이 방, 정말 아름다운 방……. 어렸을 때 여기서 잠들었지……. (운다) 이제 나는 어린애가 된 거야……. (오빠, 바랴, 그리고 다시 오빠에게 입 맞춘다) 바랴도 옛날 그대로구나, 정말로 수녀를 닮았어. 그래, 두냐샤도 알아보겠어……. (두냐샤에게 입 맞춘다)

가예프 기차가 두 시간이나 연착하다니, 뒤죽박죽이야.

샤를로따 (삐시치끄에게) 내 개는 호도를 먹는답니다.

삐시치끄 (놀라며) 정말인가요!

아냐와 두냐샤를 제외하고 모두 나간다.

두냐샤 정말 무척 기다렸어요……. (아냐의 외투와 모자를 벗긴다)

아냐 오는 동안 나흘 밤이나 자지 못했어……. 지금은 온몸이 얼어 버린 것 같아.

두냐샤 떠나실 때에는 부활제 전이라 눈이 내리고 몹시 추웠죠, 그런데 지금도 그렇게 추우세요? 사랑스러운 아가씨! (웃으며 입 맞춘다) 정말이지 무척 기다렸어요, 제가 가장 사랑하는 아가씨……. 그런데 할 말이 있어요, 정말이지 조금도 참을 수 없어요…….

아냐 (듣고 싶지 않은 듯) 또…….

두냐샤 사무원 에삐호도프가 부활제 기간에 제게 청혼을 했답니다.

아냐 너는 항상 같은 소리뿐이야……. (머리칼을 쓸어 올리며) 머리핀을 모두 잃어버렸어……. (너무 지쳐 비틀거리기까지 한다)

두냐샤 어떡해야 할지 모르겠어요. 그이는 저를 사랑한답니다, 정말 사랑한답니다!

아냐 (자기 방의 문을 바라보며, 부드럽게) 내 방, 내 창문들, 마치 이곳을 떠난 적이 없었던 것 같아. 그래, 나는 집에 있어! 내일 아침 일어나면 동산으로 뛰어 나가야지……. 아, 잠이나 푹 잤으면! 오는 길 내내 자지 못했어, 불안해서 말이야.

두냐샤 사흘 전에 뾰뜨르 세르게이치 씨가 오셨어요.

아냐 (기쁘게) 뻬쨔!

두냐샤 목욕탕에서 지내며 거기서 주무시죠. 귀찮게 하지 말라면서. (주머니에서 시계를 꺼내 보고 나서) 깨워야 하겠지만, 바르바라 미하일로브나[2]께서 그러지 말라고 하셨어요. 〈너, 그 사람을 깨우지 마〉하고.

바랴, 들어온다. 허리에 열쇠 꾸러미를 차고 있다.

바랴 두냐샤, 커피를 빨리 준비해……. 어머니께서 커피를 드신대니까.

두냐샤 예. (나간다)

바랴 정말 돌아왔구나. 네가 다시 집에 왔어. (부드럽게) 귀엽고 예쁜 네가 돌아왔어!

아냐 무척 힘들었어.

바랴 그랬겠지!

아냐 여길 떠날 땐 수난 주간이라 추웠지. 샤를로따는 가는 길 내내 말하거나 요술을 부렸어. 대체 왜 나한테 샤를로따를 붙여 보낸 거야…….

바랴 혼자 보낼 수는 없었다. 열일곱밖에 되지 않은 너를!

2 바랴.

아냐 파리에 도착했는데, 거기도 눈이 내리고 추웠어. 내 프랑스 어 실력은 엉망이잖아. 엄마는 5층에 살고 있었지. 내가 갔을 때 엄마 집에는 프랑스 남자들하고 부인들, 그리고 책을 든 늙은 사제가 있었어. 담배 연기가 자욱하고, 정말 불쾌한 곳이었어. 갑자기 엄마가 불쌍해져서, 정말 불쌍해져서, 엄마 머리를 두 손으로 꼭 안고 놓을 수가 없었어. 그러자 엄마는 나를 어루만지며 우는 거야⋯⋯.

바랴 (눈물을 보이며) 됐어, 그만⋯⋯.

아냐 멘또나 근처에 있는 별장을 엄마는 이미 팔아 버리고, 아무것도 남은 게 없었지, 아무것도. 나에게도 동전 한 푼 없어서, 우리는 간신히 돌아온 거야. 그런데 엄마는 그걸 몰라! 역에서 식사를 할 때에도 엄마는 가장 비싼 걸 주문하고, 차를 마시면서 종업원들에게 1루블씩 팁을 주는 거야. 샤를로따까지도. 야샤도 꽤 비싼 음식을 주문하더라니까. 같이 돌아온, 엄마가 데리고 있던 하인 야샤 말이야⋯⋯.

바랴 그래, 봤어, 그 막돼먹은 놈.

아냐 그건 그렇고, 이자는 갚았어?

바랴 돈이 있어야지.

아냐 어쩌면 좋아, 어쩌면⋯⋯.

바랴 8월이면 이 영지가 넘어가겠지⋯⋯.

아냐 그럼 어떡해⋯⋯.

로빠힌 (문틈으로 들여다보며, 소 울음소리를 낸다) 음매⋯⋯. (사라진다)

바랴 (눈물을 보이며) 저자를 이렇게 콱 했으면⋯⋯. (주먹을 휘두른다)

아냐 (바랴를 껴안고, 조용히) 언니, 저 사람이 청혼했어? (바랴, 고개를 흔들어 부정한다) 언니를 사랑하면서⋯⋯. 대체 두 사람은 왜 고백을 하지 않고 있어, 뭘 망설이는 거야?

바랴 우리 사이에는 아무런 일도 없을 거야. 나는 그렇게 생각해. 저 사람은 할 일이 많아서 나까지 생각할 틈이 없어……. 관심도 없고. 그런 사람 알 게 뭐야. 이제는 저 사람을 보는 것도 부담스러워……. 사람들마다 우리가 결혼할 거라고 얘기하면서, 축하한다고 하지만, 실제로는 아무 일도 없으니, 허망한 일이지……. (목소리를 바꿔서) 꿀벌같이 생긴 브로치를 하고 있구나.

아냐 (우울하게) 엄마가 사준 거야. (자신의 방 쪽으로 가면서, 어린애처럼 명랑하게) 파리에서 날아다니는 기구(氣球)를 타 봤어!

바랴 귀엽고 예쁜 네가 돌아오다니!

두냐샤, 어느새 커피 주전자를 들고 돌아와, 커피를 끓인다.

바랴 (문 옆에 서서) 아냐, 나는 집안일로 분주하지만 그래도 항상 이런 상상을 해. 너를 부자한테 시집보내고 나면, 마음을 놓고 수녀원에 들어가서 끼예프고, 모스끄바고, 그렇게 성지 순례를 하는 거야……. 그렇게 돌아다니면 얼마나 멋질까……!

아냐 동산에서 새들이 우는 소리가 들려. 지금 몇 시야?

바랴 두시쯤. 아냐, 이젠 자야지. (아냐의 방으로 들어가면서) 얼마나 멋질까!

야샤, 여행용 손가방을 들고 망토를 두르고 들어온다.

야샤 (무대를 가로질러 가다가, 정중하게) 이리 지나가도 되겠습니까?

두냐샤 몰라볼 뻔했어요, 야샤시군요. 외국에 다녀오시더니 정말 많이 변하셨어요.

야샤 그런데…… 당신은?

두냐샤 여길 떠나실 때만 해도 저는 요만했죠……. (손으로 작은 키를 표시해 보인다) 표도르 꼬조예도프의 딸, 두냐샤예요. 기억하시겠어요?

야샤 음…… 귀엽군! (주위를 둘러보고는 두냐샤를 껴안는다. 두냐샤, 비명을 지르며 접시를 떨어뜨린다. 야샤, 서둘러 나간다)

바랴 (문간에서, 불쾌한 목소리로) 무슨 일이야?

두냐샤 (눈물을 글썽이며) 접시를 깨뜨렸어요…….

바랴 좋은 징조구나.

아냐 (자기 방에서 나오며) 엄마한테 말해 줘야지, 뻬짜가 와 있다고…….

바랴 그 사람을 깨우지 말라고 그래 놨다.

아냐 (생각에 잠겨) 6년 전이었어. 아버지가 돌아가시고 한 달 후에 그리샤가 강에 빠져 죽었지. 일곱 살밖에 되지 않은 착한 아이였는데. 엄마는 견딜 수가 없어 뒤도 돌아보지 않고 떠나 버렸던 거야……. (몸을 떨고) 엄마를 이해할 수 있어, 엄마가 아실지는 모르겠지만!

사이.

아냐 뻬짜 뜨로피모프는 그리샤의 가정교사였으니, 옛날 일을 떠올리실지도 모르지…….

피르스가 들어온다. 흰 조끼에 양복을 입고 있다.

피르스 (커피 주전자 쪽으로 간다. 걱정스러운 듯) 마님께서 여기서 드시겠다는데……. (흰 장갑을 낀다) 커피는 준비됐나?

(엄하게 두냐샤에게) 크림은 어딨지?

두냐샤 이런……. (재빨리 나간다)

피르스 (커피 주전자 옆에서 서성거리며) 저런 바보 같으니……. (혼자 중얼거린다) 파리에서 돌아들 오셨어……. 주인 나리도 언젠가 파리에 가신 적이 있었지……. 말을 타고……. (웃는다)

바랴 피르스, 뭐라는 거야?

피르스 부르셨나요? (기쁨에 넘쳐) 그토록 기다리던 마님이 돌아오셨어! 이제는 죽어도 여한이 없겠어……. (기쁨의 눈물을 흘린다)

류보비 안드레예브나, 가예프, 로빠힌, 시메오노프 삐시치끄, 들어온다. 시메오노프 삐시치끄는 얇은 반외투에 두툼한 바지를 입고 있다. 가예프, 당구라도 치는 듯이 허리를 굽히고 손을 움직이면서 등장한다.

류보비 안드레예브나 그건 어떻게 하지? 그러니까…… 노란 공은 구석으로! 두뿔레뜨로 가운데로!

가예프 구석으로 몰아 쳐야지! 옛날에 우리는 바로 이 방에서 잤어. 그런데 내가 벌써 쉰 살이니, 알 수 없는 일이야…….

로빠힌 그럼요, 시간은 흐르는 겁니다.

가예프 뭐라고?

로빠힌 시간은 흐른다고요.

가예프 여기서 향수 냄새가 나는데.

아냐 자러 가겠어. 안녕히 주무세요, 엄마. (어머니에게 입 맞춘다)

류보비 안드레예브나 귀여운 내 딸. (아냐의 손에 입 맞춘다) 집에 오니 좋으니? 나는 정신을 차릴 수 없을 정도란다.

아냐 외삼촌도 안녕.

가예프 (아냐의 얼굴과 손에 입 맞춘다) 그래, 그래. 어쩌면 네 엄마를 그렇게도 닮았니! (누이에게) 류바, 너도 이만할 땐 꼭 이랬단다.

아냐, 로빠힌과 삐시치끄의 손을 잡고 나서 퇴장하여 자기 방 문을 닫는다.

류보비 안드레예브나 무척 피곤할 거야.

삐시치끄 긴 여행이었으니.

바랴 (로빠힌과 삐시치끄에게) 벌써 2시예요. 이제는 그만 체 면을 차리셔야죠.

류보비 안드레예브나 (웃는다) 바랴, 여전하구나. (바랴를 자기 쪽으로 끌어당겨 입 맞춘다) 커피라도 마신 다음에 가자꾸나.

피르스, 그녀의 발밑에 방석을 놓는다.

류보비 안드레예브나 고마워, 피르스. 나는 습관이 되어서 밤낮 으로 커피를 마시지. 고마워, 할아범. (피르스에게 입 맞춘다)

바랴 짐을 다 날랐는지 살펴봐야겠어요……. (나간다)

류보비 안드레예브나 여기 앉아 있는 게 정말 나일까? (웃는다) 벌떡 일어나 손이라도 휘젓고 싶은 심정이야. (두 손으로 얼 굴을 가린다) 꿈만 같아! 맹세코 나는 고향을 사랑해, 정말 사랑해. 기차 안에서는 눈물이 너무 나와 밖을 볼 수 없을 정도였어. (눈물을 보이며) 그래도 커피는 마셔야지. 고마 워, 피르스, 정말 고마워, 할아범. 할아범이 아직 살아 있어 서 정말 기뻐.

피르스 엊그제죠.

가예프 잘 듣지 못해.

로빠힌 이제 그만 가봐야겠습니다. 유감스럽게도 새벽 4시에 하르꼬프로 떠나야 합니다. 당신을 보고 싶었죠, 얘기도 하고……. 여전히 아름다우십니다.

삐시치끄 (무겁게 한숨을 내쉬고) 더 아름다워지셨지……. 옷도 파리 스타일이고……. 내 마차에서 네 바퀴가 다 빠져 버려라…….

로빠힌 여기 당신 오빠 레오니드 안드레예비치는 나를 천박한 구두쇠라고 말하지만, 아무래도 좋습니다. 그렇게 말하시라죠. 당신만 나를 예전처럼 믿어 주고, 예전처럼 당신의 그 아름답고 감동스러운 눈으로 보아만 준다면 충분합니다. 인자하신 하느님! 내 아버지는 당신네 농노였지만, 당신은, 정말 당신은 나에게 그렇게 배려해 주셨으니, 어찌 잊겠습니까. 당신을 가족같이 사랑합니다……. 아니, 그 이상으로.

류보비 안드레예브나 가만히 앉아 있을 수 없어, 그럴 기분이 아니야……. (벌떡 일어나 흥분한 채로 걸어다닌다) 이런 기쁨은 처음이야……. 어리석다고 비웃어도 좋아……. 오, 나의 책장……. (책장에 입 맞춘다) 나의 책상.

가예프 네가 없을 때 유모가 돌아가셨단다.

류보비 안드레예브나 (앉아서 커피를 마신다) 알아요, 고이 잠드시길. 편지를 받아 보았죠.

가예프 아나스따시도 죽었어. 사팔뜨기 뻬뜨루슈까는 여기를 떠나 이제는 시내에 있는 경찰서장 집에서 살고 있지. (주머니에서 얼음사탕이 든 곽을 꺼내 빨아먹는다)

삐시치끄 내 딸 다셴까가…… 안부를 전해 달라고…….

로빠힌 당신에게 아주 재미있고 즐거운 이야기라도 해드리고 싶습니다만. (시계를 본다) 지금 떠나야 하니 그럴 시간이 없군요……. 그렇지만 이 말만은 해야겠습니다. 당신도 이미 아시다시피, 당신의 벚꽃 동산은 빚 때문에 팔리게 되어, 돌아오는 8월 22일 경매에 붙여지게 되었습니다. 하지만 걱정 마시고, 안심하고 주무십시오. 벗어날 방법이 있으니까요……. 내 방안은 이렇습니다. 잘 들어 보시죠. 당신의 영지는 시내에서 20베르스따밖에 떨어져 있지 않습니다. 바로 옆에는 철도가 나 있고. 만일 벚꽃 동산과 강가의 땅을 별장 용도로 분할해서 임대한다면, 1년에 적어도 2만 5천 루블을 벌 수 있을 겁니다.

가예프 터무니없는 소리!

류보비 안드레예브나 나는 당신 말을 전혀 이해할 수 없군요, 예르몰라이 알렉세이치.

로빠힌 별장을 임대한 사람들에게서 1제샤찌나마다 1년에 최소한 25루블을 받을 수 있을 겁니다. 지금이라도 당장 광고를 내면 장담하건대, 가을까지 남김없이 모두 임대가 될 겁니다. 한마디로 말해서 당신은 살아나게 된 겁니다, 축하드립니다. 경치도 좋은 데다가 강도 깊으니. 물론 깨끗하게 치워야 하겠지요……. 이를테면, 아무 쓸모도 없는 이 집을 비롯한 낡은 건물들은 모두 철거해 버리고, 시대에 뒤떨어진 벚꽃 동산도 벌목해야겠지요…….

류보비 안드레예브나 벌목? 오, 맙소사, 당신은 아무것도 모르는군요. 이 지방에 뭔가 흥미로운, 아니 멋진 것이 있다면 그건 오직 우리 벚꽃 동산뿐이랍니다.

로빠힌 이 동산에서 주목할 만한 것이 있다면, 그것은 단지 크다는 사실뿐이죠. 버찌는 2년에 한 번밖에 열리지 않고, 게다가 그것을 팔 곳도 없지 않습니까.

가예프 이 동산은 〈백과사전〉에도 실려 있다고.

로빠힌 (시계를 보고) 아무런 대책도 세우지 않는다면, 오는 8월

22일 이 벚꽃 동산을 포함한 영지 전체가 경매로 넘어가게 될 겁니다. 결정하십시오. 단언하건대 다른 방법은 없습니다. 전혀 없습니다.

피르스 40~50년 전에는 버찌를 말리기도 하고 절이기도 하고 담그기도 하고 잼으로 만들기도 하고 그랬습니다…….

가예프 잠자코 있어, 피르스.

피르스 게다가 말린 버찌를 마차에 싣고 모스끄바나 하리꼬프로 보냈는데. 돈도 많이 벌었습니다! 그때 말린 버찌는 부드럽고 달콤하고 향기로웠는데……. 그땐 그렇게 만드는 방법을 알고들 있었는데…….

류보비 안드레예브나 지금도 그 방법을 알고 있나?

피르스 잊어버렸습니다. 그 방법을 기억하는 사람은 아무도 없습니다.

삐시치끄 (류보비 안드레예브나에게) 파리에서는 어땠습니까? 개구리 요리는 먹어 봤나요?

류보비 안드레예브나 악어를 먹어 봤어요.

삐시치끄 아니, 어떻게…….

로빠힌 예전에는 시골에 지주와 농부뿐이었지만, 이제는 별장 거주자도 나타났습니다. 지금은 아무리 작은 도시라도 모든 도시의 변두리에 별장이 있습니다. 아마도 20년 후에는 틀림없이 별장 거주자의 수가 엄청늘어날 겁니다. 아직은 그 사람들이 발코니에서 차를 마시는 게 고작이지만, 곧 자기 별장의 작은 땅에서 먹을거리를 경작하게 될 테니, 그렇게 되면 당신의 벚꽃 동산은 행복을 가져다주고 또 풍요롭고 화려하게 될 겁니다…….

가예프 (분개하며) 무슨 실없는 소리!

바랴와 야샤, 들어온다.

바랴 어머니 앞으로 전보가 두 장 와 있어요. (열쇠를 골라 찰카당대며 낡은 책장을 연다) 여기 있어요.

류보비 안드레예브나 파리에서 왔군. (전보를 읽지도 않고 찢어버린다) 파리하고는 이제 끝났어……

가예프 류바, 이 책장의 나이가 얼마나 되는지 아니? 1주일 전쯤 맨 아래 서랍을 열어 보니 거기 숫자가 새겨 있더구나. 이 책장은 꼭 백 년 전에 만들어진 거야. 어때? 응? 기념제라도 열어 줘야 하지 않겠니? 생명이 없는 거라지만 그래도 책을 넣어 두는 장이니.

삐시치끄 (놀라서) 백 년…… 대단하군……!

가예프 그래…… 물론 사물이지만……. (책장을 어루만진다) 귀중하고 존경스러운 책장이여! 너의 존재를 찬양하나니, 너는 백 년이 넘게 선과 정의의 빛나는 이상을 향해 매진해 왔구나. 유익을 향한 네 침묵의 호소는 백 년이 흘러도 약해지지 않았고 우리 세대에게 활기와 더 나은 미래에 대한 신념을 심어 주었으며 선의 이상과 공공의 자각을 가르쳐 주었도다.

사이.

로빠힌 예…….

류보비 안드레예브나 여전하시군요, 레냐.

가예프 (조금 부끄러워하며) 그 공에서 오른쪽 구석으로! 가운데로 몰아 쳐야지!

로빠힌 (시계를 보고) 이제는 가봐야겠습니다.

야샤 (류보비 안드레예브나에게 알약을 내준다) 약 드실 시간입니다…….

삐시치끄 약은 뭐 하러 드십니까……. 다 필요 없는 짓인데…….

이리 줘보시죠……. (알약을 받아 손바닥 위에 놓고, 후 하고
불고 나서는 입에 넣고 끄바스로 삼킨다) 자, 이렇게!

류보비 안드레예브나 (놀라서) 정신이 나갔군요!

삐시치고 알약을 다 넘겨 버렸습니다.

로빠힌 그것 참.

모두, 웃는다.

피르스 그 사람들이 수난 주간 때 우리 집에 와서는 오이를 반
통이나 먹어 버렸습죠……. (웅얼거린다)

류보비 안드레예브나 피르스는 뭐라고 중얼거리는 거야?

바랴 벌써 3년째 저렇게 중얼거린답니다. 이제는 익숙해졌어요.

야샤 고령 아닙니까.

몹시 마른 샤를로따 이바노브나, 흰옷을 입고 허리띠에 오페라
글라스를 걸친 채 무대를 지나간다.

로빠힌 미안합니다, 샤를로따 이바노브나, 아직 당신께 인사
를 못 드렸군요. (그녀의 손에 입 맞추려 한다)

샤를로따 (손을 감추며) 손에 입 맞추는 걸 가만 놔두면, 다음
에는 팔꿈치, 그다음에는 어깨를 넘보겠지…….

로빠힌 거참, 오늘은 재수가 없군.

모두, 웃는다.

로빠힌 샤를로따 이바노브나, 요술이나 한번 보여 주시오!

류보비 안드레예브나 그래, 샤를로따, 요술을 보여 줘!

샤를로따 안 됩니다. 자야겠어요. (나간다)

로빠힌 3주 후에 뵙겠습니다. (류보비 안드레예브나의 손에 입 맞춘다) 그럼, 안녕히 계십시오. 가보겠습니다. (가예프에 게) 안녕히 계십시오. (삐시치끄에게 입 맞춘다) 자, 그럼. (바 랴와 악수를 하고 나서, 피르스와 야샤에게도) 떠나고 싶지는 않지만. (류보비 안드레예브나에게) 별장에 대해 잘 생각해 보시고 결심이 서시면, 연락을 주십시오. 5만 루블쯤은 돌 려 볼 수 있습니다. 신중하게 생각해 보십시오.

바랴 (화를 내며) 이제 가보기나 하세요!

로빠힌 예, 가죠, 갑니다……. (나간다)

가예프 천한 사람 같으니. 아니, 미안하다……. 바랴는 그 사 람에게 시집을 간다지, 그래, 바랴의 남편이 될 사람인데.

바랴 쓸데없는 소리 마세요, 외삼촌.

류보비 안드레예브나 왜 그러니, 바랴, 나는 무척 기쁘단다. 그 사람은 좋은 사람이야.

삐시치끄 솔직히 말해서 아주 괜찮은 사람이지……. 내 딸 두센 까도…… 그렇게 말하던데……. 여러 가지를 말하면서. (코를 골다가 곧 깨서는) 어쨌든 부인, 나에게 240루블만 좀 빌려 주시오……. 내일 저당물에 대한 이자를 내야 하는데…….

바랴 (놀라며) 없어요, 그런 돈이 어디 있어요!

류보비 안드레예브나 나는 정말 빈털터리랍니다.

삐시치끄 잘 찾아보세요. (웃는다) 나는 결코 희망을 버리지 않 습니다. 요전만 해도 완전히 틀렸구나 하던 참에 내 땅으로 철도가 지나가…… 보상금을 받았단 말입니다. 그러니 오늘 내일 중으로 무슨 일이든 일어날 테니 두고 보세요……. 다 센까가 20만 루블을 벌지도 모르죠……. 그 애에게는 복권 이 한 장 있으니.

류보비 안드레예브나 커피를 마셨으니 자야겠군.

피르스 (브러시로 가예프의 옷을 털며, 가르치듯) 또 다른 바지를 입으셨군요. 어찌해야 될지 모르겠습니다!

바랴 (조용히) 아냐가 자요. (조용히 창문을 연다) 벌써 해가 떠서 춥지는 않아요. 어머니, 보세요, 나무들이 얼마나 아름다운지! 아, 이 공기! 찌르레기가 울고 있어요!

가예프 (다른 창문을 연다) 동산이 온통 하얗다, 류바. 생각나니? 이 가로수 길이 마치 펼쳐 놓은 혁대처럼 길게 뻗어 있어 달밤에 반짝이던 모습을. 기억나겠지? 잊지는 않았겠지?

류보비 안드레예브나 (창을 통해 동산을 바라보며) 오, 나의 순수한 어린 시절! 바로 이 어린이 방에서 잠을 자며 또 여기서 동산을 바라보았지. 아침이면 행복에 젖어 잠에서 깨곤 했어. 그때도 동산은 이랬어, 조금도 변하지 않았어. (기뻐 웃으며) 정말 온통, 온통 하얘! 오, 나의 동산! 어둡고 음산한 가을과 추운 겨울을 겪고도 너는 다시 젊고 행복에 넘치는구나. 하늘의 천사들도 너를 저버리지 않을 거야……. 아, 내 어깨와 가슴에서 무거운 돌을 내려놓을 수만 있다면, 아, 나의 과거를 잊을 수만 있다면!

가예프 이 동산이 빚 때문에 팔리게 됐으니, 정말 이상한 일이야…….

류보비 안드레예브나 저기를 봐요. 돌아가신 어머니가 동산에서 걸어다니고 있어요…… 하얀 옷을 입고! (기뻐 웃으며) 어머니예요.

가예프 어디?

바랴 어머니, 제발.

류보비 안드레예브나 아무도 없구나, 그렇게 보였는데. 오른쪽 모퉁이 정자 옆에 흰 나무가 기울어 있는데, 그게 꼭 여자 모습 같아…….

낡은 대학생 제복을 입고 안경을 낀 뜨로피모프가 들어온다.

류보비 안드레예브나 정말 아름다운 동산이야! 저렇게 많은 하
  얀 꽃들, 파란 하늘…….
뜨로피모프 류보비 안드레예브나!

류보비 안드레예브나, 돌아본다.

뜨로피모프 잠시 인사만 드리고 가겠습니다. (그녀의 손에 열
  렬히 입 맞춘다) 아침까지 기다리라고 했지만, 그럴 수가 없
  었습니다…….

류보비 안드레예브나, 어리둥절하여 바라본다.

바랴 (눈물을 보이며) 뻬쨔 뜨로피모프예요…….
뜨로피모프 이전에 그리샤의 가정교사였던 뻬쨔 뜨로피모프
  입니다……. 몰라보시겠습니까?

류보비 안드레예브나, 그를 안고 조용히 운다.

가예프 (당황하여) 그만, 그만해, 류바.
바랴 (울면서) 그러기에, 뻬쨔, 내일까지 기다리라고 했잖아요.
류보비 안드레예브나 그리샤…… 내 아들……. 그리샤…… 아들
  아…….
바랴 어머니, 어떡하겠어요. 하느님의 뜻인걸요.
뜨로피모프 (부드럽게, 눈물을 보이며) 이제 그만하시죠…….
류보비 안드레예브나 (조용히 운다) 내 아이가 죽었어, 물에 빠
  져 죽었어…… 도대체 왜? 도대체 왜? (더 작은 목소리로) 저
  기서 아냐가 자고 있는데, 큰 소리를 내다니……. 시끄럽게
  하다니……. 그런데, 뻬쨔. 왜 이렇게 추레해지고 늙어 버렸

어요?

뜨로피모프 오는 기차 안에서 어떤 아주머니가 나를 대머리 양반이라고 부르더군요.

류보비 안드레예브나 그때만 해도 당신은 정말 젊고 귀여운 대학생이었는데, 지금은 머리도 많이 빠지고, 안경까지. 그런데 아직도 대학생인가요? (문 쪽으로 간다)

뜨로피모프 아마도 나는 언제나 대학생일 겁니다.

류보비 안드레예브나 (오빠에게, 이어서 바랴에게 입을 맞춘다) 가서들 자요…… 많이 늙으셨군요, 레오니드.

삐시치꼬 (류보비 안드레예브나를 뒤따라가며) 맞습니다, 자야 합니다……. 아아, 통풍 때문에 오늘은 여기서 자야겠습니다……. 그런데, 류보비 안드레예브나, 내일 오전 중에…… 240루블을…….

가예프 이 사람은 자기 일밖에 모른다니까.

삐시치꼬 저당물에 대한 이자…… 240루블을 지불해야 합니다.

류보비 안드레예브나 나에게는 돈이 없어요.

삐시치꼬 꼭 갚을 겁니다, 제발…… 별로 큰돈도 아니니…….

류보비 안드레예브나 어쩔 수 없군요, 레오니드가 줄 거예요……. 레오니드, 내주세요.

가예프 줄 테니, 기다리고 있어.

류보비 안드레예브나 어떡하겠어요……. 꼭 필요하다니……. 갚을 거예요.

류보비 안드레예브나, 뜨로피모프, 삐시치꼬, 피르스, 나간다. 가예프, 바랴, 야샤만 남는다.

가예프 동생은 여전히 돈 쓰는 버릇을 버리지 못했군. (야샤에게) 저리 비켜, 닭 냄새가 난단 말이야.

야샤 (비웃듯) 나리도 여전하시군요, 레오니드 안드레이치 씨.

가예프 뭐라고? (바랴에게) 이놈이 뭐라는 거야?

바랴 (야샤에게) 네 어머니가 시골에서 올라와 어제저녁부터 하인 방에서 지내고 있어, 너를 만나려고…….

야샤 제기랄!

바랴 저런 파렴치한 같으니!

야샤 귀찮게 구는군. 올 테면 내일이나 올 것이지. (나간다)

바랴 어머니는 예전 그대로세요. 조금도 변하지 않으셨어요. 어머니를 만일 그대로 뒀다간, 아무것도 남아나지 않을 거예요.

가예프 그래…….

사이.

가예프 어떤 병에 치료 방법이 많다고 한다면 그건 그 병이 불치병이라는 걸 의미하지. 머리를 짜내 많은, 아주 많은 방법들을 생각해 냈지만 실속 있는 건 하나도 없다. 어떤 사람에게 유산을 상속받으면 좋겠다거나, 아냐를 아주 큰 부자와 결혼시키면 좋겠다거나, 아니면 야로슬라블에 계신 백작 부인이신 숙모님께 기대를 걸어 본다거나 하는. 숙모님은 굉장한 부자시거든.

바랴 (운다) 하느님께서 도와주신다면.

가예프 울지 마라. 숙모님은 대단한 부자지만 우리를 좋아하지 않아. 무엇보다 동생이 귀족이 아닌 변호사와 결혼했기 때문이지…….

문틈으로 아냐가 보인다.

가예프 귀족과 결혼하지 않은 데다가 행실도 바르다고 할 수 없거든. 동생은 아름답고 선량하고 훌륭한 여자야. 나는 그 앨 사랑해. 그렇지만 아무리 좋게 생각하려 해도 행실이 좋다고는 할 수 없지. 그건 사소한 일에서도 느껴져.

바랴 (속삭인다) 문간에 아냐가 있어요.

가예프 뭐라고?

사이.

가예프 놀라운 일이야. 내 오른쪽 눈에 뭐가 들어갔나 봐…….
잘 보이지 않아. 지난 목요일 내가 지방 법정에 갔을 때…….

아냐, 들어온다.

바랴 아니, 아냐, 왜 자지 않니?

아냐 잠이 오지 않아. 잘 수가 없어.

가예프 나의 꼬마. (아냐의 얼굴과 손에 입 맞춘다) 내 귀여운 아이……. (눈물을 보이며) 너는 조카딸이라기보다 내 천사고 내 전부란다. 나만 믿어라, 믿어 다오…….

아냐 외삼촌을 믿어요. 모두들 외삼촌을 사랑하고 또 존경하죠……. 그렇지만 외삼촌, 제발 말씀을 삼가세요. 지금도 제 어머니에 대해서, 외삼촌의 여동생에 대해서 뭐라고 하시는 거죠? 뭐 하러 그런 말씀을 하시는 거예요?

가예프 그래, 그래……. (아냐의 손으로 자신의 얼굴을 가린다) 정말 무서운 일이다! 아, 하느님 맙소사! 오늘만 해도 나는 책장 앞에서 연설을 했어……. 어리석게도 말이야! 말을 마치고 나서야 어리석은 짓을 했다는 걸 알았다.

바랴 정말이에요, 외삼촌. 외삼촌은 가만히 계시는 것이 더 좋아요. 그저 가만히 계시면 되는 거예요.

아냐 가만히 계시면 더 편해지실 거예요.

가예프 그러마. (아냐와 바랴의 손에 입 맞춘다) 가만히 있으마. 그래도 이건 말해야겠다. 지방 법정에 갔었던 지난 목요일에 친구들을 만나 이런저런 이야기를 하다가 어음을 빌려서 은행 이자를 갚을 수도 있겠다는 생각이 들었다.

바랴 제발 하느님께서 도와주셨으면!

가예프 화요일에 다시 가서 말해 보겠다……. (바랴에게) 울지 마라. (아냐에게) 네 엄마는 로빠힌에게 부탁해 볼 거다. 로빠힌은 물론 거절하지 못할 거야……. 그리고 너는 좀 쉬고 나서 야로슬라블에 있는 할머니께 다녀와라. 이렇게 세 방향으로 움직이면, 일이 다 잘 풀릴 거다. 이자를 틀림없이 갚을 수 있을 거라고 나는 확신한다……. (얼음사탕을 입에 넣는다) 원한다면 내 명예를 걸고 맹세하지, 영지는 팔리지 않을 거다! (흥분하여) 내 행복을 걸고 맹세하마! 자, 내 손을 잡아라. 경매에 넘어가도록 내버려 둔다면 나는 시시하고 몰염치한 사람이다! 내 모두를 걸고 맹세한다!

아냐 (안심하며, 행복한 표정으로) 외삼촌은 정말 현명한 분이세요! (외삼촌을 껴안는다) 이제는 안심이에요, 안심! 행복해요!

피르스가 들어온다.

피르스 (나무라듯) 나리, 지금 뭐 하고 계시는 겁니까! 언제 주무실 겁니까?

가예프 알았어, 알아. 너도 가서 자. 나 혼자 옷을 갈아입을 테니. 얘들아, 안녕……. 자세한 건 내일 이야기하고 지금은 가서 자라. (아냐와 바랴에게 입 맞춘다) 나는 80년대 사람이다……. 사람들은 그 시대를 좋게 말하지 않지만, 적어도 나는 신념을 위해 상당히 고생했다고 말할 수 있어. 그래서 농부들이 나를 좋아하지. 농부들을 알아야 해! 알아야 하는데…….

아냐 외삼촌, 또!

바랴 그만하세요, 외삼촌.

피르스 (화를 내며) 나리!

가예프 알았어, 알아……. 잘 자라. 양옆에서 가운데로! 깨끗하게 넣어야지……. (나간다. 그 뒤를 따라 피르스도 종종걸음으로 나간다)

아냐 이제는 안심이야. 야로슬라블에 가기 싫어, 할머니를 좋아하지 않는걸. 여하튼 안심이야. 외삼촌이 고마워. (앉는다)

바랴 그만 자라. 나도 자러 가야겠어. 네가 없을 때 불쾌한 일이 있었단다. 오래된 하인 방에 너도 알다시피 예피무슈까, 뽈랴, 그리고 예브스찌그네이와 까르쁘가 살고 있잖니. 그런데 그들이 사기꾼 같은 사람들을 데려다 재우기 시작한 거야, 나는 가만히 있었지. 그런데 내가 콩만 먹인다는 소문이 들리는 거야, 인색해서 그렇다나……. 모두 다 예브스찌그네이의 짓이지……. 그래서, 좋아, 어디 두고 보자 하고 생각하고는 예브스찌그네이를 불렀지……. (하품을 한다) 그가 오자 내가 말했어, 도대체 너는…… 그런 어리석은 짓을……. (아냐를 본다) 아네치까……!

사이.

바랴 잠들었네……. (아냐의 팔을 잡고) 자, 침대로 가자……. 가자……. (아냐를 데리고 나간다) 우리 귀염둥이가 잠들었어! 자, 가자…….

두 사람, 걸어간다. 동산 너머 멀리서 목동이 부는 피리 소리가 들린다.

뜨로피모프, 무대를 지나가다가 바랴와 아냐를 보고 멈춰 선다.

바랴 쉿…… 아냐가 자고 있어요…… 자고 있어요……. 가자, 아냐.

아냐 (반쯤 잠들어 낮은 목소리로) 정말 피곤해…… 종소리가 들려……. 외삼촌은…… 좋은 분이야…… 엄마도 외삼촌도…….

바랴 가자, 아냐, 가자……. (아냐의 방으로 들어간다)

뜨로피모프 (감동에 젖어) 나의 태양! 나의 봄!

막이 내린다.

제2막

.

들판. 오랫동안 방치된, 낡고 굽은 예배당. 그 옆에 우물과 낡은 벤치와 예전에는 묘비였으리라 짐작되는 커다란 돌이 있다. 가예프의 영지로 통하는 길이 보인다. 한쪽에는 우뚝 솟은 포플러 나무들이 검게 보이고, 그곳으로부터 벚꽃 동산이 시작된다. 멀리 전신주들이 줄지어 서 있고, 그보다 더 멀리 지평선 위에 대도시가 희미하게 보인다. 그러나 대도시는 아주 맑게 갠 날에만 보인다. 해가 곧 지려고 한다. 샤를로따, 야샤, 두냐샤가 벤치에 앉아 있고, 그 옆에 에삐호도프가 서서 기타를 연주하고 있다. 모두 깊은 생각에 잠겨 있다. 챙이 달린 낡은 모자를 쓴 샤를로따는 어깨에서 라이플총을 벗어 멜빵 걸쇠를 고치고 있다.

샤를로따   (생각에 잠겨) 진짜 신분증이 없어서 나이도 모르지만, 나는 아주 젊다고 생각해. 어린 소녀였을 때, 아버지와 어머니는 장터를 떠돌아다니며 아주 그럴싸한 공연들을 벌였지. 그때 나도 살토 모르탈레[3]를 돌거나 여러 가지 익살스러운 짓을 연기하곤 했어. 그런데 아버지와 어머니가 돌아

---

3 *salto mortale*. 공중제비.

가시고 나서, 어떤 독일인 부인이 나를 데려가 공부시켰지. 그렇게 자라서 가정교사가 된 거야. 내가 어디 출신인지 또 누군지 난 잘 몰라……. 내 부모는 어떤 사람이었는지……. 아마 결혼도 안 했을 거야……. 모르지. (주머니에서 오이를 꺼내 먹는다) 아무것도 몰라.

사이.

샤를로따 하고 싶은 말은 많지만, 들어 줄 사람이 있어야지……. 나에게는 아무도 없어.

에삐호도프 (기타를 치며 노래를 부른다) 〈이 소란스러운 세상에 동지나 적이 무슨 소용 있으랴…….〉 만돌린을 연주하는 건 정말 즐거워!

두냐샤 그건 기타지 만돌린이 아니에요. (거울을 보며 분을 바른다)

에삐호도프 사랑에 눈먼 사람에게 이건 만돌린이지……. (노래 부른다) 〈서로 사랑하는 열기로 가슴이 데워진다면…….〉[4]

야샤, 따라 부른다.

샤를로따 제길! 못 들어 주겠군……. 들개가 짖는 소리 같아.

두냐샤 (야샤에게) 어쨌든 외국에 산다면 얼마나 행복할까요.

야샤 그야 물론이지. 그 말에 동의하지 않을 수 없어. (하품을 하고, 시가를 피우기 시작한다)

에삐호도프 당연하죠. 외국에는 모든 게 이미 오래전부터 다 갖춰져 있으니까.

---

4 1890년대 러시아에서 유행하던 가요.

야샤 물론.

에삐호도프 나는 성숙한 사람이라서 여러 가지 훌륭한 책들을 읽고 있지만, 나 자신이 뭘 원하고 있는지, 어떻게 살아야 하는지 종잡을 수 없단 말이야. 솔직히 말해서, 살아야 할지, 자살이라도 해야 할지 알 수가 없어. 그래서 항상 권총을 가지고 다니지, 자, 보시오……. (권총을 보여 준다)

샤를로따 다 됐어. 이제 가봐야겠어. (총을 멘다) 에삐호도프, 당신은 매우 영리하고 무서운 사람이야. 여자들이 당신을 미친 듯이 좋아하지 않을 수 없을걸. 부르르! (걷는다) 영리해 보이는 사람들도 알고 보면 다 어리석지. 상대할 사람이 있어야지……. 결국 나 혼자일 뿐이야, 혼자……. 나는 누굴까, 대체 왜 살고 있는 거지, 알 수 없는 일이야……. (천천히 걸어서 나간다)

에삐호도프 다른 건 둘째 치더라도 솔직히 작은 배 같은 나에게 운명은 폭풍과도 같다고 말하지 않을 수 없습니다. 오늘 아침만 해도 잠에서 깨어나 보니 내 가슴 위에 커다랗고 무시무시한 거미가 올라와 있지 않겠어요……. 이만 한. (두 손으로 크기를 나타내 보인다) 내 생각이 틀렸다면 도대체 왜 이런 일이 일어나는 걸까요? 그리고 끄바스라도 마시려고 하면 컵에 바퀴벌레같이 혐오스러운 게 있단 말입니다.

사이.

에삐호도프 당신은 버클리[5]를 읽어 봤나요?

---

5 영국의 역사가 겸 사회학자. 1821~1862.

사이.

에삐호도프 아브도쨔 뾔도로브나, 당신에게 할 말이 있습니다.

두냐샤 말하세요.

에삐호도프 단둘이만 얘기하고 싶군요……. (한숨을 쉰다)

두냐샤 (당황해하며) 좋아요……. 하지만 먼저 내 겉옷을 가져
다주시겠어요……. 옷장 옆에 있어요……. 여기는 좀 습해
서…….

에삐호도프 좋습니다……. 그러지요……. 이 권총을 어떻게 해
야 할지 이제야 알 것 같군……. (기타를 연주하며 나간다)

야샤 스물둘의 불행! 참 어리석은 사람이야, 우리끼리 얘기
지만. (하품을 한다)

두냐샤 자살이라도 하면 어쩌죠.

사이.

두냐샤 요즘 맘이 들떠 편안하지 못해요. 아주 어렸을 때부터
이 집에서 살아서 이제는 거친 일은 할 수 없어요. 귀족 아
가씨처럼 아주 하얘진 이 손 좀 보세요. 연약하고 섬세하고
고상해져서, 항상 겁이 나요……. 무서워요. 야샤, 만약에
저를 속이신다면 제 신경이 어떻게 될지도 몰라.

야샤 (그녀에게 입 맞춘다) 귀여운 것! 처녀라면 물론 자기 주
제를 알아야 하지, 나는 행실이 바르지 못한 처녀를 결코
좋아하지 않거든.

두냐샤 당신을 열렬히 사랑해요. 당신은 교양도 있고 무엇이
든 다 알고 있으니까요.

사이.

야샤 (하품을 한다) 그야 그렇지…… 그런데 내 생각에는, 처녀가 사랑에 빠졌다면 그건 행실이 바르지 못하다는 뜻이지.

사이.

야샤 맑은 공기 속에서 시가를 피우는 건 즐겁단 말이야…… (귀를 기울인다) 누가 이리로 오는군…… 나리들인가 봐…….

두냐샤, 갑자기 그를 껴안는다.

야샤 집으로 가, 강에서 목욕이라도 하고 돌아가는 것처럼 이 길로 가라고. 그렇지 않고 마주치기라도 하면 모두들 우리가 밀회라도 즐긴 것처럼 여길 테니까. 그런 소리를 듣는 건 정말 싫다고.

두냐샤 (마른기침을 한다) 시가 때문에 머리가 아파요……. (나간다)

야샤만 남아 예배당 옆에 앉아 있다. 류보비 안드레예브나, 가예프, 로빠힌, 들어온다.

로빠힌 결심해야 합니다. 시간은 기다려 주지 않습니다. 문제는 아주 간단합니다. 별장 부지로 내놓으실 겁니까, 아닙니까? 그렇게 하겠다, 않겠다, 대답해 주십시오. 한마디만 하시면 됩니다.

류보비 안드레예브나 도대체 누가 여기서 메스꺼울 정도로 시가를 피웠을까요……. (앉는다)

가예프 철도 때문에 다니기가 편해졌어. (앉는다) 시내에 나가 식사를 하고 올 수 있으니……. 노란 공은 가운데로! 집에 가서 한 게임 치고 싶군…….

류보비 안드레예브나 서두를 건 없어요.

로빠힌 한마디면 됩니다! (간절하게) 대답해 주시죠!

가예프 (하품을 하며) 뭐라고?

류보비 안드레예브나 (자신의 지갑을 들여다본다) 어제는 돈이 꽤 있었는데, 지금은 얼마 남지 않았어. 가련한 바랴는 아끼느라고 우유 수프만 내놓고 부엌에선 늙은 하인들에게 콩만 준다는데, 나는 이렇게 아무 생각 없이 돈만 쓰고 있으니……. (지갑을 떨어뜨려 금화가 흩어진다) 저런, 이를 어째……. (짜증스럽다)

야샤 제가 줍겠습니다. (동전을 줍는다)

류보비 안드레예브나 그래 주겠어, 야샤. 대체 뭐 하러 식사하겠다고 나왔을까……. 음악을 연주한다는 그 식당은 더러운 데다가 식탁보에서는 비누 냄새가 다 나고……. 술은 왜 그렇게 마셔요, 레냐? 게다가 왜 그렇게 많이 먹나요? 말도 많고. 오늘도 식당에서 필요 없는 소리를 잔뜩 늘어놓더군요. 70년대가 어쨌느니, 데카당이 어쩌느니 하고. 그리고 그 말상대는 누구죠? 시중드는 사람들과 데카당에 관해 이야기하다니!

로빠힌 그렇습니다.

가예프 (손을 내젓는다) 나는 어쩔 수 없는 것 같아……. (야샤에게 짜증을 낸다) 너는 항상 눈앞에서 얼쩡거리냐…….

야샤 (웃는다) 나리 목소리만 들어도 웃음이 나오지요.

가예프 (누이에게) 나야, 이 녀석이야……?

류보비 안드레예브나 야샤, 어서 가봐…….

야샤 (류보비 안드레예브나에게 지갑을 건네준다) 예, 알겠습니다. (웃음기를 띠고) 당장 가죠……. (나간다)

로빠힌 당신 영지를 부호 제리가노프가 사려고 합니다. 직접 경매에 참여할 거라고 하더군요.

류보비 안드레예브나 어디서 들었나요?

로빠힌 시내에 소문이 나 있습니다.

가예프 야로슬라블에 계신 숙모께서 돈을 보내 주기로 하셨어. 언제 얼마나 보내실지는 모르지만…….

로빠힌 얼마나 보내실까요? 10만? 20만?

류보비 안드레예브나 글쎄……. 만이나 만 5천 정도……. 그 정도도 고맙지.

로빠힌 죄송합니다만, 당신들처럼 경솔하고 비현실적이고 기이한 사람들은 처음 봤습니다. 나는 다른 나라 말로 얘기하는 게 아닙니다. 당신의 영지는 팔리게 됐다고요. 정말 못 알아듣겠습니까.

류보비 안드레예브나 그러니 우리는 어쩜 좋죠? 가르쳐 주세요.

로빠힌 매일 가르쳐 드리지 않습니까. 매일 똑같은 소리만 하고 있잖아요. 벚꽃 동산도 땅도 별장 용지로 임대해야 합니다, 그것도 지금 당장. 경매가 얼마 남지 않았습니다! 아시겠어요! 별장 용지로 바꾸겠다고 결정만 내리면 돈은 얼마든지 들어옵니다. 그럼 당신들은 살아나는 겁니다.

류보비 안드레예브나 별장이나 별장 거주자, 정말 저속해, 미안하지만.

가예프 그건 나도 그래.

로빠힌 울음을 터뜨리든지 소리를 지르든지 아니면 기절이라도 할 것 같습니다. 어쩔 수 없습니다! 당신들에게 두 손 두발 다 들었습니다! (가예프에게) 당신은 남자도 아닙니다!

가예프 뭐라고?

로빠힌 남자도 아니라고 했습니다! (떠나려 한다)

류보비 안드레예브나 (놀라서) 아니, 가지 마세요, 제발 여기 있어 줘요. 부탁이에요. 방도를 생각해 보겠어요.

로빠힌 이제 무슨 생각을 한다는 겁니까!

류보비 안드레예브나 가지는 마세요, 제발. 그래도 당신이 있어야 기분이 나아요…….

사이.

류보비 안드레예브나 나는 항상 머리 위로 건물이 무너져 내리길 기다리고 있는 것 같아요.

가예프 (심각하게) 두쁠레뜨는 구석으로……. ㄲ루아제는 가운데로…….

류보비 안드레예브나 우리는 죄가 너무 많아…….

로빠힌 죄라뇨…….

가예프 (입에 얼음사탕을 넣으며) 내가 사탕을 너무 먹어 재산을 탕진했다고 하더군……. (웃는다)

류보비 안드레예브나 오, 나의 죄……. 나는 언제나 미친 듯 돈을 써댔어. 게다가 빚이나 지고 다니는 사람과 결혼했지. 그 남자는 너무 마셔 대서 샴페인 때문에 죽었어. 그러고 나서 불행하게도 다른 사람을 사랑해서 같이 살게 되었어. 그러자 바로 그때 첫 번째 징벌이 내 머리 위로 곧장 떨어졌지. 그래, 바로 이 강에서…… 나의 아들이 익사했어. 그래서 외국으로 떠난 거야, 다시는 돌아오지 않을 작정으로, 이 강을 다시는 보지 않을 작정으로……. 눈을 질끈 감고 정신없이 도망친 거야, 그런데 그자가 나를 따라왔지…… 염치도 없이 뻔뻔스럽게. 멘또나 근처에 별장을 샀어, 그자가 병에 걸렸기 때문에 어쩔 수 없었어. 3년을 밤낮 가리지 않고 간호하느라 녹초가 되었고, 영혼까지 말라 버렸지. 그런데 작년에 그 별장이 빚으로 넘어가자 파리로 건너갔는데, 거기서 그자는 나를 우려먹고는 버리고 다른 여자와 살림을 차렸어. 나는 음독자살까지 하려 했지……. 정말 한심스럽고 부끄러웠어…… 그런데 불현듯 러시아로, 나의 고향으로, 내 딸에게로 가고 싶어졌지……. (눈물을 닦는다) 오, 하느님, 자비를 베푸시어, 저의 죄를 용서하소서! 더는 저를 벌하지 마소서! (주머니에서 전보를 꺼낸다) 오늘 파리에서 온 거야……. 용서를 빌며 파리로 돌아와 달라고……. (전보를 찢는다) 어디에선가 음악 소리가 들리는 것 같아요. (귀를 기울인다)

가예프 그 유명한 유대 인 악단이야. 기억나니, 바이올린 넷에 플루트와 콘트라베이스를.

류보비 안드레예브나 그 악단이 아직도 있나요? 언제 우리 집에 불러 파티라도 열었으면 좋겠어요.

로빠힌 (귀를 기울인다) 나는 들리지 않는데……. (조용히 노래를 부른다) 〈돈을 위해서 독일인은 러시아 사람을 프랑스 사람으로 만드네.〉(웃는다) 어제 극장에서 굉장한 연극을 보았죠, 아주 재미있었습니다.

류보비 안드레예브나 아마도 우스운 건 없었을걸요. 당신은 연극을 볼 게 아니라 차라리 자기 자신을 살펴보세요. 당신이 얼마나 무미건조하게 살고 있으며, 또 쓸데없는 말을 얼마나 많이 하고 있는지.

로빠힌 사실 그렇습니다. 솔직히 말해서 우리 같은 사람은 어리석게 살고 있죠…….

사이.

로빠힌 나의 아버지는 천치 같은 농부라 아는 게 없어서 나에게 아무것도 가르치지 않았습니다. 술에 취해 매질하는 게 전부였으니까요. 사실 나는 그렇게 멍청한 천치랍니다. 배운 거라고는 하나도 없는 데다가, 글씨마저도 돼지가 쓴 듯 엉망이라 부끄럽기 짝이 없죠.

류보비 안드레예브나 결혼해야지 않나요.

로빠힌 예…… 그렇습니다.

류보비 안드레예브나 우리 바랴라면 어때요. 훌륭한 처녀랍니다.

로빠힌 그렇습니다.

류보비 안드레예브나 바랴는 평민 출신인 데다 매우 근면하답 니다. 그리고 무엇보다도 중요한 건 당신을 사랑하고 있다 는 거예요. 당신도 물론 그 애를 오래전부터 좋아했잖아요.

로빠힌 예? 나도 싫은 건 아닙니다……. 훌륭한 처녀죠.

사이.

가예프 나더러 은행에서 일하라고 하더군. 연봉이 6천 루블 이라나……. 너도 들었니?

류보비 안드레예브나 무슨 소리예요! 가만히 계시기나 하세요…….

피르스, 외투를 들고 들어온다.

피르스 (가예프에게) 나리, 이걸 입으시죠. 여긴 습하답니다.

가예프 (외투를 입는다) 정말 귀찮군.

피르스 그러시면 안 됩니다……. 아침에도 아무 말 없이 나가 시고. (그를 살펴본다)

류보비 안드레예브나 많이 늙었어, 피르스!

피르스 뭐라고 하셨나요?

로빠힌 많이 늙었다고!

피르스 오래 살았습니다. 마님의 아버님이 이 세상에 태어나 지도 않았을 때 제가 결혼했으니까요……. (웃는다) 농노 해방이 되었을 때,[6] 저는 이미 농노들의 감독이었답니다. 그때 저는 자유의 몸이 되는 걸 원치 않아서 나리 댁에 남았습니다…….

사이.

피르스 옛날에는 모두 즐거웠습니다. 무엇 때문에 즐거운지는 몰랐지만.
로빠힌 예전에는 정말 좋았어. 적어도 매질은 맘대로 해댔으니까.
피르스 (알아듣지 못하고) 물론입니다. 농부들은 나리에게 의지하고, 나리들은 농노에게 의지했는데, 이제는 모두 제각각이니. 도무지 알 수 없는 일입니다.
가예프 그만해, 피르스. 내일 나는 시내로 나가 봐야 해. 어음 할인을 해주겠다는 어떤 장군을 소개받기로 했거든.
로빠힌 아무 소용 없을 겁니다. 그것으로는 이자도 갚지 못할 테니, 차라리 가만히 계시죠.
류보비 안드레예브나 괜한 얘기예요. 그런 장군은 없어요.

뜨로피모프, 아냐, 바랴, 들어온다.

가예프 모두들 나오는구나.
아냐 엄마, 여기 계셨군요.
류보비 안드레예브나 (부드럽게) 어서 와라, 어서, 얘들아…….
(아냐와 바랴를 껴안는다) 내가 너희들을 얼마나 사랑하고 있는 줄 아니. 여기 옆에 앉아라.

6 1861년.

260

모두, 앉는다.

로빠힌 우리의 만년 대학생은 늘 아가씨들하고 함께 다니시는군.

뜨로피모프 당신이 상관할 바 아니오.

로빠힌 곧 50세가 되실 텐데 아직 대학생이라니.

뜨로피모프 그런 터무니없는 농담은 그만두시오.

로빠힌 이상한 사람 같으니라고, 화라도 나셨나?

뜨로피모프 성가시게 굴지 말란 말이오.

로빠힌 (웃는다) 어디 물어봅시다, 나에 대해서 어떻게 생각하시오?

뜨로피모프 예르몰라이 알렉세이치 씨, 나는 이렇게 생각합니다. 당신은 부자이고 또 곧 백만장자가 될 겁니다. 그리고 물질의 순환이라는 차원에서 보면, 당신과 같이, 걸려든 건 모두 먹어 치우는 맹수가 필요하지요.

모두, 웃는다.

바랴 뻬쨔, 당신은 차라리 별세계에 대해서 이야기하는 게 낫겠어요.

류보비 안드레예브나 자, 이제 그만하고, 어제 하던 이야기나 마저 하도록 해요.

뜨로피모프 무슨 얘기였죠?

가예프 당당한 사람에 대해서.

뜨로피모프 어제 우리는 오랫동안 이야기했지만 아무런 결론도 내리지 못했습니다. 당당한 사람에게는 뭔가 불가사의한 점이 있다는 게 당신의 견해였지요. 어쩌면 그럴지도 모릅니다. 하지만 아무런 사심 없이 단순하게 생각해 보면 당당하다는 게 뭔지, 거기에 어떤 의미가 있는지 모르겠습니다. 사람이란 생리적으로 보잘것없고 또 대부분 무식하고 조잡한 데다가 극도로 불행하지 않습니까. 자신에게 도취되어서는 안 됩니다. 그저 일을 해야 합니다.

가예프 그래도 죽기는 마찬가지지.

뜨로피모프 글쎄요. 죽는다는 게 뭡니까? 사람에게는 백 가지 감각이 있는데, 그 가운데에서 우리가 알고 있는 다섯 가지가 없어지는 게 죽는 걸지도 모르죠. 그리고 나머지 아흔다섯 가지는 살아 남고 말입니다.

류보비 안드레예브나 뻬쨔, 당신은 정말 똑똑해요……!

로빠힌 (비꼰다) 대단하군!

뜨로피모프 인류는 자신의 능력을 향상시키면서 진보하고 있습니다. 현재 인류가 이해하지 못하는 것도 언젠가는 익숙하고 분명해질 겁니다. 그러니 오직 일을 해야 합니다. 그리고 진리를 찾는 사람을 정성을 다해 도와야 합니다. 그런데 지금 우리 러시아에는 일하는 사람이 너무도 적습니다. 내가 아는 대부분의 인텔리들은 아무것도 탐구하지 않고 아무 일도 하지 않으며, 또 그럴 능력조차 없습니다. 그러면서 스스로를 인텔리입네 하면서 하인들이나 농부들을 짐승 대하듯 함부로 대하고, 책도 제대로 읽지 않을뿐더러 공부도 하지 않습니다. 전혀 아무것도 하지 않으면서, 입으로만 학문을 지껄이고 예술에 대해서는 이해조차 하지 못합니다. 그런데도 심각한 얼굴을 하고는 거드름을 피우며 말하고, 넋두리나 늘어놓습니다. 하나 쉽게 볼 수 있듯이, 일하는 사람들은 제대로 먹지도 못하고, 베개도 없이 한 방에서 30~40명씩 함께 자며, 빈대, 악취, 습기 그리고 도덕적인 타락 속에서 살고 있지 않습니까……. 그러니 우리의 그럴듯한 이야기들은 결국 자기 자신이나 남의 눈을 속이기 위한 것에 불과합니다. 그렇게 많이 그리고 자주 떠들어 대던 탁아소며 도서관은 어디 있습니까? 그런 것은 소설에나 써 있지 실제로는 존재하지도 않지요. 오직 더럽고 저속하며 야만스러운 것들뿐입니다…… 나는 심각한 표정도 심각한 이야기도 좋아하지 않습니다, 아니, 두렵죠. 차라리 침묵하는 게 더 낫습니다!

로빠힌 아시다시피 나는 새벽 4시에 일어나, 새벽부터 저녁까지 일을 하지요. 나는 내 돈뿐 아니라 남의 돈도 다루기 때문에 늘 주위에서 많은 사람들을 보고 삽니다. 그런데 일을 좀 해보면 정직하고 제대로 된 사람이 별로 없다는 것을 금방 알 수 있습니다. 이따금 잠이 오지 않으면 이런 생각을 해봅니다. 하느님, 당신은 우리에게 거대한 숲과 끝없는 벌판과 지평선을 주셨나이다. 그러니 이런 곳에서 살기 위해서는 우리들도 실제에 맞게 거인이 되어야 할 겁니다…….

류보비 안드레예브나 거인이라고요……. 그런 것은 동화에나 나오는 일이죠, 정말 그렇게 된다면 모두들 놀랄 겁니다.

무대 안쪽으로 에삐호도프가 기타를 치며 지나간다.

류보비 안드레예브나 (생각에 깊이 잠겨) 에삐호도프가 가고 있어…….
아냐 (생각에 깊이 잠겨) 에삐호도프가 가고 있어요…….
가예프 해가 졌습니다, 여러분.
뜨로피모프 그렇군요.
가예프 (나지막한 목소리로, 마치 낭독하듯이) 오, 자연이여, 경이로운 자연이여, 너는 영원의 빛을 발하는구나. 아름다우나 무심한 자연이여, 우리가 어머니라 부르는 너는 삶과 죽음을 한 몸에 담아 생명과 파멸을 가져다주는구나…….

바랴 (간청하듯) 외삼촌!

아냐 외삼촌, 또 그러세요!

뜨로피모프 당신은 역시 두쁠레뜨로 노란 공을 가운데로 치는 게 낫겠습니다.

가예프 그래, 그래, 아무 말 하지 않으마.

모두, 생각에 깊이 잠겨 앉아 있다. 정적. 피르스의 웅얼거리는 소리만 들린다. 그때 갑자기, 마치 하늘에서 울리듯 멀리서부터 줄 끊어지는 소리가 구슬피 울리고 나서 잦아든다.

류보비 안드레예브나 무슨 소리지?

로빠힌 글쎄요. 어디 멀리 광산에서 양철통이라도 떨어졌나 봅니다. 어딘지 아주 먼 곳 같군요.

가예프 어쩌면 어떤 새가…… 황새 같은 새가…….

뜨로피모프 아니면 올빼미일지도 모르죠…….

류보비 안드레예브나 (몸서리친다) 어쩐지 기분이 나빠.

사이.

피르스 불행이 있기 전에도 그랬습니다. 부엉이가 울고, 사모바르도 끊임없이 덜커덩대고.

가예프 불행이라니?

피르스 농노 해방 말입니다.

사이.

류보비 안드레예브나 벌써 어두워졌군요, 자, 여러분, 이제 그만 돌아갑시다. (아냐에게) 눈물이 글썽하구나……. 무슨 일이

있니? (아냐를 안는다)

아냐 그냥, 아무 일도 아니에요, 엄마.

뜨로피모프 누가 옵니다.

낡은 흰 모자에 외투를 걸친 부랑자가 나타난다. 술에 좀 취해 있다.

부랑자 말 좀 묻겠습니다. 이리로 곧장 가면 역이 나오나요?

가예프 그렇소. 이 길을 따라 가시오.

부랑자 정말 고맙습니다. (기침을 하고 나서) 날씨가 대단히 좋습니다……. (낭독하듯) 〈나의 동포여, 고통받는 동포여……. 볼가 강으로 나가라, 누구의 신음 소리인가…….〉[7] (바랴에게) 마드무아젤, 굶주린 이 러시아 인에게 30꼬뻬이까만…….

바랴, 깜짝 놀라 비명을 지른다.

로빠힌 (화를 내며) 아무리 염치를 몰라도 그렇지, 이게 무슨 짓이오!

류보비 안드레예브나 (망연자실해서) 이리 와서 받아요……. (지갑을 뒤진다) 은화가 없네……. 아무렴 어때, 이 금화를 받아요…….

부랑자 고맙습니다, 정말, 정말, 고맙습니다!

웃음.

바랴 (놀란 채) 가겠어요……. 저는 가겠어요……. 집에는 먹을

---

7 러시아의 시인 네끄라소프의 시.

것도 없는데, 어머니는 그런 사람에게 금화를 주시다니.

류보비 안드레예브나 또 어리석은 짓을 했어! 바랴, 너에게 내가 가지고 있는 모든 것을 맡기마. 예르몰라이 알렉세이치 씨, 돈 좀 더 돌려주시겠어요⋯⋯!

로빠힌 그렇게 하죠.

류보비 안드레예브나 여러분, 이제 갑시다. 바랴, 우리는 여기서 네 결혼을 약속했단다. 축하한다.

바랴 (눈물을 보이며) 어머니, 그런 농담은 하지 마세요.

로빠힌 오필리아여, 수도원으로 가시죠⋯⋯.

가예프 손이 떨려, 오랫동안 당구를 치지 못했거든.

로빠힌 오필리아여, 오, 요정이여, 기도하면서 나를 잊지 마시오!

류보비 안드레예브나 갑시다, 여러분. 곧 저녁 식사 시간이에요.

바랴 그 사람 때문에 놀랐어. 아직도 이렇게 가슴이 두근거려요.

로빠힌 다시 한 번 말씀드리죠. 8월 22일에 벚꽃 동산이 팔릴지도 모릅니다. 잘 생각해 보십시오⋯⋯! 잘 생각해야 합니다⋯⋯!

뜨로피모프와 아냐를 제외하고 모두 떠난다.

아냐 (웃으며) 그 부랑자에게 고마워요. 바랴를 놀라게 한 덕분에 이제야 우리만 있게 되었어요.

뜨로피모프 바랴는 우리가 서로 사랑하게 될까 봐 하루 종일 우리 옆에서 서성거리는 거야. 그런 좁은 소견으로는 우리가 사랑을 넘어서 있다는 걸 모르겠지. 자유롭고 행복하게 되는 걸 방해하는 저급한 환각, 그것을 피하는 게 우리 삶의 목적이자 의의지. 전진! 저 멀리 빛나는 밝은 별을 향해 지체하지 말고 가자! 전진! 벗들이여, 멈추지 말라!

아냐 (두 손을 꼭 쥐고) 정말 멋진 말이에요!

사이.

아냐 오늘 이곳은 무척 황홀해요!

뜨로피모프 놀라운 날씨지.

아냐 당신 때문에 내가 어떻게 변했는지 아세요, **뼤쨔**. 어찌
된 일인지 나는 벚꽃 동산을 예전처럼 사랑하지 않게 되었
어요. 예전에는 벚꽃 동산을 너무도 사랑해서 이 세상에 우
리 동산보다 더 좋은 곳이 없다고 생각했는데.

뜨로피모프 러시아 전체가 우리의 동산이야. 세상은 크고 아
름답기 때문에 경이로운 곳이 많이 있지.

사이.

뜨로피모프 생각해 봐, 아냐. 너의 할아버지, 증조할아버지, 너
의 모든 선조는 농노 소유자, 그러니까 살아 있는 영혼을
소유했어. 이 동산의 모든 벚나무, 모든 잎사귀, 모든 줄기
에서 사람의 존재들이 당신네들을 노려보고 있는 것 같지
않아, 그 목소리들이 들리지 않아……? 살아 있는 영혼을
소유한다는 것, 바로 그것이 예전의 당신네 선조들이나 지
금의 당신들 모두를 일그러뜨려, 바로 그 때문에, 너나 너
의 어머니, 너의 외삼촌도 다른 사람들의, 당신네들이 집 안
으로 들어오지도 못하게 하는 그런 사람들의 대가로 살고
있다는 사실조차 모르는 거야……. 우리는 적어도 2백 년
은 뒤떨어져 있어. 우리에게는 아직 이렇다 할 만한 것이
아무것도 없어. 과거에 대한 일정한 태도도 없어. 그저 넋
두리나 읊으면서 우울하다고 투덜거리거나 보드까를 마시
지. 지금 새로운 생활을 시작하기 위해서는 우선 우리의 과
거를 속죄하고 청산해야 해. 그 속죄는 오직 고통과 비상하

고 부단한 노력으로만 가능하지. 이해하겠니, 아냐.

아냐 우리가 살고 있는 이 집은 이미 예전부터 우리 집이 아니었어요. 떠나겠어요. 약속해요.

뜨로피모프 만일 이 집 살림의 열쇠가 있다면, 그걸 우물 속에 던져 버리고 떠나는 거야. 바람처럼 자유롭게.

아냐 (환희에 젖어) 멋진 말이에요!

뜨로피모프 나를 믿어, 아냐! 나는 아직 서른도 되지 않았고, 또 여전히 대학생이지만 많은 시련을 겪었지! 겨울이 되면 나는 배고프고 아프고 불안하고 거지처럼 가난하지. 운명이 내모는 곳이면 어디든 갔어! 그래도 영혼은 어떤 순간에도, 밤이나 낮이나 늘, 형용할 수 없는 예감으로 가득 차 있어. 행복이 다가오는 것을 느껴, 아냐. 나는 그 행복을 이미 보고 있어…….

아냐 (생각에 깊이 잠겨) 달이 떴어요.

에뻬호도프가 기타를 치며 구슬픈 노래를 부르는 소리가 들린다. 달이 떴다. 미루나무 근처 어디에선가 바랴가 아냐를 찾고 있다. 「아냐! 어디에 있니?」

뜨로피모프 그래, 달이 떴군.

사이.

뜨로피모프 바로 저게 행복이야. 그 행복이 오는 거야. 점점 더 가까이 다가오고 있어. 나는 벌써 그 발소리를 듣고 있어. 설령 우리가 보지 못하고 인식하지 못한다 하더라도, 그것이 무슨 문제야? 다른 사람들이 찾아 줄 텐데!

바랴의 목소리, 〈아냐! 어디에 있니?〉

뜨로피모프 또 바랴로군! (짜증스럽게) 귀찮아!
아냐 신경 쓰지 마요! 강가로 가요. 거기가 좋을 거예요.
뜨로피모프 가자.

　두 사람, 떠난다.
　바랴의 목소리, 〈아냐! 아냐!〉

　　　　　　　　　　　　　막이 내린다.

제3막

아치에 의해 홀과 분리된 응접실. 샹들리에가 켜 있다. 2막에서 언급되었던 유대 인 악단이 현관에서 연주하는 소리가 들린다. 저녁. 홀에서는 원무를 추고 있다. 〈*Promenade à une paire*(한 쌍씩 앞으로)!〉 하는 시메오노프 삐시치끄의 목소리. 쌍을 이뤄 응접실로 나온다. 첫 번째 쌍은 삐시치끄와 샤를로따, 두 번째 쌍은 뜨로피모프와 류보비 안드레예브나, 세 번째 쌍은 아냐와 우체국 직원, 네 번째 쌍은 바랴와 역장이며, 그 뒤를 여러 쌍이 따른다. 바랴는 춤을 추지만, 소리 내지 않고 울면서 눈물을 닦고 있다. 마지막 쌍에는 두냐샤가 있다. 응접실을 지나면서 삐시치끄가 〈*Grand-round, balancez*(다시 원무로)!〉와 〈*Les cavaliers à genoux et remerciez vos dames*(남자들은 파트너에게 무릎을 꿇고 인사)!〉 하고 외친다.

연미복을 입은 피르스가 광천수를 쟁반에 받쳐 들고 들어온다. 이어서 삐시치끄와 뜨로피모프가 응접실로 들어온다.

삐시치끄 나는 다혈질이라 두 번이나 졸도를 한 적도 있고 해서 춤추는 건 무리지. 하지만 짐승들 속에 있으면 짖지는 않더라도 꼬리를 흔들어라 하는 말도 있고 해서. 그래도 나는 말과 같이 건강하지. 익살꾼이셨던 돌아가신 아버지는, 고이 잠드소서, 우리 가문의 근원에 대해, 〈우리 시메오노프 삐시치끄 가문은 칼리굴라가 원로원에 앉혔다고 하는 바로 그 말에서 시작되었다〉 하셨어……. (앉는다) 그렇지만 불행하게도 돈이 없다고! 굶주린 개는 오직 고기만 믿거든……. (코를 골다가 곧 다시 눈을 뜨고는) 나도 그래……. 돈밖에 할 말이 없어…….

뜨로피모프 그러고 보니 당신은 어딘지 말과 닮은 데가 있군요.

삐시치끄 그래…… 말은 좋은 짐승이지……. 팔 수가 있거든…….

옆방에서 당구 치는 소리가 들린다. 홀의 아치 밑으로 바랴가 보인다.

뜨로피모프 (바랴를 놀린다) 마담 로빠힌! 마담 로빠힌……!

바랴 (화를 내며) 대머리 나리!

뜨로피모프 예, 대머리입니다. 자랑스럽죠!

바랴 (생각에 잠겨 씁쓸하게) 저렇게 악단을 불렀으니 어떻게 돈을 지불한다지? (나간다)

뜨로피모프 (삐시치끄에게) 당신이 평생 이자를 지불하기 위해 들인 에너지를 다른 곳에 썼다면 아마 세상도 뒤엎을 수 있었을 겁니다.

삐시치끄 니체…… 철학자…… 그 위대하고 유명하며…… 대단한 두뇌를 가지고 있는 사람이 자신의 저서에서 이렇게 말했지. 위조 지폐를 만들 수도 있다고.

뜨로피모프 아니, 니체를 읽어 봤나요?

삐시치끄 글쎄…… 다셴까가 말해 주더군. 나는 지금 위조 지폐라도 만들고 싶은 심정이야……. 모레 310루블을 갚아야 하는데……. 130은 이미 구했지만……. (주머니를 만져 보다 소스라치게 놀란다) 돈이 없어! 돈을 잃어버렸어! (눈물을 보인다) 어디로 갔지? (기뻐하며) 여기 있어, 안쪽에 들어가 있었어……. 식은땀이 다 나는군…….

류보비 안드레예브나와 샤를로따 이바노브나가 들어온다.

류보비 안드레예브나 (레즈긴까[8]를 읊조린다) 레오니드는 왜 이렇게 늦는 걸까? 대체 시내에서 뭐 하고 있는 거야? (두냐샤에게) 두냐샤, 악사들에게 차를 대접해라…….

뜨로피모프 경매가 이뤄지지 않았나 봅니다.

류보비 안드레예브나 지금은 악단을 부를 때도, 무도회를 열 때도 아니지만……. 아니, 별일 없을 거야……. (앉아서 조용히 노래를 흥얼거린다)

샤를로따 (삐시치끄에게 카드를 내놓는다) 여기 카드 한 벌이 있습니다. 한 장을 생각해 보세요.

삐시치끄 생각했습니다.

샤를로따 그럼 카드를 섞으시죠. 좋습니다. 이리 주세요, 나의 삐시치끄 씨. *Ein, Zwei, Drei*(하나, 둘, 셋)! 자, 이제 당신 옆 주머니를 보세요, 거기 있을 테니…….

삐시치끄 (옆 주머니에서 카드 한 장을 꺼낸다) 스페이드 8, 정말 맞아! (놀라서) 대단해!

샤를로따 (카드를 손바닥 위에 올려놓고, 뜨로피모프에게) 얼른 말해 보세요, 맨 위에 있는 카드가 뭐죠?

뜨로피모프 스페이드 여왕?

샤를로따 그렇습니다. (삐시치끄에게) 맨 위에 있는 카드가 뭐죠?

8 까프까즈의 민요.

삐시치끄 하트 1.

샤를로따 그렇습니다. (손바닥을 치자 카드가 사라진다) 오늘은 정말 날씨가 좋구나!

신비한 여자의 목소리가 마치 바닥 밑에서 들리는 듯 그녀에게 대답한다. 「예, 그래요, 정말 멋진 날씨입니다, 주인 마님.」

샤를로따 당신은 정말 멋진 나의 이상이야…….

목소리 저도 주인 마님을 좋아합니다.

역장 (박수를 친다) 대단한 복화술이오, 브라보!

삐시치끄 (놀라서) 아니, 정말! 샤를로따 이바노브나, 당신은 정말 매력적이야……. 나는 사랑에 빠진 것 같아…….

샤를로따 사랑에 빠졌다고? (어깨를 움츠린다) 당신도 사랑을 할 수 있나요? *Guter Mensch, aber schlechter Musikant*(사람은 괜찮지만 서투른 음악가여).

뜨로피모프 (삐시치끄의 어깨를 치며) 당신은 정말 말이로군요…….

샤를로따 자, 주목하세요, 마술 한 가지를 더 보여 드리겠습니다. (의자에서 숄을 집어 든다) 아주 좋은 숄이랍니다. 이걸 팔까 하는데……. (흔든다) 누구 사고 싶은 사람 없습니까?

삐시치끄 (놀라며) 아니, 저걸 봐요!

샤를로따 아인, 츠바이, 드라이! (빠르게 숄을 치켜올린다)

숄 뒤에 아냐가 서 있다. 아냐는 무릎을 약간 구부려 인사를 하고 나서 어머니한테 달려가 포옹하고, 사람들의 환호 속에서 뒤쪽 홀로 뛰어나간다.

류보비 안드레예브나 (박수를 치며) 브라보! 브라보……!

샤를로따 자, 그럼 또 한 번! 아인, 츠바이, 드라이!

숄을 치켜올리자, 그 뒤에 바랴가 서 있다. 바랴가 고개를 숙여 인사한다.

삐시치끄 (놀라며) 아니, 저걸 봐요!

샤를로따 자, 끝났습니다! (숄을 삐시치끄에게 던지고, 무릎을 굽혀 인사를 하고는 홀로 뛰어나간다)

삐시치끄 (그 뒤를 황급히 쫓아간다) 망할 것……. 그럴 수가 있는 거야! (나간다)

류보비 안드레예브나 그런데 레오니드는 왜 여태 안 돌아오는 거야. 대체 시내에서 이렇게 오랫동안 뭘 하고 있는 건지 알 수가 없군! 영지가 팔렸거나 경매가 안 이뤄졌거나, 어쨌든 모든 일이 다 끝났을 텐데, 왜 이렇게 아무 소식도 없는 건 지 원!

바랴 (위로하려 애쓰며) 외삼촌이 사셨을 거예요. 저는 믿어요.

뜨로피모프 (비웃으며) 그러겠죠.

바랴 할머니께서 빚을 넘겨받는 조건으로 영지를 사겠다는 위임장을 외삼촌에게 보내셨잖아요. 그건 아냐를 위해서 그러시겠다는 거예요. 저는 믿어요, 하느님이 도와주셔서 외삼촌이 사실 거예요.

류보비 안드레예브나 야로슬라블의 할머니는 자기 명의로 영지 를 사라고 만 5천 루블을 보내셨어. 그러나 그 정도의 돈으로 는 이자도 못 갚아, 할머니는 우리를 믿지 않는 거야. (얼굴을 두 손으로 가린다) 내 운명은 오늘 결정될 거야, 운명이…….

뜨로피모프 (바랴를 놀린다) 마담 로빠힌!

바랴 (짜증스럽게) 만년 대학생! 대학에서 두 번이나 쫓겨났 으면서.

류보비 안드레예브나 왜 그렇게 짜증을 내니, 바랴? 로빠힌을 들먹이며 자극한다고 그러는 거니? 원한다면 로빠힌과 결혼하려무나, 그 사람은 매력 있고 좋은 사람이야. 그렇지만 원치 않는다면 그만둬라, 아무도 강요하지는 않을 테니…….

바랴 어머니, 저는 솔직히 이 문제를 진지하게 생각하고 있어요. 그 사람은 좋은 사람이고 내 맘에도 들어요.

류보비 안드레예브나 그러면 결혼하려무나. 뭘 망설이는 건지 대체 알 수가 없구나.

바랴 어머니, 제가 먼저 청혼할 수는 없잖아요. 벌써 2년이 넘게 사람들이 제게 그 사람에 대해 말들 하고 있지만, 그 사람은 아무 말 없거나 농담이나 할 뿐이에요. 저는 알아요. 그 사람은 부자고 일이 바빠서, 저 같은 건 관심도 없다고요. 만일 제게 돈이 조금이라도, 백 루블이라도 있다면 모든 걸 다 버리고 떠나고 싶어요. 수도원에라도 들어가고 싶어요.

뜨로피모프 멋진 생각인걸!

바랴 (뜨로피모프에게) 대학생답게 현명해 보세요! (부드러운 톤으로, 눈물을 보이며) 뻬쨔, 왜 그렇게 추해져 버렸죠, 왜 그렇게 늙어 버렸어요! (류보비 안드레예브나에게, 더 이상 눈물을 보이지 않고) 어머니, 저는 일을 하지 않곤 배기지 못해요. 항상 뭐든지 해야 해요.

야샤, 들어온다.

야샤 (웃음을 참으며) 에삐호도프가 당구봉을 부러뜨렸답니다……! (나간다)

바랴 대체 에삐호도프는 왜 와서 당구를 친 거야? 알 수 없는 사람들이라니까……. (나간다)

류보비 안드레예브나 뻬쨔, 바랴를 놀리지 마요. 그러지 않아도 불쌍한 애라는 건 당신도 알잖아요.

뜨로피모프 너무 극성스러워 남의 일에 주제넘게 나서니 그렇

죠. 여름 내내 내가 아냐와 연애라도 할까 봐 귀찮게 따라
다녔지요. 무슨 상관이 있다고 그러는지. 나는 그런 모습을
보이지도 않았습니다, 그렇게 속물적이지 않으니까요. 우
리는 사랑 같은 건 초월해 있답니다.

류보비 안드레예브나 그럼 나는 사랑 이하이겠군요. (몹시 불안
해하며) 레오니드는 왜 여태 안 오는 거야? 영지가 팔렸는
지 안 팔렸는지, 그것만이라도 알았으면. 다가오는 불행이
믿어지지 않아서 어떻게 해야 할지 아무것도 모르겠어, 정
말 모르겠어……. 이제는 고함이라도 지를 것 같아……. 바
보 같은 짓이라도 할 것 같아. 나를 구해 줘요, 뻬쨔. 제발
무엇이든, 아무 말이라도 해줘요, 아무 말이라도…….

뜨로피모프 오늘 영지가 팔렸건 안 팔렸건 어차피 마찬가지
아닐까요? 그건 이미 오래전에 끝난 겁니다. 돌이킬 수 없
습니다. 잡초에 덮인 길이죠. 그러니 진정하세요. 자신을
속여서는 안 됩니다. 일생에 단 한 번만이라도 진실을 직시
해야 합니다.

류보비 안드레예브나 진실이라뇨? 당신은 진실이 어디에 있고
거짓이 어디에 있는지 알는지 모르겠지만, 나는 마치 시력
을 잃은 듯 아무것도 보이지 않아요. 당신은 힘든 문제들을
모두 대담하게 해결하지만, 그건 당신이 젊고 또 자신의 문
제로 고난을 겪어 보지 않았기 때문 아닌가요? 당신은 용
감하게 미래를 바라보지만, 그건 현실이 당신의 젊은 눈에
가려서 무서운 것이 보이지 않고 예상되지도 않기 때문 아
닌가요? 당신은 우리보다 용감하고 순수하고 예민합니다.
그렇지만 손톱만큼이라도 나를 너그럽게, 안타깝게 생각해
보세요. 알다시피 나는 여기서 태어났어요. 여기서 나의 아
버지, 어머니 그리고 할아버지께서 사셨죠. 이 집을 사랑합
니다. 벚꽃 동산이 없는 생활은 상상도 할 수 없어요. 그러

니 꼭 팔아야 한다면, 이 동산과 함께 나를 팔아요……. (뜨로피모프를 안고 그의 이마에 입을 맞춘다) 바로 여기서 내 아들이 물에 빠져 죽었지요……. (운다) 선량하고 좋은 사람이 아니었던가요, 인정을 가지고 나를 대할 수는 없나요?

뜨로피모프 진심으로 동정하고 있다는 건 알아주십시오.

류보비 안드레예브나 다르게, 다르게 말할 수는 없나요……. (손수건을 꺼내는데, 바닥에 전보가 떨어진다) 내 마음은 오늘 몹시 무거워요, 당신은 상상도 못할 정도로. 여기는 너무나 소란스러워 깜짝깜짝 놀라지만 그렇다고 내 방에 혼자 가 있을 수도 없어요. 정적 속에 혼자 있는 것도 무서우니까. 제발, 나를 질책하지 마세요, 뻬쨔……. 당신을 가족처럼 사랑합니다. 당신에게라면 아냐를, 맹세코, 기꺼이 보내겠어요. 그렇지만, 뻬쨔, 공부는 해야 해요, 학업은 마쳐야 해요. 아무 일도 하지 않고 그저 운명이 내모는 대로 떠돌아다니고 있으니, 이상하지 않나요……. 그렇지 않은가요? 그렇죠? 그리고 지저분한 턱수염을 다듬어야 하지 않겠어요……. (웃는다) 우스운 사람이에요, 당신은!

뜨로피모프 (전보를 주워 든다) 멀쑥한 사람이 되고 싶지는 않습니다.

류보비 안드레예브나 파리에서 온 전보예요. 매일 오죠. 어제도, 오늘도. 이 야만스러운 사람이 또 아프다고 하더군요, 몸이 좋지 않다고……. 그 사람이 용서를 빌며 돌아와 달라고 애원하고 있어요. 정말 파리로 돌아가 그 사람 옆에 있어야 되는지도 모르죠. 뻬쨔, 얼굴을 찡그리는군요. 그렇지만 어떡하겠어요. 어떻게 하면 좋겠어요. 그 사람은 아프고 외롭고 불행한데, 누가 그 사람을 돌봐 주죠, 누가 그 사람의 잘못을 감싸 주겠어요, 누가 그 사람에게 때 맞춰 약을 주지요? 어떻게 아무 말 하지 않고 감추겠어요, 나는 그 사람을 분명히 사랑하는데, 사랑해요, 사랑한다고요……. 내 목에 걸린 돌이죠. 그 돌 때문에 내가 바닥에 가라앉는다 해도 그 돌을 사랑해요. 그 사람 없이는 살 수가 없다고요. (뜨로피모프의 손을 잡는다) 나쁘게 생각하지 말아 줘요, 뻬쨔. 나에게 아무 말도 하지 마세요, 아무 말도…….

뜨로피모프 (눈물을 보이며) 죄송하지만 솔직히 말해서 그 사람은 당신의 모든 것을 빼앗지 않았나요!

류보비 안드레예브나 아니, 아니, 아니에요. 그렇게 말하지 마요……. (귀를 막는다)

뜨로피모프 그 사람이 건달이란 건 모두 다 아는 사실입니다, 당신만 모르고 있는 겁니다! 그 사람은 아무 쓸모 없는 건달이니…….

류보비 안드레예브나 (화가 났으나, 참으며) 스물여섯 아니면 스물일곱인가요. 그런데 아직 중학교 2학년 아이 같군요!

뜨로피모프 맘대로 생각하시죠!

류보비 안드레예브나 어른이 될 때도 됐잖아요. 사랑을 하고 있는 사람들을 이해할 만한 나이가 되었다고요. 누군가를 사랑할 때도 되지 않았나요…… 사랑을 할 줄도 알아야죠……. (화를 낸다) 그래, 그래요! 당신은 순수한 게 아니라 결벽증에 걸린 거죠. 우스꽝스러운 괴짜, 괴물 같으니…….

뜨로피모프 (불쾌해져서) 무슨 말을 하는 겁니까!

류보비 안드레예브나 〈나는 사랑 같은 건 초월해 있답니다!〉 당신은 사랑을 초월한 게 아니라 피르스의 말처럼 덜된 놈에 불과하다고요. 그 나이에 사랑하는 사람이 없다니……!

뜨로피모프 (불쾌해져서) 정말 지독하군! 도대체 무슨 말을 하는 겁니까?! (머리를 감싸고 재빨리 홀 쪽으로 간다) 정말 지독하군……. 참을 수가 없습니다, 나가죠……. (나가다가 다시 돌아와) 이제 당신과 끝입니다! (현관으로 나간다)

류보비 안드레예브나 (그 뒤에 대고 소리친다) 뻬쨔, 기다려요! 우습지도 않나요, 농담을 했을 뿐인데! 뻬쨔!

현관 계단을 빠르게 걸어 내려가다 굴러 떨어지는 소리. 아냐와 바랴가 지르는 비명 소리. 그러다 곧바로 이어지는 웃음소리.

류보비 안드레예브나 무슨 일이야?

아냐, 뛰어 들어온다.

아냐 (웃으며) 뻬쨔가 계단에서 굴렀어요! (뛰어나간다)
류보비 안드레예브나 뻬쨔는 정말 괴짜라니까…….

홀에서 역장이 알렉세이 똘스또이의 「죄 많은 여인」을 낭독한다. 다른 사람들은 듣는다. 그러나 몇 줄 안 읽었을 때 현관에서 왈츠를 연주하는 소리가 나고 낭독은 곧 중단된다. 모두 춤을 춘다. 현관에서 뜨로피모프, 아냐, 바랴, 류보비 안드레예브나가 들어온다.

류보비 안드레예브나 아니, 뻬쨔……. 정말 순진한 사람이야……. 용서를 빌게요……. 같이 춤출까요……. (뻬쨔와 춤춘다)

아냐와 바랴도 춤을 춘다.
피르스가 들어와 지팡이를 옆문 가에 세워 놓는다.
야샤도 응접실에서 나와 춤을 구경한다.

야샤 할아범, 어때?
피르스 기분이 좋지 않군. 옛날 무도회에서는 장군이니 남작

벚꽃 동산 **279**

이니 해군 장성이니 하는 분들이 춤을 추셨는데, 지금은 기껏 우체국 직원이나 역장을 초대해도 별로 내켜 하지 않으니. 나도 이제는 쇠약해졌어. 이분들의 할아버지가 되시는, 돌아가신 나리께서는 봉랍으로 어떤 병이든 다 고치셨지. 나도 2년을 넘게 매일 봉랍을 복용하고 있어. 이렇게 살아 있는 것도 그 덕분일 거야.

야샤 할아범이 지겨워. (하품을 한다) 빨리 죽어 버리지 않고.

피르스 이런…… 덜된 놈 같으니! (웅얼거린다)

뜨로피모프와 류보비 안드레예브나가 홀에서 춤을 추다가 응접실로 들어온다.

류보비 안드레예브나 *Merci*(고마워요)! 좀 앉아야겠어……. (앉는다) 피곤해.

아냐가 들어온다.

아냐 (흥분하여) 지금 부엌에서 어떤 사람이 말했는데, 오늘 벚꽃 동산이 팔렸대요.

류보비 안드레예브나 누구에게 팔렸다니?

아냐 누구라고는 말하지 않고 그냥 가버렸어요. (뜨로피모프와 춤을 추며 홀로 나간다)

야샤 어떤 노인이 와서 그렇게 지껄였습니다. 모르는 사람이었죠.

피르스 나리는 아직도 안 오시는군요. 얇은 외투를 입고 가셨으니 감기라도 걸리면 안 될 텐데. 젊은 분이라 어쩔 수 없다니까.

류보비 안드레예브나 숨이 막힐 듯해. 야샤, 가서 누구에게 팔렸는지 알아봐라.

야샤 그 노인은 한참 전에 가버렸는걸요. (웃는다)

류보비 안드레예브나 (짜증을 내며) 뭐 때문에 웃는 거냐? 뭐가 그렇게 즐거워?

야샤 에삐호도프는 무척 우스운 사람이에요. 쓸데없는 사람이죠. 스물둘의 불행 말입니다.

류보비 안드레예브나 피르스, 만일 영지가 팔렸다면 할아범은 어디로 가지?

피르스 가라고 하시는 데로 가겠습니다.

류보비 안드레예브나 안색이 왜 그래? 안 좋아 보이는데? 가서 잠이라도 자는 게 낫겠어…….

피르스 그렇지만……. (미소를 띠며) 제가 쉬러 가면, 누가 시중을 들고 누가 관리를 하겠습니까? 저 혼자 이 집 전체를 맡고 있는데요.

야샤 (류보비 안드레예브나에게) 마님! 제 부탁을 들어주십시오, 제발 말입니다! 다시 파리로 돌아가시게 된다면 저도 꼭 데려가 주세요, 제발 부탁드립니다. 여기에 남아 있는 건 정말 싫습니다. (주위를 둘러보고, 속삭이듯) 마님께서도 보시다시피, 이 나라는 무식하기 그지없는 데다 사람들은 예의도 없이 따분하며 부엌에는 형편없는 음식뿐이라는 건 더 말할 나위가 있겠습니까. 게다가 피르스는 알아들을 수도 없는 말을 웅얼거리며 여기저기 돌아다니니 말입니다. 저를 좀 데려가 주십시오, 제발 말입니다!

삐시치끄, 들어온다.

삐시치끄 저…… 부인, 왈츠 한 곡 추실까요……. (류보비 안드레예브나, 그와 함께 간다) 정말 아름다우십니다. 그런데 180루블만이라도 꼭 빌려야겠습니다……. 꼭 말입니다……. (춤 춘다) 180루블을…….

두 사람, 춤추며 홀로 나간다.

야샤 (조용히 노래 부른다) 〈파도치는 내 마음을 그대가 알아 준다면…….〉[9]

홀에서 회색 모자에 체크 무늬 바지를 입은 사람이 뛰면서 손 을 흔든다. 〈브라보, 샤를로따 이바노브나!〉 하고 외치는 소리.

두냐샤 (분을 바르려고 멈춰 서서) 아가씨가 나보고도 춤을 추 랬어요, 남자는 많은데 여자 파트너가 적다면서. 그런데 춤 을 추다가 가슴이 마구 뛰고 머리가 어지러웠어요, 피르스 니꼴라예비치. 우체국 직원이 숨이 멎을 뻔한 말을 했거든요.

음악 소리가 잦아든다.

피르스 무슨 말을 했는데?
두냐샤 제가 꽃 같대요.
야샤 (하품을 한다) 무식한 놈……. (나간다)
두냐샤 꽃 같대요……. 저는 연약한 숙녀예요, 부드러운 말을 정말 좋아하지요.
피르스 제 분수도 모르는구나.

에뻬호도프, 들어온다.

9 르제프스끼의 가곡 첫 구절.

에삐호도프 아브도찌야 페도로브나, 나를 왜 피하는 겁니까……. 내가 무슨 벌레라도 되나요. (한숨을 내쉰다) 아, 산다는 것은!

두냐샤 왜 그러죠?

에삐호도프 당신이 옳을지도 모릅니다. (한숨을 내쉰다) 그렇지만, 달리 보면, 이렇게 솔직히 말해서 미안합니다만, 당신 때문에 나는 정말 비참해졌습니다. 매일 어떤 불행이 일어나는 내 운명을 나는 잘 알고 있습니다. 그런 것에는 이미 익숙해져 웃으면서 바라볼 수 있답니다. 당신은 나에게 약속했었죠, 비록 내가…….

두냐샤 제발, 우리 다음에 얘기하도록 해요. 지금은 나를 내버려 두세요. 지금 나는 꿈을 꾸고 있으니까. (부채를 가지고 논다)

에삐호도프 나에게는 매일 불행이 일어납니다. 그렇지만 웃어넘기고 있다고 자신 있게 말할 수 있습니다.

홀에서 바랴가 들어온다.

바랴 아직도 여기 있구나, 세묜! 어쩔 수 없어, 너는 정말 한심한 사람이야. (두냐샤에게) 두냐샤, 저리 가라. (에삐호도프에게) 당구봉을 부러뜨리지 않나, 손님처럼 응접실에서 거들먹거리지 않나.

에삐호도프 이렇게 말해서 안됐습니다만, 당신에게는 나를 질책할 자격이 없습니다.

바랴 질책하는 게 아니라 단순히 말하고 있는 거야. 그런데 여기저기 쏘다니기만 하고 도대체 일은 하지 않으니, 뭐 하러 관리인을 둔 건지 알 수가 없어.

에삐호도프 (불쾌해져서) 일을 하든 돌아다니든 먹든 당구를 치든, 뭐라고 할 수 있는 사람은 이해할 줄도 아는, 나이 든 양반들뿐입니다.

바랴 감히 나에게 그런 말을 하다니! (발끈 화를 내며) 감히 그럴 수가 있어? 나는 아무것도 모른다는 거야? 여기서 당장 꺼져 버려! 당장!

에삐호도프 (겁을 집어 먹고) 상냥하게 말해 주시면 좋겠군요.

바랴 (미친 듯이) 당장 여기서 꺼지라니까! 어서!

에삐호도프, 문 쪽으로 간다. 바랴, 그 뒤를 따른다.

바랴 스물둘의 불행! 여기에 다시는 얼씬거리지도 마! 내 눈앞에 나타나지도 말란 말이야!

에삐호도프, 나간다. 문밖에서 〈당신을 일러바칠 거야〉 하는 에삐호도프의 목소리가 들린다.

바랴 다시 돌아오는 거냐! (피르스가 문가에 세워 놓은 지팡이를 집어 든다) 오기만 해봐라…… 오기만 해봐……. 와보라니까, 본때를 보여 줄 테니까……. 그래 돌아오는 거냐! 오기만 해봐라, 그렇담 이렇게……. (지팡이를 치켜든다)

바로 그때 로빠힌이 들어온다.

로빠힌 어이쿠, 이거 정말 고맙습니다.

바랴 (여전히 화가 난 채 조소하듯) 미안하군요!

로빠힌 무슨, 이렇게 유쾌히 맞이해 줘서 무척이나 고맙습니다.

바랴 고마워할 필요까지는 없습니다. (뒤로 물러나며 돌아본다. 그리고 부드럽게 묻는다) 다치지는 않았나요?

로빠힌 아뇨, 전혀. 커다란 혹이 생길지도 모르죠.

홀에서 〈로빠힌이 왔어! 예르몰라이 알렉세이치가!〉 하는 목소리가 들린다.

삐시치고 감감하더니 오시긴 오셨군……. (로빠힌에게 입 맞춘다) 코냑 냄새가 나는걸. 우리도 여기서 즐겁게 놀고 있는 중이지.

류보비 안드레예브나, 들어온다.

류보비 안드레예브나 왔군요, 예르몰라이 알렉세이치. 왜 그리 오래 걸렸죠? 그런데 레오니드는 어디에 있나요?
로빠힌 같이 왔습니다. 곧 올 겁니다…….
류보비 안드레예브나 (초조하게) 그런데 어떻게 됐나요? 경매는 이뤄졌나요? 어서 말해 봐요!
로빠힌 (자신의 기쁨을 드러내지 않으려고 주저하면서) 경매는 4시경에 끝났습니다……. 그런데 기차를 놓쳐 9시 반까지 기다릴 수밖에 없었습니다. (곤란한 듯 한숨을 내쉬며) 후! 머리가 좀 어지럽군요…….

가예프, 들어온다. 오른손에는 물건을 들고 있고, 왼손으로는 눈물을 닦는다.

류보비 안드레예브나 레냐, 어떻게 됐나요? 레냐? (눈물을 글썽이며, 조급하게) 어서 말해 주세요, 제발…….
가예프 (아무 대답도 하지 않고 손을 내저을 뿐이다. 눈물을 흘리며 피르스에게) 이걸 가져가……. 정어리와 흑해산 청어야……. 나는 오늘 아무것도 먹지 못했어……. 얼마나 고생했던지!

당구대가 있는 방의 문이 열려 있어 당구 치는 소리와 〈7과 8!〉 하는 야샤의 목소리가 들린다. 가예프의 얼굴 표정이 변한다. 울음을 그쳤다.

가예프 몹시 지쳤어. 피르스, 옷 좀 갈아입혀 주겠어. (홀을 지나 자기 방으로 간다. 피르스, 따라 나간다)
삐시치끄 경매는 어떻게 됐나? 어서 말해 주게!
류보비 안드레예브나 벚꽃 동산은 팔렸나요?
로빠힌 팔렸습니다.
류보비 안드레예브나 누가 샀나요?
로빠힌 내가 샀습니다.

사이.

류보비 안드레예브나, 기운을 잃고 거의 기절할 듯하다. 옆에 있는 안락의자와 탁자에 기대어 간신히 서 있다. 바랴, 허리띠에서 열쇠 뭉치를 끌러서 응접실 한가운데의 바닥에 던지고 나간다.

로빠힌 내가 샀습니다! 잠깐만 기다려 주시오, 여러분. 머릿속이 뒤죽박죽이라 말을 할 수 없군요……. (웃는다) 우리는 경매하는 곳에 갔습니다. 거기에 이미 제리가노프가 와 있더군요. 레오니드 안드레이치는 만 5천 루블밖에 가지고 있지 않았는데, 제리가노프는 부채 위에 3만 루블을 더 부르더군요. 사태가 그러해서 내가 그자와 맞붙어 4만을 불렀습니다. 그러자 그자는 4만 5천을 불렀고, 나는 다시 5만 5천을 불렀습니다. 이렇게 그자는 5천씩, 나는 1만씩 올렸습니다……. 결국 부채에 9만 루블을 더해 나에게 낙찰되었습니다. 벚꽃 동산은 이제 내 것입니다! 내 것! (큰 소리로 웃는다) 아, 하느님, 벚꽃 동산은 나의 것입니다! 내가 술에 취해서 정신이 나갔다고, 내가 꿈을 꾸고 있다고 말해도 좋습니다……. (발을 구른다) 그렇지만 나를 비웃진 마시오! 나의 아버지, 나의 할아버지가 무덤에서 일어나 이 일을 모두 보신다면, 매나 맞고 배우지도 못한 예르몰라이가, 겨울에도 맨발로 뛰어다니던 바로 그 예르몰라이가 이 세상에서 가장 아름다운 영지를 산 것을 보신다면……. 나는 아버지, 할아버지가 농노로 지냈던, 부엌에조차 들어가지 못했던 바로 그 영지를 샀습니다. 나는 꿈을 꾸고 있는 겁니다, 상상에 취해 있는 겁니다……. 이것은 알 수 없는 어둠에 묻힌 당신네들의 공상의 열매입니다……. (조용히 미소 지으며 열쇠를 집어 든다) 열쇠를 집어 던졌군요. 더는 이 집 살림을 할 수 없다는 걸 보여 주고 싶은 건가요……. (열쇠를 흔들어 소리를 낸다) 그래, 아무러면 어떻소.

악단이 조율하는 소리가 들린다.

로빠힌 자아, 악사들이여, 연주하게, 내가 듣고 싶다네! 모두 와서 보시오, 예르몰라이 로빠힌이 벚꽃 동산에 도끼질하여 그 나무가 땅 위로 넘어가는 것을! 우리는 별장을 건설하고, 우리의 손자, 증손자들이 여기서 새로운 삶을 사는 거야……. 음악을 연주하시오!

음악 소리가 난다. 류보비 안드레예브나, 의자에 걸터앉아 슬피 운다.

로빠힌 (질책하듯) 도대체 왜, 왜 당신은 내 말을 듣지 않았습니까? 가련하고 착한 부인, 이제는 돌이킬 수 없습니다. (눈물을 보이며) 오, 이 모든 일이 빨리 지나가 버렸으면, 우리의 꼴사납고 불행한 생활이 빨리 사라졌으면.

삐시치끄 (로빠힌의 손을 잡고 낮은 목소리로) 부인이 울고 있어. 혼자 있도록 내버려 두고 홀로 가세, 홀로……. (로빠힌의 팔을 붙잡고 홀로 데려간다)

로빠힌 그게 뭐야? 음악을 좀 더 크게 연주하라고! 이제는 내가 시키는 대로 하면 돼! (야유하듯) 벚꽃 동산의 새로운 나리께서 나가신다! (무심코 탁자를 건드려 촛불이 쓰러질 뻔한다) 나는 뭐든 다 돈을 지불할 수 있다고! (삐시치끄와 함께 나간다)

홀과 응접실에 류보비 안드레예브나뿐이다. 그녀는 움츠리고 앉아서 슬피 울고 있다. 낮은 음악 소리. 아냐와 뜨로피모프, 빠른 걸음으로 들어온다. 아냐, 어머니에게 다가가 무릎을 꿇는다. 뜨로피모프, 홀 입구에 서 있다.

아냐 엄마……! 엄마, 울고 계세요? 아름답고 착하신 엄마, 엄마를 사랑해요……. 엄마를 축복해요. 벚꽃 동산은 팔렸어요, 이제는 없어요. 이것은 사실, 사실이에요. 그렇지만 울지 마세요, 엄마. 엄마에게는 생활이 남아 있어요, 그리고 훌륭하고 순수한 영혼이 있잖아요……. 함께 이곳을 떠나요, 떠나요……! 이곳보다 더 화려한 새 동산을 만들어요. 새로운 동산을 보시면, 기쁨이, 깊고 편안한 기쁨이 엄마의 영혼에 깃들 거예요, 마치 석양의 태양처럼 미소 짓게 될 거예요, 엄마! 우리 떠나요, 엄마! 우리 떠나요……!

막이 내린다.

제4막

1막과 같은 장소. 그러나 창문에 커튼도 없고, 그림 한 장 걸려 있지 않다. 얼마 남지 않은 가구도 팔려고 내놓은 듯 한쪽 구석에 쌓여 있다. 공허한 느낌이다. 무대 뒤쪽 출입문 근처에 트렁크와 여행용 보따리들이 쌓여 있다. 왼쪽 문이 열려 있고 그곳으로부터 바랴와 아냐의 목소리가 들린다. 로빠힌, 서서 기다리고 있다. 야샤, 샴페인을 따른 잔들을 쟁반에 받쳐 들고 있다. 현관에서는 에삐호도프가 상자를 묶고 있다. 무대 밖에서 왁자지껄하는 소리. 농부들이 작별 인사를 하러 왔다. 〈감사합니다, 여러분, 정말 감사합니다〉 하는 가예프의 목소리.

야샤 농부들이 작별 인사를 하러 왔나 봅니다. 제 생각에는, 예르몰라이 알렉세이치 씨, 농부들은 선량하긴 하지만 이해력이 좀 부족한 것 같습니다.

왁자지껄한 소리가 잦아든다. 현관에서 류보비 안드레예브나와 가예프가 들어온다. 류보비 안드레예브나는 울고 있지 않다. 하지만 떨고 있는 그녀의 얼굴이 창백하다. 그녀는 어떤 말도 할 수 없다.

가예프 그래서는 안 되는데 너는 저 사람들에게 지갑을 내주었어, 류바! 그래선 안 되는데!
류보비 안드레예브나 어쩔 수 없었어요! 어쩔 수가 없었어요!

　두 사람, 나간다.

로빠힌 (그들이 나간 문에다 대고) 제발 부탁드립니다만, 이별을 기념하는 뜻으로 한 잔씩 드시죠. 시내에서 사오는 걸 깜빡 잊어서, 역 앞에서 간신히 한 병 구해 온 겁니다. 부탁드립니다!

　사이.

로빠힌 여러분, 그러지 마시고! 싫으신가요? (문에서 떨어져) 이럴 줄 알았다면, 사오지 않는 건데. 그럼, 나도 마시지 않겠어.

　야샤, 조심스럽게 쟁반을 의자 위에 올려놓는다.

로빠힌 야샤, 너라도 마셔라.
야샤 그렇다면 떠나는 분들을 위해서! 남으신 분들에게도 행복을! (마신다) 진짜 샴페인이 아닌데요, 정말입니다.
로빠힌 한 병에 8루블이나 줬는데.

　사이.

로빠힌 여긴 지독하게 춥군.
야샤 어차피 떠나실 거라 난로를 피우지 않았습니다. (웃는다)

로빠힌 왜 그래?

야샤 기분이 좋아서요.

로빠힌 시월인데도 밖에는 여름처럼 햇볕이 내리쬐고 조용하군. 집을 짓기에 좋은 날씨야. (시계를 보고, 문을 향해) 여러분, 서두르십시오, 기차 시간까지는 46분밖에 남지 않았습니다! 늦어도 20분 후에는 역으로 떠나야 합니다. 서두르셔야 합니다.

외투를 입은 뜨로피모프, 바깥에서 들어온다.

뜨로피모프 떠날 때가 된 것 같군. 말도 준비됐으니. 그런데 내 덧신은 대체 어디로 간 거야. (문을 향해) 아냐, 내 덧신이 없어! 찾지 못했어!

로빠힌 나도 하르꼬프로 가야 합니다. 당신들하고 같은 기차로 가게 될 겁니다. 겨울 동안 하르꼬프에서 지내려 합니다. 아무 일도 하지 않고 당신들과 떠들어 대는 것도 이제는 괴롭군요. 나는 일을 하지 않을 수 없습니다. 이 빈둥거리는 두 손이 마치 남의 손 같아 어떻게 해야 할지 알 수가 없을 정도입니다.

뜨로피모프 이제 우리가 떠나면, 당신도 예전처럼 그 유익한 일들을 다시 시작하게 될 겁니다.

로빠힌 한잔하시오.

뜨로피모프 생각 없습니다.

로빠힌 그럼, 모스끄바로 가게 되나요?

뜨로피모프 그렇습니다. 시내까지 전송하고, 내일 모스끄바로 떠날 겁니다.

로빠힌 그렇군요……. 하기는 교수들이 강의를 하지 않고 아마 당신이 오길 기다릴 테죠!

뜨로피모프 당신이 참견할 일이 아닙니다.

로빠힌 도대체 대학에서 공부한 지는 얼마나 되었소?

뜨로피모프 좀 더 새로운 수법을 생각해 보시죠. 그건 낡고 진부한 방식이니. (덧신을 찾는다) 아마 우리는 다시 못 만날 테니, 당신에게 충고 한마디만 하지요. 너무 활개를 치지 마시오! 그런 나쁜 버릇은 버려야 하오. 그러니까 여기에 별장을 짓고, 시간이 지나 별장 거주자들이 독립된 농장 경영자가 될 거라는 생각, 그렇게 생각하는 것도 활개를 치는 것이오…… 어쨌든 나는 당신이 좋소. 당신의 손은 마치 배우처럼 가늘고 부드럽고 그 마음도 섬세하고 부드러우니…….

로빠힌 (그를 껴안는다) 잘 가시오. 여러 가지로 고마웠소. 필요하다면 여비를 좀 줄 수도 있는데.

뜨로피모프 뭐 하러? 필요 없습니다.

로빠힌 동전 한 푼 없을 텐데.

뜨로피모프 고맙지만, 있습니다. 번역료 받은 게 있죠. 여기 이 주머니 안에. (걱정스러운 듯) 그런데 내 덧신은 어디에 있지!

바랴 (옆방에서) 이 더러운 물건 가져가요! (무대 위로 고무덧신 한 짝을 던진다)

뜨로피모프 왜 그리 화를 내는 겁니까, 바랴? 그런데…… 이건 내 덧신이 아니야.

로빠힌 지난봄에 양귀비를 천 제샤찌나나 심어서 얼마 전에 4만 루블의 순이익을 올렸소. 양귀비가 꽃을 활짝 피웠을 때에는 정말 그림 같았지! 이렇게 내가 4만 루블을 벌어서 여비를 좀 주겠다는 건데, 그리 고집 부릴 게 뭐 있소? 나는 단순히…… 농부란 말이오.

뜨로피모프 당신 아버지가 농부였다거나 내 아버지가 약사였다거나 하는 것에는 아무런 의미도 없습니다.

로빠힌, 지갑을 꺼낸다.

뜨로피모프 그만두시오, 그만두라니까……. 나에게 2만 루블을 준다고 해도 받지 않을 것이오. 나는 자유로운 인간이오. 당신들, 부유한 사람이건 가난한 사람이건 당신들 모두가 귀하다고 여기는 것들이 나에게는 마치 바람에 흔들리는 솜털같이 하찮을 뿐이오. 당신네들 없이도 나는 살아갈 수 있습니다, 당신네들에게 신경 쓰지 않고 말이오. 그렇게 나는 강하고 당당합니다. 인류란 이 지상에서 가장 고귀한 진리, 행복을 향해 나아가죠. 그 맨 앞에 내가 있습니다.
로빠힌 그것에 도달할 수 있을까요?
뜨로피모프 도달할 수 있습니다.

사이.

뜨로피모프 도달하거나 다른 사람들에게 그 길을 가르쳐 주는 거요.

도끼로 나무를 찍는 소리가 멀리서 들려온다.

로빠힌 그렇다면 잘 가시오. 떠날 때가 됐으니. 우리는 남들 앞에서 잘난 체하지만 현실은 무심코 흘러갈 뿐. 피곤한 줄도 모르고 오랫동안 일을 할 때면, 마음이 가벼워져서 내가 왜 존재하는지 알 것 같소. 그런데 이 러시아에는 자신이 왜 존재하는지도 모르는 사람들이 얼마나 많은지. 레오니드 안드레이치는 연봉 6천 루블을 받고 은행에서 일하기로 했다고 하던데……. 그렇지만 오래 있지는 못할걸, 아주 게으르니까…….

아냐 (문가에서) 엄마가 떠날 때까지만이라도 정원에서 벌목 하지 말아 달라고 부탁하세요.

뜨로피모프 정말 그만 한 눈치도 없나요⋯⋯. (현관으로 나간다)

로빠힌 지금, 지금 당장⋯⋯ 그렇게 하지. (뜨로피모프 뒤를 따 라 나간다)

아냐 피르스는 병원에 보냈어?

야샤 아침에 그렇게 말했으니, 보냈을 겁니다.

아냐 (홀을 지나가는 에삐호도프에게) 세묜 빤쩰레이치, 피르 스를 병원에 데려다 주었는지 알아봐 주시죠.

야샤 (모욕감을 느낀 듯) 아침에 예고르에게 말했다니까요. 대체 같은 말을 몇 번 묻는 겁니까!

에삐호도프 피르스는 너무 오래 살아 이번에는 수리를 한다 해도 소용없을 겁니다. 이제는 선조들 곁에 갈 때가 됐지 요. 그렇지만 그가 부러울 따름입니다. (트렁크를 모자 상자 위에 올려놓고 상자를 찌그러뜨린다) 이렇게 끝나는 겁니다. 다 그런 거죠. (나간다)

야샤 (조소하며) 스물둘의 불행⋯⋯.

바랴 (문밖에서) 피르스를 병원에 데려다 주었다니?

아냐 그랬대.

바랴 그런데 왜 의사한테 편지를 가지고 가지 않았지?

아냐 그럼 뒤따라 보내야 해⋯⋯. (나간다)

바랴 (옆방에서) 야샤는 어디 있어? 야샤에게 전해 줘, 야샤 어머니가 작별 인사 하러 오셨다고.

야샤 (손을 내젓는다) 정말 못 참겠군.

두냐샤, 줄곧 짐 주위에서 서성거리다 야샤만 남자 그에게 다 가간다.

두냐샤 눈길 한 번 주지 않는군요, 야샤. 떠나시는 건가요……
나를 버리고……. (울면서 그의 목에 매달린다)

야샤 대체 왜 우는 거야? (샴페인을 마신다) 엿새 후에는 다시
파리에 도착하게 돼. 내일 급행열차를 타고 눈 깜빡할 사이에
달려가는 거야. 꿈만 같군. *Vive la France*(프랑스 만세)……!
여기는 나에게 어울리지 않아, 여기서 살 수는 없어…… 어쩔
수가 없지. 무식한 것을 진절머리가 날 정도로 보았거든. (샴
페인을 마신다) 도대체 울긴 왜 울어? 예의 바르게 행동해야지.

두냐샤 (손거울을 보며 분을 바른다) 파리에 가면 편지를 보내
주세요. 당신을 사랑했어요, 야샤, 정말로 사랑했어요! 나
는 연약한 존재예요, 야샤!

야샤 사람들이 온다고. (짐 주위에서 서성거리며 낮은 목소리
로 노래를 흥얼거린다)

류보비 안드레예브나, 가예프, 아냐, 샤를로따 이바노브나, 들
어온다

가예프 떠날 때가 얼마 남지 않았어. (야샤를 보고) 누구한테
서 청어 냄새가 나는 거야!

류보비 안드레예브나 10분 후에 마차를 타요……. (방 안을 둘러
본다) 잘 있어라, 사랑하는 집, 늙은 할아범. 겨울이 지나 봄
이 오면 너는 부서져 더 이상 존재하지 않겠지. 이 벽은 얼
마나 많은 것들을 보아 왔을까! (딸에게 격렬히 입 맞춘다)
나의 보배, 너는 빛나는구나, 너의 눈은 보석처럼 반짝거려.
좋으니? 그렇게 좋으니?

아냐 정말 좋아요! 새로운 생활이 시작되는 거예요, 엄마!

가예프 (유쾌하게) 사실, 이제야 모든 게 다 잘됐어. 벚꽃 동산
이 팔리기 전까지만 해도 우리는 걱정하고 괴로워했지만,

문제가 완전히 해결된 다음에는 모두 다 평온하고 활기까지 떠니 말이야……. 나는 은행원이야, 이제는 재정가인 셈이지…… 노란 공은 가운데로, 그리고 류바, 너도 더 좋아보여, 정말로 그래.

류보비 안드레예브나 맞아요. 신경이 훨씬 안정돼 있는 건 사실이에요.

가져온 모자와 외투를 받는다.

류보비 안드레예브나 잠도 잘 자요. 내 짐들을 날라라, 야샤. 시간이 됐어. (아냐에게) 내 딸아, 우리는 곧 다시 만나게 될 거야……. 파리로 가서, 야로슬라블에 있는 네 할머니가 영지를 사라고 보내 주신 돈으로 살 거야, 그나마 할머니에게 고맙지! 그렇지만 그 돈으로는 얼마 지탱하지 못할 거야.

아냐 엄마, 곧 돌아오실 거죠, 곧……. 그럴 거죠? 나는 시험 준비를 해서 학교에 입학하겠어요. 그런 다음 일을 해서 엄마를 돕겠어요. 엄마, 우리 함께 여러 가지 책을 읽도록 해요……. 그럴 거죠? (엄마의 손에 입 맞춘다) 가을밤이면 우리 책을 읽어요, 많은 책을 읽고 나면, 새롭고 경이로운 세계가 우리 앞에 펼쳐질 거예요……. (꿈꾸듯) 엄마, 돌아오셔야 해요…….

류보비 안드레예브나 돌아올 거다, 귀중한 나의 딸. (딸을 껴안는다)

로빠힌, 들어온다. 샤를로따, 조용히 노래를 부른다.

가예프 노래를 부르는 행복한 샤를로따!

샤를로따 (꾸린 보따리를 아기처럼 안아 든다) 내 아가, 자장, 자장…….

〈응애응애……!〉 하는 아기의 울음소리가 들린다.

샤를로따 울지 마라, 아가야, 사랑하는 아가야.

「응애응애……!」

샤를로따 가련한 내 아가! (보따리를 원래 있었던 자리로 내던 진다) 이봐요, 일할 자리를 좀 구해 주세요. 이럴 수는 없는 노릇이니.

로빠힌 구해 봅시다, 샤를로따 이바노브나, 걱정하지 마십시오.

가예프 모두 우리를 떠나는군, 바랴도 떠날 테고……. 갑자기 우리는 필요 없는 사람이 되었어.

샤를로따 시내에 내가 있을 곳은 없어요. 그래도 가야 하겠지 만……. (노래 부른다) 아무러면 어떤가…….

삐시치끄, 등장한다.

로빠힌 자연의 걸작……!

삐시치끄 (헐떡이며) 후유, 숨 좀 돌리고……. 힘들어……. 여 보시오…… 물 좀 주시오…….

가예프 또 돈을 빌리러 왔겠지! 지겹군, 피해 버리는 게 상책 이야……. (나간다)

삐시치끄 오래간만입니다…… 부인……. (로빠힌에게) 여기 있 었군……. 반갑네……. 정말 머리가 좋은 사람이야……. 자, 어서 받게……. 받으라고……. (로빠힌에게 돈을 준다) 4백 루블이야……. 아직 840루블이 남았지…….

로빠힌 (주저하며 어깨를 움찔한다) 꿈이라도 꾸는 건가……. 도대체 어디서?

삐시치끄 잠깐만…… 정말 덥군……. 굉장한 사건이었어. 영국
사람들이 와서는 내 땅에서 백점토라는 걸 발견했다고…….
(류보비 안드레예브나에게) 여기 4백 루블입니다……. 아름
답고…… 훌륭하신 부인……. (돈을 준다) 나머지는 다음에.
(물을 마신다) 지금 기차 안에서 한 젊은이가 말하던데, 그
어떤…… 위대한 철학자가 충고하기를 지붕 위에서 뛰어내
리라고……. 그러니까 〈뛰어내려라!〉 하고, 그러면 문제는
해결된다고. (놀란 표정으로) 굉장하죠! 물……!

로빠힌 영국 사람이라니?

삐시치끄 그 사람들에게 점토가 나오는 땅을 24년 동안 임대
했지……. 그러니 지금, 미안하지만, 이럴 시간이 없네…….
가봐야 해……. 즈노이꼬프에게도 가봐야 하고…… 까르다
모노프한테도……. 빚을 진 모든 사람들한테……. (마신다)
안녕히 계십시오……. 목요일에 다시 들르죠…….

류보비 안드레예브나 우리는 지금 시내로 나가요, 내일쯤 외국
에 있을걸요.

삐시치끄 뭐라고요? (소스라치게 놀라) 시내라뇨? 그래서 가
구니…… 트렁크니…… 그렇군요……. (눈물을 보이며) 그렇
군요……. 굉장히 머리가 좋은 사람들이죠…… 그 영국인들
말입니다……. 그렇군요…… 부디 행복하세요……. 하느님
의 은총이…… 그렇군요…… 이 세상의 모든 건 다 끝이 있
는 거니까……. (류보비 안드레예브나의 손에 입 맞춘다) 내
가 끝났다는 소문을 들으시면, 바로 이…… 말을 생각하시
고 〈세상에 그러한…… 시메오노프 삐시치끄란 자가 살았
지……. 명복을 비오〉 하고 말해 주시죠……. 참 좋은 날씨
입니다…… 그렇죠……. (몹시 당황한 채 퇴장했다가 곧 다시
돌아와 문 위에서) 다센까가 안부를 전하더군요! (퇴장한다)

류보비 안드레예브나 이제는 떠나야겠군. 그렇지만 나는 두 가

지 근심을 가지고 떠나. 그중 하나는 병든 피르스지. (시계를 보고) 아직 5분은 더 있을 수 있겠어……

아냐 엄마, 피르스는 이미 병원에 보냈어요. 야샤가 아침에.

류보비 안드레예브나 또 다른 근심은 바랴야. 바랴는 항상 일찍 일어나 일을 했는데, 이제는 일이 없어 물을 떠난 물고기 같은 신세니. 창백하게 여윈 데다 울고만 있으니, 가여운 것…….

사이.

류보비 안드레예브나 당신도 그걸 잘 알잖아요, 예르몰라이 알렉세이치, 내가 바라는 건…… 당신에게 시집보내는 거예요, 당신도 그럴 눈치였고. (아냐에게 귀엣말을 한다. 아냐, 샤를로따에게 고갯짓하고, 두 사람, 나간다) 그 애는 당신을 사랑하고 있고, 당신도 그 애가 싫진 않잖아요. 그런데도 두 사람은 서로를 왜 피하는지 알 수가 없어요. 이해할 수가 없어요!

로빠힌 솔직히 나 자신도 모르겠습니다. 어쩐지 좀 이상한 일이죠……. 시간이 좀 있다면 지금이라도 당장…… 매듭지어 버리죠. 당신이 안 계시면 아무래도 청혼을 할 것 같지 않아서.

류보비 안드레예브나 좋아요. 단 1분이면 되겠지요. 지금 바랴를 부르겠어요…….

로빠힌 마침 샴페인도 있으니. (컵을 보고는) 비었군, 누가 다 마셔 버렸어.

야샤, 마른기침을 한다.

로빠힌 염치도 없이 다 마셔 버리다니…….

류보비 안드레예브나 (활기차게) 아주 좋아요. 우리는 나가 있
　　겠어요……. 야샤, *allez*(가자)! 곧 부를게요……. (문을 향
　　해) 바랴, 어서 이리 와라. 어서! (야샤와 함께 나간다)
로빠힌 (시계를 보고) 그렇지…….

　　사이.

　　문 뒤에서 웃음을 참는 소리, 속삭이는 소리. 마침내 바랴가 들
어온다.

바랴 (오랫동안 짐을 살펴본다) 이상한데, 어디에 갔지…….
로빠힌 뭘 찾고 있죠?
바랴 내가 직접 챙겨 놓고도 생각이 안 나는군요.

　　사이.

로빠힌 이제 당신은 어디로 갈 겁니까, 바르바라 미하일로브나?
바랴 저 말인가요? 라굴린 댁에……. 그 집 일을 돌봐 주기로
　　했어요……. 가정부 일을 말이죠.
로빠힌 야슈네보로 가는군요? 70베르스따 떨어진 곳이죠.

　　사이.

로빠힌 그럼 이 집에서의 생활도 끝나는군요…….
바랴 (짐을 들춰 보며) 도대체 어디에 있는 거지……. 트렁크
　　속에 넣었을까……? 그래요, 이 집에서의 생활은 끝나는 거
　　죠……. 다시는 돌아오지 않을 테니까…….
로빠힌 나는 지금 하르꼬프로 떠납니다. 같은 기차로. 할 일

이 많지요. 이 집에는 에뻬호도프를 남겨 두고 갑니다…….
그를 고용했습니다.

바랴 그렇군요!

로빠힌 작년 이맘 때에는 눈이 내렸는데, 기억하십니까. 그런
데 올해는 조용하고 해가 나는군요. 쌀쌀하긴 합니다만…….
영하 3도라나.

바랴 몰랐어요.

사이.

바랴 집에 있는 온도계가 깨져 버렸거든요…….

사이.

밖에서 〈예르몰라이 알렉세예비치……〉 하고 부르는 소리.

로빠힌 (마치 오랫동안 기다렸다는 듯이) 곧 나갈게! (급히 나간다)

바랴, 바닥에 주저앉아 옷 보따리에 얼굴을 묻고 조용히 흐느
낀다. 문이 열리고, 류보비 안드레예브나가 조심스럽게 들어온다.

류보비 안드레예브나 어떻게 됐니?

사이.

류보비 안드레예브나 떠나야겠다.

바랴 (울음을 그치고 눈을 닦는다) 예, 시간이 됐어요, 어머니.
라굴린 댁에 오늘 안으로 가려면, 기차를 놓쳐선 안 돼요…….

류보비 안드레예브나 (문을 향해) 아냐, 옷을 입어라!

아냐, 가예프, 샤를로따 이바노브나, 들어온다. 가예프는 방한용 두건에 두꺼운 외투를 입고 있다. 마부와 하인들이 모여든다. 에삐호도프, 짐 주위에서 바쁘게 다닌다.

류보비 안드레예브나 떠나야지.

아냐 (기쁘게) 출발!

가예프 오, 나의 사랑하는 벗들이여, 귀중한 나의 벗들이여! 이 집을 영원히 떠나는 이 마당에 내 어찌 가만히 있으랴. 나의 온몸에 가득 찬 이 감정을 이별에 즈음하여 어찌 말하지 않을 수 있으랴…….

아냐 (간청하듯) 외삼촌!

바랴 외삼촌, 그만하세요!

가예프 (의기소침하여) 두쁠레뜨로 노란 공은 가운데에……. 아무 말 않으마…….

뜨로피모프와 로빠힌이 들어온다.

뜨로피모프 뭐 하십니까, 여러분, 떠날 시간입니다.

로빠힌 에삐호도프, 내 외투!

류보비 안드레예브나 1분만. 1분만 더 앉아 있겠어요. 이 집의 벽이며 천장이며 처음 보는 것 같아. 그래서 지금 열심히 보고 있는 거예요. 어루만지는 마음으로…….

가예프 기억나, 여섯 살 무렵 삼위일체 축일 때 바로 이 창가에 앉아 아버지가 교회에 가시는 걸 바라보던 일이…….

류보비 안드레예브나 짐은 다 옮겨 실었나요?

로빠힌 그런 것 같군요. (외투를 입으며 에삐호도프에게) 에삐호도프, 제대로 잘하고 있어.

에삐호도프 (쉰 목소리로) 걱정 마십시오, 예르몰라이 알렉세이치 씨!

로빠힌 목소리가 왜 그래?

에삐호도프 지금 물을 마시다 뭔가 삼켰습니다.

야샤 (멸시하듯) 무식한 놈…….

류보비 안드레예브나 자, 떠나요. 여기에는 아무도 남지 않겠군요…….

로빠힌 봄까지는 그럴 겁니다.

바랴, 보따리에서 우산을 빼낸다. 그런데 그 모습이 마치 누굴 때리려고 치켜드는 듯하다. 로빠힌, 그 모습을 보고 놀란다.

바랴 왜 그러시죠……. 그럴 생각을 한 건 아니에요.

뜨로피모프 여러분, 가서 마차를 타십시다……. 늦겠습니다! 기차가 곧 도착할 겁니다!

바랴 뻬쨔, 여기 트렁크 옆에 당신의 덧신이 있네요. (눈물을 보이며) 어쩌면 이렇게 더럽고 낡았을까…….

뜨로피모프 (덧신을 신으며) 가시죠, 여러분……!

가예프 (몹시 흥분해 있다. 간신히 울음을 참으며) 기차…… 역…… 끄루아제는 가운데로, 흰 공은 두쁠레뜨로 구석에…….

류보비 안드레예브나 가요!

로빠힌 여기에만 사람이 있는 거죠? 저쪽에는 아무도 없죠? (왼쪽 문을 잠근다) 여기에 물건을 쌓아 놨으니, 잠가야지. 갑시다……!

아냐 안녕, 나의 집, 안녕, 낡은 생활!

뜨로피모프 만세, 새로운 삶이여……! (아냐와 함께 퇴장한다)

바랴, 방을 한 번 둘러보고 천천히 나간다. 야샤와 개를 데리고 있는 샤를로따도 나간다.

로빠힌 자, 그럼, 봄에나 다시 오지. 여러분, 가끔 들르세요……. 잘 있어라……! (나간다)

류보비 안드레예브나와 가예프, 두 사람만 남는다. 그들은 마치 이 순간을 기다린 듯 서로 목을 부둥켜안고, 다른 사람들이 들을까 봐 조심스럽게 조용히 흐느낀다.

가예프 (절망적으로) 나의 누이여, 아, 나의 누이여…….
류보비 안드레예브나 오, 사랑하는 아름다운 나의 동산……! 나의 인생, 나의 젊음, 나의 행복이여, 안녕……! 안녕……!

〈엄마……!〉 하고 재촉하는 아냐의 쾌활한 목소리.
〈어어이……!〉 하는 뜨로피모프의 쾌활하고 흥분된 목소리.

류보비 안드레예브나 벽이며 창문이며 마지막으로 한 번 더 보겠어……. 돌아가신 어머니는 이 방에서 거니는 걸 좋아하셨는데…….
가예프 나의 누이여, 아, 나의 누이여……!

〈엄마……!〉 하는 아냐의 목소리.
〈어어이……!〉 하는 뜨로피모프의 목소리.

류보비 안드레예브나 그래, 가마……!

두 사람, 퇴장한다.

텅 빈 무대. 모든 문을 잠그는 소리가 난다. 그러고 나서 마차가 떠나는 소리. 조용해진다. 정적 속에서 나무에 도끼질하는 황량한 소리가 구슬피 울린다.

발소리가 들린다. 오른쪽 문에서 피르스가 나타난다. 항상 그랬듯이 그는 양복에 흰 조끼를 입고 슬리퍼를 신고 있다. 병약하다.

피르스 (문에 다가가서 손잡이를 만져 본다) 잠겼군. 다들 떠났어…… . (소파에 앉는다) 나를 잊었군…… . 괜찮아…… . 여기에 좀 앉아야겠어…… . 나리는 떠날 때 털외투가 아니라 얇은 외투를 입었을지도 몰라…… . (걱정스러운 듯 한숨을 내쉰다) 보살펴 주었어야 하는데…… . 젊은 사람이라 어쩔 수 없다니까! (알아들을 수 없는 말을 웅얼거린다) 살긴 살았지만, 도무지 산 것 같지 않아…… . (눕는다) 좀 누워야겠어…… . 기운이 하나도 없군, 아무것도 남은 게 없어, 아무것도…… . 에이, 바보 같으니……! (미동도 없이 누워 있다)

마치 하늘에서 울리듯 멀리서부터 줄 끊어지는 소리가 구슬피 울리고 나서 잦아든다. 정적. 동산 멀리서 나무에 도끼질하는 소리가 들릴 뿐이다.

막이 내린다.

역자 해설
체호프 극을 이해하는 열쇠

〈나는 기이한 뭔가를 완성하게 될 겁니다.〉

현대극의 기원인 안똔 빠블로비치 체호프Anton Pavlovich Chekhov(1860~1904)의 극은 신비롭다. 체호프 극의 신비함은 체호프가 자신의 극을 기이하다고 평가한 점에서 비롯된다. 체호프는 「갈매기」를 쓰면서 『새 시대 *Novoye Vremya*』지의 발행인이자 편집장인 A. S. 수보린에게 보낸 편지에서 이렇게 말한다. 〈나는 기이한 뭔가를 완성하게 될 겁니다.〉 사실 체호프 자신이 언급한 것처럼 체호프의 희곡은 그야말로 〈기이한 무엇〉이다. 이 기이함은 그가 세상을 떠난 지 한 세기가 지난 지금도 여전히 유효하다. 그렇지만 언뜻 보면 체호프의 희곡은 아주 평범한 있는 그대로의 일상을 다루고 있어 전혀 기이하지 않다. 그의 희곡에서 인물들은 어떤 특별한 행위를 한다거나 심각한 사실만을 이야기하지 않고 그저 먹고 마시고 배회하고 날씨에 관해서 떠들고 카드놀이를 하고 있을 뿐이다. 체호프 자신의 말처럼 실제 생활에서 사람들이 살아가는 모습이 바로 그러하기 때문이다. 그렇다고 보이는 그대로의 체호프 희곡을 받아들인다면 그것은 정말 일차적

307

인 지각의 한계에 갇히는 꼴이 될 것이다. 또한 체호프의 드라마가 자연주의적이라고 간주하여 이른바 삶의 단면을 대한다고 생각한다면 정말 따분하고 지루한, 그야말로 체호프 드라마의 단면만을 보게 될 뿐이다. 아무리 드라마의 일반적인 특성인 긴박감에서 일탈한 것이 그의 희곡이 내포한 특징이라고 해도 그렇다. 체호프 희곡이 신비한 것은 이렇게 보통의 인식을 초월하지 않는 일상에서 출발한다. 기이하지 않기에 기이한 것이 바로 체호프 희곡이 담고 있는 역설의 신비다. 화려하지도 전율적이지도 신랄하지도 설교적이지도 않은 체호프의 드라마, 그 담담함에 신비가 담겨 있다.

이 역설의 신비에 다가가기 위해서는 우선 체호프가 예술의 객관주의를 거듭 주장했고, 또 그 객관주의가 그의 희곡들에 용해되어 있다는 사실을 상기해야 한다. 러시아의 유명한 연출가 K. S. 스따니슬라브스끼는 체호프가 극장을 위한 희곡을 쓴 게 아니라 삶의 광경을 그렸다고 평한 바 있다. 그것은 체호프가 되풀이하여 강조하는 객관주의가 그의 희곡들에 용해되어 있기 때문이다. 그렇지만 이 객관주의가 작가관의 부재는 아니다. 오히려 객관주의에 작가관이 놓인다. 흔히들 언급하는 체호프 극의 성격인 이른바 극적인 사건의 부재, 말과 행동의 괴리, 내적 흐름 따위의 특성들은 객관주의의 소산이 된다. 결국 일상에서 출발한 체호프 극의 신비는 보고서도 보지 못하는 일상의 본질을 진단하기 때문에 발생한다. 그러다 보니 역설적으로 체호프의 극은 일상적이지 않다.

대화하지 않는 대화

희곡은 대화체로 이루어진 장르이다. 일반적으로 동등한

차원에서 교차되는 대사들로만 구성된 희곡에서는 그 대화적 관계가 시스템을 구축하면서 인물들 사이의 관계를 드러내고 행위를 진행시키는 것이다. 하지만 체호프의 희곡에서 인물들은 서로 진정한 대화를 나누지 않는다. 횡설수설에 가까운 불필요한 대사들이 행위의 진행을 방해하여 집중된 대화체가 낳는 극성이 존재하지 않는다. 체호프의 인물들은 대화를 나누는 듯하지만 독백하고 있는 것이다. 이러한 점은 초기 단막극에서 마지막 장막극까지 계속되는 체호프 극의 중요한 특성이다.

「청혼」에서 청혼을 하려고 추부꼬프의 집에 찾아온 로모프는 자신의 확고한 입장에서 나딸리야의 말을 해석한다. 로모프와 나딸리야 사이에는 서로의 말을 이해하는 대화가 이루어지지 않고 각자 자신의 입장을 강요하는 독백이 진행된다. 이것이 「청혼」의 우스꽝스러운 사태를 낳는다. 「어쩔 수 없이 비극 배우」에서 똘까초프가 친구 무라슈낀에게 털어놓는 신세 한탄 역시 무라슈낀의 어떠한 공감도 사지 못하는 독백에 불과하다. 그가 어쩔 수 없이 아무도 공감해 주지 못하는 비극적인 삶을 사는 우스꽝스러운 〈배우〉인 것은 독백의 관계에서 비롯된다. 「기념일」의 쉬뿌친은 신용 조합의 기념일을 통해서 자기 자신을 과시하고 싶어 한다. 하지만 그의 이런 바람은 혼자 다녀온 여행에서 일어난 에피소드들에 푹 빠져 있는 아내 따찌야나와 신용 조합과는 전혀 상관없는 일로 자신의 신세를 호소하는 메르추뜨끼나의 등장으로 여지없이 파괴된다. 독백의 상태가 낳는 코믹한 상황들이 「기념일」에서 벌어지는 것이다.

장막극들에서도 등장인물들은 전혀 서로 대화다운 대화를 나누지 못한다. 그래서 등장인물들이 자주 사용하는 단어 가운데 하나가 〈답답해〉이다. 인물들이 통상 날씨를 언급할 때

사용하는 이 낱말은 전후 맥락에 의해서 의사소통이 단절된 상황 속에서의 그들의 상태를 의미하는 어휘로 전의된다. 「갈매기」의 첫 장면에서부터 의사소통의 부재와 그로 인해 대화가 독백으로 변질되는 현상이 부각된다. 「갈매기」는 각자의 생각에 갇혀 있는 마샤와 메드베젠꼬의 대화로 시작되는데, 이 소통의 단절은 마샤의 함축적인 대사 〈답답해〉로 강조된다. 이는 마샤가 소나기가 올 것 같다면서 하는 말이지만, 본질적으로 진정한 소통의 부재를 표현한 것이다. 「바냐 아저씨」에서도 다른 인물들과 진정한 의사소통을 이루지 못하는 세례브랴꼬프가 날씨 때문에 〈답답해〉를 반복하면서 창문을 못 닫게 한다. 인물들의 답답한 상태는 바로 대화체의 독백성에서 기인한다. 이런 독백성은 마지막 장막극 「벚꽃 동산」에서 절정에 이른다. 영지 상실이 플롯의 중심을 형성하는 「벚꽃 동산」에서 영지를 팔지 않을 수 있는 방안을 제시하는 로빠힌의 대사는 그 누구도 귀 기울여 듣지 않는 독백이다. 아이러니하게도 바로 이러한 인물들의 관계가 「벚꽃 동산」의 영지 경매를 재촉한다. 이렇게 독백이 되어 서로 빗나가는 대화는 체호프의 극에 침묵의 공간을 형성한다.

체호프는 말이 소통의 기능을 온전히 수행하지 못한다는 점을 간파하고 있었다. 그래서 체호프는 지나친 다변과 추론이 예술에서 부정적인 요소가 됨을 강조하며, 간결함이야말로 재능의 자매라고 역설하기도 했다. 「바냐 아저씨」의 소냐는 세례브랴꼬프에게 보이니쯔끼를 옹호하다가 〈이런 말을 하려는 게 아닌데, 이런 말을 하려는 게 아닌데〉 하고 깨닫는다. 그렇게 체호프의 등장인물들은 때론 그들의 생각과 감정에 적합한 어휘들을 찾을 수 없어 당혹해하거나 그들이 사용하는 어휘들이 그들이 진정으로 생각하는 것을 표현하지 못한다는 사실을 돌연히 인지한다. 그로 인해 체호프의 희곡에서 대화에 사용된 말은 외연의 실재 그 자체를 단순히 재현하지 않는다. 무대 위에서 대사들은 진정한 감정과 충동을 감추고 있는 독특한 마스크의 성격을 띤다. 이렇게 해서 말해지지 않는 것이 극의 행위가 됨으로써 말해지는 것의 진정한 의미가 되는 역설적인 특징을 띠게 되는 것이다. 체호프의 희곡에서 사이*pause*가 빈번하게 나오는 이유도 이와 관련해서 이해할 수 있다. 이 〈말 없음〉은 말 그대로 침묵이지 결코 의미 없음이 아니다. 그러기에 체호프의 극에서 침묵의 언어를 이해하는 것은 그 신비에 접근하는 중요한 열쇠가 된다.

음악으로 흐르는 극

체호프의 희곡 공연에 색다른 통찰력을 보여 준 러시아의 연출가 B. E. 메이에르홀드는 체호프의 마지막 희곡 「벚꽃 동산」을 심포니에 비유하면서 특히 소리의 차원에 주목했다. 그렇게 체호프의 희곡은 한 편의 음악 작품인 것이다. 체호프는 자신의 원숙한 희곡의 출발작인 「갈매기」를 음악으로 해석해 줄 것을 요구한다. 〈극예술의 모든 규범을 거스르며, 나는 「갈매기」를 포르테로 시작해서 피아니시모로 끝냈다.〉음의 셈 여림에 관한 전문 용어 포르테와 피아니시모를 사용한 것은 단순히 실제 도입되는 악기의 연주나 소리의 차원을 넘어 구성의 차원에서 그의 드라마가 긴장과 이완의 역동성에 기반을 둔 음악과 유사하다는 강조다. 유머 단편을 쓰면서도 체호프는 이야기의 외양을 고치기 위해서가 아니라 음악적인 측면을 완성하기 위해서 마지막 교정을 했다고 토로한 바도 있다. 〈나는 이야기의 외양을 수정하기 위해서 교정지를 읽고 있는 것이 아니다. 이야기는 완성했지만 음악적인 측면에서 수정하고 있다.〉 그래서 체호프의 단막극이 춤과 노래에 기반을 둔 보드빌이냐 하는 논쟁에서 실제로 음악이 몇 번 나오느냐를 따지는 일은 무의미하다. 그의 희곡들 자체가 음악이기 때문이다.

음악은 그 자체로는 상이한 음들이 조응 관계를 통해 통일된 단일체를 이루는, 바꿔 말해 존재하는 모든 요소가 예외 없이 조화를 이루는 생태학적 특성을 가지고 있다. 각자의 삶을 살고 있어 각기 독립적인 등장인물들은 음악의 상이한 음표들처럼 산재되어 있으면서도 조화를 이룬다. 음악성은 의미론의 차원에서 무척 중요하다. 「갈매기」의 첫 장면에서 마샤와 메드베젠꼬는 이론과 실제의 차원으로 갈려 서로 소통할 수 없는 대화를 나눈다.

> **마샤** 문제는 돈에 있지 않아요. 가난한 사람들도 행복할 수 있으니까.
> **메드베젠꼬** 그것은 이론이지 실제에서는 다릅니다. (본문 65~66면)

이렇게 서로 소통하지 못하는 이론과 실제의 대립은 「갈매기」의 중심이 되는 갈등 체계를 형성하면서 극 전반에 걸쳐 다양하게 변주된다. 우선, 뜨레쁠례프의 극중극은 1막에서 이론과 실제의 대립을 정신과 물질의 충돌로 변주한다. 전형적인 상징주의 극인 극중극은 세계 영혼과 물질의 아버지인 악마가 처절하게 싸워서 모든 것이 소멸된 이후에야 조화를 이룬다는, 즉 궁극적으로 영혼과 물질이 화합하지 못한다는 내용을 담고 있다. 이론과 실제, 영혼과 물질이 궁극적으로 화합하지 못한다는 주제가 열 명의 인물들 각각을 통해서 변주되어 전개된다.

각 막의 처음마다 항상 등장하는 마샤는 불행한 여인이다. 마샤가 불행한 것은 삶의 의미가 물질적인 현실에 있지 않다고 생각하는 그녀가 그 물질적인 현실로부터 벗어날 수 없기 때문이다. 마샤의 정신적 추구의 대상은 작가 지망생 뜨레쁠레프이지만, 그녀가 결국 결혼하여 삶을 꾸리는 대상은 언제나 돈에만 관심을 보이는 메드베젠꼬이다. 메드베젠꼬는 정신 역시 물질적인 원자의 집합이라며 유물론적인 사고에 경도되어 항상 물질적인 삶에 관심을 집중하지만 그렇다고 그에게 물질적인 차원만 있는 것은 아니다. 그도 역시 마샤를 짝사랑해서 그 애틋한 마음으로 그녀를 보기 위해 먼 길을 주저하지 않고 걸어서 다닌다. 마샤의 아버지 샤므라예프는 물질성에 경도되어 있다는 점에서 메드베젠꼬의 변형이다. 그럼에도 그 역시 예전의 연극 무대에 대한 기억들을 반복하여 언급하면서 정신적인 추구의 희미한 잔재를 보여 준다. 그러나 현재의 삶 속에서 그에게는 정신적인 고양이 전혀 없다. 그의 아내 뽈리나는 그래서 샤므라예프의 물질성에 질식당할 듯한 삶을 산다. 딸 마샤가 뜨레쁠레프를 짝사랑하듯 그녀가 도른을 짝사랑하는 것도 바로 정신적인 출구를 찾고자 하기 때문이다. 도른은 물질적인 현실에 순응하여 사는 체념의 인물이지만 작가 지망생 뜨레쁠레프의 극중극에 감동하여 이렇게 고백한다. 〈하지만 예술가가 창작을 할 때에 느끼는 것과 같은 그런, 정신이 고양되는 순간을 체험했다면, 나는 아마도 이 물질적인 겉껍질과 그것에 속한 모든 것을 경멸하고 지상을 떠나 좀 더 높은 곳으로 올라갔을 겁니다.〉 소린은 물질적인 것에 계속 패배하는 삶을 살고 있다. 그의 정신적인 의지나 바람은 항상 단념당한다. 작가가 되고 싶었고 결혼을 하고 싶었으나, 그의 모든 바람은 실현되지 못했고 결국 현실 속에서 무기력하게 쇠락할 뿐이다. 소린의 여동생인

여배우 아르까지나에게도 물질과 정신의 부조화가 존재한다. 네끄라소프의 시를 전부 암송하고 환자를 천사처럼 간호할 줄 알았던 아르까지나는 그러나 그런 과거의 정신적인 삶을 의도적으로 기억하지 않는다. 그러면서 그녀는 항상 현재적인 가치 속에서 화려한 옷을 입고 물질적인 삶을 구가한다. 아들과 오빠에게마저 긴급하게 필요한 돈을 내주지 않는 그녀의 인색함은 이런 이유 때문이다. 아르까지나의 정부인 삼류 작가 뜨리고린 역시 아르까지나처럼 정신적인 가치를 의도적으로 회피하고 물질적인 삶에 경도된 인물이다. 그런 그는 니나의 순수한 사랑으로 인해서 잠시 내면의 갈등을 겪지만 결국 니나를 저버린다. 니나는 배우의 꿈과 뜨리고린을 향한 사랑의 기대로 도취된 삶을 살지만 그녀가 맞닥뜨린 것은 거친 현실이고, 그 거친 현실에서 꿈을 잃은 그녀는 지방을 전전하는 유랑 배우로 전락한다. 뜨레쁠레프는 니나를 사랑하는 작가 지망생이다. 하지만 그의 바람은 현실 속에서 여지없이 붕괴된다. 그가 도른에게 털어놓은 다음의 말은 현실과 꿈의 부조화를 강조한다. 〈의사 선생님, 종이 위에서 철학자가 되는 것은 쉽지만, 실제로 되는 것은 정말 어렵습니다!〉 그가 결국 자살하고 마는 것은 정신적인 추구가 물질적인 현실과 조화를 이루지 못하면 결코 실현될 수 없다는 것을 뜻한다. 이렇게 「갈매기」는 첫 장면에 나오는 이론과 실제의 대립이 각 인물들 속에서 정신과 물질, 꿈과 현실 등으로 변주된다. 마치 음악처럼. 그러면서 「갈매기」는 사람이 갈망하는 것과 사람이 소유한 것 사이의 불일치를 강조하면서 그 사이에서 황폐해진 인물들의 모습을 보여 준다.

첫 장면에서 펼쳐진 주제음이 극 전반에 걸쳐 변주되어 극의 의미를 형성하는 것은 「바냐 아저씨」와 「벚꽃 동산」에서도 마찬가지다. 「바냐 아저씨」의 첫 장면에서 유모 마리나와 왕진 온 의사 아스뜨로프가 무덥고 흐린 오후 2시의 나른한 분위기 속에서 이런 대화를 주고받는다.

아스뜨로프 정말 내가 많이 변했어?
마리나 정말. 그때는 젊고 아름다웠는데, 지금은 늙었어요. 아름다움은 이미 사라져 버리고. 거기다가 술까지 마시니. (본문 150면)

개성의 파괴라는 작품 전체의 근본 테마가 역시 첫 장면에서 형성되는 것이다. 이 기본 음조가 극 전반에 걸쳐 변주된다. 「벚꽃 동산」의 첫 장면에 나오는 첫 지문은 이렇다.

여전히 〈어린이 방〉이라 불리는 방. 문 하나는 아냐의 방으로 통한다. 곧 해가 뜨려는 새벽. 이미 벚꽃이 핀 5월이지만 동산에는 아침 서리가 내렸고, 춥다. 창문들은 닫혀 있다.

극 전체의 기본 테마는 여기서 언급되는 조화의 상실이다. 어린이가 없는 집에 있는 어린이 방, 벚꽃이 피는 5월에 내리는 서리가 이미 조화 상실이라는 극 전체의 기본 테마를 함축한다. 인물들의 태도가 현실적인 문제와 조화를 이루지 못해 그들은 벚꽃 동산을 잃고 만다.

이렇듯 체호프 극은 일정한 행위로 모이는 드라마가 아니다. 끝을 향한 힘이라는 드라마 고유의 액션이 결여된 그의 극은 음악처럼 첫 주제가 다양하게 변주되어 전개되는 음악이다. 이질적이고 독백적인 파편들이 음악처럼 연결되어 의미를 구축한다. 체호프 극의 음악성을 해석하는 것은 그의 작품 세계를 해독하는 또 하나의 중요한 열쇠이다.

코미디의 세계

체호프의 희곡과 관련된 논란 가운데 여전히 지속되는 문제는 그의 코미디가 전혀 희극적이지 못하다는 점이다. 사실 중심 인물인 뜨레쁠례프가 자살하는 「갈매기」나, 개성이 파괴되어 가는 황폐한 삶을 보여 주는 「바냐 아저씨」나, 영지를 상실하고 모두 뿔뿔이 흩어지고 마는 「벚꽃 동산」을 코미디로 보기는 어렵다. 그럼에도 체호프는 완고하게 자신의 희곡들이 코미디라고 주장한다. 예를 들어, 비극으로 해석한 스따니슬라브스끼의 「벚꽃 동산」 공연에 대해 체호프는 자신의 희곡이 매우 우습고 즐겁고 경쾌하며 부분적으로는 심지어 소극이기도 한 코미디라고 항변한다. 그렇지만 기존의 체호프 극에 대한 해석들은 이와는 상당히 동떨어져 있다. 체호프를 당대로부터 현재에 이르기까지 절망의 시인, 황혼의 가수, 파멸의 시인 등 염세주의자로 보는 견해는 매우 뿌리 깊은 것이다. 설혹 코미디로 해석하는 경향이 있다 하더라도 이는 소련 시절의 비평가들이 자신의 이데올로기에 비추어 구시대의 몰락 이후의 희망을 체호프 극에서 찾고자 노력한 범주에서 크게 벗어나지 못한다. 미래에 대한 긍정적인 비전에 희극성을 연결시키는 것은 체호프의 희곡에서 코미디에 대한 일반적인 경험인 해피 엔딩을 찾는 무리한 해석일 뿐이다. 또는, 타협적으로 작가의 견해를 무시할 수는 없으나 작품에 내재된 비극적인 음조를 기본으로 인정하여 희극과 비극이 결합된 독특한 장르로 해석하기도 한다. 그렇지만 작가가 선택한 특정한 장르는 작품의 모든 요소들, 예컨대 어휘와 어휘, 문장과 문장, 어휘와 문장 등의 동등하거나 이질적인 각 요소들이 결합하는 방식이고, 작품이 독자와 관객에게 이야기하는 방식이자 그 자체 내용인 것이다. 체호프가 유독 코미디라고 장르를 강조한 점은 이렇게 이해되어야 한다. 장막극들의 희극성에 대한 이해는 단막극들에서 그 실마리를 찾을 수 있다.

우스꽝스러운 상황에 처한 인물들의 우스꽝스러운 처신을 보여 주는 「청혼」이나 「기념일」에서는 물론, 「어쩔 수 없이 비극 배우」에서 우리는 비극적인 음조의 장막극이 코미디가 되는 까닭을 이미 볼 수 있다. 「어쩔 수 없이 비극 배우」의 똘까초프는 심각하게 자신의 불행을 토로한다. 독백에 가까운 그의 긴 토로에서 우리는 똘까초프 자신이 얼마나 고통스럽고 불행한지를 보는 게 아니라 자기 중심적이고 단편적인 세계 인식에서 비롯되는 우스꽝스러운 모습을 본다. 제목 자체도 말해 주듯이 그 자신에게는 그의 생활이 비극적일지 모르지만 독자나 관객에게는 배우의 생활 같을 뿐이다. 똘까초프는 자신의 의지가 결여되어 어쩔 수 없이 비극적인 배우이다. 꿈의 좌절이 기반에 흐르는 「갈매기」가 비극적인 음조에도 불구하고 코미디인 것은 우선 그 꿈의 성격에서 드러난다. 그 가운데 니나의 다음 대사는 이를 잘 함축한다. 니나는 자신이 동경하는 인물들의 일상적인 삶을 기이하게 여긴다. 니나의 꿈이 비현실적인 것은 바로 그 때문이다.

정말 이상해, 유명한 여배우가 그렇게 사소한 일 때문에 울다니! 저명한 작가가, 대중의 사랑을 받고 신문마다 기사가 실리고 초상화가 팔리고 다른 나라 말로 번역이 되는 그런 저명한 작가가 하루 종일 낚시질이나 하며 두 마리의 잉어를 잡았다고 기뻐하다니, 정말 이상해. 유명한 사람들은 옆에 가까이 갈 수 없을 정도로 고고한 줄 알았는데. 유명한 사람들은 가문의 명성이나 재산을 무엇보다 귀하게 여기는 대중들에게 복수라도 하듯이 빛나는 자신의 명성으로 그들을 멸시하는 줄로 알았는데. 그런데 그런 사람들이

이처럼 울기도 하고, 낚시질도 하고, 카드놀이도 하고, 웃기
도 하고, 화를 내기도 하다니, 다른 사람들처럼……. (본문
96~97면)

　그러니 니나가 꾸는 꿈은 우스꽝스러울 수밖에 없다. 과대
망상에 가깝기 때문이다. 따라서 꿈의 좌절이라는 비극적인
음조는 금방 희극적인 색조로 채색된다. 이렇게 「갈매기」에
서 인물들의 바람은 생활의 토대와 조화를 이루지 못한 정신
적 추구로 몽상의 속성을 띠고 있다. 마샤는 삶에 대한 상복
을 입고 다니며 항상 현실적인 생활을 거부하고 실현이 불가
능한 사랑에 몰두한다. 소린은 현실에 기반을 두지 못해 악
몽이 되어 버린 정신적인 소망을 무기력하게 되뇐다. 뜨레쁠
례프는 몽상적인 창작열에 불타다 좌절하여 끝내 자살하고
만다. 정착할 수 없고 실현될 수 없는 꿈속에서 보헤미안처럼
헤매는 등장인물들의 삶은 비록 그 황폐한 모습에도 불구하
고 우스울 수밖에 없다. 「바냐 아저씨」에서도 모든 희망을 상
실하고 황폐해진 인물들의 조화롭지 못한 태도 때문에 우스
꽝스러워진다. 〈사람의 모든 건 다 아름다워야 합니다. 얼굴
도, 옷도, 마음도, 생각도. 그 여자는 아름답죠〉 하고 아스뜨
로프가 말하듯, 체호프는 어느 것에도 지나침이 없는 조화가
사람들의 삶에서 중요하고, 그 조화를 이루지 못하여 현실로
부터 괴리된 몽상 속에서 사람들의 삶이 우스워진다고 보여
준다.
　마지막 작품 「벚꽃 동산」에서는 등장인물들이 아예 현실의
토대를 벗어나 광대와 같은 삶을 산다. 이 희곡에서는 인물
들이 사는 모습과 그것과는 무관하게 흘러가는 상황이 〈분
리〉되어 있다. 극중 인물들은 영지가 상실될 위기에 처해 있
고 또 상실된다는 실상과는 전혀 무관하게 허상의 시공에서

허상의 삶을 살고 있다. 마지막 희곡의 코미디는 바로 이러한 광대 같은 인물들의 태도에서 발생된다. 체호프가 「벚꽃 동산」이 매우 우습고 즐겁고 경쾌하며 심지어는 부분적으로 소극이기도 한 코미디라고 강조한 점은 이런 이유 때문이다. 삶의 토대를 망각하고 그저 놀고만 있는 인물들은 바로 광대의 속성과 맞닿아 있기 때문이다. 극중에서 가정 교사로 나오지만 실은 광대 출신인 샤를로따는 이렇게 자신의 정체성 부재를 토로한다.

> 진짜 신분증이 없어서 나이도 모르지만 (……) 내가 어디 출신인지 또 누군지 난 잘 몰라 (……) 아무것도 몰라. (본문 250~251면)

집안의 하인들도 더 이상 그네들의 신분에 걸맞은 행동을 하지 않는다. 하녀 두냐샤는 귀족 소녀처럼 섬세한 감정을 가지고 졸도할 것만 같다고 연발한다. 또 다른 하인 야샤도 무례한 말투로 주위 사람들에게 충고하며 교양 있는 척 행동한다. 에삐호도프는 언제나 모든 일이 기대와 어긋나서 스물둘의 불행이라는 별명을 얻었다. 그가 끌고 다니는 구두는 새로 산 것이지만 삐걱거린다. 늙은 하인 피르스는 여기저기 돌아다니며 알아들을 수 없는 말이나 웅얼거린다. 지주의 모습에서도 광대적 특성이 드러난다. 지주인 삐시치끄는 실없이 다른 사람의 약이나 집어 삼키며 언제나 돈을 구걸하러 다니고, 가예프는 얼음사탕이나 갉아 먹으며 쓸데없는 웅변을 쏟아 내고, 라네프스까야는 현실을 전혀 직시하지 못하고 과거의 향수 속에서 들떠 있다. 미래의 비전을 웅변하는 뜨로피모프는 그러나 대머리 만년 대학생으로 걸핏하면 흥분하고 그러다 계단에서 굴러 떨어지기나 한다. 영지의 새로운 주인이 되는 로빠힌마저도 신분에 대한 강박 관념 속에서 과거와 완전히 결별하지 못하는 모습을 보이며 새로운 시대의 희망을 독자나 관객에게 안겨 주기에는 역부족인 인물이다. 그런 광대들이 영지 상실이라는 위기의 현실 속에서 내뱉는 대사들은 이런 투이다.

> **삐시치끄** (류보비 안드레예브나에게) 파리에서는 어땠습니까? 개구리 요리는 먹어 봤나요?
> **류보비 안드레예브나** 악어를 먹어 봤어요. (본문 238면)

따라서 광대와 같은 인물들에게서 플롯의 축이 되는 실상인 영지 상실의 위기감은 전혀 감지되지 않는다. 인물들은 실상과는 무관하게 허상의 삶 속에서 광대처럼 경쾌하게 놀고 있을 뿐이다. 광대와 같은 인물들의 삶이 어떤 것인가는 마지막 대사에서도 잘 이해된다. 마지막 장면에서 홀로 남은 피르스가 이렇게 극 전체의 마지막 대사를 한다.

> 살긴 살았지만, 도무지 산 것 같지 않아…… (눕는다) 좀 누워야겠어……. 기운이 하나도 없군, 아무것도 남은 게 없어, 아무것도……. 에이, 바보 같으니……! (미동도 없이 누워 있다) (본문 305면)

그러면서 〈마치 하늘에서 울리듯 멀리서부터 줄 끊어지는 소리가 구슬피 울리고 나서 잦아든다. 정적. 동산 멀리서 나무에 도끼질하는 소리가 들릴 뿐이다〉 하며 막이 내린다. 즉, 광대들의 삶에 대비되는 무대 밖의 존재를 환기시키며 막이 내리는 것이다. 사실 극의 공간인 벚꽃 동산은 극중 인물들에게 현재의 현실이 아니라 과거의 추억이었다. 드라마가 지금,

여기에서 벌어지는 현재의 장르인 점과 다르게 체호프의 등장인물들은 과거 속에서 놀았던 것이다. 등장인물들이 광대처럼 살았던, 과거에는 삶의 토대였지만 이제는 풍경에 불과하고 앞으로는 소멸될 벚꽃 동산 너머에 진정한 삶의 존재 형태, 가치, 시간이 있는 것이다. 그러니 비현실적인 인물들은 무대에서 광대처럼 한바탕 코미디를 벌인 셈이다. 진지한 듯하지만 실은 이렇게 우스꽝스러운 체호프의 코미디들에서 우리는 우리 삶의 비밀을 만날 수 있다. 코미디로 이해하는 것이 체호프 극의 신비를 여는 또 하나의 열쇠이다.

체호프 타계 1백 주기를 맞아 체호프의 작품 세계를 관통하는 주요 작품들을 번역하여 두 권의 선집으로 묶었다. 국내에 처음 번역 소개되는 작품들이 상당수 포함된 이 선집을 통해서 체호프가 제시하는 삶의 비밀이 이해되기를 바란다. 이 희곡선집의 원서로는 체호프가 직접 선별한 작품들이 표시된 러시아 쁘라브다 출판사의 열두 권짜리 『체호프 전집』(1985)을 사용하였다.

오종우

안똔 빠블로비치 체호프 연보

1860년 출생 1월 17일(러시아 구력, 현재의 그레고리우스력으로는 1월 30일) 러시아 남부 아조프 해의 항구 도시 따간로그에서 태어남.

1876년 16세 식료 잡화점을 운영하던 아버지가 파산하여 가족이 모스끄바로 이주함. 체호프는 따간로그에 혼자 남아 가정 교사를 하며 고학함.

1879년 19세 6월 따간로그의 중등학교를 졸업함. 9월 모스끄바 대학 의학부에 입학함.

1880년 20세 첫 콩트 「배운 이웃에게 보내는 편지」가 뻬쩨르부르그의 주간지 『잠자리』에 게재됨. 이후 1887년까지 〈안또샤 체혼떼〉, 〈지라 없는 사나이〉 등의 필명으로 각종 잡지와 신문에 유머 콩트를 기고함.

1883년 23세 「굽은 거울」, 「어느 관리의 죽음」 등을 발표함. 「굽은 거울」은 1903년 말에 체호프가 손수 뽑은 선집의 첫 작품임.

1884년 24세 6월 모스끄바 대학 의학부를 졸업함. 브스끄레센스끄의 지방 자치회 병원에서 잠시 근무함. 9월 개업. 12월 처음으로 객혈함. 첫 유머 단편집 『멜뽀메나의 이야기들』이 출판됨. 유머 단편 「마스크」 등을 발표함.

1885년 25세 5월 인상파 화가 레비딴을 만남. 12월 『새 시대』지의 발행인 수보린과 친교를 맺음.

1886년 26세 2월 『새 시대』지에 단편 「추도회」를 처음으로 자신의 본명으로 발표함. 4월 두 번째 객혈. 5월 「실패」, 「애수」, 「하찮은 것」 등이 수록된 두 번째 단편집 『잡다한 이야기들』이 출판됨. 「농담」, 「쉿!」 등을 발표함.

1887년 7세 4월 고향인 러시아 남부를 여행함. 세 번째 단편집 『황혼』이 출판됨. 「어느 여인의 이야기」 등을 발표함.

1888년 28세 10월 단편집 『황혼』으로 뿌쉬낀상 수상. 12월 차이꼬프스끼와 사귐. 「자고 싶다」 등을 발표함.

1889년 29세 6월 화가인 둘째 형 니꼴라이가 폐결핵으로 사망. 12월 「바냐 아저씨」의 토대가 되는 희곡 「숲의 정령」을 모스끄바의 아브라모바 극장에서 초연하나 혹평을 받음. 단막극 「청혼」, 「어쩔 수 없이 비극 배우」 등을 발표함.

1890년 30세 4~12월 시베리아를 횡단하여 사할린까지 여행함.

1891년 31세 3~4월 수보린과 함께 이탈리아와 프랑스로 첫 유럽 여행. 단막극 「기념일」 등을 발표함.

1892년 32세 3월 모스끄바 남쪽 멜리호보에 영지를 구입하여 이사함. 여름에 이 지역에서 콜레라가 유행하자 의사로서 방역 활동을 함. 11월 「6호 병동」을 『러시아 사상』지에 발표하여 커다란 반향을 일으킴.

1894년 34세 3월 건강이 악화되어 얄따로 가서 지내다가 여름에 밀라노, 니스 등 남유럽을 여행하고 10월에 멜리호보로 돌아옴. 「검은 수사」, 「대학생」, 「문학 교사」 등을 발표함.

1895년 35세 8월 똘스또이의 영지 야스나야 뽈랴나로 가서 똘스또이를 처음으로 만남.

1896년 36세 10월 장막 희극 「갈매기」를 알렉산드린스끼 극장에서 초연하지만 크게 실패함.

1897년 [37세]   3월 결핵이 악화되어 모스끄바의 병원에 입원함. 똘스또이가 문병함. 「농부들」, 「바냐 아저씨」 등을 발표함.

1898년 [38세]   고리끼와 교우하며 편지를 주고받음. 편지로 고리끼에게 소설 쓰는 방법을 가르침. 8월 건강 때문에 얄따로 이사함. 12월 모스끄바 예술 극장에서 「갈매기」가 공연되어 대단한 성공을 거둠.

1899년 [39세]   3월 고리끼가 체호프를 만나러 얄따에 옴. 10월 모스끄바 예술 극장에서 「바냐 아저씨」가 초연됨. 「새로운 별장」, 「개를 데리고 다니는 부인」 등을 발표함.

1900년 [40세]   1월 똘스또이와 함께 학술원 명예 회원으로 선출됨.

1901년 [41세]   5월 모스끄바 예술 극장의 여배우 올가 끄니뻬르와 결혼함. 10월 얄따에서 똘스또이와 다시 만남.

1902년 [42세]   8월 고리끼가 학술원 명예 회원 자격을 박탈당하자 이에 항의하여 자신도 명예 회원직을 사퇴함.

1903년 [43세]   10월 마지막 작품 「벚꽃 동산」을 탈고함. 체호프가 직접 자신의 작품들을 선별한 『선집』이 마르크스 출판사에서 간행됨.

1904년 [44세]   1월 모스끄바 예술 극장에서 「벚꽃 동산」이 초연됨. 6월 병세가 악화되어 아내 끄니뻬르와 독일의 바덴바일러로 요양을 떠남. 7월 3일(신력으로는 7월 16일) 바덴바일러의 호텔에서 독일어로 ⟨*Ich sterbe* (나 죽는다)⟩와, 더 이상 어떤 조치도 취할 수 없었던 의사가 급히 주문한 샴페인을 아내 올가와 함께 마신 후 ⟨샴페인은 정말 오랜만이군⟩이라는 마지막 말을 남기고 새벽 3시에 영면. 모스끄바의 노보제비치 수도원 묘지에 묻힘.

열린책들 세계문학 022 벚꽃 동산

옮긴이 오종우 1965년 서울에서 태어나 고려대학교 노어노문학과를 졸업하고 동 대학교 대학원에서 체호프 연구로 석사와 박사 학위를 받았으며 모스끄바 국립 대 학교에서 수학했다. 현재 성균관대학교 러시아어문학과 교수로 있다. 지은 책으로는 2006년 대한민국학술원 우수 학술 도서로 선정된 『체호프의 코미디와 진실』과 『대 지의 숨 — 러시아의 숨표들』, 『체호프 드라마의 웃음세계』 등이 있고, 옮긴 책으로는 체호프 소설선집 『개를 데리고 다니는 부인』, 『러시아 희곡』(전2권, 공역), 『영화의 형식과 기호』가 있으며, 러시아의 문학과 예술에 관한 다수의 논문들을 발표했다.

지은이 안똔 체호프 **옮긴이** 오종우 **발행인** 홍예빈·홍유진
발행처 주식회사 열린책들 **주소** 경기도 파주시 문발로 253 파주출판도시
전화 031-955-4000 **팩스** 031-955-4004 **홈페이지** www.openbooks.co.kr
Copyright (C) 주식회사 열린책들, 2004, 2009, *Printed in Korea.*
ISBN 978-89-329-0935-6 04890 **ISBN** 978-89-329-1499-2 (세트)
발행일 2004년 8월 10일 초판 1쇄 2006년 11월 1일 초판 5쇄 2007년 12월 30일 보급판 1쇄 2008년 8월 20일 보급판 2쇄 2009년 11월 10일 세계문학판 1쇄 2024년 6월 30일 세계문학판 15쇄

이 도서의 국립중앙도서관 출판예정도서목록(CIP)은 서지정보유통지원시스템 홈페이지(http://seoji.nl.go.kr)와 국가자료공동목록시스템(http://www.nl.go.kr/kolisnet)에서 이용하실 수 있습니다.(CIP제어번호:CIP2009003288)

열린책들 세계문학
Open Books World Literature

001 **죄와 벌** 표도르 도스토옙스키 장편소설 | 홍대화 옮김 | 전2권 | 각 408, 512면

003 **최초의 인간** 알베르 카뮈 장편소설 | 김화영 옮김 | 392면

004 **소설** 제임스 미치너 장편소설 | 윤희기 옮김 | 전2권 | 각 280, 368면

006 **개를 데리고 다니는 부인** 안똔 체호프 소설선집 | 오종우 옮김 | 368면

007 **우주 만화** 이탈로 칼비노 단편집 | 김운찬 옮김 | 424면

008 **댈러웨이 부인** 버지니아 울프 장편소설 | 최애리 옮김 | 296면

009 **어머니** 막심 고리끼 장편소설 | 최윤락 옮김 | 544면

010 **변신** 프란츠 카프카 중단편집 | 홍성광 옮김 | 464면

011 **전도서에 바치는 장미** 로저 젤라즈니 중단편집 | 김상훈 옮김 | 432면

012 **대위의 딸** 알렉산드르 뿌시낀 장편소설 | 석영중 옮김 | 240면

013 **바다의 침묵** 베르코르 소설선집 | 이상해 옮김 | 256면

014 **원수들, 사랑 이야기** 아이작 싱어 장편소설 | 김진준 옮김 | 320면

015 **백치** 표도르 도스토옙스키 장편소설 | 김근식 옮김 | 전2권 | 각 504, 528면

017 **1984년** 조지 오웰 장편소설 | 박경서 옮김 | 392면

019 **이상한 나라의 앨리스** 루이스 캐럴 환상동화 | 머빈 피크 그림 | 최용준 옮김 | 336면

020 **베네치아에서의 죽음** 토마스 만 중단편집 | 홍성광 옮김 | 432면

021 **그리스인 조르바** 니코스 카잔차키스 장편소설 | 이윤기 옮김 | 488면

022 **벚꽃 동산** 안똔 체호프 희곡선집 | 오종우 옮김 | 336면

023 **연애 소설 읽는 노인** 루이스 세풀베다 장편소설 | 정창 옮김 | 192면

024 **젊은 사자들** 어윈 쇼 장편소설 | 정영문 옮김 | 전2권 | 각 416, 408면

026 **젊은 베르테르의 슬픔** 요한 볼프강 폰 괴테 장편소설 | 김인순 옮김 | 240면

027 **시라노** 에드몽 로스탕 희곡 | 이상해 옮김 | 256면

028 **전망 좋은 방** E. M. 포스터 장편소설 | 고정아 옮김 | 352면

029 **까라마조프 씨네 형제들** 표도르 도스토옙스키 장편소설 | 이대우 옮김 | 전3권 | 각 496, 496, 460면

032 **프랑스 중위의 여자** 존 파울즈 장편소설 | 김석희 옮김 | 전2권 | 각 344면

034 **소립자** 미셸 우엘벡 장편소설 | 이세욱 옮김 | 448면

035 **영혼의 자서전** 니코스 카잔차키스 자서전 | 안정효 옮김 | 전2권 | 각 352, 408면

037 **우리들** 예브게니 자먀찐 장편소설 | 석영중 옮김 | 320면

038 **뉴욕 3부작** 폴 오스터 장편소설 | 황보석 옮김 | 480면

039 **닥터 지바고** 보리스 파스테르나크 장편소설 | 홍대화 옮김 | 전2권 | 각 480, 592면

041 **고리오 영감** 오노레 드 발자크 장편소설 | 임희근 옮김 | 456면

042 **뿌리** 알렉스 헤일리 장편소설 | 안정효 옮김 | 전2권 | 각 400, 448면

044 **백년보다 긴 하루** 친기즈 아이뜨마또프 장편소설 | 황보석 옮김 | 560면

045 **최후의 세계** 크리스토프 란스마이어 장편소설 | 장희권 옮김 | 264면

046 **추운 나라에서 돌아온 스파이** 존 르카레 장편소설 | 김석희 옮김 | 368면

047 **산도칸 – 몸프라쳄의 호랑이** 에밀리오 살가리 장편소설 | 유향란 옮김 | 428면

048 **기적의 시대** 보리슬라프 페키치 장편소설 | 이윤기 옮김 | 560면

049 **그리고 죽음** 짐 크레이스 장편소설 | 김석희 옮김 | 224면

050 **세설** 다니자키 준이치로 장편소설 | 송태욱 옮김 | 전2권 | 각 480면

052 **세상이 끝날 때까지 아직 10억 년** 스뜨루가츠끼 형제 장편소설 | 석영중 옮김 | 224면

053 **동물 농장** 조지 오웰 장편소설 | 박경서 옮김 | 208면

054 **캉디드 혹은 낙관주의** 볼테르 장편소설 | 이봉지 옮김 | 232면

055 **도적 떼** 프리드리히 폰 실러 희곡 | 김인순 옮김 | 264면

056 **플로베르의 앵무새** 줄리언 반스 장편소설 | 신재실 옮김 | 320면

057 **악령** 표도르 도스토옙스키 장편소설 | 박혜경 옮김 | 전3권 | 각 328, 408, 528면

060 **의심스러운 싸움** 존 스타인벡 장편소설 | 윤희기 옮김 | 340면

061 **몽유병자들** 헤르만 브로흐 장편소설 | 김경연 옮김 | 전2권 | 각 568, 544면

063 **몰타의 매** 대실 해밋 장편소설 | 고정아 옮김 | 304면

064 **마야꼬프스끼 선집** 블라지미르 마야꼬프스끼 선집 | 석영중 옮김 | 384면

065 **드라큘라** 브램 스토커 장편소설 | 이세욱 옮김 | 전2권 | 각 340, 344면

067 **서부 전선 이상 없다** 에리히 마리아 레마르크 장편소설 | 홍성광 옮김 | 336면

068 **적과 흑** 스탕달 장편소설 | 임미경 옮김 | 전2권 | 각 432, 368면

070 **지상에서 영원으로** 제임스 존스 장편소설 | 이종인 옮김 | 전3권 | 각 396, 380, 496면

073 **파우스트** 요한 볼프강 폰 괴테 희곡 | 김인순 옮김 | 568면

074 **쾌걸 조로** 존스턴 매컬리 장편소설 | 김훈 옮김 | 316면

075 **거장과 마르가리따** 미하일 불가꼬프 장편소설 | 홍대화 옮김 | 전2권 | 각 364, 328면

077 **순수의 시대** 이디스 워튼 장편소설 | 고정아 옮김 | 448면

078 **검의 대가** 아르투로 페레스 레베르테 장편소설 | 김수진 옮김 | 384면

079 **예브게니 오네긴** 알렉산드르 뿌쉬낀 운문소설 | 석영중 옮김 | 328면

080 **장미의 이름** 움베르토 에코 장편소설 | 이윤기 옮김 | 전2권 | 각 440, 448면

082 **향수** 파트리크 쥐스킨트 장편소설 | 강명순 옮김 | 384면

083 **여자를 안다는 것** 아모스 오즈 장편소설 | 최창모 옮김 | 280면

084 **나는 고양이로소이다** 나쓰메 소세키 장편소설 | 김난주 옮김 | 544면

085 **웃는 남자** 빅토르 위고 장편소설 | 이형식 옮김 | 전2권 | 각 472, 496면

087 **아웃 오브 아프리카** 카렌 블릭센 장편소설 | 민승남 옮김 | 480면

088 **무엇을 할 것인가** 니꼴라이 체르니셰프스끼 장편소설 | 서정록 옮김 | 전2권 | 각 360, 404면

090 **도나 플로르와 그녀의 두 남편** 조르지 아마두 장편소설 | 오숙은 옮김 | 전2권 | 각 408, 308면

092 **미사고의 숲** 로버트 홀드스톡 장편소설 | 김상훈 옮김 | 424면

093 **신곡** 단테 알리기에리 장편서사시 | 김운찬 옮김 | 전3권 | 각 292, 296, 328면

096 **교수** 샬럿 브론테 장편소설 | 배미영 옮김 | 368면

097 **노름꾼** 표도르 도스토옙스키 장편소설 | 이재필 옮김 | 320면

098 **하워즈 엔드** E. M. 포스터 장편소설 | 고정아 옮김 | 512면

099 **최후의 유혹** 니코스 카잔차키스 장편소설 | 안정효 옮김 | 전2권 | 각 408면

101 **키리냐가** 마이크 레스닉 장편소설 | 최용준 옮김 | 464면

102 **바스커빌가의 개** 아서 코넌 도일 장편소설 | 조영학 옮김 | 264면

103 **버마 시절** 조지 오웰 장편소설 | 박경서 옮김 | 408면

104 **10 1/2장으로 쓴 세계 역사** 줄리언 반스 장편소설 | 신재실 옮김 | 464면

105 **죽음의 집의 기록** 표도르 도스토옙스키 장편소설 | 이덕형 옮김 | 528면

106 **소유** 앤토니어 수전 바이어트 장편소설 | 윤희기 옮김 | 전2권 | 각 440, 488면

108 **미성년** 표도르 도스토옙스키 장편소설 | 이상룡 옮김 | 전2권 | 각 512, 544면

110 **성 앙투안느의 유혹** 귀스타브 플로베르 희곡소설 | 김용은 옮김 | 584면

111 **밤으로의 긴 여로** 유진 오닐 희곡 | 강유나 옮김 | 240면

112 **마법사** 존 파울즈 장편소설 | 정영문 옮김 | 전2권 | 각 512, 552면

114 **스쩨빤치꼬보 마을 사람들** 표도르 도스토옙스키 장편소설 | 변현태 옮김 | 416면

115 **플랑드르 거장의 그림** 아르투로 페레스 레베르테 장편소설 | 정창 옮김 | 512면

116 **분신** 표도르 도스토옙스키 장편소설 | 석영중 옮김 | 288면

117 **가난한 사람들** 표도르 도스토옙스키 장편소설 | 석영중 옮김 | 256면

118 **인형의 집** 헨리크 입센 희곡 | 김창화 옮김 | 272면

119 **영원한 남편** 표도르 도스토옙스키 장편소설 | 정명자 외 옮김 | 448면

120 **알코올** 기욤 아폴리네르 시집 | 황현산 옮김 | 352면

121 **지하로부터의 수기** 표도르 도스토옙스키 장편소설 | 계동준 옮김 | 256면

122 **어느 작가의 오후** 페터 한트케 중편소설 | 홍성광 옮김 | 160면

123 **아저씨의 꿈** 표도르 도스토옙스키 장편소설 | 박종소 옮김 | 312면

124 **네또츠까 네즈바노바** 표도르 도스토옙스키 장편소설 | 박재만 옮김 | 316면

125 **곤두박질** 마이클 프레인 장편소설 | 최용준 옮김 | 528면

126 **백야 외** 표도르 도스토옙스키 소설선집 | 석영중 외 옮김 | 408면

127 **살라미나의 병사들** 하비에르 세르카스 장편소설 | 김창민 옮김 | 304면

128 **뻬쩨르부르그 연대기 외** 표도르 도스토옙스키 소설선집 | 이항재 옮김 | 296면

129 **상처받은 사람들** 표도르 도스토옙스키 장편소설 | 윤우섭 옮김 | 전2권 | 각 296, 392면

131 **악어 외** 표도르 도스토옙스키 소설선집 | 박혜경 외 옮김 | 312면

132 **허클베리 핀의 모험** 마크 트웨인 장편소설 | 윤교찬 옮김 | 416면

133 **부활** 레프 똘스또이 장편소설 | 이대우 옮김 | 전2권 | 각 308, 416면

135 **보물섬** 로버트 루이스 스티븐슨 장편소설 | 머빈 피크 그림 | 최용준 옮김 | 360면

136 **천일야화** 앙투안 갈랑 엮음 | 임호경 옮김 | 전6권 | 각 336, 328, 372, 392, 344, 320면

142 **아버지와 아들** 이반 뚜르게네프 장편소설 | 이상원 옮김 | 328면

143 **오만과 편견** 제인 오스틴 장편소설 | 원유경 옮김 | 480면

144 **천로 역정** 존 버니언 우화소설 | 이동일 옮김 | 432면

145 **대주교에게 죽음이 오다** 윌라 캐더 장편소설 | 윤명옥 옮김 | 352면

146 **권력과 영광** 그레이엄 그린 장편소설 | 김연수 옮김 | 384면

147 **80일간의 세계 일주** 쥘 베른 장편소설 | 고정아 옮김 | 352면

148 **바람과 함께 사라지다** 마거릿 미첼 장편소설 | 안정효 옮김 | 전3권 | 각 616, 640, 640면

151 **기탄잘리** 라빈드라나트 타고르 시집 | 장경렬 옮김 | 224면

152 **도리언 그레이의 초상** 오스카 와일드 장편소설 | 윤희기 옮김 | 384면

153 **레우코와의 대화** 체사레 파베세 희곡소설 | 김운찬 옮김 | 280면

154 **햄릿** 윌리엄 셰익스피어 희곡 | 박우수 옮김 | 256면

155 **맥베스** 윌리엄 셰익스피어 희곡 | 권오숙 옮김 | 176면

156 **아들과 연인** 데이비드 허버트 로런스 장편소설 | 최희섭 옮김 | 전2권 | 각 464, 432면

158 **그리고 아무 말도 하지 않았다** 하인리히 뵐 장편소설 | 홍성광 옮김 | 272면

159 **미덕의 불운** 싸드 장편소설 | 이형식 옮김 | 248면

160 **프랑켄슈타인** 메리 W. 셸리 장편소설 | 오숙은 옮김 | 320면

161 **위대한 개츠비** 프랜시스 스콧 피츠제럴드 장편소설 | 한애경 옮김 | 280면

162 **아Q정전** 루쉰 중단편집 | 김태성 옮김 | 320면

163 **로빈슨 크루소** 대니얼 디포 장편소설 | 류경희 옮김 | 456면

164 **타임머신** 허버트 조지 웰스 소설선집 | 김석희 옮김 | 304면

165 **제인 에어** 샬럿 브론테 장편소설 | 이미선 옮김 | 전2권 | 각 392, 384면

167 **풀잎** 월트 휘트먼 시집 | 허현숙 옮김 | 280면

168 **표류자들의 집** 기예르모 로살레스 장편소설 | 최유정 옮김 | 216면

169 **배빗** 싱클레어 루이스 장편소설 | 이종인 옮김 | 520면

170 **이토록 긴 편지** 마리아마 바 장편소설 | 백선희 옮김 | 192면

171 **느릅나무 아래 욕망** 유진 오닐 희곡 | 손동호 옮김 | 168면

172 **이방인** 알베르 카뮈 장편소설 | 김예령 옮김 | 208면

173 **미라마르** 나기브 마푸즈 장편소설 | 허진 옮김 | 288면

174 **지킬 박사와 하이드 씨** 로버트 루이스 스티븐슨 소설선집 | 조영학 옮김 | 320면

175 **루진** 이반 뚜르게네프 장편소설 | 이항재 옮김 | 264면

176 **피그말리온** 조지 버나드 쇼 희곡 | 김소임 옮김 | 256면

177 **목로주점** 에밀 졸라 장편소설 | 유기환 옮김 | 전2권 | 각 336면

179 **엠마** 제인 오스틴 장편소설 | 이미애 옮김 | 전2권 | 각 336, 360면

181 **비숍 살인 사건** S. S. 밴 다인 장편소설 | 최인자 옮김 | 464면

182 **우신예찬** 에라스무스 풍자문 | 김남우 옮김 | 296면

183 **하자르 사전** 밀로라드 파비치 장편소설 | 신현철 옮김 | 488면

184 **테스** 토머스 하디 장편소설 | 김문숙 옮김 | 전2권 | 각 392, 336면

186 **투명 인간** 허버트 조지 웰스 장편소설 | 김석희 옮김 | 288면

187 **93년** 빅토르 위고 장편소설 | 이형식 옮김 | 전2권 | 각 288, 360면

189 **젊은 예술가의 초상** 제임스 조이스 장편소설 | 성은애 옮김 | 384면

190 **소네트집** 윌리엄 셰익스피어 연작시집 | 박우수 옮김 | 200면

191 **메뚜기의 날** 너새니얼 웨스트 장편소설 | 김진준 옮김 | 280면

192 **나사의 회전** 헨리 제임스 중편소설 | 이승은 옮김 | 256면

193 **오셀로** 윌리엄 셰익스피어 희곡 | 권오숙 옮김 | 216면

194 **소송** 프란츠 카프카 장편소설 | 김재혁 옮김 | 376면

195 **나의 안토니아** 윌라 캐더 장편소설 | 전경자 옮김 | 368면

196 **자성록** 마르쿠스 아우렐리우스 명상록 | 박민수 옮김 | 240면

197 **오레스테이아** 아이스킬로스 비극 | 두행숙 옮김 | 336면

198 **노인과 바다** 어니스트 헤밍웨이 소설선집 | 이종인 옮김 | 320면

199 **무기여 잘 있거라** 어니스트 헤밍웨이 장편소설 | 이종인 옮김 | 464면

200 **서푼짜리 오페라** 베르톨트 브레히트 희곡선집 | 이은희 옮김 | 320면

201 **리어 왕** 윌리엄 셰익스피어 희곡 | 박우수 옮김 | 224면

202 **주홍 글자** 너새니얼 호손 장편소설 | 곽영미 옮김 | 360면

203 **모히칸족의 최후** 제임스 페니모어 쿠퍼 장편소설 | 이나경 옮김 | 512면

204 **곤충 극장** 카렐 차페크 희곡선집 | 김선형 옮김 | 360면

205 **누구를 위하여 종은 울리나** 어니스트 헤밍웨이 장편소설 | 이종인 옮김 | 전2권 | 각 416, 400면

207 **타르튀프** 몰리에르 희곡선집 | 신은영 옮김 | 416면

208 **유토피아** 토머스 모어 소설 | 전경자 옮김 | 288면

209 **인간과 초인** 조지 버나드 쇼 희곡 | 이후지 옮김 | 320면

210 **페드르와 이폴리트** 장 라신 희곡 | 신정아 옮김 | 200면

211 **말테의 수기** 라이너 마리아 릴케 장편소설 | 안문영 옮김 | 320면

212 **등대로** 버지니아 울프 장편소설 | 최애리 옮김 | 328면

213 **개의 심장** 미하일 불가꼬프 중편소설집 | 정연호 옮김 | 352면

214 **모비 딕** 허먼 멜빌 장편소설 | 강수정 옮김 | 전2권 | 각 464, 488면

216 **더블린 사람들** 제임스 조이스 단편소설집 | 이강훈 옮김 | 336면

217 **마의 산** 토마스 만 장편소설 | 윤순식 옮김 | 전3권 | 각 496, 488, 512면

220 **비극의 탄생** 프리드리히 니체 | 김남우 옮김 | 320면

221 **위대한 유산** 찰스 디킨스 장편소설 | 류경희 옮김 | 전2권 | 각 432, 448면

223 **사람은 무엇으로 사는가** 레프 똘스또이 소설선집 | 윤새라 옮김 | 464면

224 **자살 클럽** 로버트 루이스 스티븐슨 소설선집 | 임종기 옮김 | 272면

225 **채털리 부인의 연인** 데이비드 허버트 로런스 장편소설 | 이미선 옮김 | 전2권 | 각 336, 328면

227 **데미안** 헤르만 헤세 장편소설 | 김인순 옮김 | 264면

228 **두이노의 비가** 라이너 마리아 릴케 시선집 | 손재준 옮김 | 504면

229 **페스트** 알베르 카뮈 장편소설 | 최윤주 옮김 | 432면

230 **여인의 초상** 헨리 제임스 장편소설 | 정상준 옮김 | 전2권 | 각 520, 544면

232 **성** 프란츠 카프카 장편소설 | 이재황 옮김 | 560면

233 **차라투스트라는 이렇게 말했다** 프리드리히 니체 산문시 | 김인순 옮김 | 464면

234 **노래의 책** 하인리히 하이네 시집 | 이재영 옮김 | 384면

235 **변신 이야기** 오비디우스 서사시 | 이종인 옮김 | 632면

236 **안나 카레니나** 레프 톨스토이 장편소설 | 이명현 옮김 | 전2권 | 각 800, 736면

238 **이반 일리치의 죽음·광인의 수기** 레프 톨스토이 중단편집 | 석영중·정지원 옮김 | 232면

239 **수레바퀴 아래서** 헤르만 헤세 장편소설 | 강명순 옮김 | 272면

240 **피터 팬** J. M. 배리 장편소설 | 최용준 옮김 | 272면

241 **정글 북** 러디어드 키플링 중단편집 | 오숙은 옮김 | 272면

242 **한여름 밤의 꿈** 윌리엄 셰익스피어 희곡 | 박우수 옮김 | 160면

243 **좁은 문** 앙드레 지드 장편소설 | 김화영 옮김 | 264면

244 **모리스** E. M. 포스터 장편소설 | 고정아 옮김 | 408면

245 **브라운 신부의 순진** 길버트 키스 체스터턴 단편집 | 이상원 옮김 | 336면

246 **각성** 케이트 쇼팽 장편소설 | 한애경 옮김 | 272면

247 **뷔히너 전집** 게오르크 뷔히너 지음 | 박종대 옮김 | 400면

248 **디미트리오스의 가면** 에릭 앰블러 장편소설 | 최용준 옮김 | 424면

249 **베르가모의 페스트 외** 옌스 페테르 야콥센 중단편 전집 | 박종대 옮김 | 208면

250 **폭풍우** 윌리엄 셰익스피어 희곡 | 박우수 옮김 | 176면

251 **어센든, 영국 정보부 요원** 서머싯 몸 연작 소설집 | 이민아 옮김 | 416면

252 **기나긴 이별** 레이먼드 챈들러 장편소설 | 김진준 옮김 | 600면

253 **인도로 가는 길** E. M. 포스터 장편소설 | 민승남 옮김 | 552면

254 **올랜도** 버지니아 울프 장편소설 | 이미애 옮김 | 376면

255 **시지프 신화** 알베르 카뮈 지음 | 박언주 옮김 | 264면

256 **조지 오웰 산문선** 조지 오웰 지음 | 허진 옮김 | 424면

257 **로미오와 줄리엣** 윌리엄 셰익스피어 희곡 | 도해자 옮김 | 200면

258 **수용소군도** 알렉산드르 솔제니찐 기록문학 | 김학수 옮김 | 전6권 | 각 460면 내외

264 **스웨덴 기사** 레오 페루츠 장편소설 | 강명순 옮김 | 336면

265 **유리 열쇠** 대실 해밋 장편소설 | 홍성영 옮김 | 328면

266 **로드 짐** 조지프 콘래드 장편소설 | 최용준 옮김 | 608면

267 **푸코의 진자** 움베르토 에코 장편소설 | 이윤기 옮김 | 전3권 | 각 392, 384, 416면

270 **공포로의 여행** 에릭 앰블러 장편소설 | 최용준 옮김 | 376면

271 **심판의 날의 거장** 레오 페루츠 장편소설 | 신동화 옮김 | 264면

272 **에드거 앨런 포 단편선** 에드거 앨런 포 지음 | 김석희 옮김 | 392면

273 **수전노 외** 몰리에르 희곡선집 | 신정아 옮김 | 424면

274 **모파상 단편선** 기 드 모파상 지음 | 임미경 옮김 | 400면

275 **평범한 인생** 카렐 차페크 장편소설 | 송순섭 옮김 | 280면

276 **마음** 나쓰메 소세키 장편소설 | 양윤옥 옮김 | 344면

277 **인간 실격·사양** 다자이 오사무 소설집 | 김난주 옮김 | 336면

278 **작은 아씨들** 루이자 메이 올컷 장편소설 | 허진 옮김 | 전2권 | 각 408, 464면

280 **고함과 분노** 윌리엄 포크너 장편소설 | 윤교찬 옮김 | 520면

281 **신화의 시대** 토머스 불핀치 신화집 | 박중서 옮김 | 664면

282 **셜록 홈스의 모험** 아서 코넌 도일 단편집 | 오숙은 옮김 | 456면

283 **자기만의 방** 버지니아 울프 지음 | 공경희 옮김 | 216면

284 **지상의 양식·새 양식** 앙드레 지드 지음 | 최애영 옮김 | 360면

285 **전염병 일지** 대니얼 디포 지음 | 서정은 옮김 | 368면

286 **오이디푸스왕 외** 소포클레스 비극 | 장시은 옮김 | 368면

287 **리처드 2세** 윌리엄 셰익스피어 희곡 | 박우수 옮김 | 208면

288 **아내·세 자매** 안톤 체호프 선집 | 오종우 옮김 | 240면

289 **폭풍의 언덕** 에밀리 브론테 장편소설 | 전승희 옮김 | 592면

290 **조반니의 방** 제임스 볼드윈 장편소설 | 김지현 옮김 | 320면